U0586980

中华传世藏书

【图文珍藏版】

李渔全集

[明]李渔⊙原著

王艳军⊙整理

第四册

李渔全集

线装书局

目　录

比目鱼

蜃中楼

意中缘

双瑞记

·李渔全集·

比目鱼

[清]李渔⊙原著

王艳军⊙整理

叙

有万物然后有男女，此有天地来第一义也。君臣朋友，从夫妇中以续以似。笠翁以忠臣信友之志，寄之男女夫妇之间，而更以贞夫烈妇之思，寄之优伶杂伎之流，称名也。小事肆而隐。《老子》曰：“圣人为腹不为目。”旨哉。宋督见孔父之妻，目逆而迎之，曰：“美而艳!”王使史臣监谤者，而道路以目。谭楚玉、刘藐姑初以目，继以目语，而终以自比。目之足以死生人如此其甚也。《庄子》曰：“子非鱼，安知鱼之乐?”安知鱼之足以寄人死生如此其神也！考诸物化，自无情而之有情，老枫为羽人，朽麦为蝴蝶也。自有情而之无情，贤女为贞石，山蚯为百合也。两人情至此，忽然忘窈窕之仪，而得圉圉之质，彼倏然失儒雅之规，而适悠然之逝。“中孚。豚鱼吉”，《易》辞岂欺我哉！笠翁以神道设教归之慕容介，其实皆自道也。说者谓文章至元曲而亡，笠翁独以声音之道与性情通，情之至，即性之至。藐姑生长于伶人，楚玉不羞为鄙事，不过男女私情。然情至而性见，造夫妇之端，定朋友之交，至以国事灭恩，漪兰招隐，事君信友，直当作典谟训诰观，吾乡徐文长先哲为《四声猿》，千古绝唱，《比目鱼》其后先于喁也哉！

辛丑闰秋山阴映然女子王瑞沐题

第一出　发端

［恋秦娥］［蝶恋花］（末上）无事年来操不律，考古商今，到处搜奇迹。戏在戏中寻不出，教人枉费探求力。［忆秦娥］梨园故事梨园习，本来面目何曾失。何曾失，一生一旦，天然佳匹。

［秦楼梦］［忆秦娥］檀板轻敲，霓裳缓舞，此剧不同他剧。生为情种，旦作贞妻，代我辈梨园生色。［如梦令］感激，感激，各把音容报德。

［眉批］生旦演此，非优孟古人，直是我与我周旋，那得草草。

［双鱼比目游春水］［渔家傲］刘旦生来饶艳质，谭生一见钟情极。默订鸾凰人不识。遭母逼，婪金别许偕鸳匹。［摸鱼儿］演《荆钗》，双双沉溺，神威灵显难测。护持投入高人网，不但完全家室。［鱼游春水］身荣几使恩成怨，国法伸时私情抑。经危历险，才终斯剧。

谭楚玉钟情钟入髓。

刘藐姑从良从下水。

平浪侯救难救成双。

莫渔翁扶人扶到底。

［眉批］有能易一字者，予以千金。

第二出　耳热

［满庭芳］（生巾服上）天上逋仙，人间荡子，不知何处为家？士当贫贱，只合在天涯。宁饱他乡风雪，胜亲朋、炎热相加。伤情处，索居无偶，虚度好年华。

［眉批］世情三昧语。

［画堂春］新花开遍向阳枝，幽居独讶春迟。天公也有附炎时，莫道无私。　　富贵由他迟早，姻缘不合参差。缘何偏向有情痴，吝惜芳姿。谭楚玉、讳士珩，襄阳人也。万有在胸，一贫彻骨。虽叨世胄，耻说华宗；尽有高亲，羞为仰附。襁褓识之无，曾噪神童之誉；髫龄游泮水，便腾国瑞之名。夙慧未忘，读异书如逢故物；天才独擅，操弱管似运神机。不幸早丧二亲，终鲜兄弟。只因世态炎凉，那些故乡的亲友，见小生一贫如洗，未免把肉眼相看，不能知重。故此离了故土，遨游四方。要学太史公读书之法，借名山大川，做良师益友，使笔底无局促之形，胸中有灏瀚之气。一向担簦负笈，往来吴、越之间，替坊间选些时艺，又带便卖些诗文，那些润笔之资，也尽堪糊口。只是年已弱冠，还不曾聘有室家，未免伶仃孤寂。尽有那不解事的，只说我手内无钱，不能婚娶。那里知道我谭楚玉的妻子，也不是有

了钱钞就容易娶得来的。不是我夸口说，若非两间之尤物，怎配一代之奇人。这段姻缘正好难逢难遇也呵！

［眉批］齐人不重左思，在平颇薄马周，但是故乡，偏多肉眼。

［莺声学画眉］［黄莺儿］玉树待蒹葭，非是我倚空栏，想异葩，娇藤必向这琼枝挂。要晓得费了大主钱财娶来的女子，一定不是真正佳人。若是真正佳人，遇了真正才子，莫说金珠财宝用不着，连那一丝为聘也觉得可有可无。所以，世间难得的物件就叫无价之宝。天下的至宝，那一件是有价的？若要把家私作伐，钱财聘他，就是千金也止值得千金价。［画眉序］非夸，凭着我才名大，定有个恋孤寒的侠女为家。

［眉批］发千古才人所未发，不意今日始读异书。

［眉批］石崇聘绿珠，以明珠十斛。此虽有价，亦似欠昂，不足为佳人生色。

我近日为探柯山九龙之胜，来到三衢地方。闻得这边女旦极多，演的都是台戏。今早有几个朋友约我一同去看，我有些笔债未完，叫他先去，如今文字完了，不免也去走一遭。（行介）

［莺足带封书］［黄莺儿］扃户掩窗纱，我这寓处呵，不过是些砚头云，笔上花，家私止得些儿大。料想那偷儿不拿，便开门听他，我临行可也无牵挂。（内众齐赞“好戏”介）［一封书］听波喳，却便似闹蜂衙，为甚的赞叹声中起噪哗？

原来戏做完了，那些看戏的人都转来了。我且立在一边，待他们过去。（旁立介）

［不是路］（外、副净扮男子，老旦、丑扮妇人，小旦扮幼童，净扮和尚，一齐挨挤哗噪上）（合）挨挤喧哗，贵贱雌雄没帐查。（外偷觑老旦介）（老旦）路又不走，只管瞧我做甚么？休招骂。（外）不是我有心看你，都只为挨肩擦背起情芽。（副净跟小旦背后，挖臀嘻笑介）（小旦）离开些走，不要挨挨擦擦，讨人的便宜，莫搔爬。（副净）我见你挨挤不上，就像推车的一般推你上去，倒说我不好，行迟只为车无把，全亏我这陆路艄公把舵拿。（净低头拾得长大女鞋一只，背看大喜，藏袖内介）（丑）被他们挨挨挤挤，把鞋子都踏倒了，待我拔一拔了再走。（低头

拔鞋，忽惊喊介）不好了，我的鞋子不见了，你们列位都替我寻一寻。（众代寻介）（净对丑笑介）（众）这个秃驴，鬼头鬼脑，一定是你拾到了，快拿出来！（净）我并不曾拾得。（众）既不曾拾得，待我们搜一搜。（搜出鞋介）这不是鞋子？你这个秃驴，青天白日在人堆里调戏妇人，这等可恶！大家一齐动手，捶死这个秃驴。（揪倒打介）（净喊介）列位不要罗唣，这只鞋子我有用处，所以，不肯还他。（众）有甚么用处，放他起来讲。（放介）要他何用？（净）别无用处，要待我面壁九年之后，将来挂在杖上，做一个“只履西归”。［旁批］天然妙谑。（急走下）（丑穿鞋起介）（众）这只鞋子若不亏我们搜出来，你如何走得回去？（丑）那倒不怕，若还寻不出，我不怕这个秃驴不背我回去着哩！精神乏，安心要把驴儿跨，又谁知塞翁得马，塞翁得马。

［眉批］男女混杂，不独戏场。如看会看灯，皆有妨于风教。笠翁即劝为讽，颇有深意，不得以寻常科诨目之。

（齐下）（生笑介）这些男子、妇人好没要紧，那戏有甚么好处？就这等挨挨挤挤，弄出许多丑态来。（内又赞：“好戏！”介）（生）又有两个朋友来了，就是约我同去的人。且待我问他一声，看有甚么好处？

［莺花集御林］［黄莺儿］（末、小生巾服上）极口羡娇娃，绕梁音，委实佳，娇资端的难描画。（生用扇扑背介）就好到这般地步？（众回头见生笑介）原来是谭兄。我且问你，这般好戏，为甚么不看，到这时候才来？（生）有些笔债未了，故此来迟。请问这班梨园有甚么好处？二兄这等赞他。（末）一班之中个个都好，最难得的又是那个女旦。（生）是那一班？女旦叫甚么名字？（小生）是舞霓班，女旦叫做刘绛仙。（生）做女旦的人自然会唱几句曲子，那声音不必说了，只问他容貌何如？［水红花］（末）我便坠天花，也说不出他浑身的娇法，有几句现成批语足相加。（生）那几句批语？（末）施粉则太白，施朱则太红，加之一寸则太长，损之一寸则太短。（生）只怕形容太过了。如今世上那有这般的女子。［集贤豪］（小生）妆点风姿愁是假，羡伊行绝少铅华，兼饶韵雅。兄若不信，迟一两日还有台戏要演，何不早来一看。［簇御林］（末、小生）办只眼，评高下，息争哗。只

怕你馋人见食，分外口儿奓（音：查）。（生）也说得是，这等到演戏的日子，烦你二位再来相约一声。（小生）小弟有事，只怕不得奉陪。（末）小弟是个闲人，与兄同来就是。

（生）国色从来不易逢，休将花眼辨花容。

（众）饶伊此际施高论，只怕眼到花前自解庸。

第三出　联班

[紫苏丸]（小旦上）声容两擅当场美，赚缠头复多长技。撞烟楼有女更娉婷，只愁未识家传秘。

奴家刘绛仙，舞霓班中的女旦是也，丈夫刘文卿也在班中做戏。自从得了奴家，替他尽心竭力，挣起一分大家私。如今世上做女旦的极多，都不能勾致富，为甚的独我一个偏会挣钱？只因我的姿色原好，又亏二郎神保佑，走上台去就像仙女临凡一般，另是一种体态，又兼我记性极高。当初学戏的时节，把生、旦的脚本都念熟了。一到登场，不拘做甚么脚色，要我妆男就做生，要我妆女就做旦。做来的戏又与别人不同，老实的看了，也要风流起来，悭吝的遇了，也会撒漫起来。我拣那极肯破钞的人相处几个，多则分他半股家私，[旁批] 可怕！极少也要了他数年的积蓄。所以，不上十年，挣起许多家产，也勾得紧了。谁想生个女儿出来，叫做藐姑，年方一十四岁。他的容貌、记性，又在奴家之上。只教他读书，还不曾学戏，那些文词翰墨之事，早已件件精通，将来做起戏来，还不知怎么样得利。我今日闲在家里，不免唤将出来，把挣钱财的秘诀传授他一番，多少是好。藐姑在那里？快些出来。（内）来了。

[眉批] 风流子弟读之骇然，真世间有益文字。

[前腔]（旦上）家声鄙贱真堪耻，遍思量出身无计。只除非借戏演贞操，面惭可使心无愧。

[眉批] 后面投河殉节，皆从“耻”字生来。孰谓笠翁不讲道学。

（见介）（小旦）我儿，你今年十四岁，也不小了。爹爹要另合小班，同你一齐学戏。那些歌容舞态，不愁你演习不来。只是做女旦的人，另有个挣钱的法子，

不在戏文里面，须要自小儿学会才好。（旦）母亲，做妇人的只该学些女工针指，也尽可度日。这演戏的事不是妇人的本等，孩儿不愿学他。

［桂枝香］术将心毁，貌将淫诲。似这等混浊丰饶，倒不若清高饥馁。就要孩儿学戏，也只好在戏文里面，趁些本分钱财罢了。若要我丧了廉耻，坏了名节，去做别样的事，那是断断不能的。若要儿追芳轨，儿追芳轨，只怕前徽难继，心思枉费！我自有内家规。慢说是面厚家才厚，却不道名亏实也亏！

［眉批］演戏守贞，亦似肉边陷送。

［眉批］“面厚”一语乃致富奇书，不独女旦为然也。

（小旦）做爷娘的要在你身上挣起一分大家私，你倒这等迂阔起来。我们这样妇人，顾甚么名节？惜甚么廉耻？只要把主意拿定了，与男子相交的时节，只当也是做戏一般。他便认真，我只当假，把云雨绸缪之事，看得淡些，这就是守节了，何须恁般拘执。

［前腔］烟花门第，怎容拘泥（去声）。拚着些假意虚情，去换他真财实惠。况有这生涯可比，生涯可比，把凤衾鸳被，都认做戏场馀地。会佳期，张珙虽留恋，莺莺不姓崔。

我做娘的也不叫你十分滥觞，逢人就接。有三句秘诀传授与你，你若肯依计而行，还你名实兼收，贤愚共赏，一生受用不尽。（旦）那三句秘诀？（小旦）叫做许看不许吃，许名不许实，许谋不许得。（旦）怎么叫做许看不许吃？（小旦）做戏的时节，浑身上下，没有一件不被人看到，就是不做戏的时节，也一般与人顽耍，一般与人调情，独有香喷喷的这钟美酒，再没得把他沾唇。［旁批］恶！这叫做许看不许吃。（旦）这还有些道理。那许名不许实呢？（小旦）若有富商大贾（音：古）公子王孙要与我做实事的，我口便许他，只是托故延捱，不使他到手，这叫做许名不许实。（旦）这也还有些志气。那许谋不许得呢？（小旦）有那些痴心子弟与我相处厚了，要出大块银子买我从良，我便极口应允，使他终日图谋，不惜纳交之费。图到后来，只当做场春梦，决不肯把身子嫁他。这叫做许谋不许得。（旦）既舍不得身子，为甚么不直捷回他，定要做这许多圈套？（小旦）但凡男子相与妇人，那种真情实意，不在粘皮靠肉之后，却在眉来眼去之时，就像馋人遇酒食，只可使他闻香，不可容他下箸。一下了箸，他的心事就完了。那有这种垂涎咽唾的光景来得闹热。（旦冷笑介）

［眉批］好游狭邪者，知其如此颠倒英雄，则索然兴尽矣。笠翁之书，无字不是讽谏。

［长拍］叠叠机关，叠叠机关，重重坑阱，好教我谋主代人惊畏。似这等虚张情网，空摄迷魂，他犯何辜受此羁缧？便做道全节不曾亏，把零香碎玉，也无端糜费。母亲，照你这等说来，一生一世只把虚话哄人，那丧名败节的事，竟是没有的了？（小旦笑介）这孩子又来痴气了。那三句秘诀，总是在未曾着手之先，生发他小主钱财的意思。若要大块银子，不与他做些实事，他如何有得送你？只是要拣那绝顶的大户，挥金如土的方才结识他。那些用小钱的主子，只还他些口角风情罢了。（旦摇头介）这个如何使得？风影虚名犹吝惜，况实在，丧便宜。入耳先教惭悔。把口头名节，失去难追。

［眉批］口头失节，贞妇怀惭；场上称夫，烈女殉节，总见妇人家更比男子不同。非止大节难逾，即小节亦不容出入。笠翁讲学，精微至此，奈何尚以人人侧目之。

（副净上）遍访梨园态，来充窈窕班。还愁天上曲，不屑配人间。（旦）爹爹回来了。（见介）（小旦）父亲，那里去了半日，这早晚才来？（副净）为合小班，聚集些少年子弟，往各处走了一遭。（小旦）这等有了不曾？（副净）样样脚色都有了，只少一个大花面。（旦）男脚色里面最难合的是正生，花面有甚么难学处？（副净）大花面比小花面不同，做的都是武艺，要有些英雄气概才好。

［短拍］（副净）花面虽填，花面虽填，英风务肖，气昂昂全要威仪。（小旦）这等，一时寻不出却怎么处？（副净）容易，待我写个招帖，贴在门首，自然有人来做。只是一件，要取个班名才好。我儿，你是极聪明的，想出两个字来。（旦想介）既是小班，取个方生未艾的意思，叫做玉笋班罢。（小旦）好个玉笋班！这名已逗财儿，看活泼泼方生无已。但愿竿竿成竹，幽密处、引得凤来栖！

［眉批］得此为净脚吐气，唐庄宗所以重粉墨。

（副净写介）"本家新合玉笋班，各色俱备，只少净脚一名，愿入班者，速来赐教。"待我贴他起来。（贴介）（旦）爹爹、母亲，既要孩儿学戏，孩儿不敢不依。只是一件，但凡忠孝节义、有关名教的戏文，孩儿便学；那些淫词艳曲，做来要坏廉耻、丧名节的，孩儿断断不肯学他。（副净）那也易处。（旦背介）是便是了，那个做正生的，不知是怎生一个人物？万一状貌粗蠢、性情鄙劣、与奴家搭配不来却怎么处？

［眉批］王阳明、陶石梁皆以传奇有益名教，欲尽芟淫唱，独存《琵琶》《荆钗》等剧，即此意也。

［尾声］虽则是虚名也顾着纲常体，怕的是男泾女渭，尽有人忽略虚名致把实行亏。

（副净）玉笋佳名确不移，（小旦）小班更比大班奇。

（旦）饶伊擅尽当场巧，究竟原非妇所宜。

［眉批］如许名言，那得不令人三复。

第四出　别　赏

［懒画眉］（生同末上）（末）呼朋来听绕梁音，撇却荒斋书与琴。（生）一自前番耳热到如今，教人独宿难安枕。（合）一见能消契慕深。

（末）此间已是戏场了。台上还不曾有人，想是梨园未到。我们且在这总路头上，站立一会，等刘绛仙走过的时节，先把那凌波俏步领略一番，然后跟他去看戏，有何不可。（生）极说得是。那些做戏的妇人，台上的风姿与台下的颜色判然不同。我和你立在此处，到可以识别真才。（末）同是一个人，怎么有两样姿色？（生）这种道理也有些难解。戏场上那条毡单，最是一件作怪的东西，极会欺凌丑妇，帮衬佳人。丑陋的走上去，愈加丑陋起来；标致的走上去，分外标致起来。兄若不信，请验一验就是了。（末）也说得是。

［眉批］所谓当行。

［眉批］贡院中三尺号板，极会帮衬假料，难为真才，反不如这条毡单极有公道。

［前腔］（外、小生、净、丑，各穿本等服色，同小旦、旦上）（外、小生）行来寂静口如瘖，（净、丑）要歇息喉咙养妙音。（生觑小旦，复觑旦介）（旦作羞容流盼介）檀郎瞥遇愧难禁，（小旦）休教误却缠头锦。（合）及早登场各用心。

（旦回顾生，随众下）（末）何如？小弟的说话，可也赞得不差。（生）所谓刘绛仙者，就是前面那一位么？（末）正是。（生摇头介）也不过如此。（末）妇人的姿色到这般地步，也勾得紧了，难道还有好似他的？（生）有，有，有！（末）这等，在那里？（生）就在眼前。（末）既在眼前，何不指引小弟同去看一看？（生）方才在后面走的那个垂髫女子，难道不是天香国色？为甚么对了人间至宝，全不赏

鉴，倒把寻常的姿色，那般抬举起来？（末）那是他亲生的女儿，叫做藐姑，带在身边学戏的。据小弟看来，好便好了，也未必在母亲之上。

［眉批］绛仙之平常，以藐姑形之耳。

［前腔］从来好美有同心，独有你这识宝的双眸不类今。（生）要从别调见知音。这位女子就像胎里的明珠，璞中的美玉，全然不曾雕琢的。非具别眼的人，那里识认得出。（末）便道是含苞异日开如锦，怎似这现在的名花得气深！

（生背介）这种道理，不但他们不知道，也不可使他们知道。若使见知于人，则天下之宝必与天下共之，小生不能独得矣！我且依他说个不好，自己肚里明白就是。是便是了，既要结识他，须是在未曾破瓜的时节，相与起头才好。我且随众人看戏，待他戏完之后，回去的时节，尾在后面，看他家住那里？然后想个进身之法，有何不可。（转介）毕竟是兄识货，方才那个女子初见便好，过后想来也没有甚么回味。还去看戏的是，不要耽搁工夫。

［前腔］当场一刻胜千金，莫把闲词误寸阴。（内打锣鼓闹场介）（末）听了这闹场锣鼓好不痒人心。（生背介）我这醉翁之意非贪饮，反不若打鼓终场的乐事深。

（末）拉友观场破寂寥，评声论色兴偏饶。

（生）非关举世无明眼，天与忽然秘阿娇。

第五出　办贼

［破阵子］（小生三髯、冠带，引众上）志在长林丰草，身在皂盖华轩。自叹衣冠同桎梏，枉向愁中老岁年，何时担卸肩？

海上孤臣叹泬漻，年华未迈鬓先凋。雄心不遂身难隐，朝市山林两见嘲。下官慕容介，字石公，西川人也。由进士出身，历官史职谏垣，外补漳南兵宪之职。有才不屈，无欲能刚。半世迂儒，屡犯士林之忌；十年傲吏，频生宦海之波。贵淡泊而贱浮华，无奈造物不仁。夺所贵而予所贱；苦应酬而甘寂寞，不幸生辰欠好，多所苦而少所甘。屡疏乞骸，未蒙允放。今日从野外练兵而回，不免退食衙斋，与夫人小饮一会，有何不可。（对众介）各役回避。叫院子，请夫人出来。

［前腔］（老旦引净上）风诰荣身滋惧，鹿门矢意同坚。自信此时招隐志，更比当时劝驾虔，何时叠枕眠？

（见介）相公，你往野外练兵，未免劳心费力。不知自你任事以来，军威将力强弱何如？求你细说一番。叫梅香，备酒伺候。（净）备下了。（送酒介）（小生）夫人请坐，听下官道来。

［玉芙蓉］军威颇胜前，羸弱都强健。更严遵纪律，熟说机权。（老旦）这等说来，兵势比前强盛了。那山间的盗贼，近来不见窃发，想是解散了么？（生摇头介）他藏机不发心非善，塞水须防窦忽穿。防奇变，预图谋万全；笑庸臣，每到临危藏拙把躯捐。

［眉批］捐躯尚有不屑，何况偷生，是何等负荷？

（老旦）相公，你仕途的甘苦都已尽尝，宦海的风波甚是难测。既有高尚之心，何不早些决策，只管因仍苟且。试想到那吏议挂身、弹章塞口的时节，还能勾飘然而去么？

［前腔］休输一着先，及早图长便。念风波似海，少底无边。一丝既少扶危纤，万橹偏多下石船。休萦恋，恋些儿俸钱；也须知，俸钱多处惹蝇膻！

［眉批］梓不意出之闺人。李斯牵犬，陆机唳鹤，嗟何及矣！

（小生）贤哉夫人！你这些话，都是下官知道的。只是屡次乞身，怎奈朝廷不许。前日又去哀求抚按，蒙他题了病疏，或者侥幸得允，也未可知。只是一件，这些山贼未除，终是地方的隐患。有下官在此，还肯替朝廷做些事业，终日练兵讲武，措饷整戈。虽不曾建得军功，也还使他知我有备。只怕下官去后，那些地方官儿只说烽烟不起、桴鼓不鸣，就是太平气象。殊不知，不乱之乱才是大乱。一旦有起事来，只怕山川社稷祈祷不灵，没有措手的去处，这地方才是苦也！倒不如趁下官在此，等山间的盗贼举动一举动，待我把生平谋略展布一番，替地方除了大害，然后挂冠而去，才叫得身世两全。怎奈那些幺魔小蠢不肯窃发，叫我也没奈何！

［前腔］焚香默告天，早遂愚臣愿。怕潜身去国，留下馀愆。只道我是秀才虑试忙抛卷，酒力难胜巧避筵。教我何词辩？要身名共全，只除非，先除国难后归田。

（内击鼓介）（外上）禀老爷：外面有人击鼓，说有紧急塘报要传。（小生）取进来。（外下，取报上）（小生看介）呀，正要立功，不想就有警报，山间的盗贼要想出来了。叫院子，取一枝令箭，传与中军，叫他点齐人马，备办行粮，候本道即时调发。（外应下）（小生）夫人，我生平的谋略，如今要展布出来了。（老旦）请问相公，当用甚么计策？（小生）下官画有二计久矣，藏在胸中。用了第一计，

可以出奇制胜，杀死一半贼兵，使他抱头鼠窜，不致涂炭生灵。用了第二计，可以焚巢捣穴，削草除根，不留一个馀贼。（老旦）这等，是那二计？请相公说来，待奴家也参些末议。（小生）行兵大事，岂可谋之妇人。况且机密重情，虽是妻子面前，也泄漏不得。你不必问他罢了。（老旦）也说得是。这等，别样事不敢多口，只是行兵之事，最忌杀戮。奉劝相公，只用前计保全地方，护持生命，积些阴德罢了。那焚巢捣穴之事，不但自家冒险，损伤的性命也多，不若留些馀地罢！

［前腔］劝你把屯田当福田，力战输心战。记行军要语，降志为先。那些将领呵，但知道携来首级增功券，全不想失去头颅也费本钱。全靠你行方便，把人心合天。念从来，好生两字岂徒然！

行兵事事有先筹，慷慨临戎自不忧。

非是热中求媚主，缨冠只为挂冠谋。

［眉批］二语流传，不知全活多少生命。仁人之言，其利溥矣！

第六出　决计

［破阵子］（生上）访着蓝桥仙宅，多方欲丐琼浆。怪杀云中多犬吠，只许裴生在路旁，教人渴怎当？

小生自遇刘藐姑，不觉神魂飞越。此等尤物，不但近来罕有，只怕从古及今，也不曾生得几个。谭楚玉是个情种，怎肯交臂而失之？那一日尾他回去，认了所住的地方，又访问他的邻人，知道此女出身虽贱，志愿颇高。学戏之事，也非其本念，若还遇了小生，不怕不是个夫人之料。只是一件，闻得他的父母，虽然要他学戏，又防闲得极严。不是顾名节，单为蓄钱财。韫椟而藏之心，正为待价而沽之地。我也曾千方百计，要想个进身之阶，再没有一条门路。止得一计可以进身，又嫌他是条下策，非士君子所为。他门上贴着纸条，要招一名净脚。若肯投入班中，与他一同学戏，那姻缘之事就可以拿定九分。只是这桩营业，岂是我辈做得的？

［锦缠道］猛思量，做情痴，顾不得名伤义伤。才要赴优场，又不合转痴肠、被先贤古圣留将。正待要却情魔改从义方，耨心田灭却愁秧。当不得意马信偏缰，离正辔把头儿别向。好教我难分圣与狂，一霎时心儿几样，还只怕魔盛佛难降！

学戏之事，虽有妨于名教；钟情之语，曾见谅于前人。我如今说不得了，舍却这条门路，料想不能近身。我且投入班去，或者戏还不曾学成，把好事先弄上手，得了把柄，即便抽身，连花脸都不消涂得，也未可知。竟收拾前去便了。

［朱奴儿］意才定心儿便痒，暂抛撇琴剑书箱。非是我去故趋新脚太忙，怕的是稍留滞又转他肠。魂落在，伊家那厢，便强（上声）住也生魔障！

枳棘原非凤所栖，求凰因使路途迷。

只为美人甘屈节，藉口贤人赋《简兮》。

第七出　入班

［水底鱼儿］（副净上）发积难当，妻扶女又帮。止求家富，不愿姓名香。

［眉批］姓名香者家常不富，亦是有激而然。

自家刘文卿是也。一向要合小班，止少一名净脚。前日贴了招帖，也不见有人进来。我已聘了一位名师，约定今日来开馆。等不得脚色齐备，先把有的教习起来，等做净的到了，补上也未迟。叫孩子们，把三牲祭礼，备办起来，等先生与众人一到，就好烧纸。（内应介）

［金蕉叶］（生上）心忙步忙，赴温柔如归故乡。遥盼着优师仞墙，比龙门还加向往。

来此已是，不免径入。（进介）此位就是刘师父么？（副净）正是。相公尊姓大名，有何赐教？（生）小生叫做谭楚玉。闻得府上新合小班，少一名净脚，特来相投。（副净惊介）怎么？你是一位斯文朋友，竟肯来学戏？这等说起来，是小班之福也。既然如此，等众人到了，一同开馆就是。

［水底鱼儿］（外、末、净、丑齐上）喜戴冠裳，从师入戏堂；做官极快，不用守寒窗。

（见副净揖介）此位是谁？（副净）新来的净脚。（众）这等说，是敝同窗了，大家见礼。（共揖介）（众）请问，教戏的师父，还是你自己，还是另请别人？（副净）我自家没有工夫，别请一位名师，即刻就到。

［绕红楼］（小生上）丝竹歌喉总擅长，名子弟尽出门墙。一字无讹，千人共赏，肯遗顾周郎。

（副净）师父来了。（向内介）叫孩子们一面请姑娘出来拜见师父，一面取三

牲祭礼，好烧请二郎神。（生）请问师父，甚么叫做二郎神？（小生）凡有一教，就有一教的宗主。二郎神是做戏的祖宗，就像儒家的孔夫子，释家的如来佛，道家的李老君。我们这位先师极是灵显，又极是操切，不像儒释道的教主，都有涵养，不记人的小过。凡是同班里面有些暗昧不明之事，他就会觉察出来，大则降灾降祸，小则生病生疮。你们都要紧记在心，切不可犯他的忌讳。（生）这等，忌的是甚么事？求师父略道几桩。（小生）最忌的是同班之人不守规矩，做那亵渎神明之事，或是以长戏幼，或是以男谑女。这是他极计较的。（生背介）这等说起来，我的门路又走错了。如今来到这边又转去不得，却怎么处？

［金蕉叶］（旦上）男疆女疆，自今朝毁堤灭防。这羞涩教人怎当，那窥觑如何阻挡？

（副净）我儿，这是师父，这是同班弟兄，都过来见了。（齐见介）（旦见生惊，背介）呀，这是一位书生，前日在路上遇见的，他怎么也来学戏？（生做流连，示意介）（旦）哦，我知道了。（副净对书介）谭兄弟，你既要入班，就该穿我们的服色。这顶尊巾须要换去了。（生）如今还是学戏，不曾做戏，到做戏的时节，换去也未迟。（副净）也说得是。（内送祭礼上，副净烧纸毕，率众拜介）

［驻云飞］护法金汤，俛首虔诚拜二郎。默把吾徒相，暗使聪明长。嗏，开口便成腔，不须摹仿。身段规模，做出都成样。一出声名播四方。

（副净）师父请坐了，等他们好拜。（小生）教戏虽是我，扶持照拂全靠主人，该与你一同受拜。

（拉副净并立介）（众齐拜介）（生、旦并立，一面拜，一面觑介）

［前腔］（合）拜入门墙，愿你在阳间做二郎。显把吾侪相，渐使聪明长。嗏，不教不成腔，用心摹仿。求你把身段规模，做出程文样。好使声名播四方。

（末）这些脚色可曾派定了么？（副净）派定了。（小生）这等，请散脚本。（副净散脚本介）我从今日起，把他们的坐位也派定了，各人坐在一处，不许交头接耳。若有犯规的，要求先生责治。

（生、旦各背介）老天，保佑我和他两个坐在一处也好。（副净）众脚色里面独有生旦的戏多，又不时要登答问对，须要坐在一处。其馀的脚色，任意坐定就罢了。（对丑介）你是正生，该与我女儿并坐。（扯丑与旦并坐介）（生、旦各慌介）（副净分派外、末、净、生各坐一处介）如今坐定了，我进里面去罢。有一杯薄酒备在中堂，求师父略教几句，应一应好日就请进来。安排开学酒，饮宴授徒人。（下）（小生）大家随着我，唱一只同场曲子。（随意拈曲一只，众取箸作板，同唱介）（唱完内请介）（小生）你们也一同进来，大家吃杯喜酒。

同班兄弟似天伦，男女何尝隔不亲。

须识戏房无内外，关防自有二郎神。

（同下）（旦吊场）我看这位书生，不但仪容俊雅，又且气度从容，岂是个寻常人物？决没有无故入班，肯来学戏之理。那日在途间相遇，他十分顾盼奴家，今日此来，一定是为我。（叹介）檀郎，檀郎！你但知香脆之可亲，不觉倡优之为贱；欲得同堂以肄业，甘为花面而不辞。这等看来，竟是从古及今，第一个情种了。我如何辜负得你？奴家遇了这等的爷娘，又做了这般的营业，料想不能出头，不如认定了他，做个终身之靠，有何不可。

［驻马泣］［驻马听］天付鸾凰，今日这一拜呵，只当是暗缔姻亲预拜堂。那些众人呵，权当做催妆姻戚，伴嫁媒婆，扶拜的梅香。我那爹爹呵，若不是他私心认做丈人行，怎肯无端屈膝将伊让！是便是了，你既有心学戏，就该做个正生，我与你夫妇相称。这些口角的便宜，也不被别人讨去，为甚么做起花面来？［泣颜回］怎能勾扮虞姬常演《千金》，博一个嫁重瞳净旦成双。

莫怪姻缘多错配，戏场生旦也参差。

［眉批］春秋正名之义，使人凛然。

第八出　寇发

［杏花天］（副净扮山大王，虎面奇形，引丑类上）万山深处开王业，问家邦，云迷雾遮。从来议战先图守，早占定龙巢凤穴。

状类天魔性类熊，拔山膂力少人同。休言蠢类无长技，猿臂从来善引弓。孤家山大王是也。赋形怪异，秉性狰狞。生于虎豹丛中，长在狐狸队里。茹毛饮血，今人窃太古之风；枕石眠云，山鬼享神仙之福。孤家少无父母，不知生自何人。只听得乳养的老妪说：俺未生之先，这深山里面出了一个异人，不但有伏虎降魔之术，又惯与牝兽交欢。忽然一日，只见深林里面，有个带血的孩子，就是孤家，生得十分怪异。这位老妪知道是异人之子，猛兽所生，将来毕竟有些好处，就抱回来抚养。及至长大之后，官骸举动，件件都带些兽形。遇了豺狼虎豹，就像至亲骨肉一般，不但不害俺，都有个温存顾盼之意。闻得数十年前，曾有几句童谣，道是，人面兽心，世界荆榛；人心兽面，太平立见。这几句谶语，分明应在区区身上，故此就在万山之中，招兵买马，积草屯粮，训养二十馀年，方才成了气候。孤家生在山中，就把"山"字做了国号，上应天心，下从人愿，暂就大王之位，徐图天子之尊。一向要举兵出山，只因有个司道官儿，复姓慕容，精通武略，终日价练兵措饷，虽不知他实际何如，却使俺这赫赫军威，也被他虚声所夺。近来闻得他宦兴渐衰，归心颇急，不如乘此举事，好逼此老辞官，省得他犹豫不果。只是一件，从来兵法贵奇，若只靠几个兵丁，那里成得大事？喜得孤家原是兽类，平日蓄有几队奇兵，都是山间的猛兽，把他做了先锋，杀上前去，还怕谁来拦挡？叫将校，吹起号筒来，好待那虎、熊、犀、象四队兽兵，前来开路。（众应，吹号筒介）（副净登台，执令旗指挥介）（扮虎、熊、犀、象次第上，舞介）（每舞一回，副净用令旗

一挥即下）（副净）摆齐队伍，就此起兵。（众应介）（副净下台，率众行介）

［眉批］欧阳询之肖父，郭元振之救女，皆此类也。

［眉批］奇绝。

［眉批］补《齐谐》之未逮。

［眉批］虚声之不可少也如此。

［驮环着］（合）把龙旗扯拽，把龙旗扯拽！虎豹冲锋，犀象张威，豺狼肆啮，麋鹿狐狸遍野。都是俺决胜的奇兵，不似仗人威，有时虚怯。问军饷、山薇野蕨，问军仗、桃弓柳弩。真难惹，莫怨嗟，劝你把锦绣江山，权时相借！

（齐下）

［杏花天］（小生戎装，引外、末二将，各带兵士上）金瓯难使纤毫缺，小疮痍能成大疖。运筹自觉成功稳，慎国步犹防蹉跌。

［眉批］无语不令必传。

弃官将去复临戎，踊跃难禁奏凯衷。非是老成犹喜事，此功成后更无功。下官率兵御寇，昼夜兼行，来到此间，已与贼兵相近了。闻得贼头是个异类，性子慓悍异常，所用的先锋都是猛兽。想来只可智擒，料难力取。众将官近前，听我分付。（众应介）（小生）我闻得贼兵有限，止靠几个猛兽做了护身符。兽兵得胜，势便披猖；兽类伤残，自然败北。败兽之法，莫妙于火攻。我已曾在总路头上掘了深坑，埋下地雷飞焰，使他踏动机关，地雷自响。一响之后，弥天遍野都是火星，毛虫遇火，浑身都着，烧得他疼痛，自然反奔。你们伏在要害之处，听见炮声，合兵追斩；待得胜之后，再议搜山。都要小心奉行，不得违吾军令！（众应，行介）

［驮环着］（合）把机关巧设，把机关巧设！伏虎奇谋，逐鹿高踪，降龙妙诀。

火不烧身自惹，管教你尽脱毛衣，赤精精浑身变赭。逃不过、池鱼大劫，请不了、焦头上客。（合）丢长铗，弃镆铘，看扫尽妖氛，不持寸铁。

（齐下）（众兽同上，跳舞介）（忽作炮声，满场俱发火焰，众兽奔溃，下场介）

［水底鱼儿］（副净引众惊走上）烈火难遮，烧来好怨嗟。兽惊马散，连人走破靴。

不好了，不好了，被他用了火攻，把我的兽兵尽皆烧死。前锋既失，后队难行，不如收兵转去。（外、末领兵追上，对杀介）（贼众败下）（小生）贼兵大败，本该乘胜搜山，只是屡战之后，马倦人疲，恐怕有些折挫。记得临行时节，夫人再三叮咛，只劝我保全生命。如今也杀得勾了，就留些馀地罢。（转介）贼势已穷，我军力竭。分付将校，就此班师。（众应，行介）［驮环着］把天兵尽掣，把天兵尽掣！烽火全消，桴鼓收藏，妖星顿灭。箪食壶浆遍野，万姓歌呼，尽喜仗军威，得安生业。看日影才移桑柘，纪胜绩早安民社。（合前）

（齐下）

第九出　草札

［番卜算］（生上）为做有情痴，屈尽吾儒体。隋珠抛去雀难求，到底心无悔！

小生为着刘藐姑，不但把功名富贵丢过一边，连终身的名节也不顾。只道入班之后，就与至亲骨肉一般，内外也可以不分，嫌疑也可以不避。谁想戏房里面的规矩，更比人家不同，极混杂之中，又有极分别的去处。但凡做女旦的，普天下之人，都可以调戏得，独有同班弟兄，倒调戏不得。这个陋规不知甚么人创起？又说有个二郎神，单管这些闲事，一发荒唐可笑。所以这学堂里面，不但有先生拘束，父母提防，连那同班的人都要互相觉察。小生入班一月，莫说别样的事难行，就是寒暄也不曾叙得一句，只好借眉眼传情，规模示意罢了。（叹介）这刻刻相见的相思，更比那不见面的难害，眼见得要断送了也。

［眉批］戏房而严调笑，可谓饮人狂药，责人正礼矣。

［一江风］病难医，怕的是影即形偏离（去声），眼热心难遂。似这等，对食流涎，就是粗粝也难当，况是琼浆味。小生为他消瘦，还经得起他那里呵，腰肢本欠肥，新来又减肌，这都是我赦不去的风流罪。

我如今没奈何，只得把入班的苦心，求婚的私意，写下一封密札，搓作一个纸团，等到念脚本的时节，张得众人不见，丢在他怀里面，他看见了自然有个回音。只是一件，万一被众人拾到，却怎么处？（想介）我有道理，这一班蠢才，字便识得几个，都是不通文理的。我如今把书中的词意放深奥些，多写几个难字在里面，莫说众人看见全然不解，就是拿住真赃，送与他的父母，只怕也寻不出破绽来。有理有理！（写介）

［前腔］诉心期，笔法多奇诡，词意偏深邃。却便似，石鼓奇文，就是一字千

金，也解不出其中意。我想有心学戏，自然该学个正生，一来衣冠齐楚，还有些儒者的气象；二者就使前世无缘，不能勾与他配合，也在戏台上面借题说法，两下里诉诉衷肠，我叫一声“妻”，他叫一声“夫”，应破了这场春梦也是好的。只可恨脚色定了，改换不得。我如今把这个意思，也要写在书中，求他在令尊面前说个方便，把我改做正生，或者侥天之幸，依了也不可知。（又写介）求他速具题，将人早量移，只当是由散职登高位。

[眉批] 场上做夫妻，使千万人共见，可谓占尽风流，较衽席之间，更饶佳趣。小谭真是解人。

[眉批] 具题、量移、高位，音与韵谐，此是传奇神境，非笠先生不能。

书已写完，待我搓作纸团，到戏堂里面去伺候。

将书缩做丸，不但传幽秘。

聊当结同心，稍示团圆意。

第十出　改生

（外、末、净、丑齐上）（外）诗书不读学为优，（末）止为偷安喜浪游，（净）谁料一般遭夏楚，（丑）戒方终日不离头。（外）我们这一班兄弟学了个把月戏文，还不曾会得一两本。谁想做旦的刘藐姑与做净的谭楚玉，他两个记性极好，如今念熟了许多。我们只是赶他不上，却怎么处？（末）师父昨日说了，今日要考较我们，大家都要仔细。（丑）都是净、旦两脚不好，他两个要卖弄聪明，故此显得我们不济。藐姑是师父的女儿，不好难为他。小谭那个畜生，断然放他不过。我今日不打就罢，若还吃打，定要拿他出气。（净）别样也还可恕，最恼他戴了方巾，要充个斯文的模样。我和你一齐动手，定要扯他的下来。（外）师父要出来了，我们各人上位。（生上）费尽百般计策，只因要避疑猜。不怕青鸾信杳，只求黄犬音乖。列位请了。（外、末拱手，净、丑不理介）

［生查子］（小生上）徒弟不成材，枉费先生力。（旦上）位置不相宜，难怪愚蒙辈。

（各坐原位介）（小生）你们把念过的脚本都拿上来，待我信口提一句，就要背到底。背得出就罢，背不出的都要重打。（生）学生念熟了十本，昨日都背过了，没有一句生的。（旦）学生也念熟了十本，昨日都是背过的。（小生）你们两个又记得多，又念得熟，不消再背了，只考他们就是。（外送脚本介）学生只念得两本，虽不叫做熟，也还勉强背得来。（小生看介）“风尘暗四郊”，这是那一本上的？叫做甚么曲牌名？（外）这是《红拂记》上的，牌名叫做《节节高》。（小生）背来。（外照旧曲唱介）（小生）去罢。（末）学生也只得两本。（送脚本小生看介）“国破山河在”。（末）这是《浣纱记》上的，牌名叫做《江儿水》。（小生）背来。

（末照旧曲唱介）（小生）去罢。（对净介）你的拿来。（净）学生只念得一本。（小生）他们极不济的也有两本，你只得一本，这等且拿来。（净）是极熟的，不消背得。（小生）胡说，快拿来！（净慌介）这怎么处？（扯生背介）我若背不出，烦你提一提。（生）师父要听见，如何使得？（净）我有酬谢你的去处。（指丑介）他方才说，都是你卖弄聪明，显得他不济，要拿你出气哩。你若肯提我，我就帮你打他；若还不肯，我就帮他打你。（生）这等，放心去背，我提你就是。（净送脚本，小生看介）"寄命托孤经史载"。（净对生做眼色介）（生低声说介）这是《金丸记》上的，牌名叫做《三学士》。（净照前话，高声应介）（小生）这等背来。（生照旧曲低唱，净依生高唱介）（小生）去罢。（丑背介）他央人提得，我难道央人提不得？藐姑与我坐在一处，不免央他。（对旦介）好姐姐，央你提一提，我明日买汗巾送你。（旦笑点头介）使得。（丑送脚本，小生看介）"叹双亲把儿指望"。（丑对旦做眼色介）（旦背笑介）我恨不得打死这个蠢才，好把谭郎来顶替。为甚么肯提他？（端坐不理介）（小生）怎么全不则声？（丑）曲子是烂熟的，只有牌名记不得。（小生）这等免说牌名，只背曲子罢。（丑高唱"叹双亲"句，唱完住介）（小生）怎么？我提一句，你也只背一句。难道有七个字的曲子么？（丑）原是烂熟的，只因说了几句话，就打断了。（小生）这等，再提你一句："教儿读古圣文章。"（丑高唱前句，又住介）（小生怒介）有这样蠢才！做正生的人，一句曲子也记不得？（指生介）他是个花面，这等聪明，只怕连你的曲子，他也记得哩！（对生介）这只曲子你记得么？（生）记得。（小生）这等，你好生唱来，待我羞他的脸。（对丑介）你跪了，听他唱。（丑跪介）（生照旧曲高声唱介）（小生）好！记又记得清，唱又唱得好。（对丑介）你听了羞也不羞？如今起来领打。（丑哭讨饶，小生不理打介）且饶你几板，以后再背不出，活活的打死。快去坐了念。（丑上位，做鬼脸，暗骂旦，复骂生介）（生、旦各笑介）（小生）我出门去会个朋友，你们各人用心，不可交头接耳，说甚么闲话。（众）晓得。（小生）奉劝汝曹休碌碌，举头便有二郎神。（下）（丑出位，见净附耳私语介）（净）待我商量回话。（背介）他要打小谭，叫我做个帮手。我想小谭提我的曲子，怎么好打他？也罢，口便帮他骂几句，待他交手的时节，我把拳头帮着小谭，着实捶他一顿，岂不是个两全之法？有理有理！（转对丑私语，丑大喜对生介）小谭，请出位来，同你讲话。(生出位介）有甚么话讲？（丑）你学你的戏，我学我的戏，为甚么在师父面前弄这样的聪明？带累我吃打。（生）师父要我唱，与我何干！（净）就是师父要你唱，你回他不记得罢了，为甚么当真唱起来？原是你不是。（对生做手势，生会意介）(丑）你既然学戏，自然该像我们，也戴一顶帽子，为甚么顶了这个龟壳？（用扇打生头上介）难道你识得几个字，就比我们异样些？（伸手扯巾，生回避介）（丑对众介）我是动的公愤，列位兄长快起义兵！（净）正是。大家捶这狗头。（丑扭住生，外、末劝不住介）（生揪丑，按倒在地介）（净口骂生手打丑介）（旦背介）我假意去扯劝，一来捏住谭郎的手，与他粘一粘皮肉也是好的；二来帮着谭郎，也捶他几下，替谭郎出口气儿。（一面捏住生手，彼此调情；一面叫净重打介）（外）劝他们不住。待我走将出去，假装师父的声口，吆喝几声，他们自然惊散了。（暗立场后咳嗽介）是那几个畜生，在里面胡吵，快些开门，待我进来。（末）师父来了，还不快些放手。（生、旦、净、丑惊散，各坐原位念脚本介）（外假装师父摇摆上）方才罗唣的是那几个？都跪上来。（生、旦、丑、净见外各笑介）（末）师父当真要来了，大家念几句罢。（各念脚本，旦背介）方才扯劝的时节，谭郎递一件东西与我，不知甚么物件，待我看来。（看介）原来是个纸团子，毕竟有字在上面。（展看，点头介）原来如此。我如今要写个回字，又没处递与他，却怎么处？(想介）我有道理，这一班蠢才都是没窍的，待我把回他的话编做一只曲子，高声唱与他听。众人只说念脚本，他那里知道。有理有理！（转坐看脚本介）这两只曲子，倒有些意味，待我唱他一遍。

［眉批］人见此折宾白太多，填词甚少，谓有枝繁干弱之病。不知以前背脚本处，皆以旧曲填入新词，唱者方苦其多，若使再增新曲，则又有干繁枝弱之病矣。观者不可不知。

［眉批］此女子于此处不凡。

［金络索］来缄意太微，知是防奸宄。两下里似锁钥相投，有甚难猜的谜？心

儿早属伊，暗相期，不怕天人不肯依。你为我无端屈志增憔悴，吃尽摧残受尽亏。好教我难为意，恨不得乘鸾此际逐君飞。怎奈这羽弱毛亏，去路犹迷。还须要静待风云会。

［前腔］将他改作伊，正合奴心意。欲劝爹行，又怕生疑忌。我潜思有妙儿，告君知，会合的机关在别离。这成群莺鸟无清唳，单靠你一鹤鸣皋震九逵。故意把同侪背，只道是高人不屑就低微。把职守辞推，案卷抛遗，管教你立致清华位。

［眉批］此等填词，竟是说话，无复有笔墨之痕矣。那得不令元人下垂？

（生背喜介）有这等聪明女子，竟把回书对了众人，高声朗诵起来。只有小生明白，那些愚夫蠢子一毫也不懂。这等看来，他的聪明还在小生之上。前面那一只，是许我的婚姻，后面那一只，教我个改净为生之法。说这一班之中，只有我好，其馀都是没干的。叫我在他父亲面前，只说不肯做净，要辞他回去，不怕不留我做生，果然是个妙法。等师父回来，依计而行便了。（小生上）出访戏朋友，归教戏门人。般般都是戏，只有攒钱真。你们的功课都做完了么？（众）做完了。（小生）这等，天色已晚，都回去罢。（外、末、净、丑、旦俱下）（小生）你为甚么不去？（生）有话要讲，所以不去。求师父唤东家出来。（小生唤介）（副净上）西席呼声急，东家愁闷深。不因催节礼，便是索修金。先生有何赐教？（小生）这个学生子有甚么话讲，要请你出来。（生）学生拜别师父，叩谢主人，明日要回家去。（副净）如今学会了戏文，正要出门做生意了，怎么倒要回去？（生）学生是个读书人，要去温习诗书，好图上进。这学戏的事，不是我做的！（小生）既然如此，当初为甚么入班？（生）我初来之意，只说做大净的，不是扮关云长，就是扮楚霸王，虽涂几笔脸，做到慷慨激烈之处，还不失英雄本色。谁想十本戏里面，止有一两本做君子，其馀都做小人，一毫体面也没有，岂是人做的事？

［眉批］虽是托词，却说得有伦有春，真生花舌也。

［三换头］终日价包羞忍耻，做的是丫鬟奴婢。便有时加冠束带，也不过替佞奸长面皮。又不是品低行低，没来由把好面孔，忽变做横须竖眉。终不然倒为我面似莲花也，特将花面题。（合）这两字佳名，让与那赖学书生却最宜！

（小生）你既不肯做花面，就该明讲，为甚么要走动起来？（副净）既然如此，任你拣一个脚色做就是了。正旦是我女儿，移动不得，老旦、贴旦里面，你认了一脚罢。（生）把个须眉男子，扮做巾帼妇人，岂不失了丈夫之体？（副净）这等，外、末里面认了一脚罢。（生）把个青年后生，扮做白须老子，岂不销了英锐之气？（小生）既然如此，你做了小生罢。（生）这个脚色还将就做得。只是一件，那戏文里面的小生，不是因人成事，就是助人成名，再不见他自立门户，也不像我做的。（小生）这等说起来，他的意思明明要做正生了。我看他的喉咙、身段倒是做生的材料，不如依了他罢。（副净）众脚色里面惟有生、旦最苦，上场时节多，下场时节少，没有一支大曲子不是他唱。只怕你读书之人，受不得这般劳碌。（生）不将辛苦艺，难取世间财。只要令爱受得，学生也受得，我和他有苦同受，有福同享就是了。

［眉批］文心委折，笔势迂回，总非浅人所能辨。

［眉批］因合、助人，足尽小生面目。若如慕石公者，岂可以小生薄之？

［前腔］身相表里，同欢均瘁。几曾见鱼劳水逸，两般分唱随？（背介）我羡伊还笑伊，会生儿倒不如能择偶，羞杀我温峤自媒。终不然教我面似莲花也，反陪那花面妻。

（副净）既然如此，把那做生的与你调换过来。你做正生，他做花面，再没得讲了。

［眉批］竟是明讲，岂但隐跃其词。

［东瓯令］休掉臂，莫攒眉，改净为生件件依，你和他调繁调简也均无愧。我这班中呵全仗你争些气，从今后苍蝇不怕路途迷，骥尾自相携。

（生）既然如此，只得勉强住下。我老实对你说，起先入班还是个假意，如今倒要弄假成真了。

［前腔］称凤隐，学鸾栖，枳棘丛中也见奇。只是一件，我文人须演文人戏。要脱尽梨园习，从今须是假便宜，掣肘便思归。

［刘泼帽］（小生）卑师强（去声）不过高徒弟，说将来件件堪依。一任你使乖弄巧妆奇异，只要我门墙价不低，又何妨倒受门人诲。

［眉批］孔璠还师李谧，亦是为此。今之为师者，不肯虚心，反出优师下矣。

（生）还有一件要说过，我谭楚玉的声名，那一个不晓得？谭楚玉的面貌，那一个不认得？今日入班做戏，就像楚相国吹箫，韩王孙乞食，不过是为贫所使。况且古来贤士，原有隐在伶工的，观者自然见谅。这顶方巾还要留在头上，存一线儒家之体，却是去不得的。［前腔］青衫暂别儒生体，只有这楚囚冠尚恋头皮。要他预占乌纱地，形骸任不羁，把元首全名义。

［眉批］近来戴方巾者多会串戏，谭楚玉之遗风馀韵尚未泯也。

（副净）样样都依了，何在这一件，索性随你就是。

从来净脚由生改，今日生由净脚升。

欲借戏场风仕局，莫将资格限才能。

第十一出　狐威

［梨花儿］（净巾服带末上）财主威名冠一方，肚皮顶起如膨胀，不读诗书也做郎，嗏，只因蓄得财儿旺。

自家非别，乃○埠镇上第一个财主乡宦，叫做钱万贯的就是。金银堆积如山，谷米因陈似土。良田散满在各邑，纳不尽东西南北的钱粮；资财放遍在人头，收不了春夏秋冬的利息。用豪奴，使狠仆，非是我不知收敛，只因佩服着古语两句，叫做：画虎未成君莫笑，安排牙爪始惊人。娶美妾，蓄妖姬，也知道耗损精神，只因窃记得《孟子》一篇，道是乞食齐人尚有家，富翁怎不骄妻妾。这也还是小事，自古道：财旺生官。就是中了举人、进士，也要破几分小钞。做纱帽的铺户，不曾见他白送与人。又听得官高必险，反不若我异路前程，做不到十分显职，卷地皮的典史，不曾见有特本参他。这等说起来，我这一位大大的财主，小小的乡绅，也尽做得过。难道不叫我顶其肚而摇摆，高其声而吆喝者乎？（笑介）我钱万贯自从纳粟之后，选在极富庶的地方，做了一任县佐，趁了无数的银子。做不上三年，就被我急流勇退，告了个终身假，急急的衣锦还乡。如今凡拜县官，都用治生帖子，他一般也来回拜。那些租户、债户见了，吓得毛骨悚然，欠了一升一合、一钱一分，就要写帖子送他，谁敢不来还纳？总来不亏别样，亏我这个住处住得好，不在城而在乡；若还住在城市之中，那举人、进士多不过，我这个异路前程，那里在百姓眼里？只是住在乡间，也有一桩不好，那些公祖父母，无故不肯下乡，我这些虎威，一年之中妆不上一二次，把纱帽、圆领都藏旧了。今日闻得本县的三衙，要巡历各乡，编查保甲，少不得一到本处就要来拜我，地方上办酒少不得请我去陪他。这场威风使得着了。叫家僮，你乘此机会，把一应田租帐目清理一番，有拖欠的就要开

送三衙，求他当面追比。（末）晓得。

［眉批］古人命名原自有意，不曰郡绅、邑绅，而曰乡绅，以其利于居乡也。此老可谓名实相副。

［四边静］（净）乘机急急追逋镪，分毫莫教让。开口便拘拿，谁人敢来抗！（末）由他嘴强（去声），自然胆丧。变产卖妻孥，只要勾前帐。

（外、副净、老旦同上）衙官忽地来，查点十家牌。虽然行故事，却要敛资财。（见介）（净）你们是些甚么人？到此何干？（众）我们是地方总甲。只因本县三爷要来编查保甲，这是往年的旧规，不过要得些常例，少不得出在这里中。如今都敛齐了，只是我们送他，恐怕争多嫌少，不肯就接。要求钱爷发个名帖，然后送去，觉得有体面些。从来官府下乡，定有一桌下马饭，我们也备下了，要请钱爷做个陪客。凡有不到之处，官府计较起来，都要求钱爷方便一声。（净）我的帖子是从来不肯轻发的，况且身子有病陪不得酒，你们去另央别个。（众）我们这个镇上只有你一位乡绅，那里还有第二个？（净）就是你们自己罢了，何必定要乡绅。（众笑介）钱爷又来取笑。我们做百姓的，如何敢用帖子？如何敢做陪客？（净）哦，原来“官民”二字，也有些分辨么？既然如此，你们平日为何大模大样，全不放我在眼里？（众）我们并不敢放肆，极是尊敬钱爷的。（末）禀老爷：他们这些人不是租户，就是债户，个个都有些帐目，不曾清楚的。（净）何如？你既然尊敬我，为甚么不肯还帐？我如今正要开送三衙，叫他当面追比，恨不得打断你的狗筋，还肯管这样闲事？

［前腔］看你这窟豚养得肥肥胖，正好吃官棒。打过要还钱，休思便轻放。（众）不消送官，待我们还就是了。望你权恢海量，自然了帐。总使没银钱，妻子也写来当。

（净）既然如此，我看地方面上，替你们妆个体面，把敛来的银子都放在这边，待我替送。请官的筵席要整齐些，我懒得出门赴席，也抬到这边来。地方上面就有些不到之处，我也替你们方便，只是以后知事些。你们这些人，莫说别样放肆，就是称呼里面，也有些不通。难道“钱爷”两个字是生漆粘牢的？那“钱”字下面，

“爷”字上面，就夹不得个字眼进去么？（众）是我们不知事。从今以后加上一个字眼，叫“钱老爷”就是。（净）既然如此，你们多叫几声，补了以前的数。（众连叫，净连应介）这才是个正理。你们的话都说完了么？我如今身子困倦，要进去睡了。你们有事者奏，无事者退班。（众）还有一件大事，要禀告钱老爷：那平浪侯晏公，是本境的香火。这位神道极有灵验的，每年十月初三是他的圣诞，一定要演戏上寿。请问钱老爷，该定那一班戏子？（净）往年的戏都是舞霓班做，那女旦刘绛仙又与我相厚，待我差人去接他便了。（众应介）从来不识乡官好，今日方知财主尊。（齐下）（净笑介）妙，妙，妙！我钱万贯的威势，不拿来恐吓乡民，叫我到那里去使？明日官到的时节，拿他们的银子、酒席，妆自家的体面威风，何等不妙！还有一件，上门的生意不可错过，等他拿了银子来，待我取下一半，只拿一半送官，且打过小小抽丰，再做道理。

［大迓鼓］又不是完官的正额粮，民间私觌，染指何妨。这例规不自区区创，衙门此法极平常，过手均分不算赃。

叫家僮。（末应介）（净）你打听舞霓班的戏子在那里做戏？好着人去唤他。（末）禀老爷：舞霓班虽好，还不如玉笋班更有名声，近来的台戏都是他做。（净）我不单为做戏，要借这个名色与绛仙叙叙旧情，你那里知道。（末）玉笋班也有女旦，就是绛仙的女儿，叫做藐姑。他的姿色比母亲更强。况且绛仙为照管女儿，近日离了大班，也在小班里面。［前腔］儿娇胜似娘，天然妩媚，不用乔妆。登场易使人心荡，更有那椿美味惹思量，多少馋人不得尝。

（净）是，他有个绝标致的女儿，我一向见过的，如今也出来做戏了？既然如此，你速速去接，待我央他母亲做牵头，也和他相与相与，有甚么不妙。

（末）但闻姊妹同归，不见娘儿并嫁。

（净）阿婿就是阿爹，一身兼充二大。

第十二出　肥遁

（小生冠带引末上）风诰颁来许乞身，劳臣今喜作闲人。凭君莫说成功事，最怕恩纶下紫宸。下官慕容介，前日出奇御贼，侥幸成功。又喜得未曾出师以前，蒙朝廷准了病疏，容下官回籍调理。我想这个旨意，亏得在捷书未到之先，若还圣上见了捷书，知道这番功绩，方且慰留不暇，岂肯放假还乡？我如今若不早行，只怕又有别旨下来，就脱身不得了。叫院子，快请夫人出来，商议起身的话。（末应，请介）（老旦带丑上）夫子成功日，妻儿放胆时。两般非足喜，最喜把官辞。相公，谕旨既下，就该速速抽身，为甚么还要迟疑观望？难道苦了十年，全不害怕，还要等苦吃么？（小生）夫人，不是我迟疑观望，只因有心辞官，要辞个断绝，不要辞了官头，［旁批］趣语。又留个官尾。待我回去的时节，这蓑衣箬笠才穿得上身，那纱帽、圆领又要争起坐位来，［旁批］雅谑。就使不得了。（老旦）这等，你的意思要怎么样？（小生）据我看来，皇上见了捷书？一定要起我复任。我若回去，那些父母公祖，如何放得我过？催促起身，不如丢了故乡，驾着一叶扁舟，随风逐水而去，到了那山深水曲之处，构几间茅屋住在中间，消受些松风萝月，享用些藿食菰羹，终你我的天年，何等不妙！（老旦笑介）正该如此。这等说，连归装都不须料理，只带几件便服随身罢了。（小生）正是。叫院子过来，你先取十两银子，到境外去等候，买下一只小小渔船，备下一副蓑衣箬笠，我一到就要用的。（末）理会得。（小生）快出去，就催夫马进来。（末应下，众扮各役人夫上）（小生、老旦、丑上，车马行介）

［眉批］范少伯不免相楚，亦似留个官尾。

［北新水令］（小生）非是俺一鞭行色太匆忙，要急抛离这乌纱业障。我戴残

的方叫苦，那未戴的尚思量。到如今脱锁离缰，还愁他放不过要忙追上。

（内高叫介）乡绅士民保留老爷久任，已到上司递了公呈，上司就要题请了，劝老爷不要起身。

（小生）我听见“保留”二字，头脑都是疼的。你对他说，从来保留官府，不过是个虚文。留者自留，去者自去。多谢他们的美意了。（众回介）（内）这等，请住人马，待地方父老替老爷脱靴。（小生）脱靴是从来的恶套，原不必行。况且人去靴留，恐怕去而不去，做了复任的先儿，不是甚么吉兆。你对他讲，这番美意，本道心领了，不消行得。（众回介）（小生）快些趱行。

［南步步娇］（众）把实意真情都认做虚乔样，一概相回抗。你道是留靴兆不祥，有多少官想重来，民心不向。狼藉好风光，不教点缀征途上。

（末摇船上）禀老爷：小船备下了。（众）这船忒小，不像官府坐的。禀老爷：前面另有座船伺候。（小生）座船太大，不像我去任官儿坐的，倒是小船便益。你们都转去罢。（众应下）（小生）取蓑衣箬笠过来，待我换了。（老旦）我也换了缟衣布裙，才像渔家的打扮。（各换介）（小生对末介）我如今替你改了名字，不叫院子，叫做渔童了。渔童快些开船。（末开船，同丑摇橹介）（小生）夫人，这顶纱帽如今用他不着了。待我做篇祭文，祭他一祭，然后付之流水。（手持纱帽，且看且唱介）

［北折桂令］祭乌纱少酒无浆，只凭着几句空言，做玉醴金觞。多谢你饰贵装荣，驱贫逐贱，却便也酿苦生忙。并不曾仗君威敛得些黄金白镪，辜负你排双翅却便似爪舞牙张。今日呵，非是俺义背情忘，恕把恩偿，只为你性儿中原带风波，因此上任飘蓬付与苍茫。

（老旦）你的纱帽既然付东流，我这顶凤冠也要随去做伴了。待我也赠他几句。（手持凤冠，且看且唱介）

［南江儿水］身已盟鸥鹭，头难顶凤凰。有多少女弹冠盼不得伊来上，有多少懒下机恨不得伊来降，有多少水倾盆等不得伊来放！非是我没福将伊承享，都只为虑祸防危，夺取不如丢向。

（小生）取钓竿来，待我发一个利市。（末付钓竿介）（小生）老天，若还慕容介保得无荣无辱，稳做一世渔翁，待我放下钩去就钓起一个鱼来。（垂纶介）（末对丑介）我买得一副罾在这里，也和你张他起来。（丑帮末张罾介）老天，我夫妻两个还不曾生子，若还有后，保佑张下去就罾起一个鱼来。（张罾介）（小生起钓，得鱼介）呀，果然有了。（老旦取看介）原来是个鲈鱼。昔人思莼鲈而归隐，鲈鱼乃隐逸之兆。这等看来，我和你一世安闲了。（末起罾喜介）呀，我也有了。（丑取看介）原来是个鳖。（末）鱼倒没有，罾起一个鳖来，这采头欠好。（丑）采头倒好，只是你解他不出。这是个生儿子的诀窍，你还不知道么?（末）怎见得?（丑）天公老爷教导你，他说若要生儿，除非错鳖。你不会错鳖，那有儿子生出来。（小生）叫渔童，把船拢了岸，去沽一壶酒来，待我夫妻两口消受了这尾鲈鱼。（末拢船，对丑介）你煮鱼的时节，把鳖也安排出来，待我另沽一壶与你同享。（取瓶下）（老旦）相公，你既然弃职逃名，就该取个别号，怕有人问你姓字，好答应他。（小生）从来第一流人，不但姓名不传，连别号也没有，所以书籍上面载无名氏者尽多。我如今只在慕字下面去了几笔，改姓为莫。有人呼唤，只叫莫渔翁便了。（老旦）也说得是。既然如此。连奴家的称呼也要改过，从今以后不得再唤夫人了。（小生）只叫娘子就是。（末取酒上）村酒偏多味，鲈鱼别是鲜。酒来了，原是热的，不消暖得。（老旦）这等，快取鱼来。（丑送鱼，斟酒，小生、老旦席地饮介）（小生）风儿顺了，叫渔童挂起帆来。（末挂帆介）（老旦对丑介）酒放在这边，待我们自斟自饮，你夫妻两个也去吃一杯儿。（末、丑另坐饮介）（小生）娘子，我和你两位，神仙就从今日做起了。（老旦）正是。

［北雁儿落带得胜令］（生）非是俺做神仙自赞扬，都只为离苦海心初放。若

不是猛开怀浪举觞，怎觉得昨日苦今宵畅。这酒归喉便落肠，不似那咽入口难离吭。往常间愁不解，还要将愁酿；今日呵，未三杯就百事忘。夸张，这福分真难量；猖狂，便做个夜郎工也不妨。

（老旦）相公，宽饮几杯。

［南侥侥令］今夜无签押，明朝不坐堂；劝君恢复当时量，也使我伴伊家醉一场。

［眉批］“恢复”字，奇颖绝伦。

（末作醉状，起介）好酒，好酒！我如今吃不得了，恐怕外面有人传事。我且到转斗旁边去立他一会了来。（丑）这是船上，不是衙里，少说些酒话。（末做欲倒，丑扶介）（老旦）他往常是不吃酒的，今日为甚么原故，吃得这般烂醉？（丑）他在衙里的时节，时时防禀事，刻刻听传梆，有事关心，所以不敢吃酒。今日丢了担子，宽心不过，忽然放起量来，所以醉得这般模样。（小生大笑介）妙，妙，妙！莫说我做官的人离了职守，无拘无束，竟与神仙一般。就是做官家的，离了转斗，也便放心乐意，做起醉汉来，可见这顶纱帽累人不小。我如今一发得意了，再斟酒来！

［眉批］宦仆离了转斗，便无钱取醉，咸不乐主人之遂初，不知此仆襟怀何以迥别？

［北收江南］呀，都似这般样的快乐呵，为甚不早离官醉几场？把有名无实的假风光，带累这家人奴仆也奔忙。说将来惨伤，听将来愧惶，只落得举杯自罚盖羞庞。

（老旦）相公，你看一路行来，山青水绿，鸟语花香，真个好风景也。

［南园林好］漾渔舟山光水光，触风帆花香蕊香，更有那和啼猿的山鸣谷响。胜鼓乐赛笙簧，胜鼓乐赛笙簧。

（小生）叫渔童，问那岸上的人，这是甚么地方了？（末做醉态，问介）（内）这是严陵地方，去七里溪不远了。（小生）这等说起来，严子陵的钓台就在前面，我今日遇了知己也。不如就在此处盖几间茅屋栖身，有何不可。

［北沽美酒带太平令］系渔舟绿水旁，盖茅茨碧山上，与那钓台隐士共行藏。俺不是硬追踪，到此方要画葫芦依模照样；又谁想古和今无心合掌，隔千年忽然相撞。非是俺入山林犹然结党，树声名遥相倚仗。只为着山高水长，呀，把古今来的两闲人一同安放。

［眉批］要离冢旁，非梁伯鸾不堪葬耳。

［南尾］（合）十年愁担须臾放，只怕今夜的神情犹欠爽，少不得有旧梦回头去索苦尝。

第十三出　挥金

［七娘子］（小旦上）生儿枉有如花貌，矢坚贞愿为不肖。失去钱财，招来烦恼。教人终日萦怀抱。

［眉批］以矢贞为不肖，奇语也。然以近日人情视之，则常事耳！有子为廉吏而父嗔其拙，父作忠臣而子怪其迂者，皆此类也。

我刘绛仙苦了半世，只生得一个女儿。指望他强宗胜祖，挈带爷娘，谁想戏便做得极好，当不得性子异样，动不动要惜廉耻、顾名节。见了男子，莫说别样事不肯做，就是一颦一笑也不肯假借与人。如今来在这乡镇之间搬演神戏，那为首的是个财主，别处虽然悭吝，在我们身上倒肯撒漫使钱，是我一个旧相识。见了女儿十分爱慕，要培植他一番，当不得这个冤家不肯招接。如今没奈何，只得做我不着，走去替代他。（叹介）正是：养女不像娘，养儿不像父。纵然孝养类慈乌，反来也尽是违心哺。（暂下）

［普贤歌］（净上）区区性子本来骚，遇着佳人又忒煞娇。心儿火样焦，钱财当粪抛，怎奈冤家全不要。

我钱万贯嫖了一世表子，见过多少妇人，只说刘绛仙的姿色，也是艳丽不去的了，谁想生个女儿出来，比他又强几倍。看了他几本戏文，送去我半条性命。也曾千方百计去勾搭他，他竟全然不理。想来没有别意，一定是不肯零卖，要拣个有钱的主子，成趸发兑的意思。我如今拚费一主大钞，要取他回来做小。他母亲是极喜我的，也未必十分拒绝。自古道见钱眼开，我兑下一千两银子，与他说话的时节，就拿来摆在面前。他见了自然动火，我又有许多好话说：（音：税）他，不怕他不允。叫梅香，暖起酒来伺候。（小旦上）养力搬新戏，偷闲访旧人。（净）你来了

么？（见介）（小旦）来了。你请我过来有甚么见教？（净）许久不见，要和你叙叙旧情，没有别话。叫梅香，看酒来。

［眉批］钱奴买官使势，每事都丑，惟挥金买妾一事，初为不俗。近来富翁不见有此豪举。

［梁州新郎］（净）花香芳馥，炉烟旋绕，雅助欢娱材料。要生佳兴，还须满酌醇醪。怪年年似玉，岁岁如花，不见佳人老。久离初会也，趣偏饶，一刻私情当一宵。（合）玉罍罄，金樽倒，好鸾凰得空频须效。人聚散，恐难料。

（净）我前日把令爱的事再三托你，为甚么不见回音？（小旦）不要说起，都是我前世不修，生出这个怪物来，终日价淘气。我几次要对他讲，他张见我要动口，就走了开去。料想那没福的东西，受你培植不起，如今还做娘不着，来替了他罢。

［前腔］儿辞佳会，娘陪欢笑，蒲柳权充花貌。劝你身陪枯梗，把心儿想着柔条。况不是无根芝草，没本琼花，姿韵难摹肖。要看珠贝也，问胎胞，老嫩虽殊质不遥。（合前）

［眉批］口角宛然。

（净）绛仙，我有句好话和你商议，不知你肯不肯。若还肯了，不但送你一场富贵，还替你省了许多是非，只怕你没有这般造化。（小旦）这等，是极妙的了，有甚么不肯，但不知是甚么事？（净）你令爱不肯接人，也是有志气的所在，无非是立意从良，要嫁个好丈夫的意思。你何不依了他，多接些银子打发他去。把银子买了妇人，教起戏来，一般好做生意。（小旦）我费千辛万苦教他，学会了许多好戏，要想在他身上挣起一分家私，怎么就肯丢了！（净）你莫怪我说，做女旦的人，若单靠做戏，那挣来的家私也看得见。只除非像你一般，真戏也做，假戏也做；台上的戏也做，台下的戏也做，方才趁得些银子。像你令爱那样心性，要想他做人家，只怕也是桩难事！（小旦点头介）倒也说得不差。（净）他趁不得银子来，也还是小事，只怕连你趁来的银子，还要被他送了去，把人家败得精光，然后卖到他身上。那卖来的银子，又没得买人，只勾还债，这桩生意就要做不成了。

［节节高］人家守不牢，似冰消，少不得把珍珠当米寻人粜。那时节呵，年非少，价不高，亲难靠。可怜辜负椒房料，止令跨过无烟灶。（合）早向神前卜去留，休教坐失千金钞。

（小旦）虽则如此，也还不到这般地步。（净）你还不知道哩，有多少王孙公子都是有势有力的人，说他大模大样，不理人也罢了，又故意杀人的风景，弄得人有面皮没放处。都要送你到官，出他的丑，不到散班的地步，不肯住手着哩。（小旦背介）他这些言语，句句是有来历的，不要认做假话。（转介）这等说来，是一定该嫁的了。但不知甚么样人家，才好打发他去？（净）“富贵”二字是决要的了。只是一件，富也不要大富，贵也不要大贵。富贵到极处，一来怕有祸，不能勾享福到头；二来怕他做起官势来，得意便好，若还不得意，就苦了令爱一生。须是不大不小的财主，半高半低的乡宦，像我这样人家才是他的主顾。（小旦）这等说起来，是你要娶他了。（净打恭介）不敢，颇有此意，只是不敢自专。你若肯见允，少也不好出手，竟是一千两聘金。叫梅香，把我兑下的财礼，抬将出来。（副净、丑抬银箱上）（净）请看五十两一封，共二十封，都是粉边细丝，一厘搭头也没有。（小旦细看，背介）他起先那些话，说得一字不差。我若有了这主银子，极少也买他十个妇人，就教得一班女戏，个个趁起钱来，我这分人家，那里发迹不了。为甚么留下这个东西，终日为他淘气？（转介）罢！就依了你。只是嫁过门来，须要好生看待。（净）顶在头上过日子，决不敢轻慢他。

［前腔］（小旦）将他割爱抛，数难逃，娇娃合与财郎抱。你的钱虽好，命亦高，人难学。这花星独向伊行照，不知妒杀人多少。（合前）

（净）这等，几时过门？（小旦）晏公的寿戏，只得明日一本了。等做完之后，就送他过来，我如今且别了。（净）既然如此，叫两个家僮出来，抬了银子，送刘大娘回去。

［尾声］（小旦）片言已定终身约，岂待这黄金到手始成交？（净）怕的是婚券无线钉不牢。

第十四出　利逼

［奉时春前］（旦上）私盟缔就，一对鸳鸯如绣。刻刻相看，只少贴身时候。

奴家自与谭郎订约之后，且喜委身得人，将来料无失所。又喜得他改净为生，合着奴家的私愿。别的戏子怕的是上场，喜的是下场。上场要费力，下场好躲懒的缘故。我和他两个却与别人相反，喜的是上场，怕的是下场。下场要避嫌疑，上场好做夫妻的缘故。一到登场的时节，他把我认做真妻子，我把他当了真丈夫，没有一句话儿不说得钻心刺骨。别人看了是戏文，我和他做的是实事。戏文当了实事做，又且乐此不疲，焉有不登峰造极之理？所以这玉笋班的名头，一日香似一日。是便是了，戏场上的夫妻，究竟当不得实事，须要生个计策即真了才好。几次要对母亲说，只是不好开口。如今也顾不得了，早晚之间，就要把真情吐露出来，拼做一场死冤家，结果了这桩心事。

［奉时春后］（小旦引外、末，抬银箱上）骤增家事千金，拚失亲人一口。只虑着一番僝僽。

（到介）（外、末）刘大娘，把箱子里面的东西查点一查点，我们要转去了。（小旦）列位请回，不消查点。有个薄礼送你们的，明日补过来罢。（外、末）多谢！送来银子极多，换去人儿甚少。（小旦）多的终是呆钱，少的却是活宝。（外、末下）（旦）母亲，你往那里去了半日，这皮箱里面是甚么东西？（小旦）我儿，你是极聪明的，且猜一猜看？

［红衲袄］（旦）莫不是改霓裳的旧绀緅？（小旦）不是。（旦）莫不是助衣冠的闲组绶？（小旦）也不是。（旦）莫不是你清歌换得的诗千首？（小旦）一发不是。（旦）莫不是你妙舞赢来的锦一头？（小旦）总来都不是。（旦）这等孩儿猜着

了，这话儿在舌上留，说将来愁碍口！（小旦）既然猜着了，有甚么说不得？（旦）莫不是你一刻千金，将白日当了春宵也，因此上把值千金的美利收？

［眉批］初二句戏中所用，次二句戏中所获，后段则无。

（小旦）究竟猜不着。这皮箱里面的物件，是你一个替身。做娘的有了他，就可以不用你了。（旦）怎么，不用孩儿做戏了？这等谢天谢地。（小旦）你做娘的呵。

［前腔］指望你噪芳名做置富邮，指望你秉霜毫做除利帚。指望你把千金卖笑春风口，配合着一顾留人秋水眸。谁知你未逢人早害羞，见钱财先缩手，弄得那些怨蝶愁蜂，一个个仇恨着花枝也，［旁批］雅人韵口。直待把艳阳天搅做秋。

［眉批］此等韵语，每读一过，觉三日口香。

（旦）母亲说的话，孩儿一些也不懂，倒求你明白讲来罢。（小旦）我老实对你说，你这样的心性，料想不是个挣钱的，将来还要招灾惹祸，不如做个良家妇人，吃几碗现成饭罢。这边有个钱乡宦，家私极富，做人又慷慨。他一眼看上了你，定要娶做偏房，做娘的已许了他。这就是他的财礼，明日戏完，就要送你过去了。（旦大惊介）呀，怎么有这等奇事？孩儿是有了丈夫的人，烈女不更二夫，怎么又好改嫁？（小旦惊介）你有甚么丈夫？难道做爷娘的不曾许人，［旁批］突然指定爷娘，奇绝，智绝！你竟自家做主，许了那一个不成？（旦）孩儿怎么敢做主。这头亲事是爹爹与母亲一同许下的，难道因他没有财礼，就悔了亲事不成？（小旦大惊介）我何曾许甚么人家，只怕你见鬼了。既然如此，许的是那一个？你且讲来。（旦）就是做生的谭楚玉。你难道忘了么？（小旦）这一发奇了，我何曾许他？（旦）他是个宦门之子，读书之人，负了盖世奇才，取功名易如反掌，为甚么肯来学戏？只因看上了孩儿，不能勾亲近，所以借“学戏”二字，做个进身之阶。又怕花面与正旦配合不来，故此，要改做正生。这明明白白是句求亲的话，不好直讲，做一个哑谜儿与人猜的意思。爹爹与母亲都曾做过生、旦，也是两位个中人，岂有解不出的道理？既然不许婚姻，就不该留他学戏，就留他学戏，也不该许他改净为生。既然两件都依，分明是允从之意了，为甚么到了如今，忽然改变起来？这也觉得没理。（小旦）啧，啧，啧！好一个赖法。这等说起来，只消这几句巧话，就把你的身子，替他赖去了？

［眉批］虽无媒妁之言，颇有父母之命，藐姑所持甚正。古人所以善胥命、美萧鱼也。

［眉批］一口咬定爷娘、不肯放松一着，真嚼铁口也。

［前腔］（旦）我和他誓和盟早共修，我和他甘和苦曾并守。我和他当场吃尽交杯酒，我和他对众抛残赘婿球。（小旦）这等，媒人是那一个？（旦）都是你把署高门的锦字钩，却不道这纸媒人［旁批］妙！也可自有。（小旦）就是告到官司，也要一个干证，谁与他做证见来？（旦）那些看戏的万目同睁，谁不道是天配的鸾凰也，少甚么证婚姻的硬对头。

（小旦）你这个孩子痴又不痴，乖又不乖，说的都是梦话。那有戏场上的夫妻，是做得准的？

［前腔］又不是欠聪明拙似鸠，又不是假矇眬开笑口。为甚的对了眼前鸾凰羞携手？硬学那画里鸳鸯想并头。有几个做生的与旦作俦，有几个做旦的把生来守？只有那山伯、英台，做一对同学的夫妻也，也须是到来生做蝶梦幽。

［眉批］笔歌墨舞。

（旦）天下的事样样戏得，只有婚姻戏不得，既然弄假就要成真。别的女旦不惜廉耻，不顾名节，可以不消认真。孩儿是个惜廉耻、顾名节的人，不敢把戏场上的婚姻，当作假事。这个丈夫是一定要嫁的！（小旦）好骂，好骂！这等说起来，

你的母亲是不惜廉耻、不顾名节的了。我既然不惜廉耻、不顾名节，有甚么母子之情？就逼你嫁了人，也不是甚么奇事！我且进去睡了，待明日戏完，再同你讲话。饶伊百口挠婚约，还我千金作枕头。（取银箱下）（旦掩泪，长叹介）谭郎！谭郎！我和你同心苦守，指望守个日子出来，谁想半途而废。我母亲见了这主钱财，就如馋猿遇果，饥犬闻腥，既然吞下喉咙，那里还肯吐将出去，这场劫数断不能逃了。谭郎为我费了无限苦心，我难道好负他不成？不如寻个自尽便了。（解带系颈欲缢，忽止介）且住！做烈妇的人，既然拚着一条性命，就该对了众人，把不肯改节的心事，明明白白诉说一番，一来使情人见了，也好当面招魂；二来使文人墨士闻之，也好做几首诗文，图个不朽。为甚么死得不明不白，做起哑节妇来？

［眉批］千古至言，不料出于此妇之口。“廉耻名节”四字，是此本纲维。读笠老之书者，正当想其方正。

［眉批］藐姑誓死，以其好名图不朽也。人亦安可不好名乎？

［眉批］“哑”字妙绝，忠臣骂贼，亦有不欲哑死。

［江头金桂］［五马江儿水］非是要旁人相故，当场赴急流。耻做那沟渠匹妇，饮恨吞忧，又不是哑摇铃舌似钩！［柳摇金］为甚的把烈胆贞肝，埋掩尘垢？及至死到黄泉，哀悔欲诉又无由，风流尚传作话头。［桂枝香］况我把纲常拯救，把纲常拯救，光前耀后，又怎肯扼咽喉。莫诮倡优贱，我这家风也不尽偷。

［眉批］激烈语，掷地有声。

用个甚么死法才好？（想介）有了，我们这段姻缘是在戏场上做起的，既在场上成亲，就该在场上死节。那晏公的庙宇，恰好对着大溪，后半个戏台虽在岸上，前半个却在水里。不如拣一出死节的戏，认真做将起来。做到其间，忽然跳下水去，岂不是从古及今，烈妇死难之中每一桩奇事。有理，有理！

阿母亲操逐女戈，人伦欲变待如何？

一宵缓死非无见，留取芳名利益多。

第十五出　偕亡　先搭戏台

［忆秦娥］（生上）空留恋，一场好事遭奇变。遭奇变，戏场夫妇，也难如愿。

小生为着刘藐姑，受尽千般耻辱，指望守些机会出来，成就了这桩心事。谁想他的母亲竟受了千金聘礼，要卖与钱家为妾。闻得今日戏完之后，就要过门。难道我和他这段姻嫁，就是这等罢了不成？岂有此理。他当初念脚本的时节，亲口对我唱道："心儿早属伊，暗相期，不怕天人不肯依。"这三句话何等决烈？难道天也不怕，单单怕起人来？他毕竟有个主意，莫说亲事不允，连今日这本戏文，只怕还不肯就做，定要费许多凌逼，才得他上台。我且先到戏房伺候，看他走到的时节，是个甚么面容就知道了。正是：入门休问荣枯事，观着容颜便得知。（暂下）

［前腔换头］（旦上）恶声一至生奇怨，肝肠裂尽皆成片。皆成片，对人提出，死而无怨！

奴家昨日要寻短计，只因不曾别得谭郎，还要见他一面。二来要把满腔心事，对众人暴白一番，所以挨到今日。被我一夜不睡，把一出旧戏文改了新关目。先到戏房等候，待众人一到，就好搬演。只是一件，我在众人面前，若露出一点愁容，要被人识破，要死也死不成了。须要举动如常，倒妆个欢喜的模样，才是万全之策。正是：忠臣视死无难色，烈妇临危有笑容。（生、外、末、丑齐上）财主都贪色，佳人只爱钱。千金才到手，恩义总徒然。刘大姐，闻得你有了人家，今日就要恭喜了。（旦笑介）正是。我学了一场戏，只得今日一本，明日要做就不能勾了。全仗列位扶持，大家用心做一做。（众）尽我们的力量，帮衬你就是。（生背气介）怎么，天地之间竟有这样寡情的女子？有这样无耻的妇人？一些不烦恼，也就去不得了，还亏他有那张厚脸，说出这样的话来。

[眉批] 慷慨从容，两者兼之，可为殉节之冠。

[眉批] 感恩则有之，知己则未也。

[大砑鼓] 我心儿火样煎。待与他同声交口，吁（音：裕）屈呼冤，谁料他欢情溢出芙蓉面，更从檀口露真言。始信倡优、难与作缘！

他或者心上烦恼，怕人看出破绽来，故意是这等，也不可知。远远望见那姓钱的来了，自古道：仇人相见，分外眼明。且看他如何相待。

[梨花儿]（净鲜巾艳服，摇摆上）拼却千金买丽娟，风流独让区区擅。万目同睁妒好缘，嗏，不愁乐事无人见。

（旦作笑容拱手介）（净指旦，对生介）他如今比往常不同，是我的浑家了。你们都要立开些，不要挨挨挤挤不像体面。（生做气介）（旦）我今日戏完之后，就要到你家来了。我的意思还要尽心竭力做几出好戏，别别众人的眼睛，你肯容我做么？（净）正要如此，有甚么不容？（旦）这等，有两件事却要依我。（净）莫说两件，就是十件也要依你的。（旦）第一件，不演全本，要做零出。第二件，不许点戏，要随我自做，才得尽其所长。（净）原该如此。这等，你的意思要做那几出？（旦）只有头一出要紧，那《荆钗记》上有一出《抱石投江》，是我簇新改造的，与旧本不同，要开手就演，其馀的戏，随意做几出罢了。（净打恭介）领教就是。只求你早些上台。（生背介）这等看来，竟安心乐意嫁他了。是我这瞎眼的不是，当初认错了人，如今悔不及了，任他去罢。（旦）列位快敲锣鼓，好待我上台。（众应，先下）（旦对生介）谭大哥，你不要忧愁，用心看我做戏！（生怒介）我是瞎眼的人，看你不见。（虚下，内敲锣鼓，旦上台介）（众扮看戏人挨挤上）（净取交椅坐看，做得意状介）

[眉批] 此笑断不可少。千金买笑，古人之常。钱奴得此，可谓不折本矣。

[梧叶儿]（旦）遭折挫，受禁持，不由人不泪垂！无由洗恨，无由远耻，事到临危，拼死在黄泉作怨鬼！

奴家钱玉莲是也。只因孙汝权那个贼子，暗施鬼计，套写休书；又遇着狠心的继母，把假事当做真情，逼奴改嫁。我想忠臣不事二君，烈女不更二夫，焉有再事他人之理？千休，万休，不如死休！只得潜往江边，投水而死。此时已是黄昏，只索离了生门去寻死路。我钱玉莲好命苦也！

[眉批] 观此折者，须以《荆钗》原本并列案头，彼此相形，亦见后来居上。

[五更转] 心痛苦，难分诉。（向生哭介）我那夫呵，一从往帝都，终朝望你谐夫妇。谁想今朝，拆散中途。我母亲，信谗言，将奴误。娘呵，你一心贪恋，贪恋他豪富。把礼义纲常，全然不顾。

来此已是江边，喜得有石块在此，不免抱在怀中，跳下水去。（抱石欲跳介）且住。我既然拚了一死，也该把胸中不平之气，发泄一场！逼我改嫁的人，是天伦父母不好伤，独他那套写休书的贼子，与我有不共戴天之仇，为甚么不骂他一顿，出出气了好死！（指净介）待我把这江边的顽石，权当了他，指他一指，骂他一句，直骂到顽石点头的时节，我方才住口。（权放石介）

[前腔]（旦）真切齿，难容恕！（指净介）坏心的贼子，你是个不读诗书、不通道理的人。不与你讲纲常节义，只劝你到江水旁边照一照面孔，看是何等的模样，要配我这绝世佳人？几曾见鸥鸮做了夫，把娇鸾彩凤强为妇？（又指介）狠心的强盗，你只图自己快乐，拆散别个的夫妻。譬如你的妻子，被人强娶了去，你心下何如？劝你自友良心，将胸比肚为甚的骋淫荡，恃骄奢，将人误？（又指介）无耻的乌龟，自古道我不淫人妻，人不淫我妇。你在明中夺人的妻子，焉知你的妻子，不在暗中被人夺去？别人的妻子，不肯为你失节，情愿投江而死，只怕你的妻子，没有这般烈性哩！劝伊家回首，回首把闺门顾。只怕你前去寻狼，后边失兔，（净点头，高叫介）骂得好，骂得好！这些关目都是从来没有的，果然改得妙！（旦）既然顽石点头，我只得要住口了。如今抱了石头，自寻去路罢！（抱石，回头对生介）我那夫呵，你妻子不忘昔日之言，一心要嫁你，今日不能如愿，只得投江而死。你须要自家保重，不必思念奴家了！（号咷痛哭介）（生亦哭介）

[眉批] 藐姑何物，乃动口是纲常节义，大家闺阁，反有愧此者矣！骂得极毒，如正平椎地营门，真千古快事！

[胡捣练]（旦）伤风化，乱纲常，萱亲逼嫁富家郎。若把身名辱污了，不如

一命丧长江。

（急跳下台介，潜下）（净惊喊："捞人。"众哗噪介）（生立台前高叫介）你们不消喧嚷，刘藐姑不是别人，是我谭楚玉的妻子。今日之死不是误伤，是他有心死节。这样急水之中，料想打捞不着。他既做了烈妇，我不得不做义夫了。（向下招手介）我那妻呵，你慢些去，等我一等。

［前腔］维风化，救纲常，（指净介）害人都是这富家郎。他守节捐躯都为我，也拚一命丧长江。

（急跳下台介）（潜下，众惊喊介）钱万贯倚势夺亲，一连逼死两命。看戏的，大家动手，先打一个臭死，然后拿去送官。（净慌介）这怎么处？三十六计，走为上计。祸不单行，福无双至。（急走下）（一人高喊介）凶人走了，喜得本县三衙，为编查保甲，来在乡间。大家写了公呈，一齐去出首。

（众）说得有理。大家同去。

［大砑鼓］（合）鸣官代雪冤。把义夫节妇，奇迹昭宣。戏文当做真情演，投江委实把躯捐。这本《荆钗》，后来更传。（齐下）

第十六出　神护

［北点绛唇］（外扮平浪侯，副净扮判官，引神从上）力镇波涛，地穷湓（音：杳）渺，威灵到。靖世功高，奏不尽的澄清效。

平浪雄威实副名，如山巨浪我能平。波涛只有人心险，神力难施见也惊。小圣平浪侯晏公是也。分封水国，总理玄阴。代天司振荡之权，御世有澄清之效。万国九州之大，据吾法鉴衡来，止不过坳堂杯水。当不得那些蝼蚁苍生，既夸水远，又说堤长，分别出五湖四海。桑田沧海之翻，照俺神眼看去，总是这勺水微尘。止不住那些蜉蝣小子，翻做深陵，叠成高谷，变尽了万古千今。今日乃十月初三，是小圣的诞日。无论京师郡邑，不分城郭乡村，都有俺的庙宇，到了今日定要祭奠一番。要晓得庙宇虽多，神灵总是一位。到了祭奠的时节，少不得要乘风驭电，往各处去受享一回。叫判官，点齐神从，随俺巡幸去者。（众应，摆队行介）

［眉批］如听麻姑说沧桑变更事。

［混江龙］（外）云师清道，风姨电母助神镳。游遍了九洲八极，止限在此日今朝。非是俺到处歆香图口腹，沿途受纸敛钱刀。都只为虔诚所感，愿力相招。真

情可享，实意须叨。又不是残盘剩席，带便相邀。慢神亵祀，跛倚相遭！他若是不敬呵，太牢虽设俺步慵挪，他若是虔诚呵，清香未炷俺车先到。请不来，灵符枉写，送不去，纸马空烧。

（内吹鼓角介）（副净）禀千岁：已到一处行宫了。（外）暂停车马。（净扮土地，上）本庙土地参见。（外）那边来的是些甚么人？口里吹的是甚么乐器？（净）本处的乡风，但是祭奠神灵，都吹这件乐器，叫做“鼓角”。今日是千岁的诞辰，这些檀越特来上寿，已到门首了，请千岁登坛受享。（外登坛介）（净下）（小生、老旦扮檀越，捧祭礼，末、丑扮道士，吹鼓角，上）（末、丑每唱、舞一回，小生、老旦即进酒一回）［赛神曲］杀羔絮酒，的都的、多都的，赛神灵，的都的、多都的、多都的、都多都的。（一面吹，一面舞介）男妇儿童，的都的、多都的，总志诚，的都的、多都的、多都的、都多都的。（吹舞介）但愿神灵，的都的、多都的，施保佑，的都的、多都的、多都的、都多都的。家家快乐，的都的、多都的，享升平，的都的、多都的、多都的、都多都的。（吹舞介）杀羔絮酒谢神灵，男妇儿童总志诚。但愿神灵施保佑，家家快乐享升平！赛神已毕，祭礼请收。（小生、老旦收祭礼，末、丑吹鼓角同下，外下，引众行介）

［眉批］一篇风俗记。

［油葫芦］土曲蛮音难尽晓，虽不似舞翩跹，声缥缈，办一片诚心奏出也类《箫韶》。但听他升平以外无奢祷，知不是将虾暗把神鱼钓。喜土俗，近黄虞；朴诚多，机变少。俺这里一般也有丰腴报，不因他恬澹减分毫。

（内敲锣击鼓，唱“哩罗来，罗哩来”介）（副净）禀千岁：又到一处行宫了。（外）暂停车马。（丑扮土地，上）本庙土地参见。（外）那些敲锣击鼓的是甚么人？口里唱的是甚么曲子？（丑）本处的乡风，凡有灾难，在神前许了愿心，过后来还，就唱这些曲子，叫做“了茶筵”。如今趁千岁的诞日，都来还愿，已到门首了，请千岁登坛受享。（外登坛介）（丑下，生、小旦扮还愿人，捧祭礼，净、末扮阴阳，敲锣鼓，上。净、末每敲锣鼓一回，生、小旦即进酒一回）《茶筵曲》有灵有感，哩罗来、罗哩来，是神祇，哩罗来、罗哩来、哩来罗来罗哩来。（敲锣鼓介）起死回生，哩罗来，罗哩来，不用医，哩罗来、罗哩来、哩来罗来罗哩来。（敲锣鼓介）但把药资，哩罗来、罗哩来，来了愿，哩罗来、罗哩来、哩来罗来罗哩来。不曾破费，哩罗来、罗哩来，甚东西，哩罗来、罗哩来、哩来罗来罗哩来。（敲锣鼓介）有灵有感是神祇，起死回生不用医。但把药资来了愿，不曾破费甚东西。茶筵礼毕，祭事请收。（生、小旦收祭礼，净、末敲锣鼓，同下。外下，引众行介）

［天下乐］他那里费酒赔牲不任劳，转教俺难也么叨。直恁无功把禄邀。死和生总在天，便祈神也难尽保。愧杀俺学庸医讨谢包。

（内鸣锣喊介）知会地方，土豪逼死人命，大家出来报官。（副净）禀千岁，又到一处行宫了。（外）暂停车马。（末扮土地，上）本庙土地参见。（外）那叫喊的是甚么人？逼死人命是真是假？你从直讲来。（末）千岁听禀：刘旦冰霜作操，谭生义烈为肠，曾将片语订鸾凰，不肯朱陈再讲。财虏挥金逼娶，两人矢节当场。似真似假最难防，忽地身投巨浪。（外）这等说来，是一对义夫节妇了。孤家乃正直之神，见此贤人遇难，岂有不救之理！分付神从，一齐驾雾腾云，随孤家赶上前去。（众应行介）（生、旦暗上，搂抱卧地，下介）

［哪吒令］（外）驭飞龙，驾怒蛟，叱狂风，卷迅涛，历尽烟波穷浩淼（音：渺）。他若是浮的呵在水上捞，他若是沉的呵在底下掏，谅随波去不遥。便做道跳龙门的脚势儿忙，当不得步香尘的底样儿小。这双魂端的堪招。

（众见生、旦介）禀千岁，有两口尸骸抱在一处的，想必就是了。（外）分付判官，快与我追魂取魄，救他醒来。一面传谕水兵，叫他火速前来，听吾号令。（副净用旗帜招魂，向内传介）平浪侯有旨：传谕各部水兵，火速前来听令。（众扮虾、螺、蟹、鳖四将，上）虾体曲成精，龟头老不伸，螺轻犹带壳，蟹变尚横行。（见介）水兵听令。（外指生、旦介）这两个男女是一对义夫节妇，投水死难的。孤家显个小小神通，将他那分拆不开的身子，变做一对比目鱼儿，浑在您们队伍之中，随波逐浪而去。到了严陵地方，有一位致仕的高人，隐在渔樵之内，将此鱼好生呵护。送入他鱼网之中，待他起网之后，即变原形。不但婚姻得遂，志愿能

酬，连将来的富贵功名都在那渔翁身上。小心奉令，不得有违。（众）得令。（生、旦暗下，一人扮比目鱼暗上，入队同行介）

［金盏儿］非是俺助佳祥，总把事儿包；只为他任纲常，肯把担儿挑。似这等后捐躯先赴难，寻得着，紧把尸来抱。可见他，心坚浑似铁，总死也不开交！

（副净）禀千岁，这一对男女已变做鱼形了。（外指鱼介）比目鱼，比目鱼，你夫妻有幸得逢予。不向生前遭坎坷，焉能死后得欢娱。欲将分树成连理，先把双形并一躯。若使有情皆似汝，阿谁不愿丧沟渠。叫神从们，兴风鼓浪，待俺亲自送他一程。（众）嗄！（同行介）

［寄生草］说甚么鸳鸯侣，再休夸鸾凤交。怎似这珠联璧合的形相靠，合欢行乐的身相抱，又不是如鱼似水的虚名号。让从来第一对有情痴，享人间未睹的真欢乐！

［煞尾］不爇返魂香，不用回生药。留得住双灵缥缈，非是俺越俎离樽强代庖，硬司婚权侵月老。试问这白茫茫谁的波涛，谩道是在封疆管的着，就使他陆地起风潮，睛眸飞雨瀑，也是俺玷官箴的平浪欠功劳。

［眉批］司上者皆有是心，则庶职无旷矣。

第十七出　征利

［赵皮鞋］（丑扮衙官，小生、旦扮皂隶随上）我做县捕衙，三载清官只做得半万的家。堂尊比我更堪夸，卷尽地皮只消得年半把。

自家非别，本县主簿是也。由吏员出身，做了六年巡检，才升到这堂堂县佐之职。到任三年，地方上的财主，不论大小都曾扰过。我的吏才可谓极妙的了，谁想新来一位堂尊，比我更强十倍。地方上有利的事，没有一件瞒得他。我们才要下手，不想那银子钱财，已到他靴桶里面了。如今城里的事，件件都是他自行，轮我们衙官不着。没奈何，只得借个题目，下乡走走。往年下乡，定要收几张呈子，弄些朱价用用。独有这次冷静，纸头也不见一条。（对众介）你们做衙役的人，也该把放告牌挂在口上，往各处兜揽兜揽，弄得呈状来，也好把票子差你。（众）呈状倒有，只怕被犯的势头大，老爷的衙门小，弄他银子不来。（丑）是桩甚么事？你且讲一讲看。（众）这边有个财主，叫做钱万贯，为强娶女旦的事，逼死两条人命，地方就要来出首了。（丑）那姓钱的财主，就是陪我吃下马饭的么？（众）正是。（丑）这个狗头，我恨他不过。地方敛银子送我，他竟落了一半。正要寻事摆布他，不想有这个

大题目。你们快去兜揽，不可等大爷知道，又弄到堂上去。（众）老爷放心，太爷不在家，往省城见上司去了。（丑）这等还好。虽然如此，也怕地方得了钱财，不来递状，毕竟要去兜揽。（众）小的们就去。

［四边静］（丑）见他莫把威严吓（音：夏），乡民易惊怕。骗得状词来，杀人有刀把。状题要大，虚词要架，只说要求申，又莫作真话。

（齐下）

［赵皮鞋］（小旦持状上）休把德性夸，有欲无情是惯家。要钱便把面来花，管甚么当年曾共榻。

［眉批］此语亦是致富奇书，不独女旦然也。

我刘绛仙的心性只爱银子，不顾恩情。女儿不肯嫁人，活活的逼死。虽然是我做娘的不该，也是钱万贯的晦气。顾不得甚么旧情，也要诈他一诈。前日卖女儿也是为银子，今日告情人也是为银子。他若还说我寡情，我就把古语二句念来作证，叫做：自家骨肉尚如此，何况区区陌路人。远远望见地方来了，不免等他同去。

［眉批］可谓直捷痛快，贤于内贪而外廉者远矣！

［前腔］（外持状，同老旦上）仇敌遇怨家，狭路相逢果不差。一朝权在怎饶他，可记得当初说大话？

（小旦遇见介）列位也来了，莫非去首人命么？（众）正是。（小旦）这等，携带同行。

［前腔］（净带末，持箱急走上）只为一着差，要做《荆钗》听了他。两头人命一齐加，弄得这乡官不如百姓大！

我钱万贯为着些些小事，惹出天大的祸来。闻得地方、苦主都去告状了，只得带了银子，赶上去留他。（急走，赶着，一手扯小旦，一手扯外介）列位高亲贤表，快不要如此，是我老钱不是，不该为色伤人。如今一面请罪，一面送礼，只求免动纸笔。（小生、旦暗上，窥听介）（外背对老旦介）见了三衙，这银子就是他得，没得到我们了。不如拖绳放了罢。（老旦）只怕苦主不肯。（对小旦介）刘大娘，你的意思如何？（小旦）列位就不首，我是决要告的。（净）绛仙，绛仙！你就不念旧情，也看一千两银子面上，不问你退也罢了，还要告起来！这大路头上，不是行财的去处，后面有个酒馆，请进去吃上三杯，然后讲话。（扯众同下）（小生）他们进去私和，这状子递不成了。（旦）不妨，我们立在这边，他出来的时节，一把拿住，说他私和人命，锁去见了老爷。料想他状子也在身边，银子也在身边，有赃有据，用起刑来，不怕他不认。（小生）有理，有理！

［四边静］（合）由他自去把钱撒，我拘拿自有法。获着证和赃，何须费详察。入官免罚，要分也二八；只是官府忒便宜，竟有一主好财发。

［眉批］聪明练达，不愧聚敛之臣。

（净内云）列位先行，我要会钞，不得远送了。（众）多谢。言语冲撞，莫怪，莫怪！（外、老旦、小旦同上）（小旦）这样处了，还是便宜他。（外、老旦）银子是小事，被我们出了气来，也觉得快活。（小生、旦暗立背后，用索锁住介）快活快活，须防天夺。得了不义之财，请你到衙门去出脱。（众惊介）呀，这是甚么说话？（小生、旦）你们私和人命，诈得好银子。老爷请你去讲话。（众）我们并无此事，不要拿错了人。（小生、旦带走介）错与不错，自有着落。奉了官法拿人，不敢私自解索。（带到，喊介）犯人拿到了，老爷出来。（丑上）呈状未来，犯人先到；见官不用拘拿，送礼自然识窍。（小生先进，见丑附耳私语，丑大喜介）妙绝，妙绝！快些带进来。（旦带见介）（丑）我老爷出巡下乡，单访民间私弊。你们这些狗男女，得了人的银子，竟把人命重情隐匿不报，是何道理？（小旦）小妇人的女儿投水是实，原为母子之间有几句口过，所以自寻短计，并不曾有人逼他。（外、老旦）小的是地方总甲，一向守法，并不曾私和人命。这话是那里来的？（丑）这等说起来，是我老爷拿错了？（对小旦介）我且问你，你有几个月身孕了？（小旦）小妇人没有身孕。（丑）既没有身孕，为何顶了这个大肚子？（对外、老旦介）你们两个都是有臌胀病的么？（外、老旦）小的没有膨胀病。（丑）既然没有膨胀病，为甚么胸腹之间都觉得有些饱闷？做我老爷不着，替你们医一医。叫皂隶，快替他们摩肚。（众要摩肚，小旦、外、老旦不肯，丑怒介）哇！你这些狗男女，人也不识，见了我这样青天，不要弄鬼？莫说带在身上的赃，没得教你藏过，

就是吃下肚的，也要用粪青灌下去，定要呕你的出来。叫左右，快搜！（众搜出银状介）禀老爷：这妇人身边搜出状子一张，银子二百两；地方身边也搜出状子一张，每人银子五十两。（丑）何如？我这三名访犯，拿得不错么。（小生、旦）拿得不错，真个是青天！

[眉批] 皂隶叫青天。

[眉批] 若论发奸摘伏，虽谓之青天亦可，但差末后一着。

[前腔]（丑）真赃拿住休惊讶，这是神仙教来的法。任你巧遮瞒，我清官会详察。虽然觉发，不须惊怕，只要认原词，丢你去寻那。[旁批]“那”字奇。

（丑）如今没得赖了，可从直讲来。（众）人命是真，小的们不敢胡赖。情愿把两张状子孝敬老爷，只求给赏原银，待小的们领去。（丑）你们也忒煞欺心，不要你拿出来也勾得紧了，连追出的赃，还要领了去？这等，叫左右，把那妇人拶起来，男子夹起来，问他还有馀赃藏在那里。（众慌介）不领，不领，一毫也不领。（丑）这等，押出去讨保。一面拘拿被犯，说我连人连卷，立刻就要呈堂。（标签，付众介）三主横财先到手，一场发积又开头。（取银先下，外、老旦）东手夺来西手去，白替瘟官作马牛。（同下）（小生行介）我们费了许多心血，弄得这张票子，须要放出手段来，趁得一主大钱才好。（旦）人命是真，不愁他不出。转弯抹角，来此已是。钱爷在家么？（净上）失却威和势，蛟龙变作蛇。称呼去“老”字，依旧叫钱爷。是那一个？（小生）我们是捕衙的差人。老爷请你讲话。（净）好放肆的声口，老爷不叫，竟“你”将起来。我钱老爷是“你”得的？（旦）起先“你”不得，如今“你”得了。（净）怎见得？（小生）岂不闻皇亲犯法，庶民同罪！

[眉批] 但不知这个瘟官，又替谁作马牛也。

[前腔] 劝你从今莫说威风话，无人受伊吓！向戴井中天，虾蟆果然大。到如今呵，尊躯犯法，尊名减价；唤你做凶囚，“爷”字请高挂。

（出票介）请看。（净看背介）怎么，难道处明白了，又去递状不成？我有道理。（转介）这桩事全要你们扶持。我有个借花献佛之法，只要你老爷肯做，有一千两银子现在那边，立刻就可以到手。（旦）甚么法子？（净）那告状的妇人，得我一皮箱银子，原是做财礼的。现在寓处，一毫也不曾动。女儿是他逼死，与我无干，只消一根火签，立刻就起出来。我一毫不领，都送与老爷。你们二位，各人二十两，我如今就送。

［前腔］千金美利登时发，何须用刑罚；只要免申堂，将来做酬答。就是上司知道也不妨，既非枉法，又非吓诈。我这赃主不招扳，那个说闲话。

（取银付介）（众）既然如此，就同你去回官，依计而行便是。（同行介）（净）好汉从来不吃亏，借花献佛讨便宜。（小生）羊毛出在羊身上。（旦）但要烧汤泡肚皮。（到介）（众）你立在外面，待我进去回官。（同下，即上）老爷知道了，如今标了朱臂，烦你同去起赃。（净）正该如此。完事仍差生事手。（众）起赃还用报赃人。（同下）（丑笑上）做官莫愁小，做吏莫愁穷。只消三日运，便做富家翁。我为钱万贯这桩事情，不曾费一毫气力，三百两真纹弄上了手，也勾得紧了。谁想还有一千，在那妇人的寓处，已曾差人去取。取到的时节，不怕不拿来入官。你说这场富贵从那里说起？（众取银箱，带小旦上）（小旦）聘礼认做赃私，原告翻为被告。（净）笑你反面无情，该受这般恶报。（小旦跪见，净旁立，丑上立不坐介）（众）禀老爷：果然有一皮箱银子，原封不动，取来在这边。（小旦）青天老爷：女儿虽不曾过门，活活的被他逼死，这主财礼原该是小妇人得的。（丑）你的女儿偶然失脚掉下水去，与他何干？既没有女儿嫁他，如何受得聘礼？（小旦）请问老爷：女儿是失脚，难道那个男子也是失脚不成？（丑）他见你女儿下水，要想去捞救，立脚不稳，故此也溜将下去。与别人何干？（净）好明白的父母，真个是片言折狱！（丑对净拱手介）老先生请回，快写领状，叫尊使来领去。恕不送了。（净打恭介）多谢老父母！领状一张，少刻送进，上写着：谨具千金，奉申微敬。（先下）（小旦撞头叫屈，众赶出介）（小旦叹介）性命既失，钱财又无，早知今日，悔不当初。（下）（丑开箱看银喜介）（众跪介）恭喜老爷！（丑）恭喜我甚么？（众）恭喜老爷发财！这宗银子呵。

［眉批］令爱阴魂也不许你得。

［皂罗袍］不比寻常朱价，若将来置产，有一世豪华。小的们呵，无功不敢擅

争哗，但凭恩主全收纳！（丑笑介）这些狗才，说得好巧话。我不全纳，难道分些与你不成？我这生财妙手，从来会抓；岂仗你犬牙鹰爪，才能做家？不须占得求财卦。

说便这等说，也亏了你们，取些出来赏劳（去声）一赏劳。（取银介）（众背喜介）好了，每人一个元宝是稳有的。（丑取一锭咬介）（众）老爷，看仔细牙齿。（丑咬银边二块，各付介）每人一块飞边，有一钱多重，拿去买烟吃，准准要醉一二百遭。（众）忒重了，小的们受不起，缴还老爷。（还介）（丑）我这一次出手原重了些。只是难为你们，过意不去，故此破了常格。也罢，取下一块，拿一块赏你，使受者不致伤廉，与者也不致伤惠，这叫做君子爱人以德。（众）无功不敢受禄，缴还老爷。（又还介）（丑）这等说，不好再强了。待我归入原封，取了进去。（取箱欲下，末持公文急上）奉票提人犯，心忙脚似飞，若还迟一刻，违限又来催。三爷在里面么？（丑）是那一个？（末）我是大爷差来的，说本地方有一起人命，呈在三爷手里，叫连人连赃一齐解上堂去。（众背喜介）阿弥陀佛！天报，天报。（丑惊介）。大爷到省下去了，他难道有千里眼、顺风耳不成？（末）老爷从省下回来，在这边经过，访得有这件事，所以来提。（丑背气介）只当替狗夺食，白白的欢喜一场。（转介）这等，你先去回话，待我备了申文，连这一千两银子解来就是。（末）不止一千，老爷分付说：还有两封，一封二百两，二封五十两，是当堂搜出来的。（丑吐舌介）真可谓明见万里，智察秋毫。这等说起来，连那两块飞边，都隐漏不得的了。叫书办，快写申文，连赃银解上堂去。

[眉批] 世上钱财洵是流通之物。但看这主横财，绛仙诸人不得有，而县佐有之；县佐不得有，而县令有之。读者至此，未免有热慕县令之心。不知县令之上，更有其人，其为流通正未已也。

（丑）只许堂官征利，（末）不容佐贰生财。

（小生）亏得不曾受赏，（旦）几乎吐出烟来。

[眉批] 此折不是传奇，是一篇绝妙时艺，题目乃“上下交征利”五字，所谓处歇题也。

第十八出　回生

（末蓑笠，持罾负竹竿上）主人高隐仆清闲，自号神仙第二班。浑迹渔樵无上下，一同濯足看青山。自家非别，慕老爷的渔童便是。今日这等晴天，忽然起起风浪来，竟像久雨初晴，春涨骤发的光景。或者在浑水里面，罾着几个大鱼，也不可知。（向内介）家婆，暖起酒来，待我吃上几碗，好用力扳罾。（内应介）（末理罾上竿介）

［眉批］才看居官者财源滚滚，而慕君始欲休官捕渔。若非命落，定是骨寒。

［桃红菊］坐渔矶把罾儿上竿，倩波涛赶鱼儿下滩。好待我截横流将他羁绊，截横流将他羁绊。今夜呵，肴共酒全凭这番。

（内）酒烫热了，快来吃了去。（末下罾介）（暂下）（内鸣金鼓，虾、螺、蟹、鳖各执旗帜，暗放比目鱼入罾，旋舞一回即下）（末上）捕鱼学会便贪酒，世上渔翁即醉翁。去了这一会，定有几个在里面了，待我扳将起来。（做扳罾扳不动介）呀，为甚么这等沉重？家婆快来。（丑）酒后兴儿正浓，闻呼不肯装聋；去到溪边作乐，画一幅山水春宫。你为何叫我，莫非酒兴发作么？（末）不要

多讲，快来帮我起罾。（同起罾，见鱼喜介）（末）妙，妙，妙！罾着这个大鱼，竟有担把多重。和你抬他上岸，看是个甚么鱼？（抬上岸，看介）原来是一对比目鱼。（丑）嘻！两个并在一处，正好干那把戏。你看，头儿同摇，尾儿同摆，在人面前卖弄风流。叫奴家看了，好不眼热也呵！

［惜奴娇］眼热难堪，妒雌雄凹凸，巧合机关。我看他不得，偏要拆他开来。（做用力拆不开介）呀，难道你终朝相并，竟没有片刻孤单？（指鱼对末介）没用的王八，你看看样子！羞颜，谁似你合被同衾相河汉，还要避欢娱故意把身儿翻。（末）这一种鱼也是难得见面的，我和你把蓑衣盖了，去请老爷、夫人同出来看一看。（脱蓑盖介）（合）见面难，好把奇形遮护，莫令摧残。

（同下）内鸣金擂鼓，虾、螺、蟹、鳖复执旗帜，引生、旦上，换去前鱼，仍用蓑衣盖好，旋舞一回即下，（小生、老旦、末、丑同上）（小生、老旦）在那里？（末、丑）在这里。（取去蓑衣见生、旦，大惊退介）呀，明明一对比目鱼，怎么变做两个尸首？又是一男一女搂在一处的，竟要吓死我也。（小生、老旦）怎么有这等奇事？

［前腔］（小生）惊看，毛悚心寒。甚奇冤难雪，现此波澜？这一对男女，毕竟是夫妻两个，被人谋害死的。（对生、旦介）男子、妇人，你若果有冤情，露些意思出来，待我替你伸理。把蒙恩情节，须教露向朱颜。（生、旦翻身叹气，众惊介）呀，活转来了。（老旦）身翻，共气同声相悲叹，眼见得命重苏，精灵返。（合前）

（老旦）快取热汤来，灌他一灌。（末灌生，丑灌旦介）好了，好了！眼睛都开了。（生、旦）呀，你们是甚么人？这是甚么所在？我两个跳在水里，为甚么又到岸上来？

［黑嘛序］（生、旦）已葬潺湲，倩谁人捞救，得离（去声）狂澜？（小生）你们两口是何等之人，为甚么死在一处？立起来慢慢的讲。（生、旦起介）我们两口都是做戏的人。为良缘不偶，共罹忧患。逢奸，慈亲把势扳，因财破面颜。（合）没遮拦，拼一个完名全节，两命俱删！

（小生）这等说起来，是一对义夫节妇了。可敬，可敬！

［前腔换头］堪赞，义胆贞肝。肯双双赴死，绝少留绊。（老旦对旦介）你们两个既然先后赴水，就该死在两处，为甚么两副尊躯合而为一？这也罢了。方才罾起的时节，分明是两个大鱼，起罾半晌，忽然变做人形。难道你夫妻两口，是有神仙法术的么？好生见教，不得隐瞒。授藏身妙术，休隐奇幻。惊翻，若不是神仙第一班，怎能勾捐躯命不残？（合前）

（旦）这些原故，连我们自己也不知道。我死的时节，未必等得着他。他死的时节，也未必寻得着我。不知为甚么原故，忽然抱在一处？又不知为甚么原故，竟像这两个身子，原在水中养大的一般，悠悠洋洋，绝无沉溺之苦。不知几时入罾，几时上岸？到了此时，竟像大梦初醒，连投水的光景，都在依稀恍惚之间，竟不像我们的实事了。（小生）一定有神灵呵护，才得如此。但不知甚么神灵来得这般显赫？（生点头介）是了，是了，我们演的是晏公寿戏。晏公称为平浪侯，单管水中之事，这番显应，一定是他无疑了。我们两口须要望空拜谢。

［眉批］曹娥抱父而出，孝之至也，谭、藐相抱而出，情之至也，皆至诚也。非至诚不能得此灵异，故学者以存诚为本。

［锦衣香］（生、旦）入死关，登生岸；仗法坛，施奇幻。慢道把孤魂救得成双，补亏完绽。就使我鱼形不变住波澜，常为比目，也胜入仙班！二位请上，待愚夫妇拜谢活命之恩！（同拜介）救人离苦难，这恩情高似丘山。念区区非是无情汉，敬镂心版，千金报德，岂同酬饭。

（小生）这番功劳倒与老夫无涉，是小价夫妻罾着的。（生、旦）这等也要拜谢。（末）不敢当，止领一揖罢了。（生、末同揖，丑、旦同万福介）（小生）取我们的衣服，与他二位换了。一面煮鱼、沽酒，又当压惊，又当贺喜。快去办来！（末、丑应介）（生）活命之恩，尚且感激不尽，怎么又好取扰？（小生）说那里话。这等，你夫妇两口曾完配了么？（生）虽有此心，还不曾完配。（小生）既然如此，待我拣个好日，就在此处替你二位完姻。若还不怪简亵，权住几时，再寻去路便了。（生）多谢！

[浆水令]（小生）愧家风饮瓢食（音：似）箪。（老旦）笑村容风姿雪鬟。（小生）既无肴核可加餐。（老旦）又无粉黛，可伴红颜。（合）休讥诮，莫厌烦，礼数不周容疏懒。消长日，消长日，同伊看山，陪清话，陪清话，为尔停竿。[尾声]（生、旦）双魂不料能重返，追想处令人惊汗。（小生、老旦）羡只羡那巧神灵善作波澜。

第十九出　村卺

［缕缕金］（外扮樵叟，携薪上）丢樵担，贺婚姻。分资无别样，半挑薪。勾暖交杯酒，看谐秦晋。借题好去扰东君，知他决不吝，知他决不吝。

［前腔］（净扮老农，携酒上）抛犁把，贺婚姻。分资无别样，酒三斤。勾饮新郎醉，看谐秦酒。借题好去扰东君，知他决不吝，知他决不吝。

［前腔］（副净扮老圃，携菜上）停浇灌，贺婚姻。分资无别样，一筐芹。勾下新人酒，看谐秦晋。借题好去扰东君，知他决不吝，知他决不吝。

（外）自家深山里面，一个樵叟的便是。（净）自家深山里面，一个老农的便是。（副净）自家深山里面，一个老圃的便是。（外）我们三个，与新到的莫渔翁结为山村四友，最相契厚。闻得他备了花烛，替谭生夫妇成亲。我们各带分资前来贺喜，借此为名，好博一场大醉，来此已是，莫大哥在家么？（内）来了。

［前腔］（小生上）停竿饵，助婚姻。盘餐皆水族，少山珍。劝得新郎醉，好谐秦晋。邀朋来作半东君，知他决不吝，知他决不吝。

（见介）呀，正要奉邀，三位来得恰好。（众）闻得你罾起两个大鱼，忽然变做一对男女。今日赔了花烛，替他成亲，可是真的么？（小生）真的。（外）小弟是砍柴的人，没有别样贺礼，松柴一束，权当分资，请收了。（净）小弟是种田的人，没有别样贺礼，薄酒一壶，是家田糯米做的，权当分资，请收了。（副净）小弟是灌园的人，没有别样贺礼，芹菜一束，是自家种出来的，正合着野人献芹之意，请收了。（小生）小弟做主人，怎么好扰列位？既然如此，只得收下了。（众）成亲的事都完备了么？（小生）草草备下了。只是这山村之中没有吹手，也没有傧相，觉得冷静些。（众）成亲是大事，定要热闹些才好。也罢，我们有赛社的锣鼓，

大家敲将起来，也当得吹手过。只是这个傧相倒没人替得，却怎么处？

［前腔］（丑扮牧童，吹笛上）吹短笛，贺婚姻。分资无别样，口和唇。引得新人笑，好谐秦晋。借题走去嚼东君，知他决不吝，知他决不吝。

自家是深山里面，一个牧童的便是。闻得莫渔翁家里有一对夫妇成亲。那些砍柴的、种田的、灌园的，都借贺喜为名，走去骗酒吃了。我虽然年纪幼小，也是同村合社的人，不免闯将进去。只说贺喜，难道好赶我出来不成？来此已是，不免径入。（进介）莫老伯，闻得你家做好事，特来贺喜。（见众介）列位来赴席，也不通知一声，难道今日的酒只该是你们吃的？（众）我且问你，你既来贺喜，就该出个分资。我们虽没有银子，也有出柴的，也有出酒的，也有出菜的。请问你出那一件？（丑）我出的东西还比你们强些。只不曾写得礼帖，待我亲口念来。（指口介）谨具寿口一张，奉申贺敬。晚生牧童顿首拜。（众）那张臭口要他何用？难道别人出了东西，你出一张口，走来嚼作不成？（丑）岂有无功食禄之理，自有用着他的所在。这深山里面，料想没有吹手，待我把牛背上的笛子吹将起来，权当做亲的鼓乐。这件贺礼，难道不比你们强些？（众）笛子我们也会吹，有甚么难处？今日成亲，只少一个傧相，你做得来么？（丑）这有何难，我是学过戏的，唱班赞礼之事，是我花面的本等。就做，就做！（众）这等还好，快请新郎出来。

［菊花新］（生上）已从水底续离魂，又向山中缔好姻。贺客也纷纷，愁重费主人佳酝。

（小生）谭先生，这几位敝友是我同村合社的人，闻得你今日成亲，都带了分资前来贺喜。请过来相见。（生、众见介）（众）牧童赞礼，快请新人拜堂。（小生）时辰尚早，我备有两席薄筵。一席是待新人的，一席是待新郎的。待新人的在里面，是房下奉陪；待新郎的在外面，烦列位奉陪。等酒完之后，然后送入洞房。（众）也说得是。（末取酒上，小生送席介）

［眉批］婚词迥别寻常，清绮可爱。

［古轮台］（合）贺良姻，渔樵农圃献殷勤，牧童也附催妆分。饭炊蕨粉，鱼煮江莼，仅免良宵饥馑。辜负了玉软香温，花娇柳嫩，却将草榻代芳茵。今宵合卺，料玉人难展眉颦。只凭着山光染黛，涛声漱齿，松花点鬓，那得个金屋在荒村？将愚悃，只有这朝风暮月当饔飧。

［眉批］蕨粉江莼，严陵土产。耍笑炒喜，严陵风俗。

（众）时辰已到，请完了好事罢。（同起介）（外）谭先生，我们这边有个俗例，但是男女做亲，众人送入洞房，都要耍笑一场，俗名叫做“炒喜”。少刻罗唣起来，你却不要见怪。（生）不敢。（小生）不须别样耍笑，大家帮助新郎，劝新人吃几杯酒，带些醉意成亲，才觉得有趣。（生笑介）这等说，不是俗例，竟是一桩雅事了。（众）牧童赞礼，快请新人出来！（众敲锣鼓，吹笛介）（丑照常赞礼，旦上同生拜堂介）（丑携灯送入洞房，众同行介）

［前腔换头］欢欣，不比往日成亲。羡一对节妇贞夫，回天移运，动鬼惊神，把沧海几乎挠混。天与多情，荡愁涤闷，知伊非是泛常人。荣华有准，未上天先长龙鳞。鱼形已脱，鳌头将占，龙门斯近，指日际风云。真仙品，野人何幸得相亲。

（众）新人见礼。（同揖介）好新人，好新人！果然标致，真个齐整，怪不得有人看相他。我们大家敬酒。这山村里面的规矩不比城市之中，都要老老实实吃个烂醉，才好做亲。叫牧童，你是个孩子，比我们不同，斟了合卺杯，走过去劝酒。（丑送酒，生饮，旦不饮介）（外背介）他不肯吃酒，怎么处？也罢，大家动起粗来，拿住新郎打喜，打到疼痛的时节，他心上舍不得，自然会吃了。（众）有理，有理。（转介）新人不吃酒，都是新郎教导他，其实可恶！我们各打二十拳，当了

交杯酒罢。（外）从我打起。（擎拳介）

［不是路］野性难驯，樵子的毛拳赛斧斤。（扯生打介）（生喊介）打不起，打不起，娘子吃了罢。（旦饮介）

（副净）你们都用拳头，区区变一个文法，只用巴掌。（伸掌介）把军儿伸，你不要看轻了我的巴掌，全挥有五瓣梅花印。（收二指介）就是半用也三条竹叶纹！（生惊介）这样大巴掌如何经得起？娘子快吃了罢！（旦饮介）（丑）如今该是学生了。你们大人都奉小杯，我这个小人偏要奉个大杯！（众）你有这样的本事？（丑）口说无凭，做出便见。快斟酒来！（斟大杯劝介）（旦不饮介）（丑）哦，你欺负我是孩子么？老实对你说，手便打人不过，这副牙齿还咬得人过。我也不咬别处，只把他要紧的东西咬上一口，叫你夫妻两个，今晚成不得亲。（砺齿介）我砺牙根，只须咬断筋三寸，管教你无头可奔，无头可奔。

［眉批］闺女成亲，若用此等妙法，便为失体。因是女旦，故不妨大肆诙谐。余尝谓笠翁诸剧中，无一句通用文字，正为此也。

（生）这个如何使得？快不要如此。（旦慌饮介）（众大笑介）（旦作羞容，避下）（众）吵得勾了，天上人间方便第一，大家散了罢。（小生对生介）谭兄，你们在戏台上面终日做亲，都是些陈规旧套，不曾有这个法子，渔、樵、农，圃送亲，牧童赞礼。虽然村俗些，却有一种别趣，难道不叫做“耳目一新”？（生）不但极新，又且极雅。晚生何修而得此，感谢不尽！

［馀文］（合）文章变，耳目新，要窃附雅人高韵。怕的是剿袭从来旧套文。

第二十出　窃发

［步蟾宫］（副净引众上）行兵自愧无长算，轻失去貔貅一半。仗谋臣、设尽计多般，要把前羞尽浣。

俺山大王前次出兵，只为单尚勇力，不用机谋，被他伏下火攻。烧坏我许多猛兽，只得逃入深山藏锋敛锐，休息了半年，才觉得精还力复。如今得了一位军师，计较如神，不亚陈平、诸葛。用他行兵，料无不胜之理。更有一桩喜事，闻得那慕容兵道，已经弃职归山。除却此人，谁是孤家的敌手？叫左右，快请军师出来。（众应，传介）

［前腔头］（净上）甲兵十万胸中贯，天付与人间酿乱。

（见介）大王，今乃黄道吉日，正好起兵。（副净）请你出来，正是为此。叫左右，快传猛虎到来，待孤家骑了，就好起兵前去。（众引虎上，副净骑介）（净上马，同行介）

［番竹马］（合）炮声雷轰天半，军令一申，万口同欢。猛虎助奇威，听军前驱使，不劳呼唤摆。队行，百里如鱼贯。凭高视，类长垣，这军容果是奇观！劝守土官人，早些来纳款，保头颅、依旧好加冠。您若把性命来拼，还你个泰山压卵，刀下处莫讶辛酸。

（齐下）

第二十一出　赠行

［风马儿前］（小生上）已助才人缔好缘，筹去路，尚茫然。

我莫渔翁救起谭生夫妇，又替他完了婚姻，这桩好事，也是做得周到的了。只是一件，山中虽好，不是久住之乡，还要替他想个去路。我看此人姿态秀美，气度轩昂，料不是个寻常人物。昨日在几案之上，又见他几首新诗，竟是一个大文人、真学者。若教他去求功名，取青紫易如拾芥。待他出来不免相劝一番，再备些盘缠，送他前去便了。

［风马儿后］（生上）遇恩人起死联姻眷。终朝坐食，费尽杖头钱。

（见介）（小生）谭兄，你既是读书之人，还该以功名为念。自古道：大难不死，必有后福。你乘此妙年，正该出去应举，为甚么蹉跎岁月，不顾前程？难道把戏场上那顶乌纱，就结果了生平的志愿不成？（生）恩人听启：

［集贤宾］我悬梁刺股年复年，把铜雀磨穿。也知道云路鹏程非甚远，我略扶摇便上青天。把修翎暂卷，要等待图南风便；非自贬，只为旅囊羞腼。

（小生）想是没有盘缠么？这等不难。老夫虽是捕鱼的人，倒还有些进益。除沽酒易粟之外，每日定有几个馀钱。兄若肯回去应试，这些资斧都出在老夫身上。（生）若得如此，感恩不尽。此去若有寸进，不但以金帛相酬，连那荣华富贵，还要与恩人共享。（小生）那倒不劳。

［前腔］（小生）我饥餐渴饮还醉眠，又何用馀钱。羞向蓬门藏细软，助伊家鹤背腰缠。劝王孙自勉，念野老甘心贫贱；无别愿，尊报但求恩免。

［眉批］浅之乎？窥慕君矣。

叫丫鬟，请谭大娘同娘子出来。（内应介）

［风马儿］（旦上）喜伴瑶池女谪仙，愁别去，故流连。（老旦）话投机不觉精神倦，恐妨燕尔，夜夜劝归眠。

［眉批］过来人如此体贴，所谓己所不欲，勿施于人。

（小生对老旦介）娘子，今乃大比之年，谭官人要回去赴考，我和你不便久留。把我备下的路费快取出来，再备一壶薄酒，好送他二位起身。（老旦取银，小生送介）（丑取酒上。小生送生，老旦送旦介）

［琥珀猫儿坠］（小生、老旦）留伊非计，不若送伊旋。此去荣华不待言，但逢得意早收鞭。离膻，人世荣华，最忌缠绵。

［眉批］心法相传，真是爱人以德。

（小生）叫渔童，挑了行李，送谭官人一程。（末应，挑行李上）（生、旦）二位恩人请上，待愚夫妇拜辞。（四人同拜介）

［前腔］（生、旦）感恩图报，顶踵誓齐捐。尽道苏章有二天，如今才信古人言。周全，此后馀生，不叫天年。

［尾声］（小生对生介）你把才猷早向明廷献。（老旦对旦介）休把嫦娥误少年。（生、旦）少不得要争气成名报二天。

（小生）知君鳞甲已生全，（老旦）从此双鱼不在渊。

（生）化作神龙犹比目，（旦）不教独自上青天。

第二十二出　谲计

［半剪梅］（副净、净引众上）（副净）奇兵忽至类天兵。（净）智比陈平，巧过陈平。

（副净）咱们出山以来，攻破许多城池，杀伤无数官吏。只是人马不多，立脚不住，还不好据守地方。权且流来流去，一来搜刮些金宝，以助军需；二来搅乱他的军心，使彼此不能相顾。只是一件，闻得朝廷知俺出山，要起那慕容兵道复任。万一此人到了，你用些甚么机谋与他对敌？（净）不妨，不妨！助大王取天下者，就是此人。包管数日之内，有个慕容兵道，领了他的人马，到阵上来投降就是。

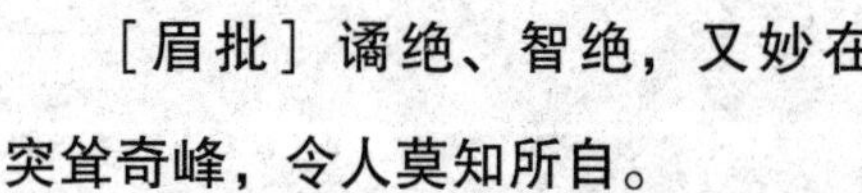

［眉批］谲绝、智绝，又妙在突耸奇峰，令人莫知所自。

［皂罗袍］不用操戈助胜，用奇谋破敌，坐看功成。（副净）我闻得慕容兵道，是个忠心赤胆的人，未必就肯投降，你不要被他骗了。（净）饮贪泉能使浊淆清，咱自会广奇方立变忠成佞！（副净）想是此人与你有旧么？（净）伊南我北，何曾识荆。（副净）就不曾会面，也有书札往来的了。（净）他慎交择友，难通姓名。

(副净）这等说起来，竟是绝不相干的了。这样险事，如何做得?（净）十拿九稳非侥幸。

老实讲了罢，是一条奇计。那慕容兵道只因不肯做官，隐到山中去了。如今朝廷要他，现着地方官吏到处寻访，被臣用了一计，寻得个面貌相似的人，许他千金聘礼，早晚一到，就着他隐在山中，好等人去物色。他出山之后，少不得就要领兵，到了阵上，自然反戈而战。这一省的大小官儿，都知道他有些见识。闻得他降了，自然个个投诚，人人纳款。咱们的大事，就可以传檄而定了。这个奇计，难道不胜似陈平、强似诸葛亮么?（副净大笑介）妙计，妙计!

[眉批] 此计殊狡，勿谓贼中无人。

[前腔] 智巧果然难并，竟扫空诸葛，抹杀陈平。借他威力仗他名，一呼能使千人应。坚城劲敌，不须自征。铙歌凯唱，只消坐听。一人有智全军胜。

是便是了，咱还愁着一件。（净）那一件?（副净）天下的人，面貌相似的虽有，若还细认起来，毕竟有些分别。万一被那地方官吏认出来，却怎么处?（净笑介）那些地方官儿，被咱们搅扰不过，巴不得弄个替死的出来。莫说认不出，就使认出了，也要装聋做哑，借重他出去当灾，那里还肯说个不是?（副净）讲得有理。等他一到，咱们就去攻城，使那些地方官儿手忙脚乱，才好推他出来。（净）正该如此。

[眉批] 原是孤注，全亏此着拿得稳。地方官怕贼，贼始得以施其奸。贼之不可怕也如此。

奇谋画定始长征，不比前番学弄兵。

世上英雄今绝响，何愁孺子不成名。

第二十三出　伪隐

（丑扮假渔翁，左手持钓竿，右手提包裹，内放纱帽、圆领上）权将箬笠代红巾，窜入溪边把钓纶。世上难逢真隐士，不妨山贼冒山人。自家非别，山大王的细作，差来假扮渔翁的便是。只为慕容兵道弃职归山，朝廷定要起他复任。那些地方官儿各处搜寻，再也寻他不着。山大王有个谋臣，就设下一条奇计，见区区的面貌与他相似，许我千金聘礼，聘出来假扮渔翁，好待人来物色。若还请出山去，少不得用我行兵，就好于中取事。我如今穿了蓑衣，戴了箬笠，做出些儒者气象，俨然是个避世的高人。又把纱帽、圆领带在身旁，使人见了，好疑我是个仕宦。远远望见有人来了，不免垂起钓来。（趺坐，垂纶介）

［眉批］非骂山人，骂匪类之冒为山人也。作假正以存真，勿谓笠翁自伤其类。

［三棒鼓］要人识姓假埋名，这是隐士的真传也，叫做藏形露影。渔歌卖声，羊裘炫形。你若要访客星，只消车马相迎也，我这里乌纱现成，蓝袍现成。

（外、净扮差役上）（外）近日新闻多得极，只消一件也勾奇特。上司衙门走了官，倒教属吏差人缉。我们汀州府县的差人，缉访慕容兵道的便是。近日奉了圣旨，无论大小官员，都要差人物色他。昨日闻得人说，这深山里面新到一个渔翁，好像他的模样，故此寻来查问踪迹。前面有个垂钓的人，想必就是。大家走去看来。（近身，偷看介）这个模样俨然是他。我和你走去磕头，看他受不受，就知道了。（见介）老爷在上，府县衙役叩头。（丑坐不动介）我是个渔翁，并没有官职，你们不消行礼，起去罢。（外、净背介）端然不动，口气也像做官的，一发是他无疑了。再去搜一搜，看那包袱里面是些甚么东西。（取袱，解看介）呀，纱帽、圆领都在这里，还说不是老爷。（丑假做慌介）被他看出来了，这怎么处？（外）小的们奉了官差，敦请老爷复任，那一处不寻到，谁想隐在这里。如今没得说，快请更衣，好到衙门去上任。（丑）做你们不着，去回一回，让我做个闲人罢。（外、净不理，代换衣冠，向内叫介）地方在那里？快取一乘山轿，拨几名夫来，送老爷去上任。（内）人夫便有，只是深山里面取不出轿子，只有软座肩舆，恐怕老爷坐不惯。（外）怎么叫做“软座肩舆”？（内）用一根枯藤当了轿子，把人络在里面，抬了飞走，这叫做“软座肩舆”。（外）就是这等，快取来。（二人持长索上）（丑）这等的轿子，叫我怎么样坐？也罢，肩舆虽恶人情好，权当儿童竹马骑。（众络抬介）

［倒拖船］枯藤虽软骑来硬，骑来硬，刚刚擦着风流柄，风流柄，几乎断送夫人命。休罗唣，且消停。（众抬，急走介）（丑）教消停，愈纵横，笑儿童竹马太多情。

（到介）（外、净）老爷请进衙门。小的们去报本官，好等他来参谒。（下）（末、副净扮属官急上，参见介）（丑）本道极怕做官，故此在山中隐避，为甚么缘故，定要请我出来？（众）圣上因地方多事，定要借重老大人，不干卑职之事。（内鸣金、擂鼓，呐喊介）（一人急上）不好了！禀老爷：山贼围城。（众慌介）（丑）有本道在此，你们不消惊怕。

［锦上花］贼到不须惊，贼到不须惊，保障屏藩，有我担承。奋前威，奋前威，杀他一个干干净。

待本道前去冲锋，你们带领人马，在后面接应就是。（众打躬介）是。（丑）就此出兵。（各上马行介）

［前腔］（合）才到便行兵，才到便行兵，不用谘谋，方见才能。好担当，好担当，怪不得人人敬。

（副净引众上，围杀介）（丑假输介）（副净引众暂下）（丑）他的势头果然来得利害，料想敌不过，不如降了罢。（向内介）你们这些官吏，随我投降就罢。若不投降，我调转马来，杀你一个罄尽。（内）老大人尚且降了，卑职们怎敢对敌，也愿投降。（副净引众复上，倒住介）（丑）不消杀得，下官情愿投降。（副净）这

等，分开人马，待他出来相见。（见介）（副净）多亏了你。我从今以后，权把你待为上宾，一向掳来的财帛，都托你收管。待成功之后，还有极大的官儿赏赐。（丑）谢恩！（副净）暂且回营。（行介）

［前腔］马到便成功，马到便成功！妙算神机，异勇奇能。会将来，会将来，佐真主承天命。

（丑）堪笑庸人少智谋，机关设定便来投。

（副净）是便是了，只愁谤语闻山谷，惹出当年硬对头。

第二十四出　荣发

［西地锦］（旦带副净上）夫婿看花得意，教人顿展愁眉。泥金虽到人犹滞，梦魂夜夜先归。

奴家刘藐姑，自与谭郎回到故里，正好遇着秋试之期，且喜乡、会两场俱已报捷，只是未曾补官，还在京师候选。这几日求签问卜，都说他补了外缺，眼下就回，想必也好到了。

［前腔］（生冠带，引众鼓吹上）当日蓝袍挂体，只图片刻舒眉。如今才演终身戏，开场便是荣归。

（旦）呀，相公回来了。一旦身荣，万金之喜，待奴家拜贺。（生）下官也要拜谢，与夫人一同见礼。（同拜介）（生）飘泊当年运未通，多蒙俊眼识英雄。（旦）风尘得伴青云侣，自幸红颜命不穷。梅香，看酒来。（副净送酒介）

［画眉序］（旦）把酒庆雄飞，不枉当年苦相依。笑一场生旦，两世夫妻。你为我，名节都捐，我为你，形骸甘弃。到头喜得身荣显，看来落得情痴。

请问相公，不知你授何官职，选在甚么地方？何日起程，可与奴家同去？（生）叨授司李，选在汀放州，明日就要起程。我和你死在水中，尚且不肯相离，定要搂抱在一处，岂有上任为官，不带你同行之理。

［前腔］何处不相依，比目形骸系天畀。怪同眠同食，寸步难离。处贫贱，尚怕孤眠，享富贵，宁甘独睡？你明知故把微词话，笑佳人枉自多疑。

（旦）我不为别样，要等上任的时节，同你去谢一谢恩人，不知司是顺路？（生）下官正有此意，就使不是顺路，也要迂道而行。

［神仗儿］（生）扬眉吐气，扬眉吐气！都亏了神人做美，才逢此际。报恩诚

难自已，遥赍牲帛，远持筐篚，酬济困，谢扶危，酬济困，谢扶危。

我和你这段姻缘，是为做戏而起。以戏始之，还该以戏终之。此番去祭晏公，也该做一本神戏。只怕乡村地面，叫不出子弟来，却怎么处？（旦）这十月初三，又是晏公的诞日。此时已是九月，路途遥远，只怕赶不及了，且到那边，再作区处。或者晏公有灵，留住了戏子，等我们去还愿，也不可知。（生）那有此事？

［滴溜子］（旦）神明的，神明的，持持到底。成佳话，成佳话，有头有尾。暗中将人拘系。早些赐顺风，收逆水，好使我赴滕王，仙舟似飞。

［眉批］反有武后游苑之风。

（生）少不得差人去打前站。叫他先到那边，料理还愿之事。再写一封喜书，寄与莫渔翁，使他预先知道也好。（旦）极说得是。［尾声］（生）今宵且入鸳鸯被，自古道新娶的欢娱让远归。（旦）况又是大大的登科怎教人不畅美？

第二十五出　假神

［菊花新］（小生上）昼眠三觉（音：教）未斜阳，始信山中日月长。（老旦上）追想旧时忙，人未寝早闻鸡唱。

（小生）娘子，我和你别了谭生夫妇，已是一年，闻得乡、会两场都已放榜过了，不知中与不中，好生记念着他。（老旦）借本《题名录》，查一查就知道了。（小生）自古道山中无历日，寒尽不知年。住在这万山之中，历日也无从见面，那里去借《题名录》来？（老旦）也说得是。他若得中，自有书信寄来，我和你静听便了。

［不是路］（外扮家人上）烟水苍茫，所谓伊人在那方。自家非别，谭老爷的前站便是。老爷有书一封，送与姓莫的渔父。一路寻来，此间已是，里面有人么？（小生）开门望，谁人到此课农桑？（外）在下是谭爷的管家，差来下书的。此位就是莫太公么？（小生）正是。（外）这等请上，待小人见礼。（欲拜，小生扶起介）（小生）莫谦光，我从来未见伛偻样，你一跪能教四体忙。请问是那个谭爷？（外）是去年被难到此，蒙你相救的人。如今得中高科，选了汀州司李，不日从此经过，要来拜谢恩人，叫我先来下书的。（付书介）（小生）原来如此，请里面坐下，有便饭相留。（外）前途有事，不敢羁留，告别了。求尊谅，公差紧急难违抗，敬辞尊饷，敬辞尊饷。

（下）（小生进介）娘子，谭生的功名已到手了。赴任汀州，从此经过。先着人来下书，他随后就到。（老旦）原来如此，不枉我们捞救一番。可喜，可喜！且住，他既然选在汀州，就是我们的旧治了。你有心做个好人，索性该扶持到底。把那边的土俗民情、衙门利弊对他细说一番，等他依模照样，也做一任好官，岂不是

桩美事。（生摇头介）使不得。

［解三酲］过来人满怀忠说，待将来传授伊行，怕无端惹起青云障，效当年冯妇行藏。我恨不得开山凿断终南径，借斧芟残召伯棠。销民望，又岂肯挑开利锁，逗起名缰。

［眉批］毕竟男子有远识，所以田畴不贾卢龙，子陵不许益莱。

（老旦）你怕露出行藏，被他知道，要劝你出山么？也虑得是。只是一件，他的才能虽好，毕竟是个新进书生。况且山中的盗贼，又不曾剿除得尽，万一到了地方，有些举动起来，不但他功名不保，还有性命之忧。据我看来，还该教导他一番才好。（小生）娘子也说得是。

［前腔换头］（老旦）为己虽当存远志，我道你善世还须有妙方。几曾见造浮屠六级便收场，完盛事有何妨？若教他无端马革将尸裹，倒不如早向蛟龙腹内藏！还思想，休使这前功尽弃，坐看他两败俱伤。

（小生）我有个妙计在此，又把好话教了他，又不露我做官的形踪。（笑介）是便是了，只觉得太巧了些。（老旦）甚么妙计？（小生）他当初入水不死，全亏晏公的神力。我的意思就要把神道设教起来。趁他未到之先，待我把治民剿贼之法，造做一本册子，加上一道封皮，上面写着“平浪侯封”四个字。等他走到，悄悄塞在行李之中。他到中途，忽然检着，只说晏公又显神通，要扶持他建功立业，自然敬信无疑了。我原说一字不识，他决不疑到我身上来。你道这个计策巧也不巧？（老旦大笑介）妙绝，妙绝！既然如此，你可就造起册来。（小生写介）

［罗袍歌］［皂罗袍］备写并州情状，这须知妙册，不比寻常。把神灵职守佐伊行，管教陆地无波浪。危邦一人，能成治邦，残疆一变，能成化疆。自古道：有治人，无治法。写便这等写了，还有一句要叮咛他：到那临机应变的时节，还要自家做主。这成规死法是拘泥不得的。（又写介）也须略变葫芦样。（写完介）（老旦）我和你费尽心机，单替神灵做好。他到应验之后，只晓得感激晏公，那里知道这番功劳，倒在我们身上。（小生）不要这等讲，焉知我们的意思，不是出于神灵？他在冥冥之中，教导我们如此，也不可知。我这里借名于神，他那里又假手于人，总是一种道理。（老旦）也说得是。［排歌］交相倚，互借光，神人共事有何妨？人方助，鬼又匡，幽明两处为他忙。

自笑痴肠孰与同，助人成事不居功。

一般也有沽名具，耻向名场作钓翁。［旁批］妙！

［眉批］可谓善读孙吴者矣。

［眉批］玄之又玄。如笠先生者，可与言天人之际矣。

［眉批］此实理也，作玄会便非。

第二十六出　贻册

［青玉案］（生、旦冠服，净扮院子，画净扮丫鬟随上）（生）仙舟喜到回生处，罾共网，皆恩具。（旦）不但渔翁称旧主，山曾相共，水曾相与。（合）喜得重遭遇。

［眉批］此等文字竟是说话，并非填词。然说话无此文采，填词又少此自然。他人以说话为说话，笠翁以填词为说话，故有此等妙境耳。

（生）一路行来，已到严陵地界。前面山坡之上，有两个人影，只怕就是莫公夫妇，也未可知。（旦）一定是他无疑了。

［前腔换头］。（小生、老旦同上）（小生）几番错唤他人渡，偏怪征帆留不住。（老旦）此际呼来知不误，碧纱窗内，有人相顾。（合）遥指溪边路。

（高叫介）来船可是谭老爷么？（净）正是。（众上泊船，净、副净持礼物随生、旦上岸介）（小生）溪边路湿，不好行礼，请到荒居相见。（同行介）

［一江风］（小生）过荒居，草径回仙驭，鹿豕惊相觑。（老旦）驻高车，窄小柴门，湫隘茅堂，只怕你马首无旋处。（生、旦）依然此贱躯，依然此贵庐，怎见得宽窄改难容贮？

（到介）（生、旦）两位大恩人请端坐了，待愚夫妇拜谢。（小生、老旦）高中巍科，荣铨名郡，两番大喜，都一齐拜贺了罢。（同拜介）

［前腔］（生）赖相扶，既把残生护，又指青云路。（旦）转荣枯，朽木生花，白骨生肌，都亏你再把鸿钧铸！（小生、老旦）这都是天机转辘轳，神灵演咒符，休得要错记了功名簿。

（生）念小生初登仕籍，未有馀钱，輶仪先致鄙私，图报尚容他日。取土仪过来。（各取礼物，生送小生，旦送老旦介）（小生）山居寒俭，不曾备得贺仪，怎么倒承厚贶。多谢了！梅香，看酒来。（丑取酒上）（小生送生，老旦送旦，各席饮介）

［梁州新郎］［梁州序］松阴低下，豆棚深处，又喜同人欢聚。冠裳蓑笠，何妨偶尔相俱。缟衣多韵，艳服生姿，浓淡都成趣。巢由席上添伊，吕，更觉林泉致有馀。［贺新郎］（合）愁别后，难重遇，把肝肠剖尽无留绪，重叠唱、阳关句。

（旦对老旦介）愚夫妇有言在先，说此去倘有寸进，与二位同享荣华。如今我们上任，要接你们同去了，千万不要推辞。（老旦）多谢盛情！念我夫妻二口，是闲散惯了的人，受不得衙门的拘束。这一片盛意，只好心领了。

［前腔］山间遗老，村中愚妇，何可栖迟蓬户。朱门深入，几同野鹤归籢。

（生对小生介）照尊夫人讲来，是不肯同去的了。也罢，待下官到任之后，就遣小役相迎。求你在地方多住几月，设处些买山之资回来养老，难道也不肯来赐顾不成？（小生）老夫靠着这根渔竿也尽可度日，不劳知已费心。况且打抽丰的事体，不是我世外之人做的，这也不敢领教。烟蓑褴褛，雨笠摧残，不是抽丰具。野人供膳合羹鱼，纵有猪肝也不疗癯。（合前）

［眉批］腐鼠之吓，岂不见笑慕君？

［眉批］近来世外之人，皆藉口渊明取王弘之钱以付酒家，却像“抽丰”二字，竟为山人而设。读此宁无厚愧？

（生）酒多了，就此告别。（小生）待愚夫妇远送一程，坐着大船而去，驾着小艇而归便了。（生）没有远劳之理！（旦）既有小船回来，就借重同行，说说话儿也好。（小生对老旦私语介）（老旦点头会意，取前册暗藏袖内，同行介）

［节节高］（老旦、旦）行行且暂俱，肆欢娱，出门又当重相遇。时光遽，道路迂，难常聚。多情猿鹤留人住，无情杜宇催人去。（合）几回要借石尤风，愆期又代行人虑。

（作到，上船介）（老旦对旦介）他们在前舱，我同你到后舱去坐（携旦手下）（小生）谭官人，我想世间神道虽有，再不像晏公的威灵那般显应。你是经历过的，此番前去，索性求他一求，要这位不说话的恩人扶持到底。把到任做官、求他覆庇的话，着实祈祷一番。或者为人为彻，又有些显应出来也未见得。（生）我也正要如此。

［前腔］（合）当年得再苏，仗伊扶。吉凶何必皆天数，只要神呵护，信感孚，回天步。雪中炭有神明助，添花岂惜重来辅！（合前）

（旦、老旦复上）坐了这半日，不知行到那里了？（小生暗问老旦，老旦点头介）（小生）天色已晚，我们转去罢。（别介）（小生）谭官人，你听我道：

［尾声］前程悉听神分付，好将心事告灵巫，莫道幽冥半有无。

第二十七出　定优

（外上）鬼神之事最难明，道是无形却有形。不信但看今日事，做成圈套显威灵。我谭管家为何道这几句？只因老爷差我前来，预备三牲祭礼，等他来拜谢晏公。老爷、夫人的意思，还要做本戏文了愿。料想圣诞已过，寿戏一定做完，乡村地面，叫不出戏子来，只好哑祭一祭罢了。谁想晏公有灵，见他夫妻不曾赶到，竟把贺寿的事耽搁住了等他，你说奇怪不奇怪。这是甚么原故？只因十月初旬，下了好几日大雨，那个戏台原是搭在露天的，看戏的人无处立脚，一齐告过晏公，替他改期一月，到了十一月初三，方才替他补寿。如今那些优人都现在这里，但不知是那一班，脚色好不好？不免到地方上面去动问一声，就付些定钱与他，省得到临期误事。来此已是，有人在么？（末、副净同上）绰号"阴司篾片"，惯替神道帮闲。银钱科敛别个，自己从不破悭。是那一个？（外）在下是汀州司李的管家。我老爷前去上任，假道贵乡，有一本愿戏要还。闻得今年的戏头是你们二位，故此特来相烦。（末）这等，效劳就是。（外）请问这些戏子叫做甚么班名？脚色何如？做的戏文可看得过？我家老爷未中之先，极喜串戏，那词曲里面的事，一毫也瞒他不得的。（末）听我道来：

［锁南枝］优人号，是玉笋班，芳名播传吴越间。（外）那个做旦的是男是女？可有些姿色么？（末）正生也是娇娃，不止风流旦。（外）怎么连做生的也是妇人？这等说戏文一发好看了。（末）音与容，天下罕，说无凭，做来看。

［眉批］做愿戏者名为为神，实是为人。人看不得，神即欲看而不能矣，那得不听改期。

［眉批］做台戏时，此语当讳。

（外）我闻得玉笋班中，有一生、一旦都投水死了，为甚么还在这边？（副净）听我道来。

［前腔换头］自从失生旦，依然拢旧班。只换当时谭貌，其馀并未更翻，悉照从前扮。旦与生，都在咫尺间。若要睹芳容，领君看。

（外）这等，那一生一旦，又是那里去合来的？（末）这个正生就是当初做旦的母亲，叫做刘绛仙；那做旦的妇人，是别处凑来的脚色。（外）原来如此。有一锭银子，烦你二位拿去做定钱，说老爷明日就到，一到就要做的。这桩事在你二位身上。我如今赶上座船，回复老爷去了。（先下）（末、副净）总承戏子趁钱，又落得看戏，这样有兴的事，为甚么不做？快去说来。

权把阴司篾片，暂为阳世帮闲。

尚有馀钱可落，岂止不破私悭。

第二十八出　巧会

［菊花新］（生冠带，上）瓣香今日谢神祇，把往事相酬后事祈。（旦命服上）今日拜慈帏，相见处反多惭愧。

（生）夫人，打前站的转来回话，说晏公的寿戏改期一月，恰好等到如今。做戏的人，依旧是那班朋友，只换得一生一旦，做生的就是令堂。天地之间，竟有这般凑巧的事！（旦）总是晏公的威灵。只是一件，我母亲既在这边，如今一到，就要请来相见了。难道相见之后，还好叫他做戏不成？（生）我们一到，且瞒着众人，不要出头露面。待他做的自做，直等做完之后，说出情由，然后请他相见。这出团圆的戏才做得有波澜，不然就直截无味了。（旦笑介）也说得是。既然如此，连祭奠晏公都不消上岸，只在舟中遥拜便了。（生）那个自然。（内吹打，泊船介）（生、旦并立场右，前设窗架垂帘介）（外上禀介）三牲祭礼都已摆在神前，请老爷、夫人祭奠。（生、旦拜介）

［普天乐］（生、旦合）、感神灵相周庇，续双魂成连理。身荣显、身荣显也仗灵威，这慈恩周到无遗。呀，望周全到底，扶人莫去梯。早把迷途相引，免受颠危。

（末穿本等服色，持戏单，上）戏单在此，请老爷点戏。（外传进介）（生）你对他讲，不做全本，只演零出。开首一剧，要做《王十朋祭江》。做完之后，再拿戏单来点。（外传介）（末取戏单，下）（旦）为甚么点这一出？（生）不为别样，单要试你令堂的心。你当初为做《荆钗》，方才投水。如今原把《荆钗》试他，且看他做到其间，可有些伤感的意思？（旦）也说得是。（内敲锣鼓，小旦冠带上场介）

［新水令］一从科第凤鸾飞，被奸谋，有书空寄。幸萱堂无祸危，痛兰房受岑寂。挨不过凌逼，身沉在浪涛里。

（内）禀老爷：太夫人也要来上祭。（生向内跪介）禀上母亲：你是高年之人，受不得悲伤，流不得眼泪。请在后面少坐，等孩儿代祭罢了。（内）既然如此，替我多奠一杯。（生）是。（起介）（内众齐云）我们上去斟酒，好待老爷祭奠。（生）丈夫祭奠妻子，用不着闲杂之人。你们都不消上来，待我自斟自祭便了。（拈香拜介）

［眉批］台上搭台，其地不满二尺，二人并祭，势不能容，故用此等文法，然又删得有理，具见妙才。

［折桂令］爇沉檀香喷金猊，昭告灵魂，听剖因伊：自从俺宴罢瑶池，宫袍宠赐，相府勒赘。俺则为撇不下糟糠旧妻，苦推辞桃杏新室。致受磨折，改调俺在潮阳。因此上，担误了你的归期！（叹介）我那妻呵，你当初在此投江，我今日还在此设祭。料想灵魂不远，只在依稀恍惚之间。丈夫在此奠酒，求你用一杯儿。（左手持杯，右手掩泪介）（旦亦哭介）

［雁儿落］（小旦）徒捧着泪溶溶一酒卮，空列着香馥馥八珍味。慕仪容，不见伊诉衷曲，无回对！俺这里再拜自追随。重会面，是何时？揾不住双垂泪，舒不开咱两道眉！先室，都只为套休书的贼施计，贤也么妻！俺若是昧诚心，自有天鉴知。

我那妻呵，你为我完名全节，身葬波涛。如今做丈夫的，没有别样报你，只得这杯酒儿，求你再饮几口，（敬杯奠介）

［收江南］呀，早知道这般样拆散呵，谁待要赴春闱。便做到腰金衣紫待何如？端的是不如布衣，倒不如布衣！则落得低声啼哭，自伤悲。

（一面化纸，一面高叫介）我那藐姑的儿呵，做娘的烧钱与你，你快来领了去。（号啕痛哭，旦亦哭介）（内高叫介）祭的是钱玉莲，为什么哭起藐姑来？（小旦）呀，睹物伤情，不觉想到亡儿身上。是我哭错了。

［眉批］生情感触，忽地呼儿，真有莫知其然者。人夸奇幻，不知全以真平见长。

［沽美酒］纸钱飘，蝴蝶飞，纸钱飘，蝴蝶飞。血泪染，杜鹃啼。俺则为睹物伤情越惨凄。灵魂儿您自知，俺不是负心的，负心的随着灯灭。花谢有芳菲时节，月缺有团圆之夜。俺呵徒然间早起晚宿，想伊念伊，要相逢除非是梦儿里，再成姻契。

（哭倒介）（旦卷帘高叫介）母亲起来，你孩儿并不曾死，如今现在这边。（小旦立起，惊看介）不好了，不好了，两条阴魂都出现了。你们快来，我只得要回避了。（急下）（内）活人见鬼，不是好事。大家散了罢。（作哗噪介）（外上，立场前高叫介）你们不要乱动，船里坐的不是鬼，就是谭老爷、谭奶奶的原身，当初被人捞救，并不曾死。如今得中高魁，从此上任。你们不信，近前来看就是了。（内）不信有这样奇事？（生）叫左右快打扶手，待我们上岸。（内鼓吹介）（二人持蓝伞上，一盖生，一盖旦，同上岸介）

［普天乐］（合）露原形休遮蔽，破群疑销惊悸。夫和妇、夫和妇玉手同携，赛当年假唱虚随。呀，看茫茫大水，心儿尚惨凄，不信南流北淌，又得相依。

（内）呀，果然是原身，不消惊怕了，一同出去相见。（末、老旦、副净、小旦同上）（末、老旦）呀？谭大哥、刘大姐，你们果然不曾死，竟戴了真纱帽，顶着真凤冠了。恭喜，恭喜！难得，难得！（同见介）（旦见副净、小旦介）爹爹、母亲请坐，容孩儿拜谢养育之恩。（末、老旦）养育之恩倒不消谢得，那活命之恩倒是要谢的。（副净、小旦）惭愧，惭愧！（生、旦拜介）

［前腔］（副净、小旦）掩羞容难藏避，受讥弹无回对。愧当年、愧当年眼浅

眉低，把鸾凰认做山鸡。呀，望包羞盖耻，前情话少提。幸恃椒房恩宠，分窃馀辉。

（小旦）我儿，你把下水之后，被人捞救的事情，细细说来我听。（旦）这些原委，须得一本戏文的工夫才说得尽，少刻下船和你细讲。只是一件，女婿做了官，你不便做戏了，快些散班，同我们一齐上任。（副净）去倒要去，只是这两张面孔没有放处。（众）不妨！戏箱里面取两个脸子出来，每人带着一个，叫做（牛头丈人）、（鬼脸丈母）就是了。有甚么去不得？

［前腔］莫支吾休惭愧，做官亲分荣贵。真佳婿、真佳婿吐气扬眉，致吾侪也有光辉。呀，羡鸡头凤尾，时来忽地飞。始信才多命好，毕竟无亏。

（外持册子急上）几段新闻才说过，两番怪事又来传。禀老爷：头接的差人到了，说山贼破了汀州，十分猖獗。还喜得不据城池，单抢金帛、子女，如今又到别处去了。（生惊介）呀，这等说起来，竟是一块险地了。下官既受国恩，就是粉骨碎身也辞不得。只是地方多事，不便携家。我有道理。（对旦介）夫人，你且到莫渔翁家里暂住几时，等地方宁静之后，我差人来接你。（对外介）你拿的是甚么公文？（外）这角公文来得十分诧异，是在行囊里面，忽然检着的。封套上面有“平浪侯封”四个字。所以不敢擅拆，拿来报老爷。（众惊介）呀，这等说起来，是晏公显圣了。（生拆看介）怎么有这等奇事？竟是一本《须知册》，把汀州一府的民情吏弊，与贼营里面虚实的情形，开写得明明白白。叫我一到地方，依了册文做去，不但身名无恙，还有不次之

升。这等说起来，晏公的意思，竟要扶持到底了。夫人，我同你快些拜谢。（同拜介）

［前腔］谢奇恩施良诲，指迷津开聋聩。承提命、承提命敢不遵依，奉行时还仗灵威。呀，有恩神做美，从今少祸危。准备装形塑像，没世瞻依。

（生）岳丈、岳母且在此消停几时，等接令爱的时节，请你一同上任。地方有事，不能久留，就此告别了。（生）叫院子，雇一只民船护送夫人转去。（外）晓得。

［眉批］岳母再消停几时，又添出许多岳父矣，奈何！

（生、旦）天机不测太惊人，缔就良缘更显身。

（众）同是一般施赫奕，防奸不似二郎神。

第二十九出　攀辕

（外扮耆老扶杖上）世上清官不易逢，忍教慈母遇兵凶。攀辕卧阻行师辙，稍尽吾民爱戴衷。自家非别，汀州府城一个任事的耆民便是。自从山兵扰乱以来，把一个富庶地方变做凋残世界。亏得地方有幸，到了一位刑厅，年纪不过二十多岁，竟像多年的老吏一般。到任不满三月，替地方做了许多好事；爱民如子，廉洁非常，真个是民之父母。只是一件，他倚了才干有馀，不但分内之事不肯推辞，连别人挑不去的担子，都要揽到自己身上来。见山贼流来流去，涂毒地方，没有平静的日子，竟往各衙门动了申文，要领兵出去剿贼。你道这些山贼可是剿得去的？他不来惹你也勾得紧了，你倒要去惹起他来？所以，通郡的百姓推我为头，同去遮留苦谏，约定今日在府前会齐。为甚么还不见到？（末、副净、丑同扮耆老，上）同心做好事，协力谏清官，若还留得住，万户保平安。呀，做头的先到了。请问官府坐堂了不曾？（外）打过二梆了，只在这一会出堂。（众）这等，打点起活来，等他一坐，大家跪过去讲就是了。（内打三梆，作吆喝坐堂介）（众齐跪介）（生内云）下面跪的甚么人，本厅为出兵事冗，民间的词状一概不收，叫他们转去。（众）阖郡耆老有公事禀老爷。（生内云）有甚么公事？你且讲来。

［驻马听］（众）耆老陈言，听说行师在眼前，只为那妖氛猖獗，蠢动难防，因此上我辈忧天。忍教慈母触烽烟！遮留共把愚忠献。愿止行鞭，龚黄坐镇民心奠。

（生内云）你们不欲本厅冒险，也是一片好意。只是山贼不除，终是朝廷的隐患，连你们百姓也不得安宁。本厅自负有定乱之才，［旁批］欺人语。断没有意外之事，你们放心便了。

[前腔]（众）定乱难言，现有前车覆在先。也只为邀功心急，虑败情疏，决胜词坚。一般也望凯歌旋，谁知不遂成功愿。到如今图画凌烟，反戈倒射天山箭。

（生内云）申文已下，势在必行，你们不必多言，都出去罢。（内打鼓吆喝，封门介）（众起叹介）不听老人言，必有凄惶泪。可惜这个好官，断送在山贼手里。大家回去罢。

只说地方有福，谁知依旧无缘。

此去凶多吉少，安排眼哭青天。

第三十出　奏捷

（丑冠带，持衣帽，上）羊质焉能冒虎威，只因皮相得便宜。虽然瞒过时人眼，阳虎何曾是仲尼？自家非别，起先假扮渔翁，后来冒充兵道的就是。自从那日立功之后，蒙山大王十分眷宠，把一向掳来的财帛都托我收藏，又不要我行兵冒险，极是一桩好事。只是一件，我当初替他出力，愿只图那千金聘礼，聘礼到手，心事已完。如今就要图富贵，也不可做呆人，须要立在活路上，看他们的胜负何如？若还得胜，料想抹不得我的功劳，万一败了，就要想个脱身之计。近日闻得汀州府里新到一个刑厅，着实有些本事，今日打仗就是他领兵。我如今把这逃难的衣帽放在手头，听见不好的风声换了就走。正是：狡兔常为三窟计，乖人惯踏两头船。（下）

[眉批] 两头船亦可送吃饭家伙，君其少戒。

［鹊桥仙］（生戎装，引众上）弦歌初起，鼓鼙旋动，礼乐干戈并用。机谋运处鬼神通，看别是一番奇纵。

下官到任以来，喜得民安吏戢，宦有馀闲。只是山贼未除，到底不能安枕。前日蒙晏公显圣，把治民御盗之略，造成册子见遗。我先把治民之事，验他御盗之方，谁想一字不差，桩桩都有应验。前功如此，后效可知。所以往各院申详，力任征剿之事。蒙上台批下详文，把各路兵马、钱粮，都属我一人提调。又虑官卑职小，弹压不来。因下官未到之先，有个慕容兵道在阵上降贼去了，就委下官暂署此职，以便行兵。若能灭贼成功，即以此官题授。今乃出师吉日，不免把随征将校号令一番。分付各营将领，带齐人马，前来听令。（众应，传令介。）

[眉批] 谭君大胆请缨，非徒倚恃神力，亦以正生上阵，从无败北时，以此习为此事耳。

[番卜算]（外披挂，上）主帅运神机，一震军威动。（末披挂，上）披坚执锐赴辕门，请试铅刀用。

（见介）左右二将端躬。（生）本道今日用兵，不比前人轻举，智图必胜，虑出万全。料想那几个小贼不勾本道诛夷。只是一件，要防他战败之后，依旧入山，到了剿穴之中，再去剿除就费力了。左营将校，领一枝兵马守住入山的要路，使他无门可入。右营将校，带一枝人马，先入山中，焚毁他的剿穴，使他无家可归。斩贼擒王就在此一举了。小心用命，不得有违。（外、末）请问老爷，入山的门户甚多，不知该守那一处？分住的巢穴不少，不知该烧那一方？求老爷指下地名，省得将官们误事。（生）要害之处果然不少，本道说不得许多，况且秘密的兵机，也不好尽行泄漏。有两封谕帖在此，各人领了一封，到途中细看，依计而行便了。（各付介）就此起兵。（同行介）

[倾杯玉芙蓉][倾杯序]（合）计算神明胆气雄，逆料多奇中。设险擒王，兽散人逃，放火焚巢，地赭山童。[玉芙蓉]就是神仙也无计归迷洞，凤鸟也能教入智笼。况是幺魔种，又何难制弄。便凯旋也，羞将特本奏肤功。

（副净引众上，对杀一阵，大败下）（生）分付大小三军，贼众败走，势必归山，大家奋勇争先，一齐追上前去，除贼头之外，遇着就斩，不必生擒。只有一个要紧的贼犯，定要拿住献俘，不可擅加刑戮。（众）请问老爷，是那一个贼犯？（生）就是在山中伪隐。阵上投降的叛贼，他的罪名还在贼头之上，大家用心追获，不可走了渠魁。（众应介）（重唱“幺魔

种”三句下）

［水底鱼儿］（副净引众上）大事成空，山威忽地崩。忙投归路，急急把门封。这个小遭瘟倒来得利害，大家不要惹他，快收兵马，急急归山。（内鸣金、擂鼓，呐喊介）前面又有人马，后面又有追兵，进退两难，这怎么处？

［对玉环带清江引］［对玉环］蹑影潜踪，追来不放松。敛锐藏锋，还愁遇夹攻。谋臣计也空，武臣力也穷。运蹇时乖，同声怨主翁。（众望内惊介）呀，大王你看，深山里面火光烛天，毕竟有官兵入山，烧毁我们的巢穴了。就使逃得转去，也无处栖身，这怎么了？（内又呐喊介）（副净）四面杀来，料想走不脱了。大家硬起头来，等他砍一刀罢。［清江引］上天入地俱无缝，稳把头颅送。拚遭五寸伤，略忍须臾痛，结一个碗大的疮疤又不肿。

（外、末从左，生、众从右，一齐杀上，拿住介）（生）那一个是贼头？（众指副净介）这个是。（生）那一个是阵上投降的叛贼（众）预先走了。（生）暂且班师，待我移会各衙门，画影图形，定要拿住此贼，然后献俘。你们众将之中，有能密访潜拿，解到军前者就算首功，别加升赏。（外）禀老爷：小将有一个朋友，前日从浙江回来，说在山中遇见一人，分明是他的模佯。求老爷赏宪牌一纸，待小将扮做捕人，前去缉获。若果然是他，只消协同地方，拿来就是了。（生）既然如此，本道一进衙门，就委你前去。（行介）

［眉批］慕君为人所见，所以因福而得祸。入山不深者，当以此为鉴。

［朱奴儿犯］（合）除民害妖魔尽空，抱忠愤乱贼难容，肯使皇家有伏戎。私国法，把叛臣疏纵，此罪胜元凶。食毛践土，当输草莽忠，况受君恩宠，获伊才可奏肤功。

［尾声］（生）今朝幸把皇图巩，都道我凭独断谋臣不用。谁知有个不说话的军师在暗中。

第三十一出　误擒

［夜行船］（小生上）钓倦归来天尚早，无个事出步林皋。听水心闲，看山目饱，处处逢吾所好。

［眉批］凡人擅作神仙，那得不为造物所忌?

我莫渔翁别了谭生，不觉又是半载。他因地方多事，不便携家，把内眷送来，托我替他看管。且喜我家内人与他情投意合，竟与姊妹一般。老夫坐在家中，倒觉得有些不便，凡是捕鱼之暇，就在外面闲游。今日钓着的鱼儿，已勾我沽酒了，不免往山前山后去闲步一回。（行介）

［风入松］画中人度画中桥，随路把幽情探（平声）讨。渔翁不复求诗料，身过处随风驱扫。走了这一会，不觉有些倦怠起来，且在松荫之下稍睡片时。谩道是筹国事魂摇梦摇，就是平章山水也心劳。

（睡介）（外带二卒，假扮捕人，暗藏铁索拥上）暂谢将军事，权充捕役差。入山拿叛贼，刑具早安排。自家非别，漳南巡道标下一员裨将是也。只因有个相熟的人，从这边经过，看见慕容兵道躲在山中，故此禀过谭爷，给了广捕的批文，扮做差人，前来缉访。此间已是严陵地界，须要用心缉获他。（对二卒介）大家带着些眼力，不可使他当面错过。（二卒）知道了。那松树底下有个睡觉的人，不免去唤他醒来，预先问个消息，有何不可。（外）也说得是。

［急三枪］先向这旁人口，讨一个，真消息，然后去查踪迹，捕奸僚。

（二卒）这汉子好不睡得自在。待我吓他醒来。（摇介）睡觉的快醒，前面老虎来了。（小生醒介）

［前腔］谁叫唤，惊醒我，蕉鹿梦？且待我揉昏眼，把伊瞧。

（立起见外，外大惊，背介）这就是他了，还要那里去寻？你们也认一认。（二卒细认，背对外介）不消说了，快取家伙出来。（外对小生介）慕容老爷，一向不见你了，还认得我们么？（小生惊介）呀，我是个深山野人，并无相识，与诸公绝不谋面，不要错认了？（外）不错，不错！你原任漳南巡道，我是你标下的将官，岂有认错之理？快不要推辞，随我到原地方去。（小生背介）被他认出了，这怎么处？或者朝廷要我，地方官员差他来物色，也不可知。不如说出原情，求他放过了罢。（转介）你们既然认得，我也不必遮瞒了。只是出山一事，我是断断不从的。烦你回复本官，放过了我罢。（外对二卒介）快些下手，不要疏虞。（二卒拿住，上锁拼介）（小生大惊介）这是甚么原故？就要我去，也只好敦请出山，岂有用官法拘拿之理？这等胡说，是那个官儿差你来的？（外）奉汀州理刑署兵道事谭老爷的军令，特来拿你。有宪牌在此，你自己看来。（小生看牌大惊介）呀，果然是他的。我对你讲，你那本官与我最相契厚，他未遇之先，夫妻两口的性命，都是我救活的，为甚么恩将仇报，竟把"叛犯"二字加起我来？（外）你心上自然明白，何须问我。叫左右带了竟走，不要理他。（带走介）（小生）既然如此，待我从家里过一过。他的夫人现在，你若不信，去问他一声就是了。（外）你家在那里？（小生）就在路旁。（外）既然如此，就带便过一过。（小生）来此已是。娘子，快请谭夫人出来。（旦、老旦同上）何事春容度，翻成急骤声。忙移堂上步，去审外来情。呀，这是怎么说？他们三人是何等之人，为何没原没故锁住了你？快些讲来。（老旦）我知道了。

［风入松］这歹人应是绿林豪，向山间肆扰。欺负我天高帝远无伸告，把刑罚将人私拷。这奇横教他怎熬？我如今没奈何了，只得拚长跪去求饶。

（对众跪介）大王爷，我丈夫是钓鱼之人，穿着一领蓑衣，住着几间茅屋，并没有金珠财宝。求你们开天地之心，饶了他罢！（众）我们奉官差拿人，又不是强盗，怎么叫起大王来？（旦）你奉那一处的官差？自古道：钢刀虽快，不斩无罪之人。为甚么拿起他来？（小生）不奉别人的官差，是你那位有情有义的尊夫，感激我不过，差他来"报恩"的。多谢！（旦大惊介）岂有此理！（小生）现有牌票，

是他亲笔标的。（对外介）你与他看一看。（外付牌，旦、老旦同看介）（旦）呀，果然是他亲笔，这等说起来，竟不是个人了！（对众介）有我在这边，不怕他险到那里！快些放了，待我去回复他。（外）噫！好大体面，你既是夫人，为甚么不随他上任，倒住在反贼家里？莫说不是，就作是真的，也没有老爷拿贼，夫人释放之理。快些起身，不必再讲闲话。

［眉批］如此报恩者尽有，君不见中山狼乎。

［眉批］《春秋》秦伯获晋侯，却不是老爷拿贼，夫人释放。

［急三枪］一任你，专房宠，结发爱，也休想挠国法，代求饶。

（旦）“夫妻”二字岂是假得的？你既然不信，连我也带到那边，一同审问就是了。（外）这句话还说得有理。既然如此，雇下一只大船，我们带了犯人坐在前舱，你同他的妻子住在后舱，一同前去便了。（旦）就是这等。（老旦对旦介）谭大娘，想是我家男子，当初说话之间不曾谨慎，得罪了谭官人，所以公报私仇，想出法来害他，也未见得。全仗你去周全，我夫妇二人的性命，就在你身上了。（旦）决无此事，大娘不必多心。

［前腔］（老旦）全仗你，赦罪谴，施恩义，前去收雷电，息风波。

（旦）他是个有心人，决不做负心之事。我仔细想来，毕竟有个原故。

［风入松］（旦）其中情理太蹊跷，搅碎柔肠难料。或者是他设计报恩，知道尊夫高尚，不肯出去做官，要学晋文公报德之法，放火烧山，好等介之推出去，也不可知。是便是了，你就要依摹古法将恩报，也须防额烂头焦。（对小生介）我愿

你权避火休将木抱，好待他持爵禄报功高。

［眉批］疑得极是，但恐为中山狼辈开一藉口之门。吾虑之推之少而晋文之多也，奈何！

（小生）既然如此，快些料理船只，即便起身。且看到了那边，把甚么官法处我？（叹介）

救虎谁防被虎吞，（老旦）劝君施怨莫施恩。

（旦）焉知不为酬劳计？奇祸从来是福门。

第三十二出　骇聚

［南粉蝶儿］（生冠带，引将校并刽子手上）斩尽鲸鲵，南国干城是倚。乱阶儿反做天梯，受殊恩，蒙异宠，顿迁荣位。感神祇真个匡扶到底。

下官请缨荡寇，侥幸成功。蒙圣恩不次加升，就补了漳南兵宪。又叫拿获的贼首不必献俘，只等叛臣缉到之时，一同枭斩。昨日左营裨将，有塘报寄来，说叛臣已经拿住，我的夫人现在他家。这等讲来，就是莫渔翁了。我不信那一位高人，肯做这般歹事，或者是差官拿错了也未可知。我仔细想来，若果是错拿的便好，万一是他，叫我怎生发落？正了国法，又背了私恩；报了私恩，又挠了国法。这桩事情着实有些难处。且等他解到，细细的审问一番。（外上）原是奉差拿贼，谁知代主携家。钦犯、亲人俱到，一齐解进私衙。禀老爷：叛犯拿到。（生）你在那里获着的？他作何营业，家口共有几名？可曾查问的实，不要拿错了无罪之人。（外）他住在严陵地方，钓鱼为业。夫妻两口，仆婢二人。不但面貌不差，他亲口招称，说在此处为官是实。（生）此外更有何人？（外）另有一个妇人，说是老爷的家眷。将官不辨真假，只得也请他同来。如今现在外面，要进来替他伸冤。（生背介）这等说起来，是他无疑了。国法所在，如何徇得私情？我有道理。（转介）那位女子原是本道的亲人，当初寄在他家，并不知本人是贼。如今既已败露，国法难容，不但本犯不好徇情，连那位女子，也在嫌疑之际了。分付巡捕官，打扫一座公馆，暂且安顿了他。待本道处了叛贼，奏过朝廷，把心迹辨明了，然后与他相见。（外应下）（旦内高叫云）莫渔翁并无过犯，如何擅自加刑？其中必有冤情，待我进来替他分理。（生大怒介）叫左右，快出去分付，你说他是何人？此是何地？法堂之外，岂容亲人叫喊！若不快些回避，本道执起法来，连他也不便了。（末向内分付介）

（生）带叛贼进来。（末传令介）（外绑小生上）

［北醉花阴］（小生）往事行差不堪悔，替那负心人无端做美。这回断送老头皮，听伊行煮豆燃箕，既相煎倒不嫌太急。免使俺遭凌辱，受羁縻，去做个报怨衔仇白日迷魂的鬼。

（见介）（生）哦，原来那殃民误国、欺世盗名的人就是你么？你既受朝廷厚禄，就该竭节输忠，即使势穷力竭，也该把身殉封疆，学那张巡、许远的故事。为甚么率引三军，首先降贼，是何道理？从直招来。

［南画眉序］供状自招题，免使我六问三推受凌逼。把“容情宽纵”，四字休提。赴友难易把躯捐，秉国宪难将身替。乌纱惯把人心背，只因法在难违。

（小生怒介）呸，你又不丧心，又不病狂，为甚么白日青天说这般鬼话？我何曾降甚么贼来？（生）怎么倒反骂起我来？这也奇极了。

［眉批］乌纱负心，只因法在。然虞卿解印同逃，子仪弃官救李白，亦是乌纱中人。谭生岂未演此剧耶？

［北喜迁莺］（小生）平白地把恶声来吠，甚来由把逆案相归？好教俺裂眦横眉，发冲冠头皮撞碎。你要学秦桧当年杀岳飞，硬加个无名罪。试问俺竖降旗，谁人见面？谋逆举，若个相随？

（生）哦，你说没有见证么？叫各役过来。（众跪介）有。（生）你们都去细认，三年之前，在本衙门做官的，是他不是他？不要拿错了。（众近身细看介）禀老爷：一毫不差。他是我们的旧主，终日服事过的，岂有认不出的道理？（小生对生介）我何曾不说做官，只问降贼之事，是何人见证？你为何当问不问，不当问的倒问起来？（生）也说得是。叫众将官过来。（外、末、净、丑）有。（生）他降贼之事是真是假？你们可曾眼见？都要从直讲，不可冤屈了人。（外、末、净、丑）是将官们眼见的，并非虚枉。（生对小生介）何如，还有甚么话讲？

［南滴溜子］公堂上，公堂上，千人一嘴。又不是怀私怨，怀私怨，将伊谤毁。料应私情难庇，伊行请自裁，从今别矣。欲报私恩，愁犯国威。

（小生）这些将官，衙役都是你左右之人，你要负心，他怎敢不随你负心？这些巧话，都是你教导他的。（生）怎么你犯了逆天大罪，倒反谤起我来？（小生）哦，你那片歹意我知道了。

［北出队子］非是你没意，故要将恩背，有一片劣心肠太隐微。你怕俺露原情灭口不教提。因此上花着脸硬把良心昧。罢！我就做个田光先生，替你灭了嘴罢。便做个永不泄田光灭嘴。

［眉批］论古事无书卷气，说名理无道学气，谈鬼神无香火气，皆人所最难。笠先生能兼而有之，何造物赋之偏也。

（生）哦，你道这些将官、衙役都是我左右之人，说来的话不足取信么？也罢，叫左右去把地方百姓随意叫几个进来。（众）嗄！（向内唤介）（副净、老旦扮耆老，旦、小旦扮幼童，齐上见介）（生）你们都去细认一认，看他可是降贼的人？（众细认介）是不差。只是一件，他起先一任原是做的好官，只是后面再来不该变节。求老爷将功折罪，饶恕了他罢。（小生惊介）呀，怎么百姓口里，也是这等说起来？（生）别罪可以饶恕，谋反叛逆之罪，岂是饶恕得的？你们去罢。（众应下）（生对小生介）料想到了如今，你也没得说了。本道夫妻两口，受你活命之恩，原无不报之理，只是国法所在，难以容情。叫左右，暂松了绑，取出一壶酒来，待我奉他三杯，然后正法。合着古语两句，叫做：今日饮酒者私情，明日按罪者公法。（众应，松梆介）（生取酒敬介）慕容先生，今日之事出于万不得已，并非有意为之，你是读书明理之人，自当见谅。求你用了这杯酒儿。

［南滴滴金］临刑把酒酬恩义，国法私情两不悖。（掩泪介）好教我伤心暗洒刀边泪。眼见得变恩人成怨鬼。我虽不杀伯仁，伯仁由我而死。这两句话，就是下官的罪状了。知情犯罪，你若是肯原情设身当此位，只怕也宁为恶魁，难把法违。

［眉批］天下惟无良心人，偏有急泪。

（小生掷杯大怒介）你这此圈套总是要掩饰前非，有谁人信你？你当初下水，是我救你的性命，回去赴试，是我助你的盘缠。这些恩情都不必提起，只说你建功立业，亏了谁人，难道是你自家的本事么？若不亏我暗用机谋，把治民剿贼的方略，细细传授与你，莫说不能成功，只怕连这颗狗头，也留不到今日，在阵上就失

去了！（生）别的功劳便亏了你，那剿贼之事与你何干？也要冒认起来。你何曾授甚么方略？这一句话从那里说起。（小生）哦，你还不知道么？我且问你，你赴任的时节，那本“须知”册子是谁人造的？（生大惊，背介）呀，那本册子是神道赐我的，他为何知道？这就有些奇了。

［眉批］掷杯大是。

［眉批］盛德不免自明，亦愤激所致，非得已也。

［北刮地风］（小生）我说出原情也太惨凄，您休得要夸大口自骋雄威。早知道狠逢（音：蓬）蒙毒手能诛羿，又怎肯把射法传伊？您道那妙阴符是天授非人力，署官衔现有封皮。怎知俺冒猿公，传剑术，别示玄机。子看那一桩桩、一件件洞晰无遗，也亏俺旧令尹重把精神费，旧令尹重把精神费。又谁知要周全倒惹是招非。

（生）这等说起来，那本册子竟是你造的了。既然如此，为甚么不自己出名，写了“平浪侯”的神号？（小生）我只为刻意逃名，不肯露出做官的形迹，所以如此。一来要替朝廷除害，二来要扶持你做个好官。谁想你自己得了功名，倒生出法来害我。（生）呀，这等说起来，你竟是个忠臣了。为甚么又肯谋叛？（小生）我何曾谋叛？想是你见鬼了。（生）你入山之后，皇上因贼寇难平，依旧起你复任。

地方官到处寻访，从深山里面请你出来，指望你仍像前番替朝廷出力，谁料你变起节来，因有这番罪孽，才有这般风波，你难道自己心上还不明白么？（小生大惊介）呀，这等讲来，不是你有心害我。或者地方官寻得急切，有人冒我姓名，故意出来谋叛，也不可知。倒求你审个明白，不然性命还是小事，这千古的骂名如何受得起！我起先不肯屈膝，如今没奈何倒要认做犯人，跪在法堂上听审了。（跪介）（生）既然如此，待我提出贼头来，替你审个明白。若果有此事，就好释放你了。只是一件，等他提到的时节，你倒要认做降贼的人，只说与他同谋共事，我自有巧话问他。真与不真，只消一试就明白了。叫左右，取监犯出来。（众应下）（生背介）老天，老天！但愿得果然如此，我这个负心人就做不成了。求你保佑一保佑！（众取副净上）禀老爷：贼头带到。（生）圣旨已下，叫本道不消献俘，待拿着叛臣，与你一同枭斩。如今那名叛贼已拿到了，本该一同正法。只是一件，我方才审问他，他说不是真正叛臣，乃冒名出来替你做事的，情有可原，罪不至死。我心上要释放他，所以提你出来，问个明白。这冒名之事，可是真的么？（副净）真便是真的，只是此人险恶非常，小的恨他不过，要杀同杀。求老爷不要放他。（小生）我与你是同事之人，为甚么这等恨我？（副净）你未曾出山的时节，得我千金聘礼，后来假装兵道，在阵上投降，我把你带在军中，凡是掳来的财帛，都托你掌管。你就该生死不离，患难相共才是。你见风声不好，就把财帛卷在身边，飘然而去。难道我做了一场大贼，单单替你做事不成？要死同死，决不放你一个。（生）天下人尽多，那一个假装不得，为甚么单去聘他？（副净）只因为他的面庞，与慕容兵道一模一样，所以把千金聘礼去聘他出来。（生大笑介）原来如此。这等说起来，他不是你的仇人，你的仇人还不曾拿到，待拿到的时节，与你一同正法便了。（副净）明明是他，怎么说个不是？（生）这是慕容兵道的原身。他解任之后，并不曾出山。你若不信，走近身去细认一认就是了。（副净近身，细认介）呀，果然不是。这等不要屈他，当初是我该死，不该把假冒的事，坏了你的名声。得罪，得罪！（生）叫左右，把贼头依旧收监，移会各衙门，缉访冒名的奸贼，拿来剥皮楦草，替你们的旧主伸冤。（众应，带副净下）（生）请进内衙。叫左右，一面取衣服出来，与慕容老爷换了；一面去请两位夫人，同进内衙相见。（众应下）（小生更衣，相见介）（生）下官昏愦无知，不能觉察，致累大恩人受此虚惊，多有得罪。（小生）若非秦镜高悬，替老夫伸冤雪枉，不只陨身一旦，亦且遗臭万年。待老妇到来，一

同拜谢。（老旦、旦上）奇冤立雪真堪喜，恩旧重逢更足嘉。（众）禀老爷，二位夫人到了。（二旦进介）（生对旦介）夫人，我平贼的功劳，又亏了慕容先生指引。快来拜谢恩人。（小生对老旦介）娘子，我降贼的奇冤，全亏了谭先生昭雪。快来拜谢恩人。（四人同拜介）

［眉批］做罪人倒不跪，不做罪人倒跪，此等关目岂庸笔所能。

［南鲍老催］（合）两功并奇，如山似岳俱不低。伊曾救人人救伊。天道还，报应彰，人心慰。从来善事无空费，算来不止三分利，虽极少也能相倍。

（小生）老夫素抱忠良之愿，忽蒙不轨之名。虽然无愧于心，形迹之间，也觉得可耻。如今所望于知己者，不但保全骸骨，还求洗濯声名：辨疏一道，晓谕几通，只怕都不可少。（生）岂但奏闻皇上，晓谕军民，还有特本奉荐，定要请你出山。（小山微笑介）快不要如此。听我道来：

［北四门子］您叫俺备牲醪忙把鱼竿祭，重打点风云会。怎知俺有泉石膏肓，烟霞锢疾。就有猛三军也剥不下俺铁蓑衣！怕甚么车儿劝东，马儿劝西，狠弓旌胜似缇骑。求您把命儿莫催，疏儿代题，放闲人老死渔矶。

［眉批］辨疏不可无，晓谕不必有。久与周旋，尚非知己。

（生）原来高尚之心这等坚决。既然如此，倒不敢奉强了。（小生）老夫是个迂人，不但没有出山之心，还有几句招隐的话，虽然逆耳，也要相告一番。凡人处得意之境，就要想到失意之时。譬如戏场上面，没有敲不歇的锣鼓，没有穿不尽的衣冠。有生、旦，就有净、丑；有热闹，就有凄凉。净、丑就是生、旦的对头，凄凉就是热闹的结果。仕途上最多净、丑，宦海中易得凄凉。通达事理之人，须要在热闹场中收锣罢鼓，不可到凄凉境上，解带除冠。这几句逆耳之言，不可不记在心上。（生、旦点头介）（生）这几句话竟是当头的棒喝，破梦的钟声，使下官闻之，不觉通身汗下。先生此番回去，替我在尊居左右，另构茅屋几间。下官终此一任，即便解组归山，与先生同隐便了。

［眉批］出处语嘿，无乖断金。然使热衷者闻之，不免丰于饶舌。

［南双声子］（生、旦合）开愚昧，开愚昧，究竟把忠言诲。防倾坠，防倾坠，

及早卸名场累。成远志，成远志；联夙契，联夙契，看男蓑女笠，队队相依。

［北水仙子］（小生、老旦合）怪无端，履祸危，怪无端，履祸危。这的是福并神仙来瞰鬼。去去去，避清风，躲明月，辞乐事，忏悔前非。减减减，减淡饭，撤粗衣。破破破，破箬笠，仅掩头皮。钓钓钓，钓鱼竿，少向路边垂。怕怕怕，怕闲人，尾入桃源地。另另另，另选个，僻静渔矶。

［眉批］入山不深，寻亦自悔。

［北尾］一部新词填到底，也织尽无限心机。要转那美周郎开顾曲眼。秉公道，赐评批。

迩来节义颇荒唐，尽把宣淫罪戏场。

思借戏场维节义，系铃人授解铃方。

·李渔全集·

蜃中楼

［清］李渔⊙原著

王艳军⊙整理

序

古今以来，恍惚瑰异之事，何所不有。《齐谐》志怪，流传人间，非尽诬也。而亦有贤人君子，好为寓言者，如江妃佚女之辞，要皆感奋之所作。至如唐人所传柳毅事甚奇，人艳称之。但泾河小龙，夫也，一旦而诛殛之，妄一男子，无故而为伉俪，要于大道不可谓轨于正也。李子以雕龙之才，鼓风化之铎，幻为蜃楼，预结丝萝，状而后钱塘之喑呜睚眦，柳生之离奇变化，皆不背驰于正义，又合张生煮海事附焉。於乎，亦奇观矣！昔汉武之时，文成、栾大之属，以为祀灶，而黄金可成，河决可治。今天下财用日匮，黄河之变，又甚于宣房时，世倘有其人乎，又不止为交甫赠珮，作一段奇缘观矣！

西泠社弟孙治宇台氏拜题

第一出　幻　因

【临江仙】（末上）蜃气人人知是幻，独言身世为真。不知也似蜃乾坤，终朝营海市，一旦付波臣。　只有戏场消不去，古人面目常存。请闲片刻幻中身，莫谈尘世事，且看蜃楼姻。

【凤凰台上忆吹箫】柳子无妻，张生寡侣，两人义合同居。有龙宫二女，蜃阁凭虚。忽遇仙人接引，心肯处，四偶相俱。遭狠叔，势凌犹女，别许陈朱。　悲呼！不偕俗侣，甘牧羊堤上，贬作佣奴。幸多情泣遇，泄恨传书。露衷曲，良缘终阻，遇神仙，别授奇谟。三兄弟，计穷煮海，献出双姝。

守节操的贵娇娃，贬身甘作贱；

有义气的好朋友，不肯独居奇。

会帮衬的巧神仙，始终成好事；

少圆通的呆叔岳，到底折便宜。

第二出 耳 卜

【意难忘】（生巾服带丑上）咄咄晨昏。叹高怀莫副，壮志难伸。甘心迟凤侣，刻意别鸡群。憎里巷，厌风尘，何地种情根？堪笑我诱人吉士，反自怀春。

【鹧鸪天】四海无家不说贫，饥来谁敢饭王孙？瓦铛饭煮神仙字，黎火光生太乙文。愁里客，病中身，囊琴何处觅文君？天台路隔蓝桥远。空问巫山梦里津。小生柳毅，字士肩，潼津人也。眼空千古，才擅一时。唾馀舍去尽奇珍，词鞶争效；社刻投来皆苦海，诗眼难青。时流争羡风姿，道我飘飘若神仙之侣；古道常留颜色，所云噩噩似羲皇上人。不幸早背椿萱，未谋家室，六亲羞附，四壁甘贫。我有个朋友张伯腾，他也四海无家，与我同室而处，不啻同胞骨肉，可称异姓天伦。今晚乃是除夕，世上人有心事不明，往往于除夕之夜，静听人言，以占休咎，谓之耳卜。我与伯腾姻缘未偶，不知落在何方，曾约他今晚去听卜。奚奴，请张相公出来。（丑请介）

【挂真儿】（小生巾服上）未得同飞聊共隐，千里雾，双豹平分。管鲍堪追，宁歆羞比，白首何殊龆龀。

（见介）士肩，唤小弟出来，莫非为着听卜之事么？（生）然也。（小生）听卜须待更深人静，此时尚早。（生）我与你闲谈一会，就好去了。（小生）也说得是。士肩，我想世上的人，同声共气的也有，谁似我们两个，德性才华，不差分寸。当初降生的时节，就在天平上弹过，也没有这等均匀。

【宜春狮子】【宜春令】（生）才华准，德性均，喜先天分来甚匀。（小生）莫说才德相同，就是这些境遇，也纤毫无异。那里寻得这一对无妻之客，合来住做一

家？（生）笑两家四壁俱无，凑合处，偏投笋。观此时共笠同蓑，卜他日同车共轸。（小生）功名还迟得几年，我和你的婚姻之事，等到这样年纪，也是男子汉的摽梅之候了。【狮子序】（生）怪穹苍太忍，问三星夜夜照谁婚？骄一对青藜光棍。空惜几番花落，断送芳春。

婚姻就再迟几岁，只要等得着个绝世佳人，这利钱也还有在里面，只怕不能勾耳！

（小生）我和你自情窦初开之际，就等到如今了，可曾遇着个佳人的影子？

【太师围醉】【太师引】盼良姻，好事浑无信。苎萝西，空馀故村。我想古时的人，忒煞命好。不但相如之遇文君，卫公之致红拂，那样好事令人垂涎，还有遇仙妃于洛浦，狎神女于高唐的，一发妒他不过。难道风流二字，都被前人占尽，不留一些馀地与后人受用不成？（小生笑介）那是书本上的荒唐之说，怎么当做真事，竟吃起古人的醋来？传洛浦，才人惑众；赋高唐，文士欺人。（生）我仔细想来，天下原大，佳人尽有，只是我和你困守一方，访不到的缘故。【醉太平】（小生）若要遍大涯，走尽觅良姻，那讨个御空神骏？（生）我和你过了残年，分路去做游客，你也替我留心，我也替你着意。遇着一个尽了自家，遇着两个，就替朋友作伐。这等样去搜寻，不怕没有奇遇。（小生）说得有理。小弟明岁要往湖州探亲，一路留心就是。（生）小弟也有个朋友，在东海作宦，新正要去访他。我和你都要记了今夜之言，不可忘了。

【太师引】（小生）刘阮去，分头问津，定觅个天台二女结仙邻。

（丑）二位相公，此时更已深了，人也静了，要听响卜，也该出门去了。（生）我们去罢。（同行介）

【解三瓯】（合）【解三醒】祭东厨，香烟初烬；绕南街，松火如磷。残星几点寒生晕。听玉漏，夜将分，烧残爆竹千门寂，换罢桃符万户新。（丑）一路行来，不见一些响动，想是人家都睡了，只有这个小户人家，还有灯在里面，不免在门缝里张他一张。（张介）原来与相公们一般，也是个光棍汉子，坐在里面吃酒，前面摆着一盘鱼，自斟自酌，再不见他做声。（生）我们等一等，他少不得有句说话，讲将出来。（听介）【东瓯令】多应此处有声闻，洗耳听云云。（内高声唱介）

【挂枝儿】锦鳞儿一对对风流可怪，你在那海当中曾约定两个下里和谐。被一个狠心人割断你的恩和爱，他把柳叶儿穿将至，我把银锅儿煮出来。看你两口儿的姻缘，也离不的湖与海。

（小生低声介）是了，我们回去罢。大家记了这只曲子，回到家中，慢慢的详解就是。奚奴，你也帮我们记一记。（三人轮唱前曲，唱完到介）（生）这曲子里面的话，虽然说的是鱼，却句句合着婚姻之事。只有几句不祥的话，夹在中间，教人心上疑虑。（小生）但凡占卜之事，拘不得许多，须要断章取义，只取他后面两句罢了。他说两口儿的婚姻，离不得湖与海。我们起先说过，我要到湖州去，你要到海上去。

或者此番出门，都有些奇遇也不可知。（生笑介）

详得有理。

【阮二郎】【阮郎归】（合）天心巧，神机迅，与两家私语，凑合无痕。想此行呵，定有红鸾佳信，多应在海上湖边谐秦晋。归此地，互羡良姻，方信道天机非隐。那水边原是个好去处。　　【贺新郎】念水天应与仙源近，通洛浦，合湘滨。

（丑）夜深了，请二位相公各自归房去睡吧！

【尾声】（合）夜初分，更难闰，年华顷刻判陈新。倒不如和你坐守梅开看早春。

短烛烧残夜已偏，寒灰拨尽少馀烟。

今宵分手才三刻，明日相逢又一年。

第三出　训　　女

【西地锦】（外扮龙王，苍髯、青袍，引水卒上）水国分封万里，晶宫坐列双旄。一声叱咤起风涛，威震处，动摇山岳。

一点葵心嘲似水倾，代天施雨润苍生；波臣但愿行无事，海晏河清乐圣明。小圣乃洞庭湖龙王是也。俺嫡亲兄弟三人，大哥黄龙，分封东海；小圣青龙，坐镇洞庭；三弟赤龙，当初也分守钱塘，只因他是一条火龙，心性躁暴，有纵无收，在唐尧之时，行差了雨，使天下罹洪水之灾。上帝因我兄弟两个曾有功烈于古今，特宽同气之罪，把他羁縻在洞庭、东海之间，待他悔过自新，后来还有赐环之日。怎奈他的性子，只是不改，虽然也是些浩然之气，只是刚勇太过，近于嚣张，害事不浅。我一个人也教他不来，明日是大哥的生辰，少不得要同他去上寿，酒席之间，与大哥二人互相劝诲一番，有何不可？水卒们，钱塘君在那里？（众）到海滨上面操演虾兵蟹将去了。（外叹介）他只喜欢做这些事，且自由他罢了。只是小圣与大哥二人，各生一女。我女名唤舜华，兄女名唤

琼莲。舜华倒长琼莲一岁，年已长大，未结朱陈。今日闲暇无事，不免唤他出来，教训一番。水卒们，请娘娘出来。（众请介）

【前腔】（老旦扮龙母上）两鬓初惊霜点，千秋始觉年高。（旦扮公主上）鲛宫生长不胜绡，水镜里，自怜颦笑。

（见介）（外）我儿，你这几日在绣房里面做些甚么女工？说来我听。

【玉芙蓉】（旦）念孩儿呵，冰蚕手自缫，溪浣身先导，督鲛人晓夜，共织寒绡。也有时闲添注疏经翻水，又何曾步出潇湘手弄潮？（外）这才是女儿家的本等。（旦）儿年少，叹双亲渐老，几时得无惭半子免痴娇？

（老旦）她今年一十六岁，也不小了，早些寻一分人家，与他偕了伉俪，也放下我们的肚肠。

【前腔】我和你三千寿已高，他二八年非小。叹朱陈未结，空负桃夭。终朝阿母梳云髻，甚日檀郎整翠翘？好叫我萦怀抱，看烟波浩渺，怎得个乘龙佳婿渡湘潮？

【倾杯序】（外）休焦，桃方灼，梅未摽，且俟红鸾照。也须要才貌相均，年岁相当，冰玉相怜，门阀相高。念翩翩龙种，怎共那鱼虾为伴，鲸鲵相靠？你休得要怨波涛，却不道时来自有鹊填桥？

（内鸣金鼓介）远远听见金鼓之声，想是三叔回来也。

【朱奴儿犯】（净扮龙王，赤面虬髯，引水卒上）甫离了沧洲碧岛，闲乘着电驭星轺，破蜃鞭鲸渡晚潮。望宫殿，望宫殿霎时间到。（行到介）你们回避了。（众应下）（净入介）归深幕，（见介）拜哥哥嫂嫂，听家庭父子话无聊。

（外）三弟回来了。明日是大哥的寿诞，你可前去称觞？（净）长兄为父，岂有不去之理！（外）这等同行。（旦）爹爹，前日妹子有书来，约孩儿一会。明日爹爹、叔叔前去，孩儿可好随行？（净）你是个女孩儿家，去做甚么？（外）有我两个同行，便等他去走走，也无妨碍。

【尾声】（合）明朝去把华封祷，奏一曲埙篪雅操，记不得是岁岁称觞的几万遭。

（外）湖海明朝识路歧，（净）闲行岂与妇相宜？

（老旦）旁人不用相拘束，（旦）男女埙篪一样吹。

第四出　献　　寿

（末扮龙王，白髯黄袍，引水卒上）羲皇八卦定乾坤，左右还须辅弼臣；死后亲承天帝命，独魁水底作龙神。小圣乃东海龙王是也。我有两个同胞兄弟，一个是洞庭君，一个是钱塘君。洞庭与俺同心合德，世守封疆。只有钱塘心性卤莽，当日一怒所激，遂令天下洪水九年。上帝削去了地方，把他羁縻在东海、洞庭二处，着俺两个劝化他。这一向去在洞庭，不知他性子改也不改？今日是小圣的诞日，他毕竟同二弟来称觞。叫水卒们，请娘娘、公主出来，料理筵席伺候者。（众请介）（副净扮龙母上）海国江天化日长，起来旭日满扶桑。（小旦扮公主上）妆临水殿风吹去，世上遥闻珠翠香。（见介）（末）夫人，今日两位叔王必来上寿，酒筵曾齐备了么？（副净）齐备多时了。（小旦）爹爹，前日孩儿寄信与姐姐，约他到此一会，不知二叔可放他来？（末）既有书去，或者今日同来，也未可知。（外、净、旦引水卒上）（外）海平如地浪如山，（净）万里程途瞬息间。（小旦）无限烟波怜玉趾，曾无半点湿鞋弯。（外）来此已是东海龙宫了。（净）水卒们，快通报。（众通报介，末请进见介）（小旦见旦，喜介）姐姐果然来了，喜杀妹子也！（副净）多时不见侄女，一发长成了。（外、净）大哥大嫂请上，容两兄弟拜祝。（末）来到就是了，不消。（外、净、小旦同拜，末、副净答拜介）（外、净）愿哥嫂寿比天巍，福同海灏。（末）与二弟同增纯嘏，并享遐龄。（末）看酒来。（坐饮介）（末）三弟，你一向在二哥宫中，做些甚么勾当？试

说一番。(净) 大哥听兄弟道者:

【北仙吕点绛唇】久滞湖滨，蹉跎难闰韶光迅。埋没经纶，说不尽英雄恨。你兄弟是个放逐之夫，没有甚么政事。在洞庭的时节，不过替二哥效劳，训练些虾兵蟹将，搔搔俺技痒的雄心；鞭笞些懒惰雨工，泄泄俺不平的锐气。此外还有甚么事来!

【混江龙】镇日价操戈演阵，待学那陶侃运甓扰闲身。鞭笞些偷安的电母，挞伐些不震的雷神，这叫做借酒三杯消垒块，权当个掀髯一怒定乾坤。(末) 这也不是你分内的事。(对外介) 二弟，他这一向的性子，比前改了些么? (外) 也不见得。(净) 大哥，你教俺雄心休使，锐气常扪。可不道江山虽改，秉性犹存? 一任把身脂鼎镬销熔尽，须知道龙身可醢，龙性难驯。

(末) 你当初分守钱塘，奄有一国，呵风叱雨，何等威风。只因你卤莽偾事，削去了地方，到如今悔也不悔? (净厉声介) 大哥，你说那里话! 大丈夫做事，雷厉风行。未来的不须逆虑，过去的何用追求? 这也是俺命该如此!

【油葫芦】甑破何劳将目瞬，念荣华，同幻蜃。岂学那鄙夫失位把眉颦! 俺这里迍邅甘守泥蟠运，只保着精灵不许鱼虾混。便做道际了风云，朝了至尊，交还了钱塘百里烟波分，仍不改蹇蹇一孤臣!

大哥，二哥，你们终日上天行雨，把这江海中的水，量着升斗儿吸上去，数着点滴儿洒下来，亏你们好不耐烦。你兄弟当日在唐时行雨，虽然过当了些，那一番掀雷掣电，驾雾腾云，却也着实的畅快。

哥哥若不厌絮烦，待兄弟手舞足蹈，演说一番，只当做一出戏文，与哥哥上寿如何？（末）这也不劳。（旦、小旦）请叔叔说来，与侄女们听听也好。（净出位，一面做一面说介）当日俺在钱塘，忽然有一道天符召俺，俺就上天朝见玉帝。玉帝道：东南有一处地方，禾苗焦枯，顷刻难待，我如今要降些甘雨，普救苍生。诸龙性缓，惟恐羁迟误事。你是一条火龙，性子毕竟躁贴，就差你去行雨。要下三千六百万点，若还差了，计数行罚。俺那时节，奉了这个旨意呵，兢兢业业，吸一口，喷一口，好不苦也！

【天下乐】好一似数米为炊又数薪，逡巡，苦又辛，空将涓滴耗精神。欲待纵，又还操；欲待吐，又还吞。只得把狠牙关牢闭紧。

（旦、小旦）叔叔行的雨数，可不差么？（净）只为俺矜持太过，上帝查起数来，少了一千馀点。正要议俺的罪刑，恰好西北地方，又报亢旱。上帝就着俺去带罪立功，依旧要照前番的点数。

【那吒令】俺待不去呵，怕罪俺不勤；俺待要去呵，怕前愆难准；俺待要告呵，奈堂高不闻。上帝呵，你教俺算盘珠，打不差，俺则怕定盘星，认不真。可惜这倒江河的伎俩难伸。

（旦、小旦）后来毕竟去不去？（净）俺只得忍气吞声而去。谁知又为矜持太过，少了一百馀点。上帝要把两桩罪刑，一齐发落。俺就哀告道：再容臣到第三遭，勉力建功，以赎前罪。上帝准了。及至到第二年，天下非常大旱。唐尧天子，虔诚步祷。上帝又召俺去，道：这一遭，不限点数，随你自己去设施，务使深山穷谷，尽被甘霖便了。俺听见“不拘点数”的四字，便深深叩几个头道：若还如此，微臣得尽所长也。

【鹊踏枝】俺那时节呵，第一口，把西江吸尽，第二口，把东海鲸吞，第三口，把弱水三千摄入金鳞。要做个灌顶壶，使山头沐润，先做个竭流渔，使海底如焚。

【寄生草】驱得那电母东西走，风神晓夜奔。忽喇喇雷响山河震，黑漫漫云起

阴阳混，乱纷纷魑走魍魉遁。险些儿没清头，竟把大千沉，还亏俺猛回头，忙把江山认。

那时节俺回头一看，只见大千世界，一半沉在水中。

【么篇】俺则得急把愁霖止，忙将馀沫吞。只见那众苍生，湮没无头奔。老唐尧，宵旰殷忧甚；少重华，鬓发焦劳尽。等到那九州平，大禹急收功；也苦了羽山巅，父鲧遭冤刃。

彼时上帝大怒，将俺囚系殿前，集群臣议罪。(外、末)那时节亏了谁来?(净)那却亏了两位哥哥也。(长揖介)

【赚煞】多谢你至德庇天伦，使俺枯骨沾馀润，怎敢忘却了从前大恩?也只道罪出无心原可悯。倘若俺吃三餐不辨晨昏，便斩断慵肋，铲除痴根，俺可也粉身碎骨无馀恨。须念这吐雾喷云，是俺为龙的本分。从古来大英雄，成败总难论。

(仍坐介)(旦、小旦笑介)叔叔，这一段雄谈，果然说得好听也。(小旦扯旦背介)姐姐，你那洞庭湖上，可有甚么好景致么?(旦)好景甚多，说它不尽，妹子，你这海边的风景，一发是洋洋大观，游览不尽的了。(小旦)你妹子长成这样大，还不曾看见海堤在何方，海岸在何处，如今待我禀告爹爹，明日同你去游玩游玩何如?(对末介)爹爹，姐姐是难得到此的，孩儿要陪她到海滨去游玩一番。告过爹爹，方才敢去。(净怒介)胡说!妇人家不出闺门，那有去游玩的道理!(外)海滨之上，怕有凡间男子往来。三弟生平的话，只有这一句说得可听。不去的是。(副净)三叔，你好没来头，他们孩子家，在闺中闷不过，要出去走走，与你何干?你这等会管，何不自己生个管管?(末)夫人，不要多言，我自有道理。这海中常有蜃楼海市，待我分付虾兵蟹将，叫他们嘘气成云，吐涎作雾，结起一座蜃楼。待她姊妹二人上去登眺，既可以遍览风光，又不与凡人混杂，岂不两便?(外)这还使得。(净)也只是多事，(外)这等，小弟先别。三弟，你在此住几日，同了侄女回来。(净)别人的儿女我那里管得！俺自到泾河，访朋友去来。

埙篪雅奏乐无边，鼎足撑持水国天；

但愿波涛千古靖，鲛绡帐底任龙眠。

第五出　结　　蜃

（预结精工奇巧蜃楼一座，暗置戏房，勿使场上人见。俟场上唱曲放烟时，忽然抬出，全以神速为主，使观者惊奇羡巧，莫知何来。斯有当于蜃楼之义，演者万勿草草）（末扮仙人携杖上）桑田成海又成田，一霎人间已百年；拨转顶门关棙子，阿谁不是大罗仙？自家非别，乃东华上仙是也。自从无始以来，一心好道，修炼三田，种出黄芽至宝，七返九还，成了大罗仙子，掌判东华一天之事。只因瑶池会上，有两个顽仙，一双玄女，偶犯小过，谪落人间。那顽仙托身，一个姓柳，一个姓张。那玄女托生，一在洞庭，一在东海。这四个男女，该合成两对夫妻。今日二女在蜃楼眺望，柳生在海上闲行，不但有仙凡虚实之分，又有海水沧波之隔，若无神仙暗渡，两边怎得相亲？我便到海滨之上，去接引他们一番，有何不可！（行介）

【皂罗袍】离却清虚宫殿，倩红云一朵，扶下遥天。人看那洋洋大海诧无边，俺觑着盈盈一水才如练。只见些霏霏似雨，鼋鼍喷涎；濛濛似雾，蛟龙吐烟。待要把琼楼十二凭空建。

（下）（四人一扮鱼、一扮虾、一扮蟹、一扮鳖同上）虾肥鱼大鳖裙长，螃蟹横行势更强；把守龙宫称四杰，千年不怕网罗张。（虾）自家虾元帅是也。（蟹）自家蟹将军是也。（鱼）自家鱼参政是也。（鳖）自家鳖相公是也。（合）我们四个都是东海龙王的兵将，千岁今日传令，叫我们嘘气成云，吐涎作雾，结成一座蜃楼，待两位公主游玩。我们还是那一个吐起？（虾、蟹、鳖）鱼哥吐起。（鱼、蟹、鳖）虾哥吐起。（鱼、虾、鳖）蟹哥吐起。（鱼、虾、蟹）鳖哥吐起。（鱼）不要你推我，我推你。自古道："有事弟子服其劳。"但是职分尊的，年纪大的，本事高的，预先立过一边，等那卑幼无能的吐起，一个一口，周而复始就是了。（众）有理！有理！（鱼）我们先序尊卑。水族里面，是甚么居长？（众）龙为水族之长，那一个不晓得。（鱼）龙是甚么变的？（众）鱼变的。（鱼）这等，我只少得一变了，难道不比你们尊些？（立过一边介）（虾）如今序齿了。有须的年长，无须的年幼。我是有须的，你们有没有？（蟹、鳖摸嘴介）我和你没有，让他罢。（虾立过一边介）（蟹）我们要比本事了。大家现出本相来，伏在地下爬。爬得快的，就是大；爬得慢的，就是小。（鳖）就依你。（各作本相，满场爬介）（蟹急爬，鳖赶不上，立起介）呸！被他骗了。他是八只脚，我是四只脚，哪里走得他过？罢，罢，罢！就是我吐起。（背介）是便是了，他们方才说过：有事弟子服其劳。若还只管叫我吐，岂不吐死人？须要想个躲懒之法。我有道理。（向鬼门吃烟，转身吐气介）（吐毕，伏地缩头不动介）（众连叫"鳖哥"，鳖不应介）（众）怎么？难道吐死了不成？（向壳上乱敲，鳖不动介）（鱼背对众介）我知道了，这是个躲懒的法子。待我要他伸出头来。（高叫介）我们气吐完了，蜃楼结成了，大家都去报功。（鳖伸头高叫介）让我先走。（众笑介）你方才死了，怎么又活转过来？（鳖）列位不要见笑，出征的时节，缩进头去；报功的时节，伸出头

来，是我们做将官的常事，不足为奇。如今到蟹哥吐了。（蟹照前吃烟，缓上吐介）（鳖）你方才走路那样走得快，怎么吐气这样吐得迟？（蟹）不瞒列位讲，我做将官没有别样本事，只学得个会走。（虾）如今到我了。（照前吃烟，吐一口，鞠一鞠，连吐连鞠介）（众）吐便吐罢了，只管打恭做甚么？（虾）列位岂不知道，我外面是个空壳，里面没有一根骨头，若不鞠躬尽礼，怎么挣得这口气来？（鱼）你们都吐得不好，待我吐个好的。（照前吃烟，吐介）（众掩鼻介）吐便吐得好，只是有些鲞鱼气息。停一会公主闻见了，只怕要恶心起来。（鱼）不妨不妨。这种气息，男子便闻得，妇人是闻不出的。（众）怎见得？（鱼）俗语说得好，别人的屁臭，自家的屁香。妇人身上个个有些鲞鱼气息，所以闻不出来。（众笑介）（鱼）我们轮流吐气，耽搁工夫，后面的气吐出来，前面的气又散了，蜃楼如何结得起？如今大家立定身子，一齐喷吐，使它聚而不散，方才有用。（众）说得有理。大家立过来。（四人并立，一面唱，一面放烟作蜃气介）

【北清江引】（合）（每唱一句，连喷三口介）如云似雾还疑霰，铺！铺！铺！五色光明炫；铺！铺！铺！须臾蜃气凝；铺！铺！铺！顷刻楼台现；铺！铺！铺！吹得我这四部阴兵都气喘。

铺！铺！铺！（烟气放尽，忽现蜃楼介）我们吹得上气不接下气，口涎连着鼻涕，且喜蜃楼结成，大家去报千岁。（同下）

【皂罗袍】（小生上）遥望丹楼如电，果然好一座蜃楼，抵多少雕栏十二，曲庑三千！红尘难到水中天，清虚不与蓬莱远。这海边啊，好一似牛郎牧处，萧萧旷原；那楼上呵，好一似天孙织所，凄凄可怜。俺便做个填桥乌鹊行方便。

不免将拄杖掷去，变做一条长桥，待柳生来时，度将过去便了。（掷杖介）

非是神仙多事，只因才貌堪怜；
暂学长房缩地，权为娲氏补天。

第六出　双　订

【玉女步瑞云】【传言玉女】（生上）海郡荒凉，恶杀此时游况，【瑞云浓】准备着月明归舫。

小生柳毅，别了张伯腾，来到东海访友。不料此地，甚是荒凉，游兴萧然之极。欲返山阴之棹，又为地主苦留。终日坐在旅邸之中，好生寂寞。今日天气晴明，不免教奚奴看了寓所，独自一个，到海边流览一番，多少是好。正是：扩充眼界惟观海，荡涤胸襟是听潮。（暂下）（旦、小旦带丑上）

【凤凰阁】（旦）湘裙飘荡，窄窄莲浮水上。（小旦）珮声轻曳也叮当，惊起海鸥西向。（丑）看新妆宫样，水镜里盘龙影双。

公主，来此已是蜃楼了。你看雕栏婉转，画槛玲珑，上下三层，高低百丈。人间的工匠，那里起造得来！（旦、小旦）果然好一座楼台也！

【狮子序】（旦）黄金栋，白玉梁，瓦琉璃，壁砖儿，都是珊瑚嵌镶。（小旦）姐姐，这是第二层，已自一望无际了，到了那第三层，还不知怎么空旷，我和你再上去登一登来。（同上介）正是：欲穷千里目，更上一层楼。（旦）更望穷了青远，眺尽苍茫。（丑）不但楼高，就是那条桥儿，也长得有趣。（小旦）侍儿，那沙滩之上，一对不怕羞的鸟儿，叫做甚么名字？（丑）那就是鸳鸯了。它两个正在好处，不要惊散了它。（旦叹介）妹子，我和你终日在画上看它，枕上绣它，只说为甚么缘故，再不见分开？今日亲眼看来，方才知道是这种道理。镇日在水国内痴养，何曾见人世间，锦沧洲，真鸳鸯，风流模样！则这个中情绪，大费思量。

（小旦）姐姐，我前日在书本上面，看见那潘安掷果，宋玉窥墙的故事，甚是疑心。难道人间世上，就有这样标致男子？我和你生了这双眼睛，为甚么不曾看见一个？（旦）潘安、宋玉是岸上生的，不是水里生的，就有这样的人，我和你怎得见面？（小旦）姐姐说得有理。我和你前世不修，生在这龙宫里面，他日于归，不知嫁着个甚么男子。好生愁闷人也！

【太平歌】投胎误，悔落水中央，怕没个才人相倚傍。若要论门楣，才把朱陈讲，少不得是个披鳞戴甲的乔模样。怎教鳞甲伴霓裳？狠似嫁王嫱！

【赏宫花】（生上）行吟到水乡，俄惊绣幕张。你看海色灏茫，潮声澎湃，果是洋洋大观。只是这大海中间，怎么有一座朱楼，上面又有美人登眺？好生奇怪！欲待过去一看，但恨无路可通。（丑）公主，你看海边上，立着一个男子，好生标致。（旦望介）果然好个俊雅书生。远观那样风致，近看还不知怎样风流？（生望介）原来有一条长桥可渡。顾不得艰险，也要走将过去。（小旦）姐姐，你看那个书生，竟要过桥来也。（生缓缓过桥介）蓬岛人难至，谁驾海中梁？（做欲跌、立住介）（旦）那位书生，险些掉下海去，带累我吃了一惊。（小旦）我也替他吓出一身汗来。（生）你看那两位佳人，好生顾盼我也。（旦、小旦）那位书生，仔细行走，海深桥窄，不是当要的！（生听作呆介）怎么？起先还不过露之颜色，如今竟发于声音了。饿眼甫亲眉黛色，馋喉更咽口脂香。

他既有这样美情到我，我就掉下海去，葬在鱼腹之中，也是情愿的了。不要怕它，大着胆走过去。（作大步行到介）小生柳毅拜揖！多谢二位小姐垂怜。（揖介）（旦、小旦笑介）（小旦）姐姐，你回他一句。（旦）妹子，你答他一句。（丑）你们两个起先那样爱他，如今走到面前，义这等装模作样。他深深唱了一个喏，若不回他一句，教他没趣巴巴的，怎么样转去？（旦）请问君子，仙乡何处？因甚到此？（生）小生乃潼津人氏，因访友来到贵乡，适从海上闲行，信步到此。请问二位小姐的尊姓芳名？（小旦背对旦介）姐姐，你说出真

话来，他就要害怕了，且把假话儿对他。（旦）我有道理。（对生介）妾身龙氏，小字舜华。这是嫡堂舍妹，小字琼莲。（生）曾有夫家否？（旦、小旦作羞容，各摇头介）（生背介）国色难逢，良缘不再。本待说起求亲之事，又不好唐突她，如何是好？

【降黄龙】我徜徉，心口相商，才得班荆，怎好把朱陈轻讲？我想她在楼上，我在楼下，还不十分相近。况且下半段身子，不曾看见，怎么就轻易求亲？我有道理。（转介）禀告小姐，小生欲借琼楼一登，以穷远目，不知可容上来？（旦）男女混杂不雅，君子若要登临，待妾辈下来相让。（生）多谢。（旦、小旦、丑下楼介）（生细看、背介）若非月窟嫦娥，定是潇湘神女。尘凡世界，哪有这等姿容？我柳毅遇了神仙也！看他那轻盈态度，绰约丰姿，顿使我痴魂飘荡。（丑）相公请上楼。（生）如今不上去了。（旦）既不上去，为何骗我们下来？（生）方才二位小姐在上面，我要借登眺为名，好亲近玉体的意思。如今小姐下来了，上面是一所空楼，去做甚么？（丑）小姐，怪道他眼睛光碌碌，原来骗你下来看尊足；你便走几个金莲小步与他瞧，只怕他过后的相思要害得哭。（推旦、小旦近生介）（生）小生有句不知进退的话，要启上二位小姐，只怕唐突西施，不敢出口。（旦）不知君子有何赐教？（生）小生学成满腹文章，视功名如草芥。如今冲龄未娶，非因纳采无资，只要迟回择配。今日与芳卿不期而遇，应有夙缘。小生不揣，要与小姐订百年之约，不知可肯俯从？非狂，我才卿貌，今生合该相傍。若不是红丝暗引，隔蓝桥怎乞琼浆？

（旦）待妾身商量回话。（背介）妹妹，才子难得相逢，机会不可错过。我替你做个媒人，许了他罢。（小旦）姐姐，我替你做个媒人，许了他罢！（丑）倒不如我替你们做媒，两个都许他，省得好了一个，亏了一个。（旦、小旦）胡说！（丑）这等说起来，要序齿了。大公主许他，没得说。（旦对生介）君子，念妾身笑颦自爱，常以不得所天为忧。今遇仙郎，岂肯自外？百年之约，谨当从之。《白头》之吟，其能免否？（生）小生若做负心人，天地神明，决不相佑。

（小旦背叹介）这等说起来，吾事休矣！

【前腔】（旦）休忘，情短情长，你看这汩汩波涛，须知道海神难诳。（生）小姐，既蒙慨诺，难使令妹向隅。小生有个朋友，姓张名羽，也与小生一般，青年未娶。若还令妹不弃，待小生作伐何如？（旦对小旦介）妹子，难得又有一个，你也许了他罢。（小旦）知他是怎生的模样？（生）若论才貌，小生还不及他。（小旦背对旦介）姐姐，看他怜香至性，惜玉真情，料不把虚言相诳。凭你做主罢了。（旦对生介）舍妹也许了。（生）二位小姐，既然见允，还求各赐一物，留以为凭。（旦）奴家有鲛绡帕一条奉赠。（付帕介）妹子，你把甚么与他？（小旦）我有晶珮一枚，托他寄去。（解珮付旦，旦付生介）（旦、小旦合）收藏，情随物赠，休掷在柳街花巷。更莫向人前夸示，卖弄轻狂。

（生）小生回去，与敝友说过，一同央人来说亲。只是聘礼菲薄，还要求令尊海涵。

（旦）家君杜门深居，不通宾客，就有冰人到来，也不能相见。待奴家回去，告过家君，自有回复。（生）这等，在那一处等候回音？（旦）八月十五夜，仍约在此处相会便了。（生）谨依尊命。（旦）我姊妹出来已久，恐家慈见疑，如今要返深闺，君子请回去罢！（生）这等，告别了。（揖别介）（旦）长桥险仄，好生行走，千万不要回头。（生上桥介）（旦）妹子，我们回去罢。话因寒日短，情共海天长。（小旦）一片绸缪意，从今隔渺茫。（同丑下）（二人暗上，一面放烟，一面撤去蜃楼介）（小生暗上，取杖下）（生）好了，被我走过来了。只是一件，方才谈了半日，不曾问他父亲叫甚么名字，以后再来的时节，从那里问起？这也糊涂到极处了。不免转去，问个明白。（回头大惊介）呀？怎么倏忽之间，楼也不见，人也不见？连那长桥也不知那里去了，难道是做梦不成？

【大胜乐】好一似携云梦觉襄王，渺巫峰，在那厢？青天白日，岂有做梦之理！若说是水怪作祟，偶现幻形，怎么赠我这两件东西，又依然还在？这明珠兀自犹擎掌，左绡帕，右明珰。我知道了，若不是仙妃现出湘波上，一定是神女行来洛水旁。这桩事情，回去对张兄说了呵，他一定疑虚诧妄，还把我这真情实话，猜做奇谎。

我且回到家中，再做道理。只是一件，样样都是虚的，只得这两件东西是实。须要紧紧的捏住，又不要被它不见了。

每读齐谐眼倦开，怪将诧事费疑猜；

从今莫笑荒唐史，亲向荒唐会里来。

第七出　婚　　诺

【番卜算】（副净扮龙王，白髯、绿袍，引水卒上）浊浪护金汤，水国分封久。只因储嗣欠聪明，镇日眉空皱。

自家泾河龙王是也。自从开辟以来，与洞庭、东海、钱塘诸君，同时行雨，各建功劳。只因我的性子不大十分精明，这泾河是一条浊水，上帝分封的时节，相才授职，就封我为泾河龙王。只是一件，我的性子虽浊，还浊得有方，谁想生下个儿子，愈加混沌。吃饭不知饥饱，睡梦不知颠倒。如今年已长成，未曾婚娶。虽然不是个承家继业之人，也要娶房媳妇与他，等他度条龙种出来，才了我这桩心事。闻得东海君与洞庭君，各有一女，不知那个生得端庄？他第三个兄弟钱塘君，与我道同义合，相得甚欢，待他到来，就要烦他说合。只是也要把儿子教得稍知人事，才好做亲。不然，懵懵懂懂，他晓得从那里做起？叫水卒们，请小千岁出来。（众请介）（丑垢面、鼻涕，作痴状上）生长龙宫十六年，日间吃饭夜间眠；独钟海上鸿濛气，不啻人间混沌天。爹爹请我出来做甚么？（副净）我儿，你今年多少年纪了？（丑）问我的年纪么？（将手三翻，又竖一指介）（副净笑介）好了，好了，不但晓得年纪，又晓得算法了。你是属甚么的？（丑）也待我做与你看。（爬副净背上骑介）（副净大笑介）不但晓得属龙，又且会得跨灶。妙、妙、妙！芝兰玉树，生于庭阶，可喜，可喜！

【园林见姐姐】【园林好】你顿聪明，把胸中雾收；我猛欢娱，把心头块呕。抵多少斑斓舞袖。我儿，你如今年纪长成，爹爹要替你娶媳妇。【好姐姐】年将弱冠，婚姻怎逗留！寻佳偶，好向波涛浴取浑身垢，准备龙床待好逑。

（丑）爹爹，媳妇是甚么东西？可是吃得的么？（副净）义来说痴话了。媳妇是个妇人，取来生儿子的，怎么吃得？（丑）我不会生甚么儿子。你既要娶媳妇与我，就央你替我生生罢。（副净）胡说！（丑）你不肯就罢，还有母亲在那里，我央他替我生。（副净）一发胡说。母亲是个妇人，怎么会生儿子？（丑）你说母亲不会生儿子，人都说我是他生出来的。（副净背叹介）一些人事不懂，怎么好替他娶亲？不免分付一个丫鬟，到背后去教导他便了。叫水卒们唤泾荷出来。（众唤介）（老旦扮丫鬟上）龙王会偷妇，龙母会吃醋。只有小龙乖，吃的胎里素。千岁有何使令？（副净背对老旦介）小千岁大了，我要娶媳妇与他，怎奈他不知人事。我为父的，不好教导他，你背后去教他一教。

【姐姐插交枝】【好姐姐】打点开蒙话头，须代我循循善诱。还要你现身说法，临时莫害羞。【玉交枝】只是一件，蒙童自来皆我求，这番须屈先生就。学成时，酬伊束脩，学成时，酬伊束脩。

（老旦笑介）千岁说得好笑。这桩本事与别的学问不同，会的只是会，不会的只是不会，岂是学得来的？（副净）你晚间与他同睡的时节，就象教戏的师父与徒弟串戏一般，串出一出与他看看，他自然会了。（老旦）串得会便好，万一串不好，教那做师父的何以为情？（副净）料想不至于此，你且去教一教看。（水卒报介）禀千岁，钱塘君到了。（副净）我正要烦他说亲，来得正好。只是一件，我儿子的相貌丑陋，他若见了，定不肯许，须把他藏过一边。（对丑介）我儿，有生客到了，你且回避。（老旦）小千岁，我同你到龙床上翻筋斗去。（背丑下）

【交枝作供养】【玉交枝】（净上）闲来寻友，笃嘤鸣，非同浪游。（见介）（副净）久不见过，渴望之极。请问老寅丈，一向还在大令兄处？二令兄处？（净）更翻湖海埙篪奏，致旧日同寅疏候。（副净）两位令兄的尊容，都还照旧么？（净）老成今已属龙头，鳞多肉少看看瘦。（副净）这等也与小弟一般了。老寅丈的尊容，虽比当时略苍古了些，这段英武之气，却还照旧。【五供养】（净）只一点雄心剩，怎肯付东流！这叫做武夫老死尚赳赳。

一向与老寅丈相处，倒不曾问得有几位公郎？（副净）只得一个犬子，如今十六岁了。（净）娶过令媳了么？（副净）正为不曾婚娶，小弟一向萦心。闻得老寅丈有两位令侄女，心上要仰求一位，与犬子联姻，只恐怕攀陪不起。（净）说那里话！门当户对，正好联姻。如今令公郎在那里？可好请出来相见么？（副净）小儿的心性与老寅丈一般，是喜动不喜静的。学得一身好武艺，教他训练水卒去了。（净大喜介）衽甲枕戈，是英雄本色，真吾门之佳婿也！两个舍侄女，都不曾许人，毕竟先长后幼，二家兄的居长，竟许配公郎便了。（副净打恭介）多感盛情。（向内介）看酒来！（内取酒上，共饮介）

【供养入江水】【五供养】老寅丈，我和你缔交已久，倘结朱陈，倍觉绸缪。况小儿呵，心情邻叔岳，冰玉颇相犹。成亲之后呵，倘来甥馆，还望把韬钤相授。老寅丈虽然许了，只怕令兄未必肯许。（净）家兄颇敦手足之情，决不相左。只是舍侄女来到府上，须要另眼相看。若有不到之处，不要怪小弟粗莽。（副净）府上的令爱，要顶在头上过日子的，怎么敢怠慢？【江儿水】玉叶金枝，只好名操箕帚。

老寅丈，请宽饮几杯。

【江水中拨棹】【江儿水】（合）既信交如水，休言量似沟。共开吸海吞江口，同顷刻玉量珠斗，相携卷雾翻云手。【川拨棹】酒如泉，莫计筹，醉如泥，始放休。

（净）小弟告别了。（副净）婚姻之事，切记留心，待小弟拣个好日，送聘过来。（净）都在小弟身上。

【尾声】（合）等闲一语成婚媾，（副净）只怕还多帮肘，（净）我拚做个硬主婚姻的老对头。

第八出　述　异

【传言玉女前】（小生上）访戴归来，独把游装先解。叹同人独羁海外。

小生张羽，自从别了柳兄，到湖州去了几月。如今回到故乡，想柳兄也好转来也。

【前腔后】（生带丑，挑行李上）佳人何在？空遗下相思冤债，归来分与良朋同害。

（见介）（小生）呀！士肩也回来了。（生）伯腾，你的游况何如？

【啄木儿】（小生）交情薄，游事乖，要用猪肝还自买。（生）这等说起来，也与小弟一样了。可曾有甚么奇遇么？（小生）我也曾跨雕鞍，窥遍琼楼；访名姝，历尽花街。都是些东颦硬效西家态，村妆勉学昭阳派，怎能勾扰乱苏州刺史怀！

士肩，你的游况不必说了，但问所遇何如？（生）小弟的遭逢，与游兴相反，所得甚是萧然，所遇甚是奇特。只是这番奇遇，不在寻常意料之中，说来只怕老兄不信。（小生）这也不然，就是千金小姐，绝世佳人，无媒而合，不约而逢，也都是读书人的常事，有甚么不信？（生）小弟的遭遇，又不在这四种之内。若还说来，教你惊了又要喜，信了又要疑，顷刻之间，七情俱备，这才叫做所遇之奇。（小生）你且说来。

【前腔】（生）空中阁，水上台，亲遇仙姬将珮解。（小生惊介）怎么？难道遇了神仙不成？这是耍我的话，那有这样事来！（生）何如？不出小弟之料。还有一说，自古道：无征不信。我且先把这些凭据你看看。（出珮介）这是尊嫂寄与老兄

的。（出帕介）这是房下送与小弟的。（小生惊介）怎么？难道连小弟的亲事，也定下了不成？岂有此理！士肩，说些正经话，不要取笑。（生）你还不信，这等我不说了。（小生）是与不是，且终其说。（生）小弟那一日无事，到海滨之上闲行。忽然看见大海之中，有一座朱楼，上面有两个女子，隔水顾盼着小弟。小弟见有一条危桥，兢兢业业走将过去。走到中间闪了一下，几乎掉在海中。那女子叫道：书生仔细走。小弟听见这一声，魂便失去了，这胆却大起来。慌忙走到楼下，作了一个揖。那两个女子走下楼来，与小弟各叙寒温，十分眷恋。（小生）他的颜色何如？（生）若说他的颜色呵，似馥芬芬才吐琼苞，灿荧荧乍离珠胎。小弟叩其姓名，方知为龙姓之女，长名舜华，次名琼莲。喜得都不曾许嫁。小弟将求婚之事说去，那舜华竟许了小弟，琼莲竟许了吾兄。倒以两物示信，约了八月十五，同到他家成亲。盟山不共桑田改，（小生）只怕他父母未必肯依。（生）荆州不怕刘家赖，（小生）这等，把甚么为聘？（生）何用温峤玉镜台！

（小生狂喜介）这等，是天赐奇缘了。小弟有何德能，当得老兄如此注意！容小弟拜谢才是。（欲起介）（生）请坐，还有话讲。（小生）又有甚么话讲？（生）彼时订了婚约，走过桥来，谁想回头一望，楼也不见了，桥也不见了。（小生）这等，那两个人呢？（生）楼桥既不见，那里还有甚么人？（小生大惊介）怎么有这样奇事？这等说起来，一定是些水怪了。（生）人是水怪，难道这两件东西，也是怪物不成？（小生取帕细看，嗅介）

【三段子】把鲛绡嗅来，这肌香，犹然扑腮。（取珮细看介）把琼琚看来，这晶光，犹然射怀。便道是群妖结就迷魂寨，那见有双灵化作多情块？这就里根由大费猜。

这个道理，兄可穷究得来？（生）小弟自从那日想起，直想到如今，再不得明白。（小生）这个缘故，小弟倒猜着几分。他说龙氏之女，或者是龙王的女儿，也不可知。（生点头介）也有些理。（小生）鲛绡乃海底鲛人所织，不是世上人用的。水晶环珮，也带着一个水字，可见都是些水中之人，水中之物了。（生义点头介）一发有理。只是那所楼台，从何而来？又从何而去？（小生）这一发容易明白了。那海中常有蜃楼海市，倏起倏消，那或者是座蜃楼，也不可知。（生笑介）吾兄真解人也！小弟胸中茅塞，不觉顿开。（丑）这等说起来，去年三十夜的响卜，倒应了一句。（生）去年的响卜是怎么样的？我们倒忘了。（丑）我倒记得烂熟，一个字也不曾忘记。（小生）这等你且念一念看。（丑唱前曲介）他说你在海当中，曾约定两下里和谐。那个女子在海中，许你结亲，岂不应了这一句！（生笑介，他倒有些悟性，是这句验了。（小生）既然前边验了，后面决无不验之理。或者果然有些缘法，也不可知。（生）这等，他约我们八月十五去讨回音，还是去不去？（小生）做几日工夫不着，就去试一试，也不差甚么。（生）这等大家紧记在心，不可到临时忘了。

【归朝欢】（合）多情种，多情种，怎教撇开？拚一副相思同害；龙宫婿，龙宫婿，肯招不才，便溺死有何牵碍！相看同把孤衾耐，相期同把良宵待。美人，美人！我们今夜的梦魂呵，好一似两叶浮萍逐水来！

（合）秋水蒹葭道路长，伊人宛在水中央；

（生）连宵泪染鲛绡湿，（小生）今夜魂迷玉珮香。

第九出　姻　　阻

【金菊对芙蓉】（外上）介寿归来，河清无事，龙宫尽日高眠。（老旦上）念娇儿未返，心上悬悬。

大王，女儿住在东海宫中好几日了，也该差几个水卒，去接他回来。（外）我也正要如此，今日就差人过去。只是一件，女儿年已及笄，未曾替他择配，我心上甚是萦怀。（老旦）便是这等说。

【前腔后】（净上）泾阳沉醉归来晚，停车处，路已三千。（见介）兄颜带闷，嫂眉双锁，何事忧煎？

兄嫂眉头不展，面带忧容，所为何事？（外）只为你侄女，年已长大，姻事未谐，故此有些系念。（净）原来为此。这等，兄嫂放心，小弟替你许下人家了。（外、老旦惊介）怎么？许了甚么人家？（净）小弟去访泾河君，他有一子，未曾婚娶，要与我家联姻。小弟念旧日同寅之好，多年相与之情，斗胆把侄女许他过了。（老旦变脸介）怎么？我的女儿，又不是你家饭食养大的，不管我两口儿肯不肯，竟自许了人家，有这等奇事！（净）嫂嫂，你听我道来：

【驻马听】不用声喧，兄弟同胞血脉联。又不是姓分张李，谊别亲疏，分隔天渊。常言道：比儿犹子类椿萱，我便做个便宜行事也非强擅。（老旦）你看他吃得醉醺醺的回来，好不得意。别人的儿女，把你去骗酒吃？（净）说那里话！难道只图些喜酒媒钱，把英雄儿女逢人献？

（外）三弟，你也忒孟浪了些。是不是，也该尽我一声，怎么轻易就许？

【前腔】只恁轻便，把个系足红丝当纸鸢，一任你收来放去，适目娱心，全不怕坠井沉渊。夫人不消发恼，他又不曾有三茶六礼行到我家来；我又不曾有庚帖婚书，写到他家去，怕他抢了我女儿去不成！江山万里弃如捐，也须点墨为凭券。他若要苦苦来缠，试问他谁生谁养谁情愿？

（净背介）岂有此理！大丈夫千金一诺，驷马难追。难道我钱塘君一句话，值不得几千两银子不成！（转介）我且问你，你也是个龙王，他也是个龙王；你的女儿是个龙种，他的儿子也是个龙种，那些玷辱了你？要你夫妻两口，这等发极？（外扯老旦背介）夫人，他也说得有理。论门户家声，也对得过，便依了他罢！（老旦）今日也门户，明日也门户，门你的头，户你的脑。除了龙王家里，就不吃饭了？况且又不曾见他儿子的面，知他是个甚么龟头鳖脑？

【前腔】门户休言，水国人间总一天。又不图他宫中宝藏，项下骊珠，海底桑田。一任他金鳞耀日角冲天，不过是狮头虎爪麒麟面。小像休传，（指外介）这风流阿丈，吾曾见？

（外扯净背介）我且问你，他那儿子，是怎样一种性格？（净）闻得他有一身武艺，是个年少英雄。（外）你可曾见过么？（净）你兄弟一生不敢欺人，听得他父亲是这等讲，其实不曾见过。（外冷笑介）自古道：耳闻是虚，眼见为实。况且为父的，怎么肯说儿子不好？（净）也不是耳闻是虚，眼见为实，还是兄弟之言是虚，老婆之言是实。你不许他，也自由你，我拚得做个於陵仲子，避兄离母，飘然远去就是了。（走开介）（外背介）嗨！难得的是兄弟，易得的是儿女。难道为一个女儿，恶识了兄弟不成？待我慢慢的劝夫人，许他便了。（转介）夫人，贤弟，都不要着恼，老夫自有主张。今晚且回，明日再议。

（老旦）掌上明珠肯浪投？（外）姻缘前定岂人谋？

（净）弟兄争似夫妻好？花萼从来让并头。

第十出　离　　愁

【南新水令】（旦上）萍踪寄海魂无定，况朝来染些新病，医可将谁倩？（小旦上）漫嗟吁，有人陪你害恹恹症。

【浣溪沙】（旦）常恨天台不似凡，桃花无主惜红颜；才遇惜花花转瘦，悔前番。

（小旦）你为多情生挂碍，我从平地起波澜；人未见花花也瘦，甚相干？（旦）妹子，我自从那日在蜃楼之上，见了柳生，只因半面之缘，遂订百年之约。如今寤寐之间，恍恍惚惚，若有所遗，好生不自持也！

【朝元令】身轻意轻，改却生前性。魂萦梦萦，幽绪何时定？一度思量，一番侥幸。见说红颜薄命，不信今生，心儿愿儿果得盈。只为这好事太关情，常愁做未成。（合）倘若是高堂见梗，拚做个今生难并，来生相并。

（小旦）姐姐，你那一日与他对面接谈，绸缪已极，那有不害相思的道理！只是你妹子好没来头，又不曾见那人面长面短，为甚么也有些不耐烦起来？

【前腔第二换头】拾得口头名姓，将来作正经，瘖寐扰闲情，有何实证？想来真不明。（旦）妹子，你不要这等说。那人回去与张生说了，张生此时的相思，比你还加倍些，也不可知！（小旦）只怕男儿心硬，未必书生，心儿意儿果见疼。他若在梦里唤卿卿，我这魂儿也会听。（合前）

（旦）妹子，人世上害相思，虽不能够见面，还有书信可以往来。我和你就为他病死，他那里知道？

【前腔第三换头】（合）堪叹人天途梗，难通两个情。漫说道青鸾难倩，黄犬难凭，雁高飞，不下停。就是这鱼在水中生，传书最有能，怎奈他妒比目，也不肯相承应。空教我愁眉相对颦，汐为晚啼增，潮随晓泪平。（合前）

（老旦上）湖边传言至，海上捉人归。公主，千岁差水卒来接你了，说今日就要回去。（小旦）姐姐，我和你情投意合，怎么分拆得开？（旦）我既与柳郎订了百年之约，正要回去禀告母亲，说与爹爹知道，好定主意。且回去几日了再来。（小旦）倘若叔叔不允，如之奈何？（旦）万一不从，有死而已。二天之事，我断不为！（小旦）这等，姐姐去后，奴家也与母亲说知。若爹爹不从，也情愿继之以死。只是姐姐在此，我们还好互相告慰，你去之后，教我把心上的事，对谁说来？（各泪介）

【前腔第四换头】（合）劈破一天愁闷，平分不用争。从此对寒灯，少个凄惶影。从今忆旧盟，添种别离情。泪雨滂沱两处倾，海水溢沧溟，湖波长洞庭。（合前）

离别从来易泪流，那堪愁上更添愁！

共拚愁到无添处，目断肠枯泪也收。

第十一出　惑　主

（老旦上）前世憎嫌丑陋夫，罚来水底作停慵奴。神龙枉自称阳物，郁杀群阴不与舒。空有玄关无处用，不如生作石姑姑。只因龙母生来妒，不许龙王买夜壶。略有些须闲举动，龙髯拔尽碎龙肤。小龙生出尤奇特，长大还如出壳初。不识身从何处养，疑同胁下哺鸡雏。昨朝新奉龙王命，要我经筵作女儒。初次教他行好事，抱头鼠窜哭呱呱。日间怕见先生面，东厕西坑到处逋。夜里抱来身上睡，涎痰鼻涕满胸脯。微乎二卵干城弃，半寸干将有若无。驯养多时火候到，师生恰好遇诸途。循循不惜千般诱，化雨能教朽木苏。迷极忽然成大悟，一宵胜读十年书。（叹介）千岁，千岁，你莫道令郎资质好，还亏我西宾用尽苦工夫。我如今要把关书定下来年约，恐怕有钻刺的蒙师来把馆图。（笑介）自家乃是泾河龙宫里面一个得用的丫鬟，叫做泾荷的便是。好笑我家千岁，要替他儿子娶亲，只因儿子是个憨物，一些人事不懂，教我到背后去教导他。如今教了几日几夜，一般也会作怪起来。想我泾荷，只因前世不修，做了龙宫的使婢，夫人立法甚严，千岁守法太过，教我这个守活寡的婢女，儿时做得出头？他的儿子，虽然是个痴蠢之物，我若替他度个龙种出来，将来的王后，就该是我做了。只是一件，但可使他知道情欲，不可使他知道好歹。他若晓得了好歹，明日娶个标致妻子回来，那里还看得我上眼？我如今有个固宠之法在此，待他起来，哄诱他一番，有何不可！

【字字双】（丑上）终日昏昏醉梦间，痴汉；被窝里面那机关，不惯。昨宵骑

上肉雕鞍，学干；才晓馄饨可当餐，丢饭。

（老旦）小千岁，你今日为何这样起得迟？（丑）不知甚么缘故，呼呼的只是睡不醒。

（老旦）想是夜间劳碌了。（丑笑介）照象夜里那样劳碌，就劳碌死了，也是情愿的。泾荷，我如今夜夜离不得你了。（老旦）你爹爹要替你娶亲，自有新人同你睡，那里还用得着我？只是一件，若要娶亲，须教爹爹娶个好的与你。（丑）我不知怎么样叫做好，怎么样叫做不好，你也教我一教。（老旦）第一要看头，第二要看脚，第三要问年纪。（丑）头发是黄的好？黑的好？（老旦）黄的好。黄的叫做金丝发，黑的叫做黑狗毛。（丑）脚是大的好？小的好？（老旦）大的好，大的叫做尺二金莲，小的叫做三寸狗爪。（丑）年纪是大的好？小的好？（老旦）那自然是大的好了。大一岁，值一两银子，大十岁，值十两银子。（丑）这等你如今多少年纪了？（老旦）三十岁了。我十年前的时节，你爹爹去二十两银子讨的。（丑）这等，我晓得了。明日娶来的，若是头发象你这样黄，脚象你这样大，年纪象你这样多，我就要他。若是一些不如你，我就不要，只是同你睡。（老旦喜介）好个千岁，乖得紧，乖得紧。爹爹来了，你且立过一边。（丑退立介）

【前腔】（副净上）儿子痴愚不耐烦，堪叹；未知人事娶妻难，忧患。这番诀窍让丫鬟，久惯；教的高徒定不顽，（老旦）岂但。

（副净）泾荷，你说出这两个字来，想是小千岁教会了么？（老旦）教会了。（副净笑介）可喜！可喜！

【四边静】（老旦）他情芽一点须臾绽，如花忽开瓣。反笑阿翁呆，终朝守闺范，把这膏腴美产，常荒久旱，空把瘠田耕，汪洋若河汉。

（副净）这等多亏你了，孩儿过来。（丑见介）爹爹，我如今要媳妇了，儿子我自家会生，不消央得你了。只是娶的媳妇，要象泾荷

这样的我才要，若还略丑些的，我就不要了。（副净）只有好似他的，那有丑似他的？明朝是个好日子，就送聘到洞庭去。只是也要出得我家的门，进得他家的门才好。聘礼是黄金一千两，其余的珍珠宝贝，都与聘礼相称便了。

【前腔】明朝去奠千金雁，斗大明珠灿。一面筑高墙，两家图好看。我儿，你把风流学惯，温存莫惮。休教那淑女敛愁容，佳人发长叹。

我去料理聘礼。泾荷，你把那做亲的礼数，再教导他一番。教成男女生儿法，放下爷娘虑子心。（先下）（丑）泾荷，照你起先说来，一两银子一岁。我家既送一千两聘礼过去，他就该还我一千岁的人了。明日娶过门来，若是九百九十九岁，我也不肯要他。（老旦）正该如此。还要教导你，王子做亲，比不得庶民之家。进房的时节，先要他磕头；上床的时节，要他替你脱衣服；脱了衣服，要他抱你上床，若少了一件，他后来就要欺负你，你就是个怕老婆的乌龟了。（丑）有理，有理！

【前腔】成亲家数须教惯，临时学不办。下马不施威，终身讨轻慢。这等，我做新郎，你权当做新人，预先操演一操演，省得临时误事。（老旦）使得。（丑上立，作厉声介）新妇磕头！（老旦磕头介）（丑）磕头举案。替我脱衣服。（老旦脱衣介）（丑）宽衣解绊。抱我上床。（老旦抱介）（丑）速抱上龙床，休违这钦限。（抱下）

第十二出　怒　遣

【小蓬莱】（外上）只为向平婚嫁，老夫妻，镇日波喳。（老旦上）姻缘非细，终身依靠，怎不稽查？

（外）夫人，前日三叔讲的那头亲事，谅也不差，不如就许了他罢。（老旦）你便消停些，选个象样的女婿也好。为甚么这等着忙？（外叹介）夫人，我看女儿这一向饮食渐少，知觉渐多，万一我和你照管不到，有些风吹草动起来，怎么了得？不如早些打发出门，丢下我和你的担子。（老旦怒介）放你的屁！我的教法，比别人不同，就养在家里过世，也没甚么歹事做出来！（外）但愿如此。（背介）嗨！他只是执意不肯，怎么好？也罢，待女儿回来，等我自己劝他。若女儿情愿，不怕这老东西不依！（众扮车推旦，丑随上）

【月云高】（旦）云车轻驾，心事凄凉煞。归向慈亲告，底事羞还怕！（到，见介）（老旦喜介）我儿回来了，你去得这几日，就象去了几年的一般。刚合着那一日二秋，书本上的真情话。我儿，你怎么比去的时节，瘦了许多？似这等离父母，看看瘦，怎经得做媳妇，迢迢嫁？（旦）我只为梦里瞻云醒忆家，因此上暗损香肌体渐差。

（外）我儿，爹爹和叔叔替你许下人家了，不久就要于归，勤勤的学些妇道。（旦背惊介）呀！这怎么了得！

【前腔】过庭奇话，不怕人惊煞。好教人哑闭黄连口，难问真和假。（老旦）我儿，都是你那个几遭杀不死的叔子，不管我家情愿不情愿，竟把你许了泾河小龙。你说好笑不好笑？（旦）孩儿有句不知进退的话，正要禀告爹娘。（外）有甚

么话？讲来。（旦）孩儿在——（忽止住介）（老旦）我儿，爹娘面前，有话便讲，为何这等害羞?，父母跟前，有甚么说不出的衷情话？（旦）望爹爹、母亲恕孩儿的死罪，方才敢讲。（老旦）有母亲在此，但说不妨。（旦）字里多芒碍齿牙，待做个逆子批鳞罪莫加。

孩儿在东海之中，与大伯伯家的妹子，同登蜃楼游玩。有一个姓柳的书生，偶然走过桥来，孩儿一时回避不及，只得与他相见。他问孩儿曾有夫家否，孩儿回他不曾，他就要与孩儿订百年之约。孩儿见他才貌非凡，将来定有好处，一时情不自由，已将身子许他过了。（外大怒，起介）哇！小贱人，我只道你有甚么话讲，原来背了爷娘，做出这等丑事！你如今贼口亲招出来，我怎么还容得你！（老旦背介）这桩事，怎么了得！

【不是路】（外）忽听淫哇，好教我裂眦攒眉砺齿牙。那蜃楼在大海当中，全是一团幻气，那里有甚么桥梁，度得男子过来？你分明瞒了伯父，引诱妹子，到海上闲行，才遇着凡间浪子。自古道：男女授受不亲。你与男子说话，就该斩尸万段了，何况把身子许人？我的齐家法，不过是龙泉三尺伴银纱！教丫鬟取一把刀、一条索子与他，教他早寻自尽，省得污了做爷的手！（老旦跪介）大王，看我面饶了他罢！（外）我且问你，你方才说你的教法，比别人不同，这就是你的教法了么？我问你这老虔娃，淫风倡自何人始？莫不是你教法传来自母家？（净上）真奇诧，为甚的唱随破格成相骂？特来详察，特来详察！

（老旦）叔叔，快来劝一劝！（净）兄嫂为何反目？（外）了不得！了不得！前日是我不是，不曾依得贤弟的话，把这个贱丫头，带到东海去。谁想他在蜃楼上面，做出天大的丑事来！（净）甚么丑事？（外）他——他——他竟与甚么姓柳的男子，有了私情，如今竟要嫁他起来，你说教人气得过，气不过？（净）只怕没有此事。我们家里那有这样不肖的女儿？这毕竟是传来的虚话。（外）是他自己说的，怎么还是虚话？（净）这等，教他说与我听，待我好替他解纷。（老旦）他在蜃楼上的时节，有个甚么书生，走上楼来，要求婚姻之事，想是孩子家没有主意，口里许他是真，料想没有别的勾当。（净大怒介）怎么？果然有这等事！反了，反了！这等，二哥，你如今怎么样发落他？（外）只是杀了这个丫头就是，还有甚么话讲！（净）这才是个英雄。也罢，女儿是你生出来的，你下不得这双毒手，不如假手于我，替你除了这个孽障罢。（老旦、旦抱哭介）

【前腔】（净）不用咨嗟，骨肉相看法怎加！（揪旦欲杀，老旦扯住净手介）（净）权相假，做个太公蒙面斩淫娃。（外背慌介）我只说吓他一吓，他怎么当真杀起来？（对净介）兄弟，你且放手，我另有个处法到他。（净放介）那里还有第二个处法？（外）三弟，你前日许了泾河，我还有些犹豫不决，如今倒决了。杀死不如放生，教他连夜来抬了去罢。（净）这样不肖的东西，只怕嫁到人家，又要坏我的体面。也罢，料想你这个假英雄，也做不到底。苦我不着，替你出脱了罢。自矜夸，英雄到底还输我。若是儿女亲生怎放他！（外）他明日来娶的时节，若欢欢喜喜的上轿，也就罢了；若有一些做作，莫说那个小贱人，（指老旦介）连你这个老乞婆，也抬口棺木来见我。拚一个无情匣，将你娘儿两口齐安插，方信道英雄非假，英雄非假！

（同净先下）（老旦叹介）生出这样好女儿，受了这样好封赠，不如吊死了罢，活在世上做甚么？（旦）是孩儿不肖，带累母亲淘气，罪该万死！（老旦）我儿，如今说不得，那泾河来娶，也要劝你去了。

你若不去，做娘的这条性命，可不送在你身上么？（旦泪介）

【皂角儿】（老旦）再休题桃家柳家，任他行凤乘鸾跨。也不须怨他恨他，都是伊自低声价。再休使那狠严亲，呆叔父，奋空拳，提白刃，怒目相加。可怜我这风前短蜡，霜中剩葩，再一阵，飓风狂雨，命染黄沙！

侍儿，好生劝劝公主。（叹介）老大反淘儿女气，娇痴那识父娘恩？（先下）（旦哭介）天哪！我舜华今日，只有一死也！（丑）公主，且耐烦些，你那娇滴滴的身躯，那里经得这般淘气！

【前腔】（旦）说甚么，娇花嫩花，经不的雨摧风刮。他一地里胡拿乱拿，全没些理推情察。（丑）你与那柳相公，又不曾有甚么私情，不过说得几句言语，劝你丢了他罢！（旦）你教我割红丝，分彩凤，裂盟山，翻誓海，别抱琵琶。独不怕海神唾骂，波臣诮哗，做了个，逢人比目，笑杀鱼虾！

我如今要拚一死，有何难哉！只是人要死得其所，我若死在家中，不能宽父母之忧，又且加母亲之罪，柳郎不知我为他死，反以我为失信之人。况且又把妹子的终身，误得不上不下，也不是个长便之策。我闻得潼津去泾河不远，不如竟到泾河去，只是立志不与他成亲，挨得一日，是一日。只要觅便寄得一封书去，使柳郎见了，一来知道我的苦情，二来教他画个良策，成就张生与妹子的婚姻，我然后寻死，也得个寸心瞑目。立定主意，竟是这等便了。

【尾声】我偷生不为求全瓦，念玉碎须明声价。怎肯做个匹妇沟渠没账查！

第十三出 望 洋

【北新水令】（生、小生执鞭，丑挑行李随上）（生）初离茅店月光微，望扶桑旭轮犹未。鸡声残梦醒，马首宿云迷。一对情痴，早并着游仙辔。

（小生）士肩，前日龙宫二女，原约八月十五在蜃楼上完姻。今日已是中秋佳节了，还不能勾到东海，可不误了佳期？（生）再行五十里，就是海滨了。奚奴，你快走几步，先去寻下寓所来。（丑应下）

【南步步娇】（小生）佳期约定今宵会，千里遥相觅。殷勤嘱马啼，这一刻千金，岂同儿戏！想此时呵，二女正攒眉，把雕栏倚遍无情绪。

（同下）（丑上）投生不如奔熟，送旧可以迎新。里面有人么？（末上）家停四海鱼盐客，门泊诸夷宝贝船。甚么客人到了？（见介）呀！原来是柳大叔，你相公又来做甚么？（丑）特来招女婿。（末）招女婿？是那一家的女儿？（丑）海龙王的女儿。（末笑介）又来取笑了。海龙王有女儿，你怎么知道？这等，是甚么人做媒的？（丑）前次来的时节，龙王公主自己看上我家相公，他又有个妹子，是我相公作伐，许了一个姓张的。两头亲事，都约今日来做。你快些打点茶饭，等他吃饱了，好到龙宫里去，明日多带几颗夜明珠来送你。（末背介）好玄虚的话。（生、小生上）

【北折桂令】（生）早来到海郡荒陴，这便是俺旧日居停，前度鹪栖。（下马见介）（末）柳相公来了，莫非为前次的抽丰，打不象意，如今来找账么？（生）俺不图这邑内猪肝，海边蜗角，只为个水底蛾眉。（末）方才这位大叔讲，说要到龙宫去招女婿，我还不信。这等说起来，是真的了。（生）你道是惯撮空的玩童相戏，

须知俺远来投的信客无欺。（末）请问相公，那龙宫在海底，不知几万丈深，相公还是用索子吊下去？用梯子爬下去？（生）那里有千丈深梯，万尺长缧？只凭着俺似雷霆的填海雄名，当做个辟蛟龙的分水灵犀。

（小生）主人家，你不要多管，只替我把行李收好了，我们到海边去来。（丑）相公，可带些甚么行李去？（生）只把笔砚带在身边，恐怕要用，其馀都不消。（末）相公，也要吃些饭好去。（生）方才路上用饭过了。（末）正是：歇家不管人饥饱，只要朝朝算饭钱。（下）

【南江儿水】（小生）雾黑神仙岛，沙明宰相堤。滔滔万里浑无际，溶溶一色全无翳，茫茫六合疑无地。满眼尘嚣顿洗，只等待蜃气初凝，那便是郁葱佳气。

（生指介）当日的蜃楼，在那个所在，我起先立在这边望，后来从这左边走过桥去的。怎么如今还不见一些影响？

【北雁儿落】那便是锁二乔的铜雀基，这便是炯双眸的销魂地。他在那半空中唤玉郎，俺在这水边头施长揖。恨只恨风流回首便成非，好教俺过后想，浑如醉。便道是壶公跳入壶中去，那见有黄鹤楼乘黄鹤飞？惊疑，水面上全没些楼台意；伤悲，海当中只有些浪雪飞。

（小生）你看，那海中间，忽然起了一朵黑云，这毕竟是蜃气了。（生）正是。日色都不见了，这也奇异。

【南侥侥令】（小生）蜃气如云结，苍天忽觉低，太阳敛色相回避。试看他运神工，疾似飞。

（内作雷鸣介）（生）呀！那里有甚么蜃气！原来是个阵头。如今大雨下起来了，又不曾带着伞，怎么好？怎么好？（各将衣袖遮头介）（丑）那边有所古庙，大家跑去躲一躲。

【北收江南】（生）呀！都似这般样的好事呵，将人磨杀更无疑。这巫山云雨太淋漓，把襄王溯得梦魂迷。（三人跌作一团，互相扶起介）这怎么处？浑身都是烂泥了，就是美人相见，也要笑死。觑浑身是泥，觑浑身是泥，倒做了个卖浆吃跌，怕美人嗤。

（到介）原来是东海龙王的行宫，且席地坐一坐。（坐介）（生）伯腾，我和你婚姻之事，多分是落空的了。若还竟是这等回去，他那里知道我们到此？此处即是他父亲的行宫，毕竟有人往来，我和你不如各题一诗，写在壁上。等他日后见了，也知道我们的苦情。（小生）小弟正有此意。奚奴磨起墨来。（丑磨墨，生先题介）“美人相约蜃中楼，千里如期赴海洲。何事巫云终见阻？抱愁归去迹空留。”（小生题介）“玉珮传来自彼姝，多情认作会亲符。举烽召客来千里，何事佳人一笑无？”

【南园林好】把新诗题来满壁，权当个，邮筒寄伊。他若是幡然懊悔，怎发付两情痴！怎发付两情痴！

（内高叫介）刘舵工！刘舵工！（丑）那海边有人叫喊，却象是叫柳相公的一般。（生）仔细听一听看。（内又叫介）（生喜介）是了，是了，大家快些赶去。（一面应，一面跑介）（外扮船家撑船上）人靠天工，船靠舵工。舵工不在，辜负顺风。自家是海船上一个水手，舵工上岸吃酒去了，不见回来，客人又催开船，只得喊叫。（叫介）（生、小生、丑一面应，一面跑上（丑）来了！（外）在那里？（丑）在这里。这不是柳相公？（外）呸！我叫刘舵工，要你来答应？难道耳朵是入聋的？（摇船下）（丑）耳朵倒不是入聋的，鸡

巴倒是入龙的。（生）咗！（丑）相公不要恼，如今就要人龙，也无龙可入。不如请回罢了。（生）大家回去。（丑）是便是了。方才在主人家面前，说了大话，回去怎么样见他？也罢，难得我们浑身都是水，只说从海里爬上来的。（同行介）

【北沽美酒带太平令】（生）闷填胸，各皱眉，悔多情，共噬脐，空载满船明月归。实指望咏三星，赋结缡，又谁知，枉奔波，把精神虚费。又何曾尝着些碗旁边琼浆滋味。闻着些下风头温香气息？俺呵，愧传言，哄伊误伊。自迷魂，怨谁恨谁？呀！试问俺是从古来的痴人第几？

【清江引】（生）今朝尝怕风流味，好个鸳鸯会！男儿忒有情，女子全无意。险些儿做了个断送桥边的人姓尾。

第十四出　抗　　姻

【梨花儿】（丑金冠、艳服，老旦随上）现在家中淡菜香，何须又买新鲜鲞？两味同看嘴一张，嗏！只愁惹起油盐酱。

自家泾河小龙是也。我爹爹聘了洞庭龙女，今日过门，打扮得齐齐整整，只等新人到了，和她不亦乐乎。（老旦）小千岁，前日教导你的话，你可明白了么？（丑）这样教导，若还再不明白，就是个真痴子了。

【卜算子】（副净上）儿女结良姻，心事今朝放。（净扮红面龙母上）吃得醉醺醺，好坐高堂上。

大王，轿子去了这一日，怎么还不见来？（副净）如今也好到了。（众鼓吹，纱灯，末扮傧相，小旦扮丫鬟引旦上）

【不是路】（合）花烛辉煌，水国笙歌另一腔。规模壮，龙王儿女嫁龙王。佐奁妆，连城异宝盈箱贮，照乘明珠论斛量。（到介）（丑）只见些吹的，打的，不见有个新人在那里。（末指介）在这轿子里面。（丑）他有尺二金莲，难道不会走路，要这个四方东西抬了他来？（末）真奇创，生平未识于归样。出言太莽，出言太莽！

（照常，请出轿介）（丑扯住看头、看脚、看面，大叫介）不要他！不要他！（副净）怎么说？（丑）头发是黑狗毛，不是金丝发。脚是三寸狗爪，不是尺二金莲。就是这副嘴脸，也不象有一千岁的。（众各背笑介）（副净怒介）胡说！这样好媳妇，还要憎嫌？快走过来拜堂。（丑）你骗我，你骗我！我只是不要。（副净）这怎么处？

你们大家扯他拜。(众扯介)(丑)这等你与他讲过：进房要磕我的头；上床要替我脱衣服；脱了衣服，要抱我上床。若还一件不依我，我就不要他的。(众)都依你就是了。且过来同拜。(扯丑与旦同立，末赞礼，丑拜，旦不拜介)(副净大怒介)怎么儿子倒肯拜了，媳妇又不肯起来？你们扯他拜。(众扯旦拜，旦不拜介)(副净大怒介)怎么！自古道：嫁鸡逐鸡。我儿子虽然有些痴气，你如今既嫁了他，就是他的人了，还强到那里去？(旦泪介)(净)你若再不拜，我的酒风就要发作了。叫丫鬟取家法过来，待我赏他个下马威。(副净)夫人，不要性躁，慢慢的劝他。媳妇，你莫非嫌他痴蠢么？他自有个好起来的日子。(旦)大王在上，奴家不嫌令郎痴蠢。(副净)这等，是嫌他丑陋么？(旦)奴家也不嫌令郎丑陋。(副净)这等，为什么不肯拜堂？(旦)奴家自有苦情，大王、夫人请坐，容奴家细禀。(副净对丑介)这等，我儿你且暂时回避，待我劝他肯了，请你出来拜堂。(丑)我原不要他，都是你们惹他放肆。贱人不堪抬举，丑妇惯会装腔。(下)(副净)媳妇，你且坐了，有甚么说话，慢慢的讲来。(旦坐介)

【北越调·斗鹌鹑】念奴家生长闺房，颇识些高低天壤，也曾将女史频翻；也曾将人伦细讲；也曾读烈女词章；也曾学贤妻标榜。见了那二天的面觉羞；见了那淫奔的怒欲狂；见了那死节的气概偏昂；见了那矢贞的心儿忒痒。

(副净)你既晓得这些道理，就不该憎嫌丈夫了。

【紫花儿序】(旦)原不怪形容蠢劣，几曾嫌心体愚顽？又何妨性格乖张？便做道仪容俊雅，心性温良，也难效鸾凰。(副净)你为甚么不肯拜堂？(旦)须知道，不是夫妻怎拜堂？试问俺是谁家的媳妇？他是若个的儿夫？恁是那姓的姑嫜？

(副净)怎么！一发说得诧异。你不是我的媳妇，他不是你的儿夫，我不是你的姑嫜？这等，你嫁到我家来做甚么？难道今日花灯彩轿，请你来吃酒么？

【小桃红】（旦）俺不是汉朝情愿嫁王嫱，都只为狠叔将人强。他和亲矫诏无谦让，俺爹行，情原手足难强项。因此上把儿女柔肠，变做了英雄雅量，权做个涕泣女吴王。

（副净）这等，你不情愿到我家来，要到甚么人家去？

【天净沙】（旦）罗敷自有儿郎，宋弘定下糟糠。漫道生前不忘，便死后东西分葬，也做个鬼团圆地府成双。

（副净）这等，先许的人家姓其么？

【调笑令】（旦）说起俺夫家姓字香，不在梅旁在柳旁，他是那坐怀不乱的宗风倡。（副净）叫甚么名字？（旦）论名儿，曾把道义担当。（副净）做甚么营生？（旦）他把万象包罗在一腔，任教他定霸图王。

（副净）你既要替他守节，就不该到我家来了。难道这个去处，是你守节的所在不成？

【金蕉叶】（旦）第一来，拗不过狠心叔王；第二来，违不得认真父行；第三来，看不过受气萱堂。因此上来做个守寡新娘。

（副净）这等，你的心事，我都晓得了。只是你既受了我家的聘，进了我家的门，生米煮成熟饭，说不得这句话了。你如今好好与我儿子成亲，我两口儿自然另眼看待；若还执意不从，我也有法儿处你。（净）你看看我的拳头，看看我的脚跟。朝一拳，暮一脚，磨你做肉酱也容易。

【秃厮儿】（旦）便剁做粉齑肉酱，也甘心剖腹刳肠。再休题，偷生今夜偕鸳

帐，遗万载，臭名扬。惶惶。

（副净怒介）哇！贱丫头，不识抬举！我越劝你，你倒越放肆起来。欺负我没有家法么？（净）叫丫鬟，除下他钗环，剥去他的衣服，快取家法过来。（旦自除冠、脱衣介）

【圣药王】俺便卸艳妆，解绣裳，荆钗裙布有何妨！（净打介）（旦）俺劝你怒莫张，气莫扬，自拚击碎这皮囊，纵死骨犹香。

（副净背介）我想这样拗性的女子，那里是口舌劝得转的？若要难为他，又怕他要寻短见，除非慢慢的熨他转来。我如今罚他在泾河边上去放羊，镇日风吹日晒，忍饿担饥，他受苦不过，或者有个回心的日子，也不可知。（转介）看你这样贱人，也做不得我的媳妇。我如今把你做下人看待，有一群羊在那里，交与你去看，若是少了一个，瘦了一斤，我要和你算账！（旦）这样的事，奴家倒情愿去做，不劳大王费心。

【络丝娘】多谢你洪恩浩荡，至泽汪洋。缓死须臾，暂留世上。俺舜华呵，就自任也无谦让。

（副净）这等，明日就去牧羊。这叫做小船不堪重载，梅香怎做夫人？（同净下）（旦喜介）谢天谢地，我如今得了这个美差，不但可以保全名节，又可以觅便寄书，倒反因祸而得福也！

【煞尾】已拚身向泾河葬，又谁料这浮生偷得片时长。这牧羊呵，他当做服苏武的无上刑，俺认做傲李陵的至公赏。

第十五出　授　　诀

（末扮仙上）仙家好事也遭磨，岂止人间困厄多？若使清虚无障碍，天孙不合阻银河。我东华上仙，为何道这几句？只因当日掷杖成桥，度柳生与龙女订就婚姻之约，谁料偾事的钱塘，于中作梗，将舜华错嫁泾河，不但柳生的婚媾难偕，连张生与琼莲也无由作合。可见从来的好事，必竟多磨，就是遇了神仙，也免不得这番定数。本待前去挽回，怎奈龙性难驯，不是神威可服。只得前往玉京，朝见上帝，请一道天符，去诫谕他。正是：龙威不慑痴心女，神力难回拗性人。（下）（小生、外、副净、净扮四天将上）生时正气上通天，死后神依帝座前。堪笑奸雄空作孽，常留花面戏台边。（小生）小神天将马元帅是也。（外）小神天将赵元帅是也。（副净）小神天将温元帅是也。（净）小神天将关元帅是也。（合）上帝升殿，须索伺候。（内鼓吹，敲云板，生扮玉帝，旦、小旦扮童女，幡幢引上）

【夜行船】三界人天归执掌，操玉管，黜陟皇王。长奉无私，还疑多漏，漫道至尊无上。

三十三天第一天，玉虚宫阙少尘烟；无梯莫说人难至，常有精诚到御前。朕乃玉虚天帝是也。生于无始，起于无因。口吐氤氲，传为元气之祖；形依造化，留为大道之身。止因昔日少提防，被那盘古小儿，轻凿破下方混沌，致使今朝多变诈，连我至尊老子，也难留上古鸿濛。起来法鼓三通，少不得也象人皇理事；怒处瑶棋一拍，震不远也教地府销魂。莫言上下至尊惟有我，须识空虚到处岂无神！今日早

朝升殿，分付守门天将，看有甚么奏事的，放他进来。（四将应毕，传介）（末执笏上）须知天上堂帘近，不比人间控诉难。（俯伏介）（旦）阶下跪者何臣？

有事启奏，无事退班。

【惜奴娇】（末）启奏天皇：念婚姻之事，非臣司掌，同为仙侣，岂忍袖手从旁！只为那鸳行，隔水相看难依傍。微臣呵，设蓝桥，凭鸠杖。（合）免望洋，曾度仙郎仙女，口订鸾凰。

【前腔】谁防，旧日钱塘，势凌卑欺小，别许泾阳。念此女呵，虽经强嫁，矢贞甘牧群羊。恓惶，旧日姻盟成虚诳，况琼莲犹痴望。（合）姊妹行，空叹一无成就，两败俱伤。

【黑嫲序】（换头）还怅，孤柳鳏张，怨索居离处，共泣隅向。听四边嗟叹，冤苦声，震穹苍。这都是微臣计未臧，施恩反作殃。（合）望吾皇，速敕该司月老，改正鸾凰。

（生）仙卿所奏，莫非为着柳、张与龙女四个人的亲事么？（末）便是。（生）舜华错嫁泾河，琼莲衍期归妹，朕岂不知？只因他当日犯了仙戒，所以谪落人间。若不使他受些磨障，好好的成就姻缘，倒不是罚他去受苦，反是赏他去行乐了。待那劫数将满之日，朕自当成就他。只有一件，那钱塘火龙，当初决裂偾事，其罪当诛。朕见他是个有用之才，不忍加之屠戮，羁縻在洞庭、东海之间，着那两龙化导他。谁知他躁暴如前，一毫不改。我如今用个击一得二之法，把三件法宝交付与你，你拿去运用起来，不但成就两处的婚姻，还可以降服那火龙的性子。叫香案吏过来。（旦应介）可取御风扇一柄，竭海杓一把，玄元至宝钱一枚，交付与他。（旦取付末介）（末）既然如此，求指示个运用之法。（生）听我道来：

【前腔】听讲：法力难量。这扇呵，不比那南箕空设，难簸难扬。这杓呵，岂比那虚名北斗，不堪挹取壶浆。这钱呵，虽然一孔方，从来势力强。（合）付伊行，看取海枯汤沸，凤跨龙降。

（末）臣悟到了，臣悟到了，莫非是以水制水，以火攻火之法么？

（生）然也。（末）这等，钦遵法旨。

【锦衣香】（众合）法旨玄，天机迺，兵势奇，军容壮。任他力重千钧，魔高百丈，敢教俯首一齐降！眉低菩萨，臂下螳螂，取双姝似寄，逼和亲不折干将。堪笑英雄莽，全无伎俩，从今以后，可还粗戆？

【浆水令】笑书生，威风太张；笑佳人，心肠忒刚。便宜夫婿苦爷娘，些儿小事变却沧桑。惊地府，动天堂，两家才得相依傍。翻千古，翻千古夫妻榜样；快百世，快百世男女情肠。

【尾声】天机不用明明讲，待验后，方知奇创。笑痴人尚费思量。

第十六出　点　　差

【步蟾宫】（生、小生冠带引众上）（生）青袍甫脱旋衣绣，深感荷皇恩高厚。（小生）盼洞房难似步瀛洲，两幅孤衾如旧。

（生）柳汁今年别是肥，私春先染柳郎衣。（小生）起家便授埋轮职，惭愧张纲势力微。（生）下官新科进士，官拜侍御史，柳毅是也。（小生）下官新科进士，官拜侍御史，张羽是也。（生）我两人来京赴试，侥幸俱中高魁。又喜新奉特恩，将二甲前十名，俱授兰台之职。（叹介）我们虽然官拜御史，为朝廷视察之臣，只是如今李义府擅权，事多掣肘，如之奈何？（小生）我和你新进书生，风采不可轻露，且蓄精锐，以待有为。只是一件，从来绣衣出入，皆是台长所司。如今李义府掌选，忽破祖宗常格，蹈袭亡隋陋规，御史出巡，要由吏部点差。你说这桩事，亵体不亵体？（生）他不是要总揽机权，还是要广收货利。我们没有甚么去贿赂他，今日点差，只怕也没有甚么好差点着我们两个。（众禀介）禀老爷，吏部开门，请去伺候。（生、小生）漫劳乌府台前客，屈作铨曹部下人。（同下）（内鼓吹，副净扮尚书，外、丑扮选司冠带引众上）

【前腔】（副净）朝纲独擅尊无右，撇不下铨衡利薮。把人间奇货一齐收，那管万年遗臭。

下官左仆射兼摄吏部尚书李义府是也。威权震主，势焰熏人。笑处藏刀，毒性有如蜂虿；柔能害物，别名呼作猫儿。正是牛马一听人呼，富贵终还我享。下官由吏部尚书入相已经数载。我想宰相倒是个虚名，不如吏部反有些实际。我如今用个名实兼收之法，虽为仆射，仍掌铨衡，那海内的钱财，不怕不尽归于我。今岁乃大比之年，是我教朝廷破格，将二甲前十名除授御史。这分明是个半送半卖之法。怎奈这些新进小子，不达世务，一些礼物也不来馈送。今日该点他们出巡，难道又不来料理不成？叫选司官！（外、丑）在。（副净）这些新御史，可有几个来谋差的么？（外、丑）一个也没有。（副净）这等可恶！难道御史白送了你，差使又白送你不成？我若不点，外面的人要说我需索。如今将头上一名，把个没账的差，打发他出去。其馀只说没有缺出，待下次点，刁顿他刁顿便了。分付开门。（副净登高座，外、丑下立两旁，开门介）（生、小生上，候介）（外）二甲第一名柳毅。（生前揖，副净起受介）（丑向高处摸签，副净暗拣一签付丑，丑念介）巡视泾河、黄河等处地方，督理河工监察侍御史。（生揖介）（副净）这个差，限你半年复命。听我道来：

【梁州新郎】【梁州序】瓜期星赴，河工忙奏，休自玩延贻咎。去时初夏，归来须及深秋。那河边水价，网畔渔租，处处堪归袖。直把地皮卷到海边头，满载回来对半抽。【贺新郎】（生）显职拜，隆恩受，念臣心似水难容垢，敢污却，衣边绣？

（外）二甲第二名张羽。（小生前揖介）（副净藏签介）（丑抽，无签介）签完了。（副净）没有差出，下次点罢。

【前腔】洛阳三月，花开如绣，偏到伊来红瘦。东君应怪，王孙白手来游。（小生）禀告老大人，既没有差，念下官还不曾婚娶，告假数月，再来听差何如？（副净）这等，准你六个月假。再来相见，约在靴州，美缺还伊有。若要我这天官赐福快如流，忙把神前醮事修。（小生）羞躁进，甘株守，怕无端媚灶逢天咎，未得贵，反遗臭。

（生、小生揖别出介）（副净）封门。（众封门介）（副净）卖卦先生拆拆单，无钱卦也欠平安。欲占吏部门前卦，一担钱财一担官。

（众随下）（小生）我们回寓去罢。

（共行介）

【节节高】（小生）无差归去休，莫淹留，身闲正好求婚媾。（生）微官逗，苦事遛，良缘谬。蜃楼若是河中有，我便把九河疏遍也甘驰骤。（合）薄宦浮名易取偿，温香软玉难消受。

（到介）（小生叹介）今日只因没有贿赂，你点了这个苦差，我连差也没有，不出我两个所料。这也罢了，只是我和你金榜虽登，洞房未偶，终是未了心事。小弟如今告假还乡，不但自己择配，也要替年兄觅个佳偶，践了昔日之言，方遂所愿。（生）年兄，照你这等说起来，蜃楼之事，竟丢了不成？（小生）去年八月十五，海边的苦，也受得勾了，不见一毫影响，还要说甚么蜃楼！（生叹介）年兄，你不曾相见的还丢得开，小弟见过的，怎么撇得下？如今就选尽世间女子，那有那样的姿容？

【前腔】情肠怎便丢？且迟留，飞琼不是人间有。（小生）神仙风度，自与凡间脂粉不同。只是求之不得，徒费精神耳！神难遘，愿怎酬？眉空皱。去年便想偕仙偶，至今仙气何曾嗅？（合前）

（生）这等，年兄几时起身回去？（小生）明日遂行。（生）小弟领了敕印，也便起马。少不得顺路从故乡一过，约在家中相会便了。

【尾声】相如不得文君偶，便拥彗还乡也颜厚。只当是昔日题桥志未酬。

（小生）明朝去路不同方，君往泾河我故乡；

（生）不近人情嘲大禹，过门一入有何妨？

第十七出　闻　闹

【夜行船前】（末引水卒上）儿女姻缘何日了？撇不下愁绪千条。

小圣东海龙王是也。年老无儿，止生一女，长了十五岁，不曾教他走出闺门。只因前日侄女到来，叫他同上蜃楼游玩，回来举动改常，容颜渐瘦。小圣正在狐疑之际，今日偶从海边经过，只见行官壁上，是谁人题了两首淫词，上有“美人约我蜃中楼”之句，心上愈加疑惑。难道他在蜃楼上，做出甚么勾当来不成？且待夫人出来，查问一查。

【风入松中】（净上）伯兄久未亲言笑，来陪老鬓萧萧。

（见介）（末）三弟，这一向为甚么再不过来？（净）只因二哥的侄女许了泾河，近日于归，小弟替他料理嫁事，故此不得前来。（末叹介）这等，他的肚肠，倒放下了。我这桩心事，不知那一日才完？（净）大哥，侄女这一向好么？（末）这一向不知甚么原故，渐渐的瘦了。（净）大哥，以后少要教他在海边走动。（末）我何曾容他到海边去？（净冷笑介）不去不去，弄出些儿把戏。（末惊介）甚么把戏？（净）若还说来，又是一场膀胱小气。（末）甚么话？快讲来。（净）他前日同二房那个不肖之女借登蜃楼为名，竟到海边玩耍。遇着一个姓柳的浪子，与那不肖之女，竟有了私情。（末大惊介）你怎么知道？（净）那不肖之女，竟要嫁他，回去对父母直说。二哥几乎气死，又不忍置之死地，只得连夜叫泾河抬去了。（末呆介）怎么？竟有这样事！这等我家这个丫头，同在那边，岂能无染？（净）自古道：“近朱者赤，近墨者黑。”既在柳边经过，只怕也染些柳汁来了。（末）怪道我今日在海边，看见行宫壁上，有两首淫词。这等，就是那柳浪子题的了。（净起介）大哥，那淫词后

面，可曾落款么？（末）不曾。（净作厉声，舞蹈介）嗳！可惜他不曾落款，若我钱塘君知道他姓名居处，即刻领了雷公电母，兴云驾雾前去，不但把那畜生研为齑粉，连那一带居民都沉为鱼鳖，方消吾恨！（末厉声介）叫水卒，快请夫人出来！（众请介）

【夜行船后】（副净上）何事龙吟，翻成虎啸？心下好生惊跳。

（见介）（末怒介）你生出这样好女儿，做出这样好事！（副净惊介）我女儿做出甚么事，这等大惊小怪？（末）我也不忍出之于口，教三叔和你讲。（副净）三叔，我的女儿有甚么不好，要你在这里兴风作浪？（净）我便会兴风作浪，你那令爱也不十分海静波恬。（副净）甚么缘故？快讲来，是真的就罢，若是捕风捉影，搅乱我人家，我拚个老性命结识你。（净）你的令爱，同二叔叔的女儿，都在海边，被人讨了便宜去了。（副净）我不信有这样事，待我去问他。（欲下介）（末）不要你去串通胡赖，唤他出来，当面对理。（副净）这等，请公主出来。（众请介）（小旦唱上）

【风入松】呼声何事沸如潮？好教我忧心如捣。奴家自从在蜃楼上，订了婚约回来，不觉心神恍惚，坐卧欠宁。要禀告爹娘，又说不出口。如今闻得堂上高声呼唤，莫非预先走漏了风声不成？似这等幽情碍口难亲告，倒不如借鹦鹉传言更好。今日若不是这桩事就罢，若果然是这桩事发，我顾不得就要直陈了。好和歹，全凭这遭！我也害不了这羞娇。

（见介）（末）你在海边做得好事！（小旦）孩儿何曾到海边去来？

【前腔】我湘裙从未度江皋，几曾见白蘋红蓼？（净）白蘋红蓼不曾见，那绿柳条儿，想是见过了么？（小旦）那柳条虽见青青好，却隔着桃花陪笑。（末怒介）哇！贱丫头，你同二房那个不肖之女，在海边上做出丑事，还不直招！叫丫鬟，取家法过来！（小旦）爹爹，孩儿委实不曾到海边去。（副净）我说他没有这样的事，是那个烂口烂心肝的，搬这样的是非！（末）我且问你：你既不曾到海边去，那行宫壁上的诗，是为谁做的？（小旦）孩儿一发不知道甚么诗。（末）我还抄得有底稿在此，你拿去看！（小旦背读二诗介）呀！这等看起来，八月十五，张生也到海边来过了。（叹介）他既有这样情到我，我今日便为他死，也自甘心。他为我驰驱枉劳，我拚一死赎虚乔。

（转介）爹爹，这后面一首诗，果然是为孩儿做的。只是这做诗的人，孩儿却不曾见面。（末）又来胡遮乱掩。他既不曾和你见面，怎么又为你做诗？（小旦）爹爹息怒，听孩儿细禀。那日孩儿同姐姐在蜃楼眺望，忽然有个姓柳书生走过桥来。（净冷笑介）蜃楼在海当中，那有甚么桥渡得男子过来？（小旦）叔叔难道是不通文理的？他既不曾到蜃楼上来。那诗上就不该说“美人约我蜃中楼”了。（末）就是他走上楼来，你也该回避才是。（小旦）爹爹，那蜃楼既在海中间，教孩儿避到那里去？难道反走到海边上去不成？（副净笑介）一个不通文理，一个不达时务，真是难兄难弟。我儿，你且讲来。（小旦）那柳生走过桥来，对我两人作了一个揖，问道：两位小娘子曾许人家否？孩儿与姐姐摇头示意，他就要订朱陈之议。姐姐爱他才貌，就许了他。他又道小生有个朋友，姓张，才貌还在小生之上，若令妹不弃，并求见许何如？孩儿察言观色，料他不是欺人的，也斗胆许了他。原说回来禀告父母，约定八月十五，仍在蜃楼回话。后来孩儿不敢启齿，误了前期。这诗是他两人等孩儿与姐姐不见，留此示信的。此外再没有甚么私情，所招是实。（末）好个此外别无私情，若再有私情。连你的娘都许他去了。叫丫鬟，取家法过来！（小旦跪介）爹爹若肯把孩儿嫁他，孩儿情愿打死。爹爹若不肯把孩儿嫁他，孩儿也情愿打死。若象姐姐受气不过，改嫁泾河那样遗臭万年的事，孩儿断断不做。（末）你看他说得好话。

【急三枪】一任你，嚼铁口，钉能断，怎当俺如炉法，铁还销！

（打介）（副净抱小旦，哭介）我的儿呵！你长这样大，我指头

不曾弹着你。今日为个狠心王八来搬是非，叫你吃这样苦，拚我老性命结识他。（向净撞头散发介）

【前腔】都是你，蛇蝎口，施下千般毒。拚我这蝼蚁命，和你两开交。

（又撞介）（末）怎么？生出这样女儿，还要放肆！我把你这个老淫妇——（揪副净发，欲打介）（副净揪末须，末大叫介）不好了！不好了！龙须都拔去了。三弟快来相救。（净背笑介）我前日说二哥是假英雄，今日看起来，二哥还有三成。他连气也没有，也不是个龙王，竟是个龟王了。这样的人，理他做甚么！不如还到洞庭去。怎教血性真男子，亵见须眉假丈夫。（径下）（副净）老儿，如今扯劝的去了，我和你放了手罢。（各放介）（副净）他若再一会不去，莫说龙须，连龙角也扳你的下来。（末）他若再一会不去，莫说头毛，连阴毛也挦你的下来。（小旦跪介）总是孩儿不肖，带累爹爹母亲淘气，罪该万死！

【风入松】唱随忽地变咆哮，总为孩儿不肖。倒不如生时付向东流早，也省得自贻争闹。家法在此，求爹爹正孩儿不孝之罪。忤逆罪弥天怎逃，从责罚，敢求饶？

（末）论起理来，定该重处，只是你的年纪小，二房的年纪大，是她引诱你做的，也要分个首从。我今日权且饶你，以后若再如此，定不留你性命。

法不私亲在必行，（副净）须分首从稍容情；

（小旦）心坚似石惟求死，誓重如山敢爱生！

第十八出 传 书

【贺圣朝】（生冠带引众上）一封辞罢天朝，只身早驾星轺。漫嗟吁，惟我独勤劳，职在有何逃！

下官柳毅，蒙圣恩除授御史，钦差督理河工。早间已曾辞朝过了。今日是黄道吉日，叫左右，打牌从鼎州起，至潼津县暂缴。（众应，送牌，生签押介）就此起马。（众应，行介）

【二犯江儿水】（生）虽是长安古道，沙堤新筑好。银章闪烁，皂盖飘摇，控金鞍，持锦镳。露柳湿旌旄，风花点绣袍。（丑扮巡捕官，小旦扮门子，众扮吏书各役上，跪介）鼎州巡捕官带各役迎接老爷。（众）起去。（众应起，随行介）（生）不须炮响金敲，后拥前号，这青骢到时，行人尽晓。（到介）（末冠带，持手本上）鼎州刺史参见。（生）不劳。（末廷参介）（生）本院闻得泾河两岸倒塌最多，如今可曾筑好了么？（末）现在修筑还不曾完工。（生）这等，本院亲去巡视一番。（末）是。（生、众复行介）休停使轺，休眠行旐，便露冕去行郊，敢惮劳？

（下）（旦病容，持竿驱羊上）【画堂春】牧羊牧到泾河边，无情芳草芊芊。羊饱人饥哭向天，欲啮无毡。 妒杀有缘苏武，热心来

自云边，雁书寄得到君前，我倩谁怜？奴家自从来到泾河，矢贞不屈，受尽折磨。如今罚我在泾河岸上牧羊，日间止得一餐薄粥，夜来不得半枕安眠。身少蓑衣，头无箬笠，香肌当酷日，晒开冰裂之纹；绿鬓遇狂风，合着蓬飞之句。双钩多茧，剥开莲瓣千层；十甲无尖，褪去笋衣一束。（叹介）我舜华这样的苦，比死还加十倍，为甚么不做个快活死人，来做这样熬煎活鬼？不过要寄封书与柳郎，使他知道我的衷曲。一向要写书，不得其便。今日喜得无人监守，正好写书。只是一件，纸便偷得一张在此，那笔砚与黑墨都没有，把甚么写？（想介）也罢，待我拔几根羊毛，扎起一枝笔来。（拔介）（内作羊叫介）嗳！羊呵！

【前腔】我劝你不用短嘶长叫，行些方便好。羊毛便有了，没有线扎，待我扯几根头发下来。（扯发扎介）自捋云鬓，旋束霜毫，我自有助文房的身上宝。笔便有了，又没有墨，待我咬碎指头，将鲜血写来，更加激切。（咬指介）玉指绽红桃，却便似金盆捣凤膏。如今三件都有了，我不但写书寄与柳郎，还要写一封寄与父母，等他知我在此受苦，我死之后，他或者来替我出一口气，也不可知！（写介）情语叨叨，恨语嘈嘈，鸟之死时，其声更悄。儿郎莫焦，爹娘休悼，这是我前世修来命里招！（写完哭倒介）（生、众唱“休停使轺”三句上）（丑）甚么妇人坐在这里？见老爷来还不起身？（旦起介）念奴家是泾水囚人，一时哭倒在此，不知贵人到来，有失回避。（生问丑介）他说甚么？（丑述前语介）（生）他有甚么苦情？带来见我。（丑带旦见，叫旦跪，旦低头不跪介）（生）你是甚么妇人，见本院怎么不跪？（旦）念小妇人也是贵人之女，士人之妻，无罪不敢屈膝于人，恐失了夫家母家之体。（生）这等，你父亲做的是甚么官？（旦背面唱介）

【园林好】论品职，公侯尚低。（生）公侯还低似他，难道是藩王不成？这等，职掌何事？（旦）沛霖雨，把苍生普施。（生）如今何处？（旦）他别有土茅封地，居水国，秉玄圭；居水国，秉玄圭。

（生惊介）照你这等说起来，难道是个龙王不成？这等，你丈夫姓甚么？

【嘉庆子】念良人是下惠河东贤圣裔。　　（生）这等，也姓柳了。叫甚么名字？（旦）丈夫的名字妻子不敢斥言，他是那木讷刚边第二题。（生大惊介）难道与下官同名同姓不成？这等，可曾婚配了么？（旦）心口把朱陈相缔，犹未得赋于归，犹未得赋于归。

（生）那妇人，你回转头来我看。（旦回头、各惊介）（生背介）怎么有这样奇事？他说来的话，与蜃楼之事，句句相同，那面貌也有些仿佛，我欲待要认他，这些属官衙役在此，万一不是，恐坏了官箴；欲待不认他，又恐错了机会，怎么好？

【尹令】听他言词语气，看他规模举止，怪他容颜憔悴，好教我欲认难前，懊恨微官把耳目羁。

我再仔细盘他一番，好做道理。（转介）那妇人过来。据你说是贵人之女，士人之妻，就该不出闺门，遵守妇道才是。为甚么一人在此牧羊？倘若遇了不良之人，岂能不为失节之妇么？（旦叹介）贵人，你若不问起牧羊之事便罢了，若问起牧羊之事呵，不但小妇人要哭倒长城，连你这司马青衫，只怕也要湿透了一半。

【品令】你若不愁断肠，洗耳听猿啼。我也是龙宫贵主，怎肯自轻微！只为仇家父子，逼奴成婚配。念奴家矢贞甘死，备受千般劳悴。因此上做个秉节苏卿，啮雪吞毡任牧羝。

（生）这等讲起来，小娘子是个节妇了。本院奉旨出巡，正要观风问俗，但凡忠孝节义，都要题请表扬。小娘子，你把受屈的情由，从头至尾，细说一番。叫左右，带住了马，待我下来细听。（下马介）（旦）贵人不厌絮烦，奴家愿陈巅末。奴家是洞庭龙王之女，家君兄弟三人。伯父分封东海，叔父原守钱塘。伯父与家君各生一女，奴家小字舜华，舍妹小字琼莲。去年奴家偶到东海，与舍妹同登蜃楼闲玩，忽有个柳姓书生走过桥来，物色奴家。奴家重其才貌，不避瓜李

之嫌，与他通名道姓，各叙寒暄。虽无枕簟之情，曾有夫妻之约。他又为个姓张朋友，求与舍妹联姻，舍妹也欣然相许。原说归家禀告父母，订于八月中秋，仍到蜃楼践约。不想叔父将奴家别许泾河，奴家将此情直告，父叔不肯原情，共震雷霆之怒，奴家几为剑下之鬼。不由奴家情愿，将来强嫁泾河。如今既不得为柳郎之妻，情愿作泾河之婢。（生）你既要替柳生守节。就不该嫁到泾河。既到泾河，就是泾河之妇了。怎么还说是柳氏之妻？（旦）奴家于归之夕，矢志不与小龙成亲。他父母备极千般磨灭，奴家誓死不回。降志辱身，甘为奴婢。如今躯壳虽在泾河，精灵实归柳氏。不肯假借虚名者，犹之范蠡称越大夫，陶潜称晋处士耳！（生）从古来为臣死忠，为妇死节。你既要做节妇，当初为甚么不死？（旦）这个“死”字，终久免不得，只争一个迟早。我若当初死在家中，有三不便。（生）那三不便？（旦）不宽父母之忧，反加老母之罪，一不便也；柳郎不知我为死节之妇，反以我为失信之人，二不便也；不但埋没妾身名节，又且耽搁舍妹终身，三不便也。那柳郎家在潼津，闻得潼津去泾河不远，奴家图到泾河，觅便寄一封书去，一来使他知我万不得已的苦情，二来叫他早完妹子、张生的亲事，然后自尽，岂不为名实两全？（生）这等，那书可曾寄去么？（旦）书已修了，因无便人，不曾寄去。（生）这等，那柳生与本院同乡，将来本院替你寄去。（旦喜介）这等是天赐奇缘了。贵人请上，受奴家一拜。（拜，生答拜介）

【豆叶黄】你慈悲救苦，俺稽首皈依。胜造个七级浮屠，胜造个七级浮屠，但愿你万年荣贵。贵人，你见了柳郎，千万教他不要思念奴家。你道奴家如今形容枯槁，鬓发蓬松，全不似当初的容貌。莫说不能勾见面，就见了面，看见这样鬼魅形骸，他也要远远相避了。教他另选高门，早谐姻眷。奴家今生不能勾操箕帚，来生定与他偕伉俪。书去之日，就是奴家命尽之期。他若有情，教他携一陌纸钱，来到泾河边上，望空一祭。他叫一声：舜华的妻呵，奴家在阴间就应一声道：柳郎的夫

呵，这就是夫唱妇随了。此外不必再萌痴想。（大哭介）（生、众满场俱痛哭介）一人挥泪满场泪垂，做了个杞梁之妇，做了个杞梁之妇，善哭其夫，俗变风移。

（将书放地上，丑取送生，生看介）小娘子，这封皮上，为何写的红字？（旦）奈奴家没有黑墨，咬碎指头滴下血来写的。（生）这个本院就不信了，就是血，也或者是羊身上的。（旦）贵人不信，指头上齿迹尚存，请验一验。（生看作呆介）呀！你、你、你果然有这样真情，可不痛死我也！（哭倒、众扶起介）

【玉交枝】肝肠惊碎，怎教我还不认伊！我那妻呵，下官不是别人，就是你的丈夫柳毅！快近前来相见。（旦）天下面貌相似的多，奴家不敢轻信。既是柳郎，当初订约之时，可曾有甚么为据么？（生向袖中取出帕介）这不是你在蜃楼之上赠我的鲛绡帕么？（旦）呀！你果然就是柳郎！（相见哭介）（合）不图今世还相会，多应是南柯梦里。（生）娘子，这个所在莫非又是蜃楼么？（旦）这是泾河边上，不是蜃楼。虽然不是蜃楼基，也难常作人间会。（合）这相逢，比前番更奇，这相逢，比前番更奇！

（生）娘子，你如今遇了下官，难道还教你在此受苦？待下官讨乘轿子来，带你回去。

【六幺令】相携共归，难道我身受皇恩，不庇荆妻！下官奉旨巡河，就是那泾河龙王也是我的属下，他若来寻我呵，我把这屠龙宝剑认真提，先斩戮，后封题，问他个强奸命妇的披猖罪！

（旦）奴家岂不愿同归？只是为人在世，行止俱要分明。我若随你去呵，知者以为原配，不知者以为私奔。况且我叔父的心性，最是躁暴，当初洪水九年，皆他一怒所激。我若去后，泾河父子毕竟要往母家报信，狠心叔父，毕竟要往各处追寻。万一知道踪迹．他掀雷掣电前来，不但我两人性命不保，连那数百里居民，都有漂洗之厄。岂可图两人之欢乐，害百万之生灵？这个断使不得。（生）这等说，难道依旧分散了不成？（旦）奴家初意，原要寄了此书，就寻自尽。今

日幸遇郎君，可见夙缘未断。姑缓须臾之死，以侥万一之幸。奴家还有一封家报，你可差个的当的差役，投到洞庭龙宫。父母若知我在此受苦，或者来接我回去，也不可知。等待归家之后，与母亲缓缓图之，方为万全之策。（付书介）（生）龙宫在水府，无路可通，这书怎么送得到？（旦）奴家自有指引之法。洞庭湖口，有一座古庙，香案边有金橙树一株。奴家与你一根钗儿带去，将钗向树上三敲，自然有人出来接引。（付钗介）

【江儿水】水国书能到，江天路不迷。龙门别有登临计，鱼头自有传宣吏，鲛宫也有攀留地。这一纸平安非细，但得他激起雷霆，便是一怒安民消息。

（内数人齐作羊叫介）（旦）群羊近身来了，不要多言，奴家要回去了。（生）羊是无知蠢物，怕它怎的？（旦）这那里是羊，都是些懒行雨的雨工，罚在这边受罪的。他若听见我的言语，少刻又有不测之祸。柳郎保重，奴家不敢回头了。含愁欲说心头事，鹦鹉前头不敢言。（径下）（生望介）嗳！娘子，你竟去了，可不苦杀我也！

（哭介）左右，带马回去。（上马行介）

【川拨棹】权收泪，展愁颜，掠皱眉。怕群僚，瞻视威仪；怕群僚，瞻视威仪！笑英雄，无端泪垂。牧羊奴的御史妻，怕龙王的铁面威？

（到介）叫巡捕官。（丑跪介）有。（生）本院有个美差差你，回来不但有赏，还要升你的官职。（丑磕头介）多谢老爷。若得升转，就差狗官上天也情愿去。（生付书介）这是方才夫人的家报，依他那个法子，拿到洞庭龙宫去投。（丑）老爷，这个差使，狗官不敢承当。就升做吏部天官，也只看得。（生）你方才讲上天也情愿去。（丑）宁可上天，上天若跌下来，就死还得个全尸；若到海里去，被那些虾鱼蟹鳖，咬做肉酱。（生）这等，叫皂隶过来。（众跪介）（生）你们众人里面，拟一个胆大的去，转来重重有赏。（众互推介）小的们里面，没有一个敢去，怎么处？也罢，转报一个人出来，请老爷差他去。（生）什么名字？快报来。（众）小的们昨日看戏，做一本蔡兴宗造洛阳桥，里面有一个人叫做下得海，他曾投过龙宫的书，求老爷差他去罢。（生）那是做戏的，那里当真会下海？（众）这等，小的们也是做戏的，那里当真会下海？（生）胡说！

【尾声】这家书付与何人寄？又不是烽烟阻滞，终不然付与东流，好待他沉到底？

第十九出　义　　举

【尾犯引前】（小生冠带，丑随上）惭愧绣衣郎，少驷马高车，寂寞还乡。罗雀之门，还堪着网？

下官告假还乡，已经两月。指望寻着两位佳人，与柳年兄共完姻事。谁知相遍里中，竟没有个看得的女子。柳年兄的马牌已到，早晚就要回来。且等他到家，再做商量便了。

【尾犯引后】（生冠带，引众上）瞌睡汉身登甲第，揶揄鬼影避魍魉。（见介）（合）扬眉处，虽分迟早，一样凛秋霜。

（生）年兄到家已久，可曾觅有良缘？（小生）不要说起，偌大故乡竟没有一个女子。

正要与年兄商议，还往别处访求。（生）这等不消，蜃楼之缘尚在。（小生）怎么？难道那桩怪事，又有甚么消息不成？（生叹介）

【尾犯序】提起断人肠，叹寡凤孤鸾，横遭罗网。（小生）这等说起来，被人娶去了，还要讲他做甚么？（生）若不是逼抱琵琶，怎显他节操冰霜！惆怅，磨得瘦是花容月貌，斩不断是铁心石肠。空抱着完全赵璧，无计出秦邦。

（小生）这个消息是那里得来的？只怕信不过。（生）莫说耳闻不敢轻信，就是亲眼见了，也还半信半疑。不知经过多少盘驳，方才试出这段真情。（小生）这等，请道其详。（生）小弟奉旨巡河，到了泾河岸上，忽有妇人啼哭之声。及至策马而前，只见有个牧羊的女子哭倒在地。蹴他起来审问，他说是泾河囚人，有冤莫诉，所以在此悲啼。说来的言语，句句合着蜃楼之事，原来就是昔日赠帕之人。父乃洞庭龙王，伯居东海，叔守钱塘。当日解珮寄年兄的，是东海君所出。钱塘心性卤莽，把洞庭之女，别许泾河。此女归以实告，几至不免，竟被泾河强娶了去。可怜此女矢贞不屈，甘受折磨，故此触了公婆丈夫之怒，贬他在泾河岸上牧羊。（小生）这些话也来得支离，从来贞节之女，只有矢贞不嫁的，那有改嫁了人，还矢贞不屈的？屈与不屈，有何凭据？（生）小弟也曾讲过。他道昔日不死者，怕我不知道他死节，反以他为食言，又怕误了他令妹与年兄的姻事。他知道泾河地方去我家不远，要觅便寄一封书，故此做了这桩违心之事。（小生）既然如此，小弟到家，一向并不曾见他有书寄来。（生）他说书已修成，只因没有便人，不曾寄得。就从衣带之中，取出一封书来，上面都是红字，道是咬碎指头，沥下血来写的。小弟也还不信，及至取出他指头一看，牙齿的血迹尚存。所以知道这番情节，一毫不假。（小生惊介）这等，那一封书，如今还在不在？（生）嗳！这一封书就是我临死的时节，还要拿来殉葬的，怎么舍的丢了！（取书付小生介）（小生细看大惊介）怎么天地之间，竟有这样烈女！既然如此，你就该带他回来，即使不能同归，也该与他死在一处。怎么竟忍心害理，撇了他来？

【榴花泣】似这等伤心刺骨断人肠，怎不见你拚身同穴葬泾阳？把伊人撇在水中央，只将空口念糟糠！（生）小弟也要挟他同归，他恐怕冒了不白之名，还有非常之祸。如今写书一封，托我寄与他的父母，教父母接他回去，筹个万全之策，才

好与小弟同归。（小生）这等。可曾替他寄去？（生）只因各役之中，没有一人敢去，所以还在这边。（小生）那也怪他不得。龙宫在水底，怎么走得下去？（生）他又把金钗一股，付与小弟，说洞庭湖上，有一座古庙。古庙之巾，有一棵金橙树，把钗子击树三下，自然有人上来接引。（小生）既有此法，寄去何难！只有一件，这一封家书，不是草草寄得的。一来要激起他的怒性，二来要拨转他的拗肠，差人都不中用，须是年兄自去才好。也罢，你有王事在身，远游不得，小弟的身子还是空闲的，不如等我去罢！（生）年兄万金之体，岂可试于不测之渊！（小生）小弟虽无昆仑之术，颇有押衙之心。只要救得此女，便葬身鱼腹也自甘心。取书过来。（生付书与钗介）这等，年兄几时去？（小生）嗳，大丈夫见义即为，还拣甚么日子？叫左右，带马过来。我神飞气扬，这叫做当仁见义无谦让。那活龙鳞看我亲手披将，就是那软鱼腹我也甘心投葬。

（上马，带丑急下）（生望叹介）你看他头也不回，飘然去了。

好朋友，好朋友！

【渔家傲】他比那得意看花气更扬，恨不得一步骅骝，骋到潇湘，代那人诉衷情，添上些儿谎。看他行色飞扬，此去必然有济。试听那平地里一声雷响，荡尽泾河，不嫌卤莽，全赖这晁生智一囊。

家书已去，好事必成，我且静听佳音便了。

【尾声】良朋意气真豪放，肯把身投巨浪，直待要探取骊珠返故乡。

良友捐躯殉所知，十分豪气廿分痴。

择交尽说乖人好，折尽便宜悔却迟。

第二十出　寄　书

【锁南枝】（小生带丑上）风中食，水上眠，旬馀赶来程几千。问津已至洞庭边，果有个清虚殿。一路行来，已到洞庭湖上。此间果然有古庙一座，庙里果然有橙树一株。可见那女子的话，是一字不差的了。我如今把相会的言语，预先斟酌一番。他若问我，这封家书是何人交付我的，可要说出柳兄来好？（想介）使不得。我闻得他兄弟三人，痛恨蜃楼之事，若说出柳兄来，又触起他的怒性了。这怎么处？（又想介）有个道理。我如今竟用自己的姓名，加上柳兄的官职，只说我自己奉旨巡河，在堤边相遇，托我寄来的，且哄他去接了回来，再与他说明就里。主意已定，待我把钗儿击起树来。（击介）呀，为甚的高头击，响入渊，好一似对潮头，射鸣箭。

（丑指介）呵呀！你看金钗一响，潮水忽然分开，有一件甚么东西，从水中间爬上来了。（副净扮夜叉上）轮流值水官，作浪更兴风。舍弟虾元帅，家兄鳖相公。自家巡湖夜叉是也。庙里有人击树，上去看来。（丑）原来是个水鬼。（惊避介）（副净拿住介）你是甚么人！擅敲神树，惊醒龙眠，还要走到那里去？（小生）不要拿他，敲树的是我。（副净）你是何人？（小生）唐朝侍御史张爷，特来拜你大王的。（副净放丑介）原来是个官儿，这等，失敬了。（丑背介）原来鬼怪也是怕官的。这等，我也对他念一念脚色，如今把主人的威风，拿来吓鬼，明日回去，又把吓鬼的威风，拿来骗人，何等不妙！（对副净介）我是御史老爷的大叔，要随去保驾的。（副净）这等，你们都闭了眼，随着我来。（各闭眼行介）（小生）闻声知在波涛里，合

眼如行云雾中。(同下)

【前腔】(换头)(外上)何人击橙树，无端惊昼眠。谁把神机参透，叩我幽秘玄关，使我心疑眩。(副净引小生、丑上)你且立在门外，待我通报过了，请你进去。(进，跪介)禀上千岁：庙里击树的人，是唐朝张御史，特来拜见千岁的。(外)请他进来。(小生进介)(外)原来是藐山头姑射仙，降幽居甚风便?

(小生)下官是人皇末吏，大王是天帝雄藩。肃正威严，尚容瞻拜。(外)使君秉天朝宪节，寡人司水国微权，即辱分庭，只行抗礼。(小生)这等，遵命了。(相见，坐介)(外)请问使君，贵姓尊名，仙乡何处，涉险而来，何以教我?(小生)下官张羽，敝地潼津。因在泾河岸上经过，遇见贵主，有一纸平安家报，托下官寄来，故此冒险相叩。(外)小女在泾河宫中，使君行泾河道上，幽明相隔，水陆不通，怎么相遇得着?(小生)贵主在泾河岸上牧羊，下官在泾河岸上巡狩，故此偶然相遇。(外惊介)岂有此理!小女配与泾河小龙，也是将来的王后，岂有牧羊之理?或者是小女的婢子，使君错认了么?(小生)并不曾认错。闻得令爱与令婿不十分和好，故有此事。(外大惊，起介)这等家报在那里?(小生付介)(外)使君请在外厢少坐，待寡人看过家报，就来奉陪。叫水卒，送张爷到便殿坐下。(小生)片言激起三千浪，一纸贤于十万师。(丑、副净随下)(外看书，大怒介)怎么有这样事?夫人快来。(老旦上)谁家尊客至，何事大声呼?大王为甚么这等发恼?(外)夫人，女儿有信来了。他被泾河父子，百般凌辱，有恨难伸，现在泾河岸上牧羊，是寄书人眼见的。

(老旦)怎么?有这等事!嗳，我那娇儿呵!(哭倒介)

【小桃红】一声叫出泪如泉，吓得我心惊战也，好一似身在遥天，坠落深渊。肠断处，似哀猿。怪道我这几日梦儿惊，意儿悬，腹心疼，肌肤颤也，原来是亲骨肉，受苦挨煎。悔撇却好朱陈，反就这恶姻缘。

（净上）鸡母司晨大不祥，无悲无恨哭中堂。痴聋不入家翁耳，激烈偏生壮士肠。二嫂为何啼哭？（老旦）都是你做得好媒，主得好婚，把我个娇滴滴的女儿，送到十八层地狱里去。（净）或者在第十七层，也不可知，怎么就说得这般利害？（外）莫说十八层，二十层也不止了。（净）我许亲的时节，曾与他断过：钱塘君的侄女，是要另眼看待的。只怕没有这等的事。

【下山虎】杞人多事，不用忧天。我这铁口曾相券，岂同戏言？他那里丢却爷娘，只图燕婉；你这里孽债犹然偿未全，还把泪珠还积欠，带累我老冰人，受屈冤。我从来不信媒难做，那知果然！（叹介）我经过了这一次，再不去管人闲事了。大哥的女儿，凭他自己许人，不干我事。那海上丝萝，一任他自去牵！

（外怒介）亏你当初断过，如今在那边看羊；若不是你断过，如今看猪看狗了。

【五般宜】多谢你这烂羊头，金言鼎言；免我那牧羊女，猪牵狗牵。到今朝藿食伴腥膻，果然是不弃糟糠，当年的铁券。漫道是慈闱听见，肝肠碎剪，便是我这爱舐犊的衰牛，也泪婆娑将气喘。

（净）你们这些说话，都是从那里来的？（老旦）女儿信上写来的。（净）信是那个寄来的？（老旦）自然有人寄来，难道是飞到的不成！（净）知他确与不确？就这等发性起来。（老旦）信是女儿亲笔写的，牧羊的事是寄信之人亲眼见的，还有甚么不确？（净）这等，信在那里？人在那里？还我个证据来。（老旦对外介）把信与他看。（外扯老旦，背介）夫人，他的性子，你难道不晓得？若还见了，一定要领兵去厮杀，可不做出事来？（老旦）那样狠心贼子，不杀了他还待怎的！（外）泾河固不足惜，他两下争斗起来，那一带居民禾嫁，岂能无损？

【江头送别】城门火，枉自把池鱼熟煎；林中木，几曾见楚国亡猿！况从来忌

说蛟龙战，忍见那血玄黄，变却坤乾？

（丑潜上）世上金珠贵，龙宫宝藏多。偷他一两件，便勾娶家婆。这是海龙王的后宫，且喜得无人在此，不免张他一张。若还没人看守，偷他些宝贝回去，有何不可？（张介，净撞见拿住介）你是甚么人，在此窥探？（丑跪叫介）千岁爷饶命！我是寄信来的。（净）信在哪里？（丑）在那位千岁的袖子里。（净放丑介）（向外袖中搜出信看，大惊介）这等看起来是真的了。（对丑介）我且问你：我家公主牧羊，是你眼见的么？（丑跪介）小人不晓得，问我主人就知道了。（净）这等，去唤你主人来。（丑应下）

（净）二哥二嫂，你们且回避，待我查问一个明白，好做商量。（外）寄信之人，乃唐朝侍御史，你须礼貌他，不可妄自尊大。（净）晓得。（外）捎书人不可怠慢。（老旦）接风酒且去安排。（同下）（净）不信有这样诧事，难道泾河老贼，竟是不怕死的？（小生带丑上）小范不比大范，季方可似元方？（见介）大王请摄龙威，尚容虎拜。（净）重劳鱼腹，敢肆蛙尊？只行常礼便了。（揖毕，坐介）请问使君：舍侄女这封家报，还是别人转托的，还是舍侄女当面交的？（小生）是贵主亲手付的。（净）牧羊一事，还是耳闻的，还是目击的？（小生）是下官亲眼见的。（净）这等舍侄女为着何事，见弃于姑嫜，不礼于夫婿？使君请道其详。（小生）这是泾河君的家事，下官不知。但据令侄女告诉起来，也甚觉可悯。

【五韵美】他也曾拨琵琶，细诉昭君怨，道是胡人恶洁，喜的是腥共膻。（净）

既然如此，他当初就不该求亲了。（小生）闻得令侄女说，这头亲事，不是他上门来仰攀，倒是大王自屈龙威，到他家去俯就的。道是你愿和番，屈体将亲献。只为着威仪太贬，致累他早悲纨扇。（净大怒介）何物老奴，这般放肆！难道我钱塘君的性子，他是不知道的么？（小生）他道：大王谢事已久，手中没有兵奴，即使怪他，也只好怪在肚里，料想做不出甚么事来。道是你，虽多力，也少权，料得过这失势蛟龙，不敌他部中蝘蜓。

（净大怒，起介）了不得，了不得！这等说起来，我钱塘君几千年使不着的威风，今朝都要使出来了。使君请在敝宫少坐，待孤家领兵前去，扫荡鲸鲵，把那数百里之泾河，杀做一条血水。到那奏凯回宫的时节，与使君痛饮一番，有何不何！（小生）闻得泾河父子骁悍异常，大王不可轻举。（净厉声介）说那里话！

【山麻楷】我言不信，行须见。（拔剑介）看我这三尺青锋，埋没千年空悬，喜今日才得与人头相见。分付宫中，只消办酒，不消备肴，待我取那贼子的头来，与尊客下酒。俺自有龙肝嗄饭，龙睛当果，龙脑熏筵。

（高声分付介）传令水兵水将，火兵火将，分作两队，即刻随俺出征！（内呐喊应介）得令！

【尾声】（净）军声一起阴阳变，平地里兴雷掣电。兄嫂呵，管交还你那一颗明珠掌上圆。

（内鸣金擂鼓，净急下）（小生）你看他头也不回，竟自领兵去了。这番定有好音，全亏我一激之力。我且到便殿去假寐片时，再作道理。正是：

请将不如激将，借兵怎似挑兵？

第二十一出　龙　战

（旦上）神随书去已多时，眼望人来到转迟。昨夜苏卿占梦吉，节旄落尽是归期。奴家前日幸遇柳郎，诉尽衷肠，此心稍慰。所付的家书，料想寄到了。今日牧羊，牧到远处去些，万一家中人到，早见一刻也好。正是：伫望旌旗天上至，遥听消息日边来。（下）（内作霹雳声，丑扮雷神，舞上）出地升天气势骄，一声谁个不魂销！击除魑魅归幽壤，护送蛟龙上碧霄。自家雷神是也。奉钱塘龙王法令，到泾河岸上取齐。来此已是，伫立伺候。（小旦扮电母，两手持镜舞上）霹雳声中舞袖长，手持神镜闪毫光。暗中莫作亏心事，神目随吾照十方。自家电母是也。奉钱塘龙王法令，到泾河岸上取齐。来此已是，伫立伺候。（生、小生紫巾、红袍、旗、箭，扮火将上）揭旵红旗驾赤云，口嘘星焰半江熏。不愁海上昆冈裂，那管人间玉石焚！自家乃钱塘火龙部下左右二将是也。奉龙王法令，到此取齐，须索伺候。（净戎装，外、末、老旦、杂扮水兵随上）

【北黄钟·醉花阴】（净唱，众合）白昼阴阴似昏暮，平地里忽喇一声战鼓。翻天裂地倒江湖，遍地里，鬼哭神呼。觑俺这眉头一蹙，轻断送万颗头颅。这才是叱咤风云，惹不得的英雄怒。

（众）禀大王，已到泾河了。（净）扎住营头。（众应介）（旦持竿驱羊上）自惊浪静波恬处，忽作悲笳战鼓声。远远望见一队人马，好似三叔的旗帜，不免近前看来。（众）禀大王，前面一个牧羊女子，好似公主一般。（净）快叫他来见俺。（众领旦见介）（旦）呀！果然是三叔。（哭介）我那叔王呵！（净）呀！我儿，你果然在此牧羊，是俺害了你也。你且立过一边，看叔叔替你出气。叫左右，摆齐队伍，待俺驾起云头，看了贼子的虚实，然后进兵。（登云头望介）我看贼营无备，不消御驾亲征，只须立在云头，指挥如意便了。分付水营二将，发兵与他对垒。火营二将，随俺立在云头。待他交锋对垒的时节，觑定人马，当先的赏他一枝火箭。若遇贼龙父子，俱要生擒，不可擅行杀戮。（众齐应介）（净）听我道来：

【喜迁莺】一个个捐躯争赴，肆野战，用不着那琐琐阴符。水战的，卷浪翻湖，先击倒中流砥柱。火攻的，张烈焰，燎甲焚须，似炙鲍鱼。只限你三通鼓，要把那巢穴捣，协从诛。一个个笑吟吟，来献双俘！

（众应下）（二将登云介）（副净引鱼、虾、蟹、鳖四将上）

【水底鱼儿】平地惊呼，风波震五湖。想来非别，只为牧羊奴。

寡人泾河老龙是也。好好的坐在宫中，忽有水卒来报道，钱塘君领兵前来，要和我厮杀。这毕竟是牧羊的贱人，寄信去唤来的。如今速速点起水兵，前去对敌。分付大小三军，料他是削职的困龙，手下没多兵将，你们把虾、鱼、蟹、鳖分作四队，去与他们对垒。杀得过就罢，杀不过，待我御驾亲征。（众应介）（重唱“想来非别”二句下）（内作雷声介）（外上，与鱼战介）（生放箭，鱼着箭欲走，外拿住砍首献介）禀大王：献鱼头。（净）记功候赏。（末上，与蟹战介）（小生放箭，蟹着箭欲走，末拿杀取壳献介）禀大王：献蟹壳。（净）记功候赏。（老旦上，与鳖战介）（生放箭，鳖着箭欲走，老旦拿杀取甲献介）禀大王：献鳖甲。（净）记功候赏。（杂与虾战介）（小生张弓，虾看见欲走，杂扯住虾须，虾跳脱介）（杂持须献介）禀大王：献虾须。（净怒介）虾放走了，要须何用？（杂）禀大王：那鱼、蟹、鳖三样，拿在手里，都是不会动的。这虾是滑溜的东西，当不得他会跳，被他一跳就跳脱了。（净）分明是得钱卖放，推下去斩了。

（杂磕头介）求千岁，饶过一遭，待小的拿龙来赎罪。（净）也罢，限你去擒龙，擒不得龙来，斩尸万段。（杂谢下）（副净上）

【前腔】塘报欺孤，出兵信也无。想来非别，追到洞庭湖。

寡人差了虾、鱼、蟹、鳖四部雄兵，去与钱塘君对敌，再不见个报捷的回来。寡人守着龙宫宝藏，又不敢擅离，如今没人去打探，却怎么处？（虾急走上）手段低，没了须，跳得快，身还在。（见介）（副净）你回来了，胜负何如？（虾叹气介）大王，大王！你还在这里坐朝问道，全没些悚惧恐惶。他真是龙师火帝，比不得鸟官人皇。旗上写的是"吊民伐罪"，怪你不该把他侄女儿诗赞羔羊。一霎时云腾致雨，不觉的宇宙洪荒。辨不出海咸河淡，直杀得天地玄黄。（副净）这等，难道你们杀他不过？（虾）起先也与他寒来暑往，到后来一个个执热愿凉。可怜死得个忠则尽命，都被他拿去适口充肠。（副净）这等，那三队人马，都在那里？（虾）不要说起，有鳞的既做了死鱼秉直，多脚的也不能勾蟹跃超骧，带甲的空自有背邙面洛，到如今也做不得个率滨龟王。刚刚剩得我虾儿一体，跳脱了来做个鳞潜羽翔。（指嘴上介）连我这盖此身发，也说不得岂敢毁伤。（副净）这等，我的人马，都被他杀尽了。怎么好，怎么好？（顿足介）（虾）大王，你休得要矫手顿足，只有个臣伏戎羌。急急的去推位让国，免使他来捕获叛亡。（净呆介）这等，教我去投降不成？（虾）不怕你不降。（副净）也罢，龙降龙，虎伏虎，虽有输赢，不比猫鼠。罢！就去投降。（外、末、老旦、杂杀上）（副净）列位不消动手，待我自去投降。（众）这等就去。（同行，到介）（众）禀千岁爷：泾河老龙自己来纳款。（净）着他进来。（副净跪介）老亲翁在上，泾河龙王拜降。（净）谁与你认亲来？

【出队子】恁与俺相逢狭路，休将那假殷勤的眷字呼。漫想着口如糖，骗去那头颅，谁教你太岁头来动土？欺吾，须教你认得俺这无权的逐夫。

（副净）小龙无状，怠慢了令侄女，原是该杀的。只是也要审个来历。当初是令侄女执拗，不肯与小儿成亲，故此罚她牧羊，是要熨他性子的。（净）他既不肯成亲，为甚么不请俺来劝诲？你敢于凌贱他，目中就没有俺了。你还在此强辩！（副净）是，该死！（净对众介）小孽畜在那里？快去擒来。（众应下）（副净）大王，小龙父子都是该杀的了，只求大王开恩，看数千年相与分上，留我一条血脉。若杀小龙，留了儿子；若杀儿子，留了小龙。也见大王的高谊。

【刮地风】（净）你要俺看友谊，周全赵氏孤。为甚的责人明，自己模糊？试问那牧羊奴，谁的亲儿女？难道朋友同胞，直恁情疏！自古道"投鼠忌器"，莫说我家的人，你不该怠慢；就是我家一只犬，走到你家来，你也该把些恩惠与它。我问你：为甚的忌器轻投鼠，向丈人行屋上弹乌？这壁厢，那壁厢，总是江湖。全不怕垣有耳，口在途。谁不知俺旧钱塘心性豪粗，便做道口如喑，发不出心头怒；待触倒不周山，也把愤懑舒。

（众将丑、老旦对面捆上）禀大王：小的们走到宫中，只见这个丫鬟，还搂住他同睡。小的们撞见，就用那捆包猪的法子，捆他两个来见大王。（净）放开。（众放介）（净见惊介）呀！你的儿子，原来是这等一个相貌！（呆介）我且问你：当初不肯成亲，是你不要他，还是他不要你？（丑）起先是我不要他，后来是他不要我。（净）你为甚么不要他？（丑）他的头发是黑狗毛，不是金丝发；脚是三寸狗爪，不是尺二金莲。我闻得人说：妇人家有一岁年纪，值一两银子。他家受了一千两聘礼，只还是十几岁的人，价高货低，故此我不要。（净大笑介）原来又是个痴子。我且问你：你这些话，都是那里听来的？（丑指老旦介）是他教我的。（净叹介）我当初只说你象个模样，把侄女与你联姻，谁想是这等一件怪物。还喜得不曾成亲，若成了亲，这一世怎么了！

【四门子】还喜得玉无瑕，未受青蝇污。（指老旦介）俺就出千金，也买不得

这淫娃妒。这都是使者氤氲在暗里相扶，向靛缸留得齐纨素。（老旦）千岁爷，全亏我这个替身保得公主不曾失节，求千岁爷看这点情分，饶了小妇人罢。（净）俺自有好物酬劳，巧罪偿辜，与你那蠢情郎同归地府！

左右，把这三个男女，都推出去斩了！（众推下，欲斩介）（副净喊介）大王！看数千年相与三之情，留了一个罢！（净沉吟介）我钱塘君一生极爱的是朋友，极重的是交情。他提起“相与”二字，又软了我一半心肠。也罢，宁可人负我，不可我负人。左右，斩了那一男一女，饶了这个老贼！（众应，斩介）（副净磕头谢介）（净）死便饶了，我和你从此绝交。以后在人面前，不许再说“相与”二字。（副净）是。

【古水仙子】（净）念交情，恕罪辜；念交情，恕罪辜。涂抹了金兰当日谱，写、写、写，写一封断恩情、杜来往的广绝交书。你、你、你，你是个覆雨翻云的薄幸徒，怎、怎、怎，怎与俺有心人兄弟相呼？悔、悔、悔，悔当初失口缔陈朱。致、致、致，致今日把交道轻如土。做、做、做，做不得个君子慎其初！

叫左右，讨一辆云车，载了公主，就此班师。（众应介）

【尾声】仍载西施归越国，笑无心合着勾践平吴。须谅俺大英雄无奸诡计，拚儿女，把人图。

（众随下）（副净吊场，打恭送介）（送毕，叹介）这是那里说起？闭门家里坐，祸从天上来。如今儿子杀了，媳妇去了，虾鱼蟹鳖都死尽了，刚刚剩得我一个，真正是寡人了。（内作羊叫介）喜得那一群羊还在这里，只得自家赶了回去。（驱羊行介）虾鱼蟹鳖都干尽，只有群羊留得剩。求你高叫几声当凯歌，咩咩唱与妈妈听。

第二十二出　寄　恨

【香罗带】（小旦装病容，老旦扶上）恹恹痴病生，何曾惯经？这相思害来真没名。蜃楼已自幻中生也，我这病比蜃楼更自无凭。何曾见他些个影？到如今又向蜃上加楼也，叠起虚愁千万层。

（老旦）公主，你自从得病之后，茶不思，饭不想，服药又无效，将来怎么样处？（小旦）自古道："医得病，医不得命。医得身，医不得心。"我害的是心病，岂是饮食药饵调剂得好的？多分不济事了。（老旦）公主，据你自家说，又不曾与张生见面，不过因蜃楼上面一句话，行宫壁上一首诗就想出这样病来，甚么要紧？你不见二房的公主，当面与柳生订过，如今知道亲事不谐，也只得嫁到泾河去了。他为何那样乖？你为何这等痴？（小旦）那样乖事，只好让他去做，那有这等第二个乖人！蜃楼上的事，是他引人做起，他如今背了前言，别寻头路去了，把我的身子弄得不上不下。我如今恨他不过，要写封书去骂他，只是没人寄去。（老旦）这有何难，日日有人到洞庭去。你写了寄到洞庭，叫洞庭的人传寄与他便了。（小旦）说得有理，取笔砚过来。（取到，写介）

【醉扶归】一问你蜃楼中，谁逼谐秦晋？二怪你海山边，苦劝缔姻盟；三慕你抱琵琶，脚小过船轻；四服你贩鲛绡，本大逢人赠；五亏你硬心肠，害得断这赤丝绳；六爱你厚脸皮，拗得过这红颜命！

【前腔】七诧你恶清巧合泾河性，八料你寻芳羞向柳边行，九妒你名头香似鲍鱼腥，十贺你牌坊高与龙门并！多谢你十全巧妇把人坑，累出我这一生九死的膏肓病。

（老旦）公主，你这封书，笑也笑得尽情，骂也骂得痛快，他若见了，就不羞死，也要气死。待我收好了，替你寄到泾河去。

【香柳娘】骂伊行尽情，笑伊行尽情，一言无剩，他看来字字诛心病。料伊行自评，料伊行自惩，无计复偷生，红罗必加颈。愧娘行守贞，羡娘行守贞，白水同清，苍松比劲。

【尾声】（小旦）当初同把鸾凤订，谁教他背却盟言自爱生。到如今呵，也叫他耐着羞惭听骂声。

跨凤乘鸾事事乖，只馀病骨瘦如柴；

寄书不为嘲同伴，聊对西风写怨怀。

第二十三出 回 宫

（外、老旦上）【长相思】（外）仗军威，虑军威，自古兵凶战事危，功成万骨摧。

（老旦）忆人归，盼人归，倚遍门儿信息稀，教人心下疑。大王，三叔领兵前去，不知胜败何如，女儿可能勾回来？好生放心不下。（外）他往日行兵，百战百胜，泾河父子，那里是他敌手？既然败了泾河，女儿毕竟回来。只是一件，那数百里居民禾稼，料想不能保全，如何是好？远远听见鼙鼓之声，想是班师到也。（内鸣金擂鼓，净引众，旦乘车随上）

【赛观音】（合）凯歌雄，军威大；雷电止，阴云顿开。觑神物，犹如蜂虿，非是我把同类相残，也只为他行儿乖。

（到介）（外、老旦）呀！我儿回来了。（老旦）嗳，我的儿呵！（抱旦哭介）

【前腔】你全不似旧时容，当年色。憔悴尽，空余孽骸。蓦地见，令人惊骇。还幸得母子相逢，亏你把命儿挨。

（外）三弟，你这番出去，不害生灵么？（净）害便害了几个，还喜得不多。（外）有多少数目？（净）只得六十万。（外）这等，可伤禾稼么？（净）一发不消问得，比死人的数目更少。（外）有多少地方？（净）不过八百里。（外惊叹介）我说你的性子，略使一使，定要损伤多少元气！万一上帝计较起来，却怎么处？（净）不妨，有个抵罪的人在。（外）是那一个？（净）小孽畜虽然杀了，那老龙的

头还寄在他颈上。这桩事是他惹出来的，上帝若还计较，就推他出去做个抵命的凶身。（外对老旦介）夫人，女儿今得生还，全亏了寄书的张御史，速速备下酒席，叫女儿亲自拜谢他。（老旦）今日晚了，到明早罢。（净）大哥，当初是小弟不是，不曾相得才郎，把侄女儿配了蠢子。我如今另做一头亲事。有个才貌兼全的在那里，把侄女儿嫁他，做个将功赎罪，你心上何如？（外）是那一个？（净）就是寄书的人。（外）我也正有此意。（老旦）这句话还说得中听。（旦）母亲，寄书来的是那一个？

（老旦）是唐朝张御史。他说前日的书，是你亲手交付他的。（旦背介）这等说，是柳郎自己了。既然是他，为甚么不说本姓，忽然姓起张来？（沉吟介）是了，他知道爹爹恨他，要避讳蜃楼之事，故此假说姓张，也不可知。我明日见了他，自然认得出。（外）这头亲事说得不差，只怕他不肯应允。（净）明日席上待小弟说起，不怕他不依。（老旦）且看你的手段。

【人月圆】（合）明日里，好把恩人待。试奏新声歌馀凯，便从席上抛球彩，料着他知分量，将心还自揣。有我这降龙杀婿的威风在，怕甚么恋糟糠的宋弘，亲事难谐。

（末扮水卒上）龙宫传信至。鱼腹寄书来。（见介）东海龙宫的水卒叩头。（外）你千岁一向好么？（末）千岁好。一向不曾问候，特着小的来询起居。（见旦介）呀，原来公主在家里。我家公主有一封手书寄上。(取书递旦，旦背看介) 原来妹子不知我的心事，只说我果然变节，改嫁泾河，故此写书来骂我，嗳！妹子，妹子！

【前腔】你羞辱我，我也甘心耐，还亏我留得明冤的身儿在。倘若是流言未白身先坏，那利孺子的周公冤怎赖？堪叹我到如今，还有偿不尽的流言债。好教我哑吞声，这场狠骂难挨。

骂便骂得狠毒，他这一片铁石心肠，冰霜节操，也其实难为他，我便耐过了罢！

【尾声】(合) 怨肠宽，愁眉解，恶姻断去好姻来。(旦) 好笑我这到手的姻缘尚费猜。

第二十四出　辞　婚

【忆秦娥】（小生带丑上）真痴戆，探珠深入骊龙项，骊龙项，只愁惊睡，连身都丧。

下官代柳年兄寄书，来到洞庭宫里。被我把几句巧话，激起钱塘的性子，且喜他领兵前去，取了公主回来，这是一半工程了。只是这篇文字，全是后半段难做，我若不说原情，怎么好凭空做起？若还说出来，他定然不喜，不但好事成空，还怕有不测之祸，这怎么处？（沉吟介）（末扮水卒上）奉旨迎佳客，偷风报好音。张爷，千岁有请。（小生）请我做甚么？（末）一来拜谢，二来说亲。（小生背介）好了，想是他女儿自己说明，要我做媒人的意思了。这等就去。（行介）（末）转弯抹角，来此便是。（向内介）禀千岁：张爷请到了。

（外、净同上）樽开北海泉为酒，腹坦东床玉是人。（见介）（外）小女厄于匪人，若非使君相报，几作泾河之鬼。今日特备蔬筵，着小女亲身拜谢。（小生）扶危拯难，人之常情；带便传书，亦非奇事。何敢当此盛礼！（外）左右，请公主出来。（末请介）（旦上）

【前腔】前番泣遇泾河岸，今朝欢聚华堂上。（见小生惊退介）呀！华堂上，全然不是，那人模样。

（外）我儿走过来，拜谢恩人。（旦跪、小生亦跪介）快请贵主自重，下官万不敢当。（外）也罢，不要反劳尊客，起来见礼。（旦起见介）（外）寡人倒不敢送席，待小女奉觞。（旦送酒介）（小生、外、净坐饮介）

【二郎神】（旦背唱）华堂上，硬教人把伊行拜仰，奈半面无缘羞怎向？虽然供应，难禁心内徬徨。怎教我冒认刘郎作阮郎？婚媾事，难教鲁莽。面貌不同，声音各别，他这封家书是从那里得来的？莫不是探私囊，背地把家书套写来诓？

难道是柳郎托他转寄的不成？既是托他转寄，就不该说我亲手交付的了，其中必有缘故。我如今顾不得羞惭，须要问个明白。（转介）贵人在上，奴家那日在穷途相遇，不及细问端详，还不知尊姓大名，仙乡何处？（小生）下官姓张，名羽，潼津人氏，与柳毅同学同科，又同授御史之职。（旦背喜介）原来是妹子所许之人。他与柳郎是道义之交，决不做妨伦背理之事。少刻说亲，他自然会义让，我如今放下了心也！（外）我儿，你回避了罢！（旦）霓裳将进酒，翠袖且停斟。（下）（外、净劝酒介）（小生）下官何德何能，敢当如此隆遇？

【前腔换头】难当。焦头烂额，羞居座上，另有个曲突移薪人未赏。当初呵，若从伊愿，将春早嫁东皇，怎见得揉碎琼花掷道旁！到如今倩风伯寄来枝上，你若是惜馀芳，及早把柳条儿移来映取红妆。

（外）寡人因舍弟出师奏凯，小女完节回宫，制有两章俚乐，使君若不嫌污耳，奏来请教何如？（小生）既有《箫韶》，愿新观听。（外）唤乐工们出来。（生、末、副净、杂各带弓剑，执乐器上，一面舞、一面唱介）

【渔阳小令】一声霹雳震江湖，呀，一个低都，呀，一个低都。斩了头颅，低打都，打低都，献了俘。呀，一个低都，呀，一个低都。老俘赦死全交谊，呀，一个低都，呀，一个低都。头颅取来，低打都，打低都，当酒壶。呀，一个低都，呀，一个低都。

（跪介）禀爷：这是钱塘破阵之乐。（起立两边奏乐介）（小生）壮哉此乐！听之令人意气飞扬，精神发越，不减《武成》之奏。（外）你们回避，唤女乐上来。（旦、小旦、老旦、丑各衣锦绣，执乐器上，一面舞、一面唱介）

【前令】去时容貌胜如花，呀，一个波查，呀，一个波查。昨日回来，波打查；打波查，瘦似麻，呀，一个波查，呀，一个波查。见了爹娘离了苦，呀，一个波查呀，一个波查。容颜依旧，波打查，打波查，胜如花。呀，一个波查，呀，一个波查。

（齐跪介）禀爷：这是贵主还宫之乐。（起立，两旁奏乐介）（小生）美哉此乐！听之令人哀而不伤，乐而不淫，何异《关雎》之曲！

【集贤宾】（外）蛮音嘈杂羞大方，叛角徵宫商。只好对下里巴人呈伎俩，怎见得这惯填词的顾曲周郎！取大杯来。（起奉介）使君请宽饮几杯，谈雄饮畅，肯辜负人从天降！（合）杯似盎，主与客同是江湖之量。

（净）这只杯子也大不到那里，孤家新制一副饮器，叫做英雄盏，还不曾试新，就取出来敬客何如？（小生）下官量浅，饮不得巨觞，只是英雄盏的名色，甚是新异，愿借一观。（净）唤左右取来。（众应下，取二人头上）（净）这是泾河孽种与那妒妇的头颅，孤家恨他不过，拿来做了饮器。非英雄不能制，非英雄不敢饮，故此叫做英雄盏。（小生笑介）好个英雄盏，下官起先沉醉了，看见这件饮器，又不觉醒转来，愿饮一杯以消公忿。（净）左右，斟一杯送客，斟一杯与俺奉陪。（众倒斟送介）

【前腔】（净）英雄相对持巨觞，看眉宇轩昂。醉后时将猿臂攘，把朽骷髅还认做未死皮囊。险些儿挥拳运掌，击起了波涛千丈。（合前）

孤家出兵之际，曾说取他的头来下酒，如今这句说话可应了么？（小生）大王谈笑兴师，咄嗟奏凯，取仇人之首，如探囊取物，真英雄也，敢不拜服！（净）孤家的贱性从来如此，不但纵横这一遭。顺我者生，逆我者死。低下双眉，便成菩萨；竖起二目，就是金刚。这些喜怒哀乐，连自己也是按不定的。（小生）这都是英雄本色。（净）二哥，你且暂退，我有一句私话，要与使君商量。（外）这等暂别了。且回深处坐，静听好音来。（下）（小生）大王有何赐教？（净）请问使君，曾娶过夫人了么？（小生）下官还未有家室。（净）这等还好。舍侄女完节回来，少不得要重新择配。孤家要借重使君，做一位东床快婿，断断不可推辞。（小生）待下官商量奉复。（背介）怎么？他竟要招起我来。自古道："朋友妻不可嬉。"那有这个道理？他起先那些说话，都是有意吓我的。我如今辞又辞不得，就又就不得，却怎么好？（沉吟介）岂有此理！宁可失身，不可失义。只是要想说句话回他，我有道理。（转介）既蒙错爱，怎敢故辞？只是我们读书之人，终身佩服的是一个"理"字，若还依了尊命，就是个害理的人了。

【黄莺儿】（小生）我心口细筹量，念生平守义方，怎肯捐人利己将心抗？下官寄书的本意，原是一点恻隐之心。因见令侄女受苦不过，故此涉险而来，原没有难为泾河之意。岂料大王一怒之下，竟去剿灭了他，这还是下官的无心之过。如今若还依了尊命，杀其夫而利其妻，这就是伤仁害义的大罪了，难道还是无心之过不成！图人不良，丧心不昌，那些个光明正大的英雄样？大王，你也是个光明正大的人，求你代思量，倘若是良心无碍，便就有何妨！

（净叹介）为人不可不读书。孤家愚昧，见不及此。听了使君之言，不觉通身汗下。这等说起来，不但是个仁人，又是个义士了，愈加可敬。

【前腔】一语破痴盲，愧从前作饭囊，诗书满架无人讲。既然如此，大家兄还有一女未曾许嫁，奉扳入赘何如？虽辞这厢，难推那桩，终须了却乘龙账。（小生）也待下官商量奉复。（背介）如今合着我的心事了。只是一件，我此番原为柳兄而来，他的亲事不曾妥，自家的亲事怎么就好应承？（净）使君，这头亲事是极便的了，为甚么还要踌躇？你休得要太郎当，莫不是乔装坦腹，有意要学王郎？

（小生）下官有真情奉告，虑犯威严，又不敢启齿。（净）忝在通家，有话不妨直讲。（小生）下官有个敝友姓柳，名毅。当初在蜃楼之上，曾与令侄女订过姻盟。不期大王别许泾河，不能完其夙好。后来令侄女誓贞不屈，也是为此。今日下官冒险而来，也是为此。如

今公心未遂，私愿先酬，恐于交道有妨，故此不敢轻诺。倘蒙大王垂鉴，把两桩亲事一齐玉成，下官就无遗议了。（净大怒介）咗！我只说你是好人，原来是个奸党！那姓柳的狂夫，调戏孤家侄女，恨不得斩尸万段，怎么肯把侄女嫁他！哦！是了，当初在行宫壁上题诗，也有你在里面，我正寻你不着，你来得正好。（拔剑揪住欲杀介）（外急上，劝介）

【猫儿坠】（净）寻伊无地，法网自投将。一任你铁面铜肝御史霜，敢教你骨为齑粉肉为浆！休怅，这不是闭户关门，祸从天降。

（外）三弟放手，他方才的话，我都听见了。这是姓柳的狂夫不是，与他何干？他好意来寄书，切不可恩将仇报。（净）他明明来做说客，那里寄甚么书！（外）自古道：

“两国相争，不斩来使。”不许他就是了，何须任性？（净）也罢！送你这颗头颅，当做寄书的赏赐。（放介）二哥，我眼睛里面，容不得这样的歹人，快些打发他去。要除心上火，速拔眼中钉。（下）

（外）舍弟心性粗豪，多有得罪。（揖介）（小生）敝友负了盖世才名，又且身登仕路，也不叫做玷辱门楣，还求大王台允。（外）寡人不才，也是个血性男子，岂肯堕落奸人之计！此事休提。本待屈留数日，恐怕侮慢招尤，只得要相送了。有几种薄仪相赠。左右，取礼过来。（众应，取上）（外）开水犀十笏，照夜珠十颗。愧不成仪，聊申谢意，请收下。（小生）下官此来，本为求婚，非因觅利，亲事不蒙见诺，盛仪决不敢领。

【前腔】非图财利，涉险到殊方。掌上奇珍吝不将，明珠照乘也徒光。须谅，实惠难叨，敢承虚贶！（外）既然坚却，不敢奉强。叫左右，引张爷到海边去，寡人不得亲送了。（揖别介）虽虚尊客意，已尽主人情。（下）（众送介）分开水面，驾起云头，来此已是海边。张爷认得了，我们转去罢。接客不如送客，水兵难作陆兵。（下）（小生叹介）好事不成，空劳跋涉。（丑）方才那些宝贝，落得收了他的。到龙宫里面走一次，依旧捏了空拳回去，一发扫兴。

【尾声】（小生）宝山空手何堪怅？恨只恨良缘断想！我只当替做巫山梦一场。

第二十五出　试　术

【夜行船引】（生便服，带副净上）禹迹一筹浑未展，平白地洪福滔天。好事无凭，良朋未返，三事总成疑眩。

下官奉旨巡河，原限半年奏绩。怎奈黄河两岸倒塌甚多，日夜趱修，还怕愆期致罪。谁料数日之前，洪水骤发，漂洗居民六十万，淹没禾苗八百里，竟是数百年来未尝经见的灾异。如今河堤、河岸，都没在水中，如何是好？又兼张年兄去后，杳无音耗回来，心上好生疑虑，只得要倩人占卜一番。听事的那里？（副净应介）（生）立在门首伺候，看有卖卜的走过，唤他进来。（副净应介）（末道装，持卖卜牌上）姻缘，姻缘，信非偶然。几番撮合，尚未团圆。吾乃东华上仙是也。向为柳、张姻事，上奏玉皇。蒙玉皇授我三件法宝，一来成就好事，二来降服火龙。如今劫数将满，不免扮作卖卜之人，前去指引他便了。（行过介）（副净）老先生，我老爷要寻个卖卜的，你来得正好，随我进来。（引进，见介）（末）贵官在上，方外散人，不敢行礼了。（拱手介）（生上坐不动介）你平日所学的，还是先天数，还是伏羲卦？（末）贫道所卖的另是一种，叫做玄元课。用这玄元至宝钱一枚，先跌三跌，分了阴阳；后跌三跌，分了生克，合来一决，就见吉凶。（生）这等，替我先占一课，看眼前的洪水几时才退？（末）待贫道占来。（旁立、持钱祝介）玄元，玄元，道大无边。举钱三叩，立应所占。（跌三下介）阳，阳，阴，这是阳胜致阴之象。龙乃阳物，水乃阴物，两阳相克，阴从是出。此乃两龙相斗，怒激致

凶之象。古云："龙战于野，其血玄黄。"所以水色带赤，水气带腥，此乃致水之由也。（生背介）这等说起来，难道应在泾河身上不成？（转介）几时得退？（末又跌三下介）生，生，生，这是方生未克之象。旱极思水，宜生不宜克。水极思旱，宜克不宜生。这等看起来，此水还不能就退。（生）这等，再起二课：一占行人，一占姻事。（末）请问这个行人，还是为别事去的，还是为婚姻去的？（生）就为婚姻。（末）这等，两事只消一课，待贫道占来。（照前祝毕，跌三下介）阳，阳，阳，此乃纯阳用事，阴不相济之象。凡求婚姻，俱要阴阳相济，阳多阴绝，有夫无妻。此课求婚，多分不利。若问行人，是男就到，是女就不到。（生）是男。（末）待我再占生克。（又跌三下介）生，生，生，这是一味相生、欲克不能之象。婚姻喜的是我克他，行人怕的是他生我，这等看起来，婚姻一定不成，行人立刻就到。（生）恐怕未必都验。（末）贫道少立片时，待验过了才去。（小生带丑上）

【不是路】跋涉徒然，空把身投不测渊。（入见介）（生惊喜介）年兄回来了，好灵课，好灵课。（小生）此位是谁？（生）是个卖卜的山人。他说年兄立刻就到，果然到了，不可以寻常术士目之，请过来相见。（相见介）（生、小生上坐，末旁坐介）（生）年兄，寄书的事怎么样了？可曾亲到龙宫么？（小生）书曾献，溯洄亲到水中天。（生）这等，他见书之后，作何举动？（小生）倒坤乾，不须远询蛟龙怒，只这战血玄黄在目前。（生）呀！这等说起来，洪水之灾果然是他所致。那泾水囚人可曾取回去么？（小生）取是取回去了，只是婚姻之事，全然不妥。君休恋，从今裂却鲛绡券，别求姻眷，别求姻眷。

（生惊介）呀！亲事果然不谐。这等看起来，此位先生，竟是活神仙了。失敬，失敬。（起揖，送末上坐介）（末）贵人所问的三事，一是洪水，二是行人，三是婚姻。如今行人到了，还差那两桩未遂。请问贵人，这洪水可要他退？这亲事可要他成么？（生）洪水是下官

黜陟所关，怎么不要他退？亲事是下官生死所系，怎么不要它成？

（末）这等待贫道效一臂之力，玉成这两桩好事何如？（小生）难道有这等的神术？（末）贵人不信，请先试洪水。洪水退得去，亲事也做得成；若洪水退不去，连亲事也荒唐了。（生、小生喜介）这等，就烦一试。（末）求分付贵役，去汲一桶水，取一只锅，还要点些火来。（生）叫左右，快取。（众应，取到介）（末）贫道把这桶水倾在锅里煎熬，此水干一分，洪水退一丈；此水干一寸，洪水退十丈。只是要差一位贵役，骑一匹快马，到河边去打探，退出了河岸，就来报我。万一报迟了，把河水煎干，不通舟楫，这却不干贫道之事。（生）难道有这等奇事？左右，快去打探。（副净应下）（末先舀水，后丢钱入锅，点火煎介）

【锦缠道】仗红炉，转洪钧，把玄阴戏煎。扇动火初燃，沸声儿已从釜内喧阗。用不了那倦樵夫干柴半肩，煮干了那健阳侯弱水三千。（副净骑马急上）报、报、报！禀老爷：洪水退去一丈，人家的房产楼屋都现出来了。（生、小生大惊介）果然有这等奇事！（末）看见河岸不曾？（副净）河岸虽不曾看见，河边的树木都露出来了。（末）这等，再去探来。（副净应下）（末）我这里锅褪一丝边，早已报神州出现，倘若是潮煎一寸干，岂不告银河清浅？我只得忙抽火，不敢尽馀烟。

（急抽出火，用水烧灭介）（生、小生）为甚么原故，就浇灭了？（末）再煎一刻，则河水竭矣！其如中原亢旱何？（副净骑马急上）禀老爷：河岸退出来了。（生、小生）我辈凡夫肉眼，不识真仙。师父请上，容弟子拜见！（同拜介）

【普天乐】叹何缘，蒙神眷，怜困苦，开迷眩。愿示我，愿示我缩地真诠，早续却已断姻缘。恩同二天，方显得济人，功德无边。

（小生）请问师父：成就姻缘，计将安出？（末）就以此法行之。我将这三件法宝，交付与你，你拿到沙门岛上，将海水熬炼起来。锅中的水滚，海中的水也滚；锅中的水干，海中的水也干。那老龙没处存身，自然把女儿献出来，你就迎接回家，完其好事便了。（小生）请问师父：当初洞庭之女，许嫁柳生，东海之女，许嫁弟子。沙门岛在东海之滨，此去只煮得东海，煮不着洞庭，这等看起来，要费两番锻炼了。（末）这是击一得二之法。洞庭是东海之弟，极重手足之情。他见胞兄有难，先要献女和亲，不消再去起炉作灶。（小生）是便是了。那东海、洞庭还有一弟，是旧日偾事的钱塘。他的性子凶悍不测，两兄都约束不来，万一举兵相抗，如何是好？（末）我这段法术，正为降服此龙。你放心前去，冥冥之中，自有神兵相助。只是这三件法宝，乃玉虚库中之物，须要仔细收藏，成功之后，须要缴还上帝。（将三物付小生收介）（生）愿闻师父姓名，以便终身焚顶。（末）三十年前同是一家，五十年后同归一处。不消问得姓名，只要记得回头便了。

【古轮台】（末）共仙源，玄洲分手未多年，蓬莱海水而今浅。交梨未剪，火枣如拳，恰好归来同咽。鸡肋官轻，羊肠路险，须知宦海也愁煎，及早把关头拨转，未夕阳先着归鞭。只盼着箫台凤鸟，天边鸾鹤，云中鸡犬。俺自会策蹇下遥天，迎双辇，备一副金浆玉醴，接风筵。

（生、小生）这等，师父请上，容弟子们拜谢。（低头拜介）（末忽下）（生、小生大惊介）呀！倏忽之间就不见了。嗳，我那师父呵，

【尾声】我这里虎拜低头睛未转，谁知他御风已入清虚殿，空教我把法宝坚持，也怕它随上天。

（生）年兄，我们的好事眼见得要成了，只是沙门煮海之事，须要同行才好。小弟尚有河工未竣，如之奈何？（小生）你有王事在身，那里去得。待小弟一人做来，只要打点两处洞房安顿佳人便了。

尽道神仙不易逢，谁知陆地遇乔松；

降魔不用沙门杵，别有奇方制毒龙。

第二十六出　起　　炉

（末、副净扮二水卒上）莫做夜叉头，堂牌再不勾。终朝忙到夜，快活羡泥鳅。自家非别，东海龙王手下巡海的夜叉便是。我们当了这个差使，一刻也不得清闲，终日在海边巡逻，有事便要去报。如今是隆冬天气，海上的风色比别处不同，分外觉得寒冷，冻得我们好不苦也！（末）伙计，这边冷得利害，且和你到沙门岛上去晒晒日色了来。（副净）说得有理。去借山边日，来遮海上风。（下）（小生巾服持扇，丑挑锅杓行李随卜）

【懒画眉】萍踪随却水朝宗，行李萧萧海郡东。来此已是沙门岛下，且席地坐一坐儿。坐看云起水初穷，似我这葛巾羽扇僮随从，好一似觅句寻芳的画上翁。

奚奴，取几块石头，叠起个炉灶来，今日先试一试，且看应验如何，好待明日来煮。

（丑支灶介）

【前腔】（小生）数卷支就一丸封，（丑舀水入锅介）一勺能教万顷同，（取钱丢入介）孔方到处鬼神通。（丑）这松枝恰好垂在灶口，就折你下来当柴。（生）乔枝已自随人用，（丑吹火介）一口吹来满灶红。

（丑）如今火着了，老爷，你便在岛上煮，待我走到海边去，把手浸在水里，且看他

可热起来？（浸手，忽叫介）呵呀！好冷水，竟要冰死了人！

【前腔】（小生煽火介）轻将羽扇漾微风，一刹时海飓横生浪卷空。（丑笑介）果然奇怪，有些温和的意思来了。暑来寒往渐和融。（大笑介）一发热起来了，待

我脱了衣服，在这海滩上洗他一个澡，烫烫疥疮，也是好的。（脱衣浴介）（小生）一会价把寒冰当做温泉弄，试问他身在骊山第几重？（丑上岸穿衣，连叫“好水”介）（末、副净暗上）巡海巡海，谁人喝彩？不是鱼虾，便是螃蟹。呀！那是个甚么人，竟在岛上煮饭吃？（副净偷看介）原来是一锅清水，煮他做甚么？（末）这个主儿，分明在那里见过一次？待我想来。（想介）哦！是了，我前日到洞庭去，在二千岁宫里见过的。他是唐朝张御史，为甚么到这边来？（副净）毕竟有些缘故，我们快去报来。（同跳下水，连叫“阿呀”，爬起介）怎么？海水忽然热起来，几乎烫死，难道是这个主儿弄甚么手脚不成？且闪过一边，听他说些甚么？（丑）老爷，如今着实烧，着实煮，把那些虾鱼蟹鳖，煮得烂熟，他自然会浮起来，到那时节尽着肚子受用，有何不可！（末、副净大惊介）呀！这怎么好？趁此时跳下去，若再煮一会就下去不得了。正是：烘鱼辞不得猛火，死狗避不了热汤。（跳下）（小生）奚奴，今日晚了，收拾行李去寻一个寓处，安宿一夜，明日早来。（丑收拾介）

【前腔】（小生）权当个战书先发到龙宫，报到明朝用火攻。若要我扬汤止沸稍从容，劝你个香车及早把佳人送，这叫做釜底抽薪水自穷。

（先下）（丑吊场，大笑介）主人本事高强，家僮快活难当。有了这样神仙妙法，要开甚么典铺盐行？且待他取回公主，终有日煮死龙王。我把这东洋大海，开做个香水混堂。高挂灯笼几盏，广招主顾四方。只消一文一浴，一日也收他几百万串绝大的叮当。（内）这样大混堂，你只一个人怎么照管得来？（丑）不妨，不妨，讨几个会管家的伴当，娶一位极伶俐的妻房，开厢都用奴仆，区区只管烧汤。（内）柜上何人照管？（丑）家婆自会承当。等他看尽了两京十三省有名的大卵，也不枉把这有趣的生涯做一场。（下）

第二十七出 惊 焰

【缕缕金】（末引虾、鱼、蟹、鳖上）平白地，祸相遭，何来穷措大，弄蹊跷？忽把东洋海，做了他家厨灶。（众跪喊介）千岁，快些救命！他今日若还再煮，小的们都没命了。（末）连名控诉也徒劳，区区自难保，区区自难保。

小圣乃东海龙王，好好的坐在深宫，忽然闻得夜叉来说，有个甚么姓张的人，在沙门岛上煮海，却象要与寡人为难的一般。又闻得他一月之前，曾与二弟寄书，这煮海的来历，二弟毕竟知道。已曾差人去请，为甚么还不见到来？（外、净着重衣急上）

【前腔】闻异信，急来瞧。传言疑是谎，忒虚乔。不信狂夫术，恁般奇妙。（众跪喊介）二位千岁，快来救命！（外、净）本官不诉诉同僚，该应答越告，该应答越告。

（末）二位贤弟，劣兄老朽无能，竟被凡夫所困，如之奈何？（外、净）传来的话，小弟不信，难道果有此事不成？（众）二位千岁，若还不信，只请验伤。（各指身上介）你看，浑身的皮肉都被他煮得金黄色了。（末）闻得那狂夫说，昨日的煮法，还是小试行道之端，今日方才大煮。若果然如此，不但他们，连我辈都无噍类矣。（外）正是，我们方才行路，还觉得寒冷，为甚么一到这里，就烦热起来？（净）我也有些汗出，想是衣服多了，左右脱去一件。（外、末、净各脱衣坐介）（末）二弟，闻得你与此人曾有一面，他是怎么样一个人才，就有这等的本事？你且讲来。

【驻云飞】（外）弱不胜袍，瘦小身躯六尺高，两耳无三窍，二目仍双眺。

（末）这等说，也是个凡人了，怎么就做起神仙的事来？（外）嗏！漫说少仙标，他精神夭娇，焉知不是陆地行仙，有意辞三岛？故显晁囊智术高。

（净）一发热起来了。叫左右，快脱衣服。（外、末、净又脱介）（净）大哥，你道此人是谁？就是行宫壁上题诗调戏侄女儿的浪子。他前日在二哥宫中，自己说将出来，我原要杀他，都是二哥不肯，留了这个祸根，如今来摆布你。

【前腔】都是他苦劝相饶，到如今福地心田长祸苗。放虎归山峤，一变翻成豹。（末）这等说起来，他是逼我和亲的意思了。我拚得把女儿嫁他，他难道还饶不过我？（净厉声介）好没志气！嗏！笑你这龙性忒虚乔，随人驯扰，便是那有志鱼虾，也羞上儿童钓。我且问你，你可曾去对敌么？（末）不曾。（净）怎见得敌他不过，就要和起亲来？那有个怕战的江东献二乔？

我一发燥起来了，再脱衣服。（又脱介）（外、末）我们都象火蒸的一般，不但你一个。左右，快解龙袍。（各脱介）（众）三位千岁，你还不知道，这就是煮海的缘故了。昨日也是这等渐渐儿热起来的。（净）我只是不信。（副净急上）报、报、报！千岁，不好了！昨日的人，又在那里煮海了。（众）不信，不信，请君自听。误尽天下苍生，也难保自家的性命。（净怒介）哇！胡说！（众）胡说，胡说，不知死活，暖腾腾的火气逼来，一般也会叫热。龙皮剥得精光，只有一条裤子未脱。（末）一发热起来了。叫左右，快打扇！（各打扇介）（末）二位贤弟，如今事急了，你们快作商量，救我一救才好！

【前腔】闲话休嘈，烈焰难将谑浪浇，攘火忙修醮，曲突今迟了。嗏，逼死在今朝，倩谁相吊？（对净介）你也曾向火德司权，为甚的手足随人燎？难道是萤火生来反自烧？

（净）大哥，你不要惧怕，待小弟领了水兵火将，去把那贼子擒来，斩尸万段，替你出气便了。（外）三弟，不可轻举，他有本事煮海，难道没有本事退兵？万一战他不过，后来倒不好收场。（末）二弟，依你的主意，该怎么样？（外）小弟有三一计在此，说来随大哥拣择：上告玉皇，遣天兵下剿，此上策也；背城一战，以决雌雄，此中策也；和亲解难，免害生灵，此下策也。（净）二哥之中策，乃小弟之上策，那两计决不可行。自古道："远水救不得近火"，等你请得天兵下来，我们都被他煮熟了。若要把女儿和亲，就是大哥、二哥送去，小弟也要夺了回来。（外）女儿是我们生的，干你甚么事？（净）我且问你：他如今要女儿，你就把女儿献他。万一他女儿到手，又煮起海来，问你要妻子，你难道也把妻子献他不成？（末）你们不要争，依我的主意，三计都不可少。我如今同守龙宫，二弟上天去告急，三弟领兵去敌他。若还两事都济，就不必说了。万一不妥，然后与他和亲，这才是个万全之策。（净）这等，你做你的事，我做我的事，各人去显神通便了。（众作气喘介）我们如今热不过，顾不得千岁，也要自家扇扇了。（各人自扇介）（外、末、净各取扇自扇介）（满场俱作气喘声，一面扇一面唱介）

【大环着】（合）怪人人喘叫，怪人人喘叫。体若汤浇，心似油煎，眉如火燎。懊恨蒲葵扇小，有气无风，摇得汗淋漓，愈增烦躁。炮烙罪人人受到，哮喘症有方难疗。（净）分付水、火二营兵将，速速披挂，随我出征！（内应介）（外、净）张天讨，肆血鏖，把孽焰星除，妖氛电扫。

（先下）（末）他们去了，我且固守龙宫，静听消息。

出征的自去出征，请救的自去请救；

我拚写一纸婚书，稳做个辟兵神咒。

第二十八出　煮　　海

（顶搭高台二层。上层扮五色云端遮住台面，下层放锅、灶、扇、杓等物）（末上）一朵祥云降海东，能教神物变昆虫。仙家别有降龙术，不在临川禹步中。吾乃东华上仙是也。前日将三件法宝，付与张生，他今日在沙门岛上煮海，特地前来护卫他。我想火龙的性子骁悍异常，必定要与张生为难。我若要请几个天兵相助，有何难哉？只是行兵之法，制多者利在用少，服刚者利在用柔。我如今只是以静待动，用些法术制伏他，使他生平的伎俩一无所施，自然会拱手投降也。我且立在云头，看他的举动。（立上层介）（丑上）早起煮到中，海水一半空；若还煮到黑，海底裂开坼。我们煮了半日，肚里饥了，且去吃了些点心。不知炉里的火还着不着？待我看来。（看介）火要熄了，老爷快来。（吹火介）（生、小生巾服上）

【骂玉郎带上小楼】藿食菰根海上风，村酒虽然薄，色转浓。只馀海错不愁穷，满江红，脆松松，一任饥充。（坐下层扇介）效诸葛火攻，效诸葛火攻，纶巾羽扇从容。笑无知蠢龙，笑无知蠢龙，兀自的做哑装聋，全不怕额焦头肿。愁只愁一件，愁只愁一件：昆冈软玉，与石俱崩。（住扇介）且从容，料此时，汗透酥胸；轻罗扇，摇不定，芳心烦冗。

（净戎装，丑扮雷神，旦扮电母，生、副净扮火将随上）

【扑灯蛾】（合）何来鬼匠工，何来鬼匠工，斧向班门弄？立刻见输赢，轻把头颅断送也，被人骗哄。（净）来此是海岸了。你看那贼子坐在岛上，从从容容，好不煮得自在。目待我望一望，可有神兵助他？（看介）（末将长帕向净眼边一缴，净做看不见介）呀！往常间把神眼一睁，上见天堂，下见地府。怎么今日这双孽眼，竟与凡人一般，除了阳世之外，一些也看不见！（众）想是千岁吃蒜多了，待我们大家看来。（齐看介）（末将帕四围一缴，众俱做看不见介）呀！我们都不看见，难道是做梦不成？（合）人人都怪眼儿蒙，多应同做怟缠梦。相推拟，醒来依旧显神通。

（净）眼睛虽然不济，耳朵还是好的。大家闪在暗中，听他说些甚么？（各立暗处介）

（小生笑介）有这样痴龙，海水干了一半还不出来投降，难道饶了你不成？奚奴，添起柴来再煮。（丑添柴，小生扇介）

【骂玉郎带上小楼】莫怪相煎太急匆，彼此难相并，势怎容！你那里乌江不到尚纵横，笑我这笔头锋，擅雕虫，不擅雕龙。那知道文人气似虹，文人气似虹，精诚素与天通。漫思量放松，漫思量放松，致命处正好加工，顾不得受伤疼痛！你若是要偷生惜死，要偷生惜死，急从釜底，抽出焦桐，送蔡邕，配朱弦，向膝头亲捧，我还你，一服清凉散，海冰河冻。

（净）他自己一个，在那边唧唧哝哝，并没有神兵相助。分付雷公电母，做起阵头来，杀上前去。（众应，抬出大鼓介）（末伸长手扪住大鼓，丑打不响介）怎么？往常敲一下雷鼓，就山摇地动起来，如今狠命的打，只是卜卜卜，就象敲板壁一般，这是甚么缘故？（旦）往常要打霹雳，先要闪一个电光。我如今电光未发，你的霹雳先行，失了次序，怎么打得响？（丑）也说得是，快些闪起电光来。（旦两手持镜，舞介）（末丢二袂掩镜，镜不明介）（净怒介）呸！有那样失时的雷公，又有这样倒运的电母，叫将官快把火箭放去。（生、副净放箭介）（末接着箭，倒丢下介）（生、副净惊介）呀！怎么倒射转来？这桩事着实有些古怪。（净怒介）你们都没用，待我独自一个杀上前去，取了他的首级来。（拔剑向前，末伸手一推，净倒跌介）（众）呀！又没人拦阻，千岁怎么就跌倒了？这等看起来，也不是雷公失时，也不是电母倒运，也不是火将无能，总是你这龙王蹭蹬。

【扑灯蛾】将军手段中，将军手段中，莫怪兵无用。一计莫能施，八面威风都丧也，请君入瓮。（净）我从来用兵，无往不利，为甚么缘故，忽然倒起运来？缘何头脑忽冬烘？弄猢狲，反被猢狲弄。听嘲讽，虾鱼蟹鳖尽欺龙。

你们不要慌，二千岁请救去了，少刻天兵下来，难道也斗他不过？（外急上）莫道天阍容易叩，堂帘也有隔人时。三弟，胜负如何？（净）不要说起，纵横一世，蹭蹬一时。不知甚么缘故，弄得雷声不响，电火无光，箭射不前，刀杀不进，活活的把人气死！如今只等天兵，天兵到那里了？（外）一发不要说起。往常的天门，一叫就开，偏是今日古怪，紧紧的闭住了，喊了半日，应也没人应一声。（众惊介）这等怎么处？（外）如今没奈何，只得投降了。（净）煮便等他煮死，我决不去投降！（外）做我不着，走过去见他。（行介）（净）等他说话的时节，我杀上前去，攻其不意便了。（外至台前，拱手介）张使君，请了！（小生立起，拱手介）大王请了。（外）使君，请下来讲话。（小生）大王请在岸边少坐，待下官煮干了这锅水，就来奉陪。（外）若还煮干了水，就见不成了。使君，家兄与你何仇？这等相煎太急！（小生）下官不怪令兄。只因前日从此经过，有两件东西掉在海里，如今要煮干了水，好寻一寻。（外）那两件东西，寡人拾得在此，特来奉还。（小生）那两件东西？（外）贮鲛绡帕的盒子，系水晶珮的连环。（小生

笑介）当真肯赐还么？（外）官无毁笔，君无戏言。寡人忝位君王，岂肯自轻其口？（小生）这等，容下官来拜谢。（下，相见介）（净拔剑向前，欲砍介）（末伸手一推，净跌倒不起，叫介）二哥，扯我一把。（外扯不起介）怎么？就象有甚么东西压住了的一般。（小生）没有甚么东西，想是他自己的宝剑，待下官取了剑来，自然爬得起了。（取剑自佩，净爬起介）（外）三弟，这等看起来，是个真仙了，还与他斗甚么？快走过来相见。（扯净见介）（小生）你如今降了么？（净厉声介）看家兄面上，让你些罢了，那里肯降！（小生大笑介）

【对玉环带清江引】你既然声响如钟，心雄口也雄，为甚的腰曲如弓，头崩角也崩？雷声又不轰，电光又不红？到如今折甲陪戈，积成熊耳峰。到头终把夫人送，妙计成何用？惹火逼城门，断却池鱼种，从此劝君休恃勇！

（外）请问使君，这两头亲事，还是入赘？还是过门？（小生）下官与敝友，都有王事在身，不能就赘，还是迎娶过门吧。（外）这等，待寡人备下妆奁，择一个好日，遣嫁便了。（小生）既然如此，小侄婿暂别。叫奚奴，收拾了炉灶，回寓所去罢。（丑）且慢些，我也有一件东西掉在海里，要寻一寻。（外）我也知道了，遣嫁的时节，赏你一个丫鬟就是。（丑跪介）谢恩。

（外）恶姻变作好姻。（小生）火人强似冰人。

（净）豪客翻为娇客。（丑）生亲煮做熟亲。

第二十九出　运　宝

预备龙官诸色宝玩，齐列戏房，候临时取上。务使璀璨陆离，令观者夺目。（外、末扮水判上）世人嫁女竞钗钿，百两辉煌值甚钱？试向龙官形嫁事，千箱不敌一珠圆。我等非别，乃东海、洞庭两位龙王部下，督理嫁事的水判是也。我们千岁，都把公主遣嫁人间，预先备下极盛的妆奁，差我们押送过前，他随后护送公主，到行官交代。如今人夫车马都已齐备，不免唤水卒们搬运前去便了。（唤介）（众水族各捧妆奁、鼓吹迎上）

【二犯江儿水】（合）奁资辉耀，明晃晃奁资辉耀，不枉了龙宫多异宝。小可的是明珠十斛、白璧千双，锦多箱金几窖。有了这鲛人手织绡，说甚么猩红血染袍！漫道是土产溪毛，水族胎胞，珠围不能兼翠绕。门高阀高，雅称着门高阀高；情饶意饶，端的是情饶意饶。似这等极非薄的妆奁也只怕天下少！

（下）

【上林春】（小生吉服，带丑上）香车只在此时到，倾双耳潜听音耗。果然汩汩涛声，变作笙歌喧闹。下官与东海、洞庭定了和亲之议，约定今日送到海边，在行宫里面交代，故此先来伺候。远远闻见鼓乐之声，想是亲事来也。（众齐上，重唱“门高阀高”三句，作到介）（外、末各持册，跪禀介）东海、洞庭二位龙主，差水判押送妆奁，有书册二本呈上，求张爷验收。（小生）本院只要亲事，那里希罕妆奁？如今亲事在那里？为甚么还不见到？（外、末）先发妆奁，后送亲事。差不得几刻时辰，少顷之间也就到了。（小生）这等，奚奴，收了册子，你们转去罢。（众应下）（小生）奚奴，多雇些夫马伺候，只等亲事一到，就发行李起身。（丑应介）（小生看壁上叹介）你看，这粉壁之上，诗句尚存，就是柳年兄与下官的亲笔。如今还该自和一首，记始终遇合之奇。怎奈喜事匆匆，不暇渭城矣。

【望吾乡】（外、末蟒衣，旦、小旦艳服，老旦、副净扮丫鬟，众鼓吹引上）破浪分潮，鱼龙驾鹊桥。幽途不用燃犀照，自有明珠系彩轺。夹路笙歌导，幽明界，水陆交，顷刻人间到。

（见介）（小生）二位大人请上，容小婿拜辞。（外、末）寡人也正要拜别。（三人同拜介）（小生）敝友匏系宦途，亲迎礼缺，小婿柄迟逆旅，六礼欠周。总求二位大人恩宥。（外、末）贤婿匆匆旋旆，未及款留，小女仓卒于归，妆奁輶薄，还求贤婿与贵友海涵。（小生）叫本院的夫马过来，接了新人的轿子，好等龙宫各役转去。（众下，换衣帽候介）（外、末）水陆途分，幽明势隔，寡人不得远送，就此告别了。咫尺人天界，须臾水陆分；相思知不远，只隔一层云。（下）（小生）叫奚奴，点齐人马，就此起行。（丑应、众行介）

【二犯江儿水】（合）龙宫返棹，沸嚷嚷龙宫返棹。奇珍三面绕，抵多少梯山弋翠，航海求珠，走遐荒，征异宝。龙女驾仙轺，风姿别是娇。愁只愁奇福难消，奇福难叨，这繁华困人何日了？才高命高，端的是才高命高。心豪意豪，不枉了心豪意豪。似这等不世出的佳人向何处讨？

第三十出　乘　龙

【夜行船】（生吉服，带末上）佳音一纸来天际，云画饼竟可充饥。海市重开，蜃楼复起，幻气结成真气。

自从张年兄去后，下官终日悬悬。喜得数日之前，接得一封喜报，说煮海之方果验，和亲之局已成，眼见得两门亲事，都成就了。已曾差人往海上迎亲，今日必定要到。叫院子，唤傧相伺候着。（末应介）（众鼓吹，引小生、旦、小旦、丑、老旦、副净上）（末）禀老爷：亲事到门了。（生出，迎进介）（生、小生先见介）（杂扮傧相上、照常行礼介）

【好事近】（生、小生）二妙喜同归，不负当年佳会。经磨受折，坚贞若个堪比？若不是神天再造，眼见得误佳人，葬送在烟波里。愧吾侪，造孽从前，累娘行，吃亏到底。

【前腔】（旦、小旦）难提，阿姊试艰危，辱骂难辞家妹，岂知道存心端淑，何须避嫌瓜李。倘若是谅同匹妇，怎能勾完名全节归原配？方信道做忠臣，舍死无难，奠金瓯，全生非易。

（生）年兄，我和你成就姻缘，都是神仙的法力。为人不可忘本，还该望空拜谢了他，然后做亲才是。（小生）我也正要如此。那三件法宝，是神仙手授之物，如今见了法宝，如见神仙一般。将来供在上面，一同拜谢便了。（生）说得有理。叫奚奴，供起法宝来。（丑应，摆列介）（生、小生、旦、小旦同拜介）（末暗上，立高处介）

【千秋岁】（合）谢神祇，至德参天地。法术巧算更灵奇。水火交攻，水火交攻，烈焰里，开出莲花并蒂！（末高叫介）二位使君请了。（众惊介）（生、小生）神仙立在云端，与我们见礼，不免请他下来拜谢。（对上高叫介）师父，请降云軿，容弟子们叩谢。（末）二位的姻缘，乃前生注定，小仙不过体天行道，何恩之有？不敢领拜。只将法宝交还，以便缴完上帝便了。施恩的，夸恩惠；立功的，居功绩。总犯神仙忌。怪人间德政，到处留碑。

（生、众）神仙既不肯下来，我们望空再拜便了。（同拜介）（末收三物介）飞来不见王乔舄，归去难追列子风。（暗下）（生、众）呀！法宝忽然不见，连方才说话的神仙，也随白云散去了。

【前腔】（生、小生）怪良媒，倏忽归天际，连法宝也入希夷。恨不曾梯上云端，梯上云端，伸只手，牵住仙家衣袂。问躯壳，何时蜕？问蓬岛，何年会？好待我预把归装理。免沉沦苦海，到岸犹迷。

（小生）小弟的婚姻，虽烦神仙呵护，也幸得朋友相成。当初在蜃楼订约，止有年兄，并无小弟。若不亏老年兄至公无我，竭力图维，小弟岂有今日？如今该请坐了，待愚夫妇拜谢才是。

【越恁好】（小生、小旦）良缘虽缔，良缘虽缔，敢忘却议亲时？若不是你真心为友，金共石，不相移，眼见得二乔同入金钗队，休言姊妹不同归。英娘也是娥皇妹，英娘也是娥皇妹。

（生）订婚虽是小弟，还只费得启口之劳。后来冒险投书，婴锋煮海，偌大奇功，都是年兄一人之力。愚夫妇正要拜谢，怎么倒反说起来？

【前腔】（生、旦）共图欢会，共图欢会，偏教你独自受艰危。虽则是前缘缔就，叨神惠，仗仙威，几曾见银锅不煮汤能沸？这辛苦却凭谁？人耕我食宁无愧，人耕我食宁无愧？

（丑背介）他两个的好事都上手了，我奚奴跟了他们，受尽许多辛苦，一毫赏赐也不见。前日龙王亲口说的，遣嫁的时节，赏你一个丫鬟。难道他们两个自己不肯破悭，连下人的赏赐也侵匿了去不成？

不免唱支曲儿打动他。（转介）二位老爷与二位奶奶在上，奚奴有一支曲子，极合今日的时事，要唱来侑酒，不知容唱不容唱？（生、小生）如此甚好，你便唱来。（丑唱前【挂真儿】介）（生、小生）这是我们耳卜之夜听见的曲子，如今句句都验了，可见神道有灵。（丑）灵便灵，只是有些势利。（生、小生）怎见得？（丑）听卜的那一夜，奚奴也曾斋戒沐浴，在神前祷告一番：且看相公发达之后，赏我一个甚么老婆？不想也听见这支曲子。如今二位老爷都验了，只有奚奴不验。他只喜奉承贵客，不肯帮衬小人，所以说他势利。（生对小生笑介）分明是讨赏的意思了。也罢，把小弟的丫鬟配他，应了那支曲子罢。叫丫鬟过来，与他同拜。（老旦、丑并立介）（小生）小弟去传书煮海，都是他跟随，把小弟的丫鬟配他才是个正理。叫丫鬟过来，与他同拜。（副净、丑同立介）（丑）这叫做秀才命穷，吃酒犯重。这等看起来，两头都不着了。二位老爷都是一样的恩主，难道好受了那一位的，辞了那一位的不成？（小生对生介）年兄，不如把两个丫鬟都赏了他罢。（生）这狗才好造化，快过来拜堂。（丑、老旦、副净同拜介）

【红绣鞋】三人同做夫妻，夫妻；推辞反得便宜，便宜。主快乐，仆欢喜，奴捧腹，婢舒眉。满门都受神仙惠，满门都受神仙惠。

（生、小生）张灯引导。各归洞房。（同行介）

【前腔】寒窗十载相依，相依；洞房今喜同归，同归。红并倚，翠相偎，珠作窖，锦成堆，豪华须作龙宫婿，豪华须作龙宫婿。

【尾声】从来不演荒唐戏，当不得座上宾朋尽好奇。只得在野豆棚中说了一场贞义鬼。

二事虽难辨假真，文章凿凿有原因。

蜃楼非是凭空造，仅作移梁换柱人。

总　评

传书、煮海，本二事也。惟龙女同，龙宫亦同，故笠翁先生合其奇而传之。侈赋海窝龙之才，写橘潭沙岛之胜。情文相生，亹亹来逼。试拍而歌焉，可以砥淫柔暴，敦友谊而坚盟言。吾知笠翁泚笔时，惨淡经营，实有一段披髻振聋之意郁勃欲出，不仅嘲风弄月，欲颉颃于马、关已也。世有公瑾，决以余为知音。

·李渔全集·

意中缘

[清]李渔⊙原著

王艳军⊙整理

序

唐人诗谱入乐府者，往往问价于优伶。如李龟年江潭筵上，每唱王摩诘“清风”、“红豆”之歌；而李君虞受降城诗，教坊乐人取为声乐度曲是也。唐时梨园歌者，又往往倚诗人为声价。如刘采春能唱元微之望夫歌，便称言词雅措；而长安妓能唱白乐天《长恨歌》，便云不同他妓是也。予自吴阊过丹阳道中，旅食凤凰台下，凡遇芳筵雅集，多唱吾友李笠翁传奇，如《怜香伴》《风筝误》诸曲，而梨园子弟，凡声容隽逸、举止便雅者，辄能歌《意中缘》，为董、陈二公复开生面。夫唐人不作而小说家穷，元曲辍音而传奇道尽。笠翁天才骚屑，触手则齐谐、诺皋比肩，摇笔则王实父、贯酸斋接迹。近自汤临川《牡丹亭》、徐文长《四声猿》以来，斯为绝唱矣。当事诸公购得之，如见异书，所至无不虚左前席。或疑李子雪驴风马，屡空不给，何至名动公卿乃尔？彼《清平乐》词，李龟年持金花笺，梨园子弟抚丝竹，至尊亲调玉笛以倚曲，手持颇梨七宝杯酌西凉蒲萄酒者，更何人哉！

时顺治己亥中春，东海社弟范骧文白氏漫题于连山草堂

又 序

不慧自长水浮家西湖，垂十年所矣。湖曲一椽，日与落照晚峰相狎，饥思煮字，闲或看云。每叹许大西湖，不能生活一担簦女士，岂西子不能让人耶？然而三十年前，有林天素、杨云友其人者，亦担簦女士也。先后寓湖上，藉丹青博钱刀，好事者，时踵其门。即董玄宰宗伯、陈仲醇征君亦回车过之，赞服不去口，求为捉刀人而不得。今两人佩归月下，身化彩云久矣！笠翁先生性好奇服，雅善填词，闻其已事，手腕栩栩欲动，谓邯郸宁耦厮养，新妇必配参军，鼓怜才之热肠，信钟情之冷眼，招四人芳魂灵气，而各使之唱随焉。奋笔絺章，平增院本家一段风流新话，使才子佳人良愿遂于身后。嗟夫！孽海黑风，茫无岸畔，从来巾帼中抱才负艺者，多失足于此。苟不幸而失足，斯亦已矣，何至形销骨毁之后，尚乞灵于三寸不律，为翻月籍而开生面耶？抑造物者亦有悔心，特请文人补过耶？此不慧之所以心悲意怜，而欲倩巫阳问之湖水也。

鸳湖黄媛介皆令氏题

第一出 大　意

【西江月】（末上）才子缘悭夙世，佳人饮恨重泉。黄衫豪客代称冤，笔侠吟髭奋拈。　　追取月中簿改，重将足上丝牵。戏场配合不由天，别有风流掌院。

【前词】试考《会真》本记，　崔、张未偶当年。《西厢》也属意中缘，死后别开生面。作者明言虚幻，看官可免拘牵。从来无谎不瞒天，只要古人情愿。

【庆清朝慢】董子、陈生，齐名当世，文词翰墨兼长。有女双耽画癖，各仿才郎。瞥见情留尺幅，分头拟效鸳鸯。风波起，一投陷阱，一遇强梁。

从奸党，随豪客，周旋处，大节保无伤。赖有江生仗义，彻底勗勷。救出男妆女士，便充佳婿代求凰。逢良友，齐归赵璧，各自成双。

名士逃名，偶拉同心友。
才女怜才，误落奸人手。
两番嫁婿，都是假姻缘。
一旦逢亲，才完真配偶。

第二出　名　逋

【破阵子】（生冠带，外扮院子随上）吏隐难张雀网，名高也集蝇膻。太史真同牛马走，只为才多却受鞭，无能反是仙。

【鹧鸪天】暂脱朝冠髩未蓬，苍生尽望黑头公。身随一鹤官如水，赋卖千金道不穷。仇画卷，怪诗筒。悔将末技擅雕虫。踏穿门限千重铁，空与时流作字佣。下官董其昌，字思白，别号玄宰，南直华亭人也。弱冠登科，壮龄主政。官闲金马读穷中秘之书；名贮玉瓶，首备端揆之选。近因主上倾心妇寺，逆耳忠良，下官自知直道难容，退居林下。这不过是暂负苍生之望，稍回丹陛之心。出而图君，少不得就在指日。只是一件，下官生平撇不下一肩愁担，倒不为宦海的风波；忙不了半世苦工，只受着名场的磨劫。悔只悔少年时，既不合游心艺苑，浪播工书善画之声；又不合树帜词坛，致受名重才高之累。终日价挥汗［翰］成风，泼墨如雨，给不尽好事之求。只怕这髭须拈尽，心血呕干，难免作修文之选。下官同社里面，有个高士陈眉公，他也为名高致累，与下官同病相怜，被这些征诗征文、索书索画的缠扰不过。前日约他同往西湖，埋名隐迹，暂讨几时安逸了回来。况且湖上有个江怀一，是我辈同盟好友，不怕没有主人。下官今日拜客回来，想眉公必来相订。叫家僮，取便服来换了，一面到门外伺候，陈相公到来，即便通报。（外）晓得。（生换披巾、行衣介）

【前腔】（小生巾服上）辞却牺牛文绣，容吾野鹤翩跹。只愧名根除不净，又变山林作市廛，磨人砚欲穿。

小生陈继儒，与董太史有逃名之约，游装已束，不免促他早行。

（外）陈相公来了，待小人通报。（入传，生接见介）眉公，西湖之行，定在何日？（小生）小弟的竹炉茶灶、药裹诗囊，已着奚奴挑送下船了，就约玄翁今日同行。（生）这等甚好。叫家僮。（外应介）（生）这一番出去比往常不同，只将布衾、野服带几件随身，那些冠带轿伞一概不用。就是船舱外面，也不许贴封条，灯笼上面，也不许写“董”字，恐怕人识认出来，又生缠扰。（外）理会得。（生）眉公，我和你此去，好象甚的而来？

【玉芙蓉】似一对蓬莱避劫仙，见草木皆雷电。还只怕捕风捉影，追下遥天！全靠那淡妆浓抹西施面，掩映我逃越归湖范蠡船。料此处逃名便，肯容人息肩。不似那鄗终南，做仕途捷径惹尘缘！

（丑扮宦仆，持书上）文人一字千金贵，驿使双鱼万里通。门上有人么？内阁张老爷有书在此，求董老爷做寿诗一首、序文一篇，改日差人来叩领。（外传介）（生）知道了。（外出回介）（丑下）（副净扮宦仆，持书扇上）为求几笔画，走尽万重山。门上有人么？吏科王老爷有书拜上你们老爷，说有扇一柄，一面求字，一面求画，就烦老爷拨冗一挥，叫我在此等候。（外传介）（生）你对他说：目下事冗，概不写字作画。放在这边，改日来取。（外出回介）（副净下）（生叹介）眉公，你说这等缠扰，怎么教人应付得来？（小生）小弟也苦于此。若只替他做诗做文、写字画画也罢了；有一个人还要打发一封回书，所以更苦。（生）老兄比小弟不同，小弟有这些年家

故旧，走书征索，义不容辞。老兄飘然物外，就是朝廷的征聘，尚且被你辞脱了，何况笔墨应酬，有甚么辞不掉去？（小生）玄翁有所不知，倒是朝廷的征聘可以辞得，这笔墨应酬反辞不得！

【前腔】呼来不上船，天子容贫贱。这平交等辈，那怕你野鹤骄猿。说便是这等说，若要讨那四方说好人称愿，那里真有十指如椳笔似椽？逞甚么精神健，去忙耕砚田。到头来，笔资只勾药炉煎。

我想求诗求字的，还容易打发，惟有索画一事最难应酬，须要逐笔图写出来，不是

可以倚马而成、援笔而就的，最是一桩苦事，当初极不该学他。（生）便是这等说。

【前腔】终朝绘辋川，手逐霜毫倦。送他人愈疟，己病难痊。博得个残煤断茧人争羡，费多少腕脱神疲我自怜。教人怨，怨当年计偏；惹无端，山灵水怪把人缠！

我们两个都是有家累的人，此去不久也就要回来。西湖既非久住之乡，避人不是长便之策。仔细想来，只除非各寻一个捉刀人带在身边，万不得已的自己应酬；可以将就打发的，就教他代笔，这才是个长久之计。（小生）小弟也要如此。只是那里寻得出这个人来？（生）有个主意在此。如今天下假我们的名字画画的，不知几千百家。以后留心细看，见有画得好的，定要寻访着他，请在家中代笔，岂不是好？（小生点头介）此计甚妙。

【前腔】兰亭到处传，真本谁能辨？但经传佛手，即是真诠。（生）只要画得有几分相似，就不十分到家，我和你指点一指点，改正一改正，就可以充得去了。（小生）正是。只要这真方不误人间病，又何妨假药权充市上仙！只有这个图谋便，可经长耐远，煞强如，避人到处学逃禅。

（外）行李收拾完了，请老爷、相公下船。

名重才高计转疏，应酬无奈作诗逋。

还愁前路多知己，天下何人不识吾。

第三出　毒　饵

（净僧帽、艳服，作油腔上）空门寄迹十馀年，不靠弥陀不靠天；单靠一双识货眼，贱收骨董卖湖边。自家乃是西湖边上一个卖骨董的和尚，法名叫做是空。原是京师里面一个有名的光棍，只因做桩脱空的事，犯了大罪，逃走出京。恐怕人识认出来，只得削发做了和尚，来到杭州开个古玩铺子。全亏这双识货的眼睛，认得些骨董字画，烂贱的收，烂贵的卖，不上十年，做起一二千金家事。如今正要打点还俗，娶一房标致老婆。不想这边新出一位佳人，是个穷秀才的女儿，叫做杨云友。不但姿容绝世，文艺精通，又且画得一手好画。他摹仿董思白的山水，一些也不差。我常常拿些绫绢，送些笔资去央他画了，放在铺子里卖，再没有人说是假的。我又借讨画为名，打扮得齐齐整整，时常到他家去走动，拚些水磨工夫去调戏他。万一弄得上手，做个先奸后娶，只消靠他那管笔，就可以受用一生了。世上娶老婆的，那有这等用不尽的妆奁？昨日又送一幅绫子去画，我如今带了几两银子，且往他家去踱踱了来。（行介）

【驻云飞】僧帽笼头，新夹的袈裟里外绸。裙褶和衣袖，都是香熏透。嗏！谁道不风流？堪偕佳偶，这两鬓无毛，却象还年幼。怪不得世上佳人爱比丘。

（下）

【紫苏丸】（旦贫妆上）贫无彩线供挑绣，借丹青偶消闲昼。悔无端漏泄被人传，虚名谬窃闺中秀。

【菩萨蛮】腰肢本是生来细，岂因忍饿增娇媚。无力办霓裳，人言喜淡妆。笔

耕为口计，尽道夸才艺。种种谤人声，冤哉不忍听。奴家杨氏，小字云友，别号林下风，钱塘文学象夏公之女也。生来貌不容妆，眉无可画。德言恭貌，受胎教于慈亲；翰墨词章，得家传于严父。不幸萱花早谢，长依椿树为荣。所苦者，家计凋零，治生无策，又兼屡年欠下积逋，子母相生，日重一日。还喜得奴家粗通翰墨，略晓丹青，虽然得些润笔之资，以助薪水，究竟这千疮百孔，那里补救得来？如今天寒岁暮，家无宿粮。爹爹出门图馆去了，又不知成与不成？昨日是空和尚，送一幅绫绢在此，不免替他图画起来。（捏笔想介）画个甚么境界好？

【月云高】暗中思构，眼瞬眉频皱。如今是初冬时候，照眼前景致，画些枯木竹石罢了。（画介）景物随时淡，竹石和人瘦。还要画些竹篱茅舍，间在树木之中才好。也罢，就把我这间破房子画在上面，做个穷人家的小像罢了。（又画介）替家宅传神，门无限，墙多窦。这门外呵，画一个曳杖父归来晚；这门内呵，画一个呵冻女吟诗守。这溪上呵，非是我几笔残桥断不修，只怕有索债人来古岸头！

画完了。待我题首诗在上面，然后落款。（写介）“贫闺风透壁全无，吹得诗肠别样枯。呵冻自传蓬户影，也堪补入郑公图。”（搁笔介）呀！倒是我失检点了，他教我摹仿董画，我怎么做自己的诗？被人看出破绽来，怎么了得！如今要落董思白的款，又与诗上口气不同；若落了自家的款，他断然不要。这怎么处？（沉吟介）也罢，那和尚是不通文理的，就落董思白的款，他也看不出。或者又有个不通文理的人来买了去，也不可知。且待我写起来。（写介）

【前腔】冒名颜厚，强把燃眉救。款落完了，待我用起图书来。（印介）假印刊来惯，法网偏能漏。嗳！我想那董思白，不知怎么样一个人儿，就这等多才多艺？如今仕宦之中，能书善画的尽有，只是下笔就叫字，落墨就叫画了。那里象他的翰墨文章，样样都登峰造极。不因他是纱帽丹青，宽责备免穷究！我想他那位夫人，不知修了几世，才嫁着这等一个才子！我们贫贱之人呵，便做他个捧砚妾也难侥幸，为甚么才子福直恁的轻消受？呸！好没来头，他不知是甚么时候的人，如今在世上不在世上，好好的去想起他来？这的是闺里无人不害羞，向纸上寻郎作好逑！

【不是路】（末皓髯、敝衣上）载月归舟，水冻无鱼枉下钩。（旦）爹爹回来了，图的馆事何如？（末摇手介）图难就，典衣空自贿曹丘。（旦）为甚么不成？（末）说来羞，一家有馆人争觅，被个捷足高才把利收。（旦）原来被人图去了。（末）难道我穷儒口，那几碗黄齑饭也难消受，这天心难叩，天心难叩！

（丑扮债主上）秀才心不善，借债图诓骗。不怕打官司，只怕坏体面。老杨在家么？（末惊介）我儿，讨债的又来了。没有银子还他，不好出去见得，你回他不在家里罢了。（旦）是那一个？（丑）讨银子的。（旦）方才出门去了。这几日手头不便，改日送来罢。（丑背介）明明在里边说话，又回我不在家，不免闯将进去。（闯进，旦避下）（末）呀！怎么走进内室里来？不成体面，快些出去。（丑）好体面，好体面，男子欠债推家眷。乌龟传授的法儿高，钻在壳中寻不见。

【前腔】我笑你空做儒流，头上方巾不盖羞。（末）不瞒你，如今时运不济，没钱还你，故此无颜相见。等我老运一发，自然一并奉还。（丑）若待你时来后，只除非海变桑田才把账勾。你有这样一个标致女儿在家，怕没有银子还债？我代伊筹，倒不如开门接客龟伸颈，也强如躲债逢人鳖缩头。（末怒介）胡说！你要讨银子，也只该好好的讲，怎么这等放肆起来？我做相公的人，乌龟是你骂的！（丑）自古道欠债如管下，还了两平交。你不还，我要骂。（末）你越骂，我越不还！（争嚷介）（净冲上）妆就风流态，来亲窈窕娘。只求爷不在，便好诉衷肠。呀！里面甚么人喧嚷？不免竟走进去。（进介）杨先生，为甚么与人争闹？此位是谁？（丑）是讨债的。（净）他少你多少银子？（丑）当初借我五十两，三年本利不还。如今总结了一百两欠票，每月三两利银，写过逐月来支的。（净）将本求利，难怪你取讨。只是看斯文面上，不该破口骂他。（丑）他若不还莫说骂，还要打哩。（净）不要是这等，贫憎有个道理。（袖中摸银介）休相殴，解纷不便开空口，向袖中抖擞，袖中抖擞。

（出银介）偶然带得三两银子在此，替他应出来，权当一个月的利钱，请收下。（丑接介）难为师太了。这等，我且回去，到第二个月再来。权收一月利，暂放几时心。（下）（末、净揖介）（末）多谢了，若不是师父解纷，还要受他的呕气。（净）他是个守钱虏，那里晓得敬重斯文？不要计较他罢了。只是一件，这注银子也要设处还他便好，不然利上起利，怎么当得起？（末叹介）不瞒老师父说，所欠还多，不止这一项。如今老夫又不处馆，一家薪水之费，单靠着小女这几两笔资口，那里有得还债？（净）这等说起来，就果然难处了。

【皂角儿】（末）叹资生田无半畴，论生涯一双空手。止靠着闺中笔头，硬糊着爷儿双口。怎能勾积馀钱，偿宿债，毁新书，焚旧券，把孽账全勾？老师父，莫说债不能还，就是亡妻的灵柩尚在家中，还不能勾归土。你不见堂前冷柩，暴露未收；要待我，数茎残骨，共委荒丘！

（净）贫僧有一句肝膈之言奉劝，又怕唐突，不敢启口。（末）忝在相知，有话何妨赐教。（净）贫僧闻得令爱小姐也长成了，何不寻个门当户对的人家送他出阁？令爱有那样高才，又有这般绝技，就多接些聘金也不为过。那时节，债也可以还，丧也可以举了。（末）老夫一向也有此意，只是一个做体面的人，怎好卖女还债，受聘葬妻？如今这口饿气也争不来了，将来毕竟要上这条路。老师父在翰墨中走动，往来的都是富室宦家，若有门当户对的，就求老师父作伐。（净）如此甚好，只是出家人不便做媒。（末）这也无妨。（净）领教了。

【前腔】我结交的是三公五侯，贸易的是艺林才薮。少甚么儒流宦流，托区区觅寻佳偶。定拣个貌潘安，才子建，富陶朱，贵赵孟，做凤匹鸾俦。不吃他谢媒喜酒，不费你抛郎彩球；就是那，迎亲仆从，也教他自备干饭餱。

贫僧告别。（又摸袖出银介）还有十两银子，一发留在这边，少助薪水之费。（末）岂有此理。方才那三两，或者当做小女的润笔，还受之有名；这是无功之禄，怎么好领？（净）少不得还要来求画，收在这边总算就是。（末）这等说起来，就要拜领了。（收介）（净）昨日送来的那幅绫子，不知画了不曾？（末）这桌子上面的，想必就是。（取画付净介）

（净）听君苦语暗销魂，不觉缁衣有泪痕。

（连叫"可怜"下）（末叹介）你看他唧唧哝哝而去，都是些怜贫惜苦之声，果然是个好人。难得，难得！

莫道蛇心多佛口，慈悲毕竟出空门。

第四出 寄 扇

【海棠春】（小旦淡妆上）烟花抹煞人多少，从一妇，动相讥诮。那识污泥中，也产青莲好。

身在风尘志出尘，但将业障了前因。贞心不逐颜躯坏，留待他年剖示人。妾乃闽莆妓女林天素是也。不幸双亲弃早，将身堕入青楼。虽居莺燕之场，时切雎鸠之慕。纵不能守贞待字，却也曾择友而交。生来一十八年，所交与者不过文人数辈而已。奴家常恨生在南鴃舌之乡，不见中都文物之士。又闻天竺乃中华之佛土，西湖为人世之蓬莱。故此瓣香裹粟而来，要酬我生平三愿：一愿向三竺僧伽，忏悔生前业障；二愿借西湖勺水，浣除笔底尘凡；三愿觅一个才情相副之人，遂我从良之志。自从前日来到杭州，还了香愿，在这西子湖头，赁一所庄房住下。且喜得门无剥啄之声，梦有安恬之趣。溪山授我画诀，鸥鹭引我诗魂。还不曾见异人交名士，这胸中学问早已长进了几分也。

【风入松】十年幽恨此时消，一棹移来蓬岛。名山是药把枯肠疗，睡卧里画缠诗绕。终日对双峰六桥，把三山梦等闲抛！

我在闽中的时节，闻得杭州地方有个高士江怀一，极肯济困扶危，轻财任侠，是当今一个异人。欲待前去访他，但不知他家住那里？还有一件，奴家虽在青楼，常以卖画为事，学的是松江一派，摹仿陈眉公的笔意，最为肖神。昨日画有一柄扇头在此，不免寄到书画铺中去卖，试一试这边人的眼睛，看他们可认得出？平头那里？（副净上）身作妓家奴，时闻莺燕呼。地扫金莲迹，汤倾玉体酥。姐姐有何分付？（小旦）这一把扇子，放在书画店中寄卖，只说是眉公真迹，不可说是我画的。还要问一声，这边有个江怀一相公，住在那里？速来回话，我明日要去访他。（副净）晓得。

【前腔】试将鱼目把珠淆，且看若个波斯眼好？说便是这等说，陈眉公是松江人，松江去此不远，万一有人买了，流传到松江去，本人看见，岂不怪我坏他的名头？右军字比萧诚好，平白地将他名盗。我只怕金扇面翻为纸条，咸阳罪敢辞烧！

高才莫怪冒名多，争奈时流见重何！

只恐冒人人冒己，将名偿债不偏颇。

第五出　画　遇

【西地锦】（外高冠、盛服，丑扮家僮，净扮船家随上）扪簏愁倾秋水，韬精怕起虹霓。唾壶铜铸敲还碎，只馀铁笛堪吹。

侠气何曾忤太和，心平不虑世偏颇。从来天坏须人补，莫道今时缺陷多。自家江秋明，字怀一，别号松溪道人。生来躯貌昂藏，襟怀磊落。视衣冠为桎梏，读书不为求名；等身世于浮云，结客非关要誉。门多驷马心常寂，旁若无人；朝散千金暮复来，囊如有鬼。向来原籍江南，因慕钱塘山水之胜，侨居于此，与云间董太史、陈征君作岁寒三友。他两个为逃名来到此间，我今早曾有泛湖之约，先到舟中相候，想必也就好来也。

【前腔】（生、小生带二家僮上）胜地才欣避迹，良朋又辱招携。逃名犹恐人相识，逢出不敢留题。

（丑）董老爷、陈相公到了，快打扶手。（净、丑打扶手，小生、生上船介）游装未解，就辱相招。（外）地主之情，原该如此。看酒来。（欲送席介）（生）忘形之交，不须行此套礼，竟坐了罢。（外）这等，尊命了。（坐饮介）（外）分付船家，

把船放入湖中，不须摇橹撑篙，随风吹到那一处，就在那一处游玩便了。（净应，开船下）

【狮子序】（生）微风漾，舟自移，离湖干，早近苏公旧堤。（外）湖上的游客莫盛于三春，到夏秋间也就少了。此时节近残冬，霜寒木落，要一个游人也没有。二公此一来，只当替湖山作伴，须要多住几时，不可匆匆言去。念湖山寂寞，归棹

休催。（小生）论小弟们的意思，就是终老西湖也自情愿。只是俗缘未断，家累难除，不久又要回去度岁了。若论爱泉石的痼疾，便是住武林，老西湖，葬孤山，也神怡心遂。怎奈这尘缘未了，此愿终违！

（小生）近日西湖边上，那些古董铺子，也还开得兴么？（外）此前愈盛，个个店中都有几件用得的古玩。（生）可有好字画么？（外）有个是空和尚店里，字画最多。（生）这等，把船拢了岸，同去看看何如？（外）使得。分付拢船。（内应介）（生、众上岸介）（生）放舟乘野兴，散步解酡颜。（小生）已观山上画，（外）更看画中山。（同下）（净持扇、画并鸡毛帚上）骨董原难辨旧新，全凭手段骗时人。一日卖得三担假，三日卖不得一担真。我是空昨日取了画来，还不曾摆列。今日天气晴明，决有人来买货，不免铺设起来。（摆扇、画毕，持帚拂尘介）（副净持扇上）杭州和尚真奇怪，懒得看经做买卖。趁钱不见做人家，个个欠些嫖赌债。老师父的这个宝店是卖字画的么？（净）正是。你要买甚么字画？（副净）买倒不要买，有一把扇子寄在你这边卖卖。（净）是那个名公的？拿来我看。（看介）“云间陈继儒写”，只怕未必是真的。（副净）是我爱姐姐亲笔画的陈眉公山水，怎么不是真的？（净笑介）何如？一试就试出来了。我且问你，你家姐姐是那一个？（副净）是天下有名的女客，叫做林天素，新近从福建搬来的。（净）原来如此。这等，要卖多少一把？（副净）他只要一两，多出来的都奉送就是。（净）这等，你去对他说，我卖去了这画，还要来买那话的。（副净）师父又来取笑，那话虽有，不是你出家人买的。扇子收好，我去了。（下）（净笑介）这是一桩上门的生意了。杨家女儿急切不能到手，先把他来救急。有理，有理。

【太平歌】（生、众行上）依湖岸，访古问招提，早不觉行来萧寺里。（作进店介）老上人请了。（净）请了。阿弥陀佛，要买甚么骨董？你看玉器、窑器、铜器，犀角杯、珊瑚枕，伽楠香的扇坠，蜜蜡金的念珠，样样都有，随你要那一件，取出来看就是。（生、众）贫儿不识金和贝，只恐怕值多还少同猜谜，空劳你慧口辨高低，做弥勒笑人痴。

（外）有名人书画，借几幅看看。（净）这等，还是要古人的今人的？若要古人的，有羊真孔草、萧行范篆；宋徽宗的鹰，苏东坡的竹，马麟、黄荃的花卉，米元章、倪云林、王叔明、黄大痴的山水。若要论今人，一发说不得许多。如今极贵重的莫过于董思白、陈眉公这两个大名公的字画了。贫僧这边要大幅就大幅，要单条就单条，要扇面就扇面，任凭取看就是。（生、小生微笑介）（外）这等，就是陈、董二公的画，借来看看罢了。（净取画，付介）这是董思白的。（众展看介）（小生、外）果然画得好！无笔墨之痕，有生动之趣，真是化工手笔。（净取扇付介）这是陈眉公的。（众展看介）（生、外）好！结构不凡，点染自异，不枉名手。（净）何如？小店的物事再没有不好的。列位请坐了细看，贫僧去泡茶来。（下）（外）可是二位的真笔？（生）画倒象是真的，只是落款的字太作意了些，觉得有几分可疑。（小生）小弟这柄扇子也是这等，还要细看。

【赏宫花】（生）难评是与非，教人信又疑！且喜得有一首诗在上面，待我看，是几时做的？（念前诗介）呀！这一首诗并不是我做的！（沉吟，大笑介）是了，是了！不消说得，这画是妇人的画，诗也是妇人的诗，假冒贱名的，被小弟看出来了。（外、小生）怎见得？（生）这诗上的话，明明说出来了。这一幅画与这一首诗，分明是个贫士之女，家无四壁，被凄风苦雨吹逼不过，写来寄感慨的。若不看诗，那里辨得出？（外、小生细看介）是不差。难道世上有这等聪明女子？（生）假笔真情现，难道我男子效蛾眉？（叹介）同是一般的技艺，我享这样的荣华，他受那般的贫困，岂不可怜！为甚的世上侏儒同怨饱，闺中曼倩独啼饥？

（小生）你的单条还有诗可辨，我这一幅扇面，竟无隙可寻。

【降黄龙】心迷，若说是真的呵，我秃笔枯毫，醉后狂时，怎写得恁般娇媚？

若说是假的呵，又与我的懒云怪石，偃竹欹松，又纤毫无异。好教我狐疑，难道是自避嫌名，却倩他人书讳？终不然又有个贫家女士，盗把名题。

（外）二位不要猜疑，待和尚出来问他便了。（净取茶上）茶收龙井叶，泉沸虎跑声。三位相公请茶。（外）长老，你的宝货看出破绽来了，都是假的，不要拿来骗我。（净）岂有此理。是我亲自到松江去求来的，怎么会假？（外）如今松江的人，冒二公名字作画的尽多，或者你被人欺骗了。（净）说也不该。董思白、陈眉公与贫僧相处得极好，这是当面看他画的，怎么有得被人欺骗？（众相对大笑介）（外）我也与他有一面。这等，你且说来，他是怎么样的两个相貌？（净）那，那，那董思白是胖胖的一个瘦子，陈眉公是长长的一个矮子。（外笑介）你们出家人不该打这样的诳语，如今他两个现在此处，你可要见他么？（净）在那里？（外指生介）这就是董思白。（指小生介）这就是陈眉公。（净惊慌走出，连揖介）得罪，得罪！出丑，出丑！失瞻，失瞻！莫怪，莫怪！（生）这画虽是假的，却画得好。请问是那个的手笔？我们要去访他。（净）少待。（背介）且住，那两个都是我心上的人，若对他说了，万一被他娶回去？怎么了得？我有道理。（转介）不瞒老爷、相公说，这画是人家寄卖的，不知是何人所作。（生、众）这等，是那一家寄的？（净）偶然忘了，待我想来。（假作想介）（副净上）分付两件，忘却一桩；转来再问，

记得姓江。老师太，方才忘了一桩事，这边有个江怀一相公，住在那里？（外）江怀一就是我，你问他做甚么？（副净）原来就是相公。我家姐姐明日要来奉拜。（外）你家姐姐是那一个？（副净）是福建新来的女客，叫做林天素。（生、小生对外介）林天素是当今第一个名妓，书画俱工。这单条与扇子就是他的手笔也不可知。（外持扇、画，问副净介）这扇子与单条是你家姐姐的画的么？（副净）扇子是，单条不是。（外）这等，你回去讲，不消他来访我，我明早就来看他。（副净应下，生）长老，这画毕竟是那家寄的？（净）记起来了。这幅单条是门上收下来的，其实不知来历。（生）这等，要卖多少银子？（净）原是五两银子买的，但凭见赐就是。（生）叫家僮，就称五两银子与他。（家僮付银，生袖画介）回去罢。（净出，送介）多慢了。（转介）真话不曾说出口，假画松纹先到手。明朝急急做商量，莫被他人去剪绺。（取扇、帚下）（生、众行介）（外）有这个名姬来点缀湖山，又增一番胜概了。二公明日同去物色物色他何如？（生、小生）愿随老兄之后。

【大胜乐】名姝点缀山溪，景和人，羡二奇。（小生对生介）玄翁，我们要寻一个捉刀人，如今有了。（对外介）怀老，林天素这个女子，小弟要娶他回去代笔，这段姻缘全靠长兄做美。（外）当得玉成。佳人才子天生配，须作合，敢辞媒？（生）你的到寻着了，我这一个还不知下落，如何是好？（外）玄翁放心，只除非如今世上没有这个妇人就罢了，若果有这个妇人，任他藏在那一处，小弟定要寻出来！便做道侯门似海深无底，也教他随着昆仑出绣帏。二公既然情各有钟，决不使你一人欢饮，一人向隅，都在小弟身上就是了。俺自有娲皇妙术，若使你东完西缺，试问我炼石何为？（生、小生）这等全仗了。

感君高义重山丘，（小生）一语先宽两处愁。
（外）剑合延津终有日，珠离合浦不须忧。

第六出　奸　囮

【梨花儿】（净上）和尚般般都快活，身边只少个消闲货，要好还须真老婆。嗏！徒弟毕竟当不过。

我是空当初不曾出家，在京师做光棍的时节，一日闯上几十条胡同，一夜宿上两三个俵子。酒肉只愁醉饱不过，门户只愁应付不来。何等风流，何等快乐！没来由削去了这几根头毛，把个有法的人弄得没法。假作乐般般都有，实受用一件也无。虽然背后也往妇人家走走，怎奈被这些天罡恶少伺候不过，撞着了略诈一诈，就去了几件骨董的价钱。我如今立志要还俗娶亲，只是要离了这个地方才好，不然"秃驴"的名号那里改正得来？我想京师是我旧居，光棍是我本业。当初虽然犯了罪，如今皇帝官府都换过了，还有甚么忌惮。不急急还朝，只因有件要紧的事不曾做得，所以不好起身。京师的女子虽多，那有杨云友这般姿容、这般技艺。我若娶了他，带进京去，莫说不愁饭吃，不少衣穿，就是功名富贵也唾手可得。前日他父亲被人逼债，弄得有气难伸，被我把几两银子，应了他的急，又把几句巧话打动他的心，他竟欣然央我作伐。我如今想个绝妙的主意在此，竟弄出一个人来假做新郎，财礼是我出，媒人是我做，把他娶了过门，连夜带进京去。那时节，我头发蓄长了，他那里还认得出？教那个人交付还我，我借他做个招牌，结识起士大夫来，不但洞其房而花其烛，还要金其榜而挂其名。你道我这个主意巧也不巧？妙也不妙？（笑介）

【驻马听】计巧情多，自做新郎自执柯。钱无虚费，人不多知，话少传讹。只

要我发长三寸似头陀，添些假髭遮瞒过。一任他凝注秋波，料应认不出今时我。

是便是了。杭州的和尚娶老婆的尽多，央人照管，先要被他讨了便宜去。不知道的，说和尚睡他的妻子；知道的，还说他睡和尚的老婆，倒把银子买乌龟做，这也算计不来。我如今又生一计在此，寻个没人道的做新郎，教他看的吃不得，才是一个万全之策。这边有个游手好闲的主儿，叫做黄天监，当初原是富家子弟，只因嫖兴太高，惹了一身梅花疮，刚刚在那话上面结了一个肿毒，齐根烂得精光。人说他是不消阉割的太监，就象天生成的一般，故此替他取个混名叫做“黄天监”。他如今正没本钱，要我扶持他做生意，我就把这桩生意总成他，做个白鲞客人便了。等他再来，和他商议就是。

【前腔】（丑破衣、旧帽上）浪子穷来谁似我，家堂卖尽无香火。莫嗟伶仃没老婆。嗏！要生儿子也无家伙。

（见介）老师太连日不见，生意好么？（净）也平常。我且问你，这样天寒地冻，不在家里坐坐，出来做甚么？（丑叹介）老师太，老师太！你财主不知穷汉苦，衲头破了教把绸来补。米没得吃，柴没得烧，要坐怎么坐得住？（净）你就东撞西撞也撞不来。（丑）前日求你扶持我做些生意，可曾想个头路出来？（净摇手介）没有，没有，你肩又不能挑，手又不能提。教你看银水，眼睛来不得；教你数铜钱，指头来不得；教你打算盘，三七不知二十一，有甚么生意做得来？（丑）这等说，难道活活的饿死不成？还求你开个方便法门，扶救我扶救才是。

【驻马听】须念我日子难过，少吃无穿债又多。却不道瞎能挨磨，哑会摇铃，瘫便烧锅。我又不是耳聋眼瞎背苛驼，不过些儿孽柄遭天割，只求把财本移挪，我便挑葱卖菜也甘心做。

（净）我也曾仔细替你思量，只有一件事可以做得。只是这边用你不着，须要到北京去才好。（丑）这又是个难题目了，那有这许多盘缠到那里去？（净）只要你肯去，盘缠出在我身上。（丑）这等，请讲来，是一件甚么事？（净）你是个没此道的人，若投到北京皇帝家里去，到有一名好太监做。莫说不愁吃不愁穿，还有享不尽的荣华富贵。（丑大笑介）说得有理。

【驻马泣】【驻马听】（净）此计如何？皇帝家中尔辈多。有多少熬疼受苦，费药求医，才得个似女如婆。谁似你金刀不用自消磨，这场富贵休教错。你不看当朝的魏太监么？【泣颜回】他代皇家总理臣民，还要废朝廷自掌山河。（丑）阿弥陀佛，我不敢想那样富贵，只在皇帝家里摸碗闲饭吃吃，也勾得紧了。（净）既然如此，这里不好说话，到里面去和你商量。（做进内介）（丑）老师太，怎么样主意？（净）我当初原是京里人，如今动了还俗之念，目下正要收拾进京，顺带你进去就是了。（丑）若得如此，感谢不尽。（净）你既要我携带你去，须要随我使唤的。（丑）任凭差遣，就是上天取日，下海寻珠，也只管去。（净）不要你做甚么难事，有一桩极容易、极受用的事总成。你。（丑）甚么事？快讲来。（净）我既进京，少不得要还俗；还俗之后，少不得要娶亲。如今这边有一头亲事，正央我做媒。我一来不好自家作伐，二来头发不曾蓄得，不好成亲，要央你权当新郎，娶进京去交付与我。你心上如何？（丑大笑介）我只道做甚么事。

【前腔】原来是代结丝萝，这样人情做得过。又不要我做司婚月老，盗妾昆仑，不过是护法韦驮。新郎虽替你做，我也是两处宿歇，决不敢同床合被的。（净）既做新郎，岂有两处宿歇之理？你总则是没阳气的人，料想没有实事，便摸摸奶子，

亲亲嘴儿也无妨。（丑）说那里话，自古道：朋友妻，不可嬉。岂有调戏的道理？果珍李也不消摩，空头吕字何须做。少不得到京师交付排场，你自向枕头边细问嫦娥。（净）不消问得，我有一个看守的人立在旁边，自然会对我讲。（丑）是那一个？（净）不瞒你说，我一向熬不过，瞒了人讨一个丫鬟，叫做妙香，藏在地窖里面，夜间唤出来救急的。明日娶来，少不得教他去服事，调戏不调戏，他自然会对我讲。你若果然这等志诚，我到京中还要着实扶持你。（丑）如此更好。

休嗟无法无聊，《论语》《诗经》解嘲。

若非无乃太监，怎得和尚逍遥。

第七出　自　媒

【金鸡叫】（末上）卒岁愁无奈，索逋人又呼门外。（旦上）书画残年谁个买？倒不如学写桃符，卖去也堪偿债。

（末）岁事频将短鬓催，新愁旧恨一齐来。（旦）只愁腊尽追逋急，寄语梅花且莫开。（末）我儿，记得去年三十夜，被人逼债，把你的衣服，我的书籍，都卖了还人。这样的日子，就象还在眼前，如今又是十二月了。（旦）正是。（末）前日亏那是空长老，预付我十两笔资，若拿来买些柴米，尽可以过得年了。谁想又被那些逼债的人瓜分了去，依旧剩得一双空手。如今年已近了，开门七件事，一件也没有，怎生是好？我心上要约些朋友，做个小会过年，不知可有人应付？（旦）爹爹，人情浇薄，世态炎凉，只喜添锦上之花，谁肯送雪中之炭？落得不要开口。

【桂枝香】料无称贷，休将穷卖。求天助水或成渠，靠人扶沟难吸海。家贫须耐，家贫须耐，难道必须要杯斟琥珀，门悬胜彩，才叫做过年来？俺自有岁酒梅花酿，春衣燕子裁。

爹爹，孩儿看那是空和尚，身穿罗绮，态习轻佻，口有夸言，目多邪视，全不象僧家举动，未必是个好人。前日那十两银子，不该受他的才是。（末）我儿，他做的是斯文交易，与文人墨士往来，全靠些清客气味趁人的钱财，所以是那般打扮。况且世上的人，外貌那里看得？须要试他心事如何。自古道：人与财交便见心。近日的人情，莫说十两，就是十分十厘也要费许多踌躇，方才拿得到手。他肯轻易

把十两银子周济寒儒，分明是一尊活佛了。你我都该供养他才是，怎么还把妄言折他？

【前腔】炎凉世界，人情尴尬。估家私簸两掂斤，筹出息秤山量海。况我这寒儒老迈，寒儒老迈！料没个子牙车载，进贤冠戴。况且又无才，他图甚抽丰利，先施济困财？

我肚里有些饥了，身上又觉得寒冷，和你同到厨下去，煮些粥汤吃吃，又带便烧些火儿烘烘，有何不可。正是饥寒常并至，饱暖不单行。（同下）（净上）不毒不秃，不秃不毒；毒而不秃，谁人作福？秃而不毒，小僧夜哭。我是空自从想了那个妙计，又寻了那个替身，这桩好事有几分做得成了。只是一件，杨云友是个多才多艺的女子，怎肯嫁个没名没器的丈夫？那黄天监只好借他的身子，不便说他的姓名，须要想个人上之人，做个假中之假才妙。我昨晚一夜不睡，又想了一个妙计出来。我看他平日画画，再不学张学李，只是摹仿董思白。可见他生平羡慕的，只有这一个人，别的名士都看不上眼的了。恰好老董前日又来买画，他的面貌是我见过的，难道还怕那个盘问不成？我如今就假老董的名字，只说要娶他续弦，自然一说便成。娶下船连夜就开了去，他就查访出来，也寻不着了。这个机关更来得神奇不测。主意已定，今日特来说亲。此间已是，杨先生在家么？（末上）忽听“先生”字，知非谩骂声。不须重避客，倒屣出来迎。呀！原来是老师父。（见介）老师父枉顾，料无别事，想必是要画画了？（净）年残岁暮，书画一概不行。贫僧此来，倒不为此。（末）这等，有何赐教？（净）前日蒙以月老相许，特来与令爱说亲。（末）是那一家？（净）是当今第一个名公，位又高，望又重，他的名字就在先生口头，请猜一猜就是了。

【长拍】他位近三台，位近三台，才高千古，朝野于今同戴。不是别个，就是令爱小姐托他名字画画的人。神交纸上，情投笔底，好姻缘暗里先偕。（末）难道就是董思白不成？（净）然也。（末）这等，他怎么晓得小女，就央师父来说亲？（净）也是前世的缘法。贫僧原不认得他，只是那一日，忽然到小店来买画，贫僧就把令爱的画与他看。他一见就说是假的，义认出是妇人的手笔，定要贫僧说出画画之人。贫僧见他识货，不好隐瞒，就以实情相告。他那时节呵，极口羡多才，尽卑词曲礼，把人相丐。（末）好便好，只是他未必娶去作。学生虽然不才，忝在衣冠之列，怎肯把小女与人做偏房？（净）并不敢做偏房。他的正夫人卒了，就求令爱续弦，替他主持家政的。为缺中宫求继体，悬诰命，待将来。令爱若肯许他，有享不尽的荣华富贵。金屋门深如海，有黄金作镜，白玉为台！

（末）这等说，就可以尊命了。

【短拍】只要位近专房，位近专房，名殊侧室，这好东床怎忍推开。（净）既蒙金诺，不知要多少聘金？（末）怎忍计婚财，便是要出口也齿牙多碍！（净）既是这等说，贫僧就便宜行事罢了。竟是二百金聘仪，礼物在外。明朝是个好日，就教他送过来。（末）谨依尊命。只是一件，学生年老无儿，止得这个小女，要在婿家养老的。（净）这个不消说得。（末）莫怪妆奁缺少，还有个无依靠的代媵父随来。

（净）是便是了。他明日娶过门，就要带回松江去的。老先生要还债、举丧，定有几时耽搁。待他回去之后，再差人来奉接何如？（末）这也使得。（净）既然如此，贫僧告别，就去催他行聘过来。

（末）明朝几上佛尘埃，好贮温家玉镜台。

（净）试问元峤婚媾事，当年月老倩谁来？

第八出　先　订

【风马儿头】（小旦带副净上）闻道名流约相访，除花径，备琼浆。

奴家昨日分付平头，去访江怀一的住处，恰好问着他自家，他说今日先来看我。已曾教婢子煎茶伺候，想只在此时来也。

【前腔尾】（外上）未深交怎把衷情讲？料西施怜范，唐突也无妨。

（副净）江相公到了。（小旦接见介）（外）素耳芳名，何缘得遇。（小旦）依刘念切，反辱先施。（外）天素，小生虽然未睹仙姿，常在尺幅之间，细观妙笔，如对芳容；昨日又在是空店上，见有仿眉公的扇头，愈加超脱。怎么有这等绝世的聪明？（小旦）僻处蛮乡，无师讲究，不过是信笔涂鸦，怎经得大方品骘。（外）昨日有几个敝友同在那边赏鉴，都道眉公亲作不过如此。（小旦）正是。昨日小伻回来说，有三位文人同看，不知那两个是谁？（外）一个是董思白，一个就是陈眉公。（小旦惊介）呀！原来是这两位大名公。那样东西，怎么上得他们的眼？还有一件，奴家为客囊消乏，薪水不支，因此假冒眉公之名，画几柄扇头糊口。谁想被他自己看见？岂不羞死！

【二郎神】真粗莽，悔无端冒伊行笔仗，把千里虚名相窃攘。又不比邻鸡自至，罪同穴壁镂墙。（外）小娘子不要太谦。他昨日十分称赞，也约了今日和董思白一齐来拜访。（小旦）奴家做了这样亏心的事，把甚么颜面见他？好一似贼卖真赃逢失主，教我这乔面孔怎生偃仰？细思量，只有个赖不知，忙将笔砚收藏！

（外）小娘子，不瞒你说，他不然同我一齐来了，只因有一句话不好面陈，托小生来转达。就是小生也是初交，不好唐突，故此难于

启齿。(小旦)面晤虽新，神交已久，有话何妨直说。(外)他只为久慕芳名，叠观妙染，见风神不谋而合，知精气有感而通。他要与小娘子订百岁之盟，不知可肯相许？

【前腔】(换头)伊行，良缘自揣，痴情独痒，道自古佳人才自惜。便无媒自荐，料芳心垂念无妨。(小旦)他是两间人望，千古词宗；奴家陋质贱躯，才疏技短，怎生配得他来？(外)才子佳人是天生配偶，小娘子不须客气。若还意有他属，不妨直捷回他。(小旦)不瞒老先生说，奴家生于幽僻之乡，不见高明之士；常虑风尘沦没，终无振拔之期，此来正为择主从良。眉公的才名如雷震耳，岂不愿做他箕帚之妾？只怕此言未必出于诚心，不过是一时兴到之话。万一结缡之后，见美而迁，使奴家有秋风纨扇之悲，如何是好？(外)小娘子说那里话，眉公是个金石君子，但看他不负朋友，就知他不负妻孥，这个包在小生身上。莫道才人多薄幸，品到时才情一样。你要从良，舍此人，何方去觅才郎？

(小旦)老先生意气如云，肝肠似雪，决不肯误人的终身。奴家依命了。(外)这等，待他来时，就当作合。(生、小生带丑上)(生)山径迂回水字斜，白云深护美人家。(小生)关心有客来偏早，门外先停白鼻騧。(丑)江相公来了不曾？(副净)在里面了。二位相公请进。(生、小生进介)(外)呀！二位到了。(见介)(小旦)那一位是太史？那一位是征君？(外各指介)(小旦)高风雅度，梦想多时，今朝才得识面。(生、小生)彼此皆同。(生对小生、外介)眉公，怀老，你看他神如秋水，黛若春山，有这一种清姿，自然有那一管秀笔，可谓貌称其才，名副其实了。(小旦)惭愧。

【啭林莺】(生)眉修态妍神气爽，温柔端可称乡。却原来春山有谱在眉尖上，眼儿边秋水汪汪，这便是你画溪山的底样。怪不得毫端疏朗，多管是你对菱花，频照影，个中悟出端详！

(外)眉公，昨日之言，方才与天素讲过，他已欣然许了。(小生喜介)尘凡下士，怎敢仰配琼仙？虽蒙见允，还只怕没福消受。

【啄木鹂】【啄木儿】虽唐突，实恐惶，馋把天鹅来妄想。还只愁洞口胡麻，空做了枕上黄粱。又谁知痴人反辱乖人谅，料不是无情故把多情诳！【黄莺儿】好教我喜如狂，只愁是梦，无计恋高唐。

（生）天素，你也忒煞胆大，还不曾看见新郎，就把亲事许了。还喜得眉公生得俊雅，万一是个极丑极陋之人，此时心上岂不懊悔？（小旦）才貌相兼，固所愿也。只是真正才子，也不必定以姿貌见长。奴家常遇眉公于诗文书画之中，就是潘安、卫玠也没有这等风姿，所以一说就允。若还看他人物风流，然后以终身相许，这怜才的念头，倒未必十分真切了。（生大笑介）这段高谈是从古佳人所未发，不枉是海内名媛。下官所言，特戏之耳！

【黄莺儿】（小旦）肉眼相儿郎，略才情，看面庞，少甚么一丁不识在潘车上。但要这风姿内藏，又何必精华外扬，从来至圣皆无相。况此际呵，又相当，漫道是才心不负，便色愿也堪偿！

（小生）小生何修，得此美誉，真个是爱而忘丑了！（外、生）既然如此，趁我们两个冰人在这边，就订了百年之约。（小旦）奴家既有一言相许，自然生死不移。只是一件，先父先母的灵柩尚在闽中未葬，要回去葬过二亲，然后出来与陈郎永偕伉俪。（小生）这是五伦大事，人子至情，小生决不敢相阻。（外）这等，你与他先订了约，然后回去葬亲；待出来之后，同回松江，也不差甚么。（小旦）谨依尊命就是。（同小生拜介）

【前腔】交口吁穹苍，两情投，誓不忘，沧桑有变心无恙。但愿似和鸾叶凤，闲鸳睡鸯，安栖稳宿无风浪！（谢外、生介）谢媒良！若不是冰言缔合，怎得自成双！

（生）眉公得了佳偶，一定要留连几时。小弟再住一两日，只得先回去了。（对外介）只是一件，前日那画画之人，千万要替小弟寻访。一有好音，就烦相报。（外）不消分付。只是那一幅画还该留在这边，做个寻人的招子才是。（生）临行之际，自然送过来。（小旦）是一幅甚么画？（小生）那幅画的来历，与尊作也差不多，总是风流的孽障。少刻和你细谈。（对生介）这等，玄翁先返，小弟不日就回。

同来怪尔独言归，（生）所见虽同所遇违。

（外）好事不妨先后得，莫因己瘦妒人肥。

第九出　移　寨

【北点绛唇】（副净戎装，引众上）啸聚蛮乡，天生奇相，张飞样。劫善屠良，尽道魔星降。

海上行来海上眠，海风吹得面皮玄；北人不识南蛮相，道是魔王下九天。自家闽州大盗刘香老的便是，原是漳州一名海户，只因相貌生得稀奇，又有千斤膂力，就在海边结起一班弟兄，黑夜出门做些生意。后来手段渐渐高强，粮草渐渐充足，把黑夜的勾当，改做白日的营生，不上三年，聚起数千人马。如今积草屯粮，要图大举。不免乘此太平之时，冲要地方无兵守御，俺便离了漳泉等处，竟往建宁地方。先扼住八闽咽喉，做个退步，然后再图进取，有何不可。不免叫众喽罗分付一番，拔营前去便了。大小喽罗，听我分付！（众应介）

【豹子令】自古英雄据一方，据一方；中原逐鹿我为强，我为强。疾忙撤了熊罴帐，三军各自裹馃粮。（合）囊沙掩水渡津梁。

（众应介）（副净）就此启行！（众摆队行介）

【神仗儿】（合）雷轰炮响，雷轰炮响，霞明旌飏。三军过往，万家魂消胆丧。人民逃窜，财归罗网。挑不动，满车装，挑不动，满车装！

【滴溜子】求饶恕，求饶恕，人人拜仰；免屠戮，免屠戮，官官献帑，取来权充军饷。暂时封住刀，难禁技痒；欲试车轮，愁没怒螳。

（副净）来此是甚么地方？（众）将到仙霞岭了。（副净）仙霞岭正是八闽咽喉，商贾往来都要从此经过。也罢，就在这左近山中扎起营寨，以便打粮。大小喽罗，近前听令！（众应介）你们把人马分作三队，十日一轮，在岭上伺候。见有富商大贾往来，不论金银货物，尽行取来充饷。（众）得令！（副净）还有一件，我这军中少个书记，但凡遇着读书之人，不可杀戮，都拿来见我；若得一个有才的秀士，可以充得幕宾的，俺这里重重有赏。（众）得令！

令下雷轰震，行军地动摇。

杀人喂战马，取血染征袍。

第十出　嘱　婢

（老旦扮丫鬟上）前世不曾修，今生作女囚。幽藏深窖里，夜夜伴光头。自家非别，乃是空和尚瞒人偷买的丫头，叫做妙香的便是。当初原是好人家儿女，只因爹娘丧早，卖入宦家为婢，主母妒忌不容，又交与媒婆转卖。谁想被是空这个秃贼，用计买了下来，藏在一个地窖之中，成年不见天日。日里要我做丫鬟，夜间把我当妻子。我既吃他的饭，穿他的衣，没奈何只得随他使唤。这也罢了，谁想他如今又要欺心，娶那杨家女儿作正。（叹介）是空，是空，我劝你这般业障少作些也好。我是人家的丫鬟，落你圈套也罢了，怎么把正经人家的女儿，也是这般做弄起来？闻得明日要娶亲过门，且待他来，问是怎么的娶法？正是饶你人谋太密，只愁天网不疏。（净上，立高处，低声叫介）妙香开门，我要下来了。（老旦作开门，净下搂老旦诨介）（老旦）你如今要娶新人，自有好的受用，不要来缠我。（净笑介）有了新的，少不得也常要温温旧账，难道就丢了你不成？

【玉胞肚】娘行休叹，不教伊旁睁饿眼。纵不能明中施舍，也须当暗里填还。被窝不隔万重山，自有个铁甲将军夜渡关。

（老旦）我且问你，杨家的女儿比不得我，可以两脚走来的。你是个出家人，没有明婚正娶的道理，还是怎么样一个计较，娶得他过来？（净）不劳挂念，我的着数都摆停当了。只是娶进门来，还要迟几日工夫才得到手。（老旦）只要娶得进门就是你的人了，怎么还不到手？（净）说起话长，坐下来和你细讲。（坐介）那个女儿的父亲

一向央我做媒，我正有个还俗娶亲之意，只是头发不曾蓄，又不曾离这地方，所以不好出名。如今央黄天监假做新郎，替我娶了过来，连夜带进京去。你说此计何如？（老旦笑介）果然好计，果然好计。只是你用心太过，未免损了精神。

【前腔】禅机真幻，说将来天花坠坛。费婆心暗筹良策，设慈航巧度红颜。我只怕你镂心刻肾寿摧残，未蓄青丝鬓已班。

（净）是便是了。这桩事还要仗你扶持，才叫做稳。（老旦）你的着数都摆尽了，还有甚么事用着我？（净）你不知道，那女子是个聪明绝顶的人，我料他决不肯嫁个平等丈夫。是我又生一计，只说松江董翰林娶他续弦，才骗得他上钩。你知道黄天监肚里的墨水，比我还不济些，那里充得董翰林过？况且娶他过来，少不得要个丫鬟服事。我如今就屈你做了丫鬟，一路上全仗你遮盖，不要等老黄露出马脚来，我到京重重谢你。

【三学士】丑婿难经乔俊眼，全仗你一床锦被遮摊。凭伊说画谈诗际，便用他词别话拦。只道他彩笔年来酬应懒，受了论文戒，把儒家事尽删。

（老旦背介）我被他坑陷了一生，怎么又替他坑陷人家女儿？不该许他才是。也罢，我一个人牢笼在此，正没个伴侣商量，不如应允了他，且看那女子的光景何如，再做计较便了。（转介）受人之托，必当忠人之事。只要你成亲之后，不要抛撇了我，这些小事，我一力

承当就是。（净）这等，多谢了。

【前腔】（老旦）我自有金针嘲能补绽，何愁破衲凋残？有我这康成小婢经书熟，那怕他苏氏的新人对偶难。你若不信呵，试向洞房花烛晚，潜踪听，蹑影看。

（净）既然如此，今晚先教一乘轿子，送你到船上去伺候便了。

万事安排定，新人只等抬。

但求皮里发，星夜出头来。

第十一出 赚 婚

【字字双】（丑方巾、艳服，摇摆上）替做新郎忒燥脾，不费；衲头脱去换新衣，得利。洞房花烛尽堪陪，苏意；若还来摸那东西，回避。

尿壶合着油瓶盖，弯刀撞着瓢切菜。世间弃物不嫌多，酸酒也堪充醋卖。我黄天监，只因好嫖好赌，把家私败得精光，连这一根人道也留不住。人人都说我是个废物了，谁想也有所在用得着。那是空长老要央人代娶老婆，又怕便宜被人讨去，刚刚寻着我这没人道的主儿，顶了这个美缺。我如今吃他的饭，穿他的衣，坐他的船，一路受用进京，何等便益。他今日娶亲过门，先雇下这只大船，又送个丫头过来服事。如今亲事将到，不免叫丫鬟出来分付一番。妙香那里？（老旦上）既受缁衣托，权为左袒人。黄官人有何分付？（丑）如今该称董老爷了，怎么还叫黄官人？（老旦）新人下了船，我自然改口，不消你费心。（丑）这是你主人的干系，不干我事，须要小心。（老旦）晓得。如今轿子将到了，请换了冠带伺候。（丑）就是这样衣服成亲，也勾得紧了，还要换甚么冠带？（老旦）又来取笑。董翰林是做官的人，怎么成亲不戴纱帽？（丑）也说得有理。只是这件东西平人戴了要折福的。（老旦）做戏的人日日戴，也不曾见折死！快换起来。（丑换冠带介）。

【四边静】（丑）行头件件都齐备，穿来做新戏。（老旦）穿起来倒也有些厮象，或者你后来有个官做，也不可知。莫笑沐猴冠，居然也相配。（丑）多蒙奖励，此行近贵。我若戴乌纱，你也有霞帔。

【望吾乡】（众鼓吹、花灯引旦上）才女于归，琴书笔砚随。旁人莫笑妆奁菲，须知一字千金贵！岂屑夸珠翠，梁鸿案，张敞眉，德貌俱堪配！

（副净扮宾相，丑、旦照常行礼毕，对坐合卺介）（丑叫“斟酒”，大饮介）

【大环著】（众）觑云鬟凤髻，觑云鬟凤髻，玉骨冰肌，黛扫春山，眸凝秋水，真个般般擅美。试看新郎，才思或相当，姿容难配。论造化便宜夫婿，照公道难为佳丽。（合）男欢忭，女皱眉，看醉态愁容，难称佳会。

【隔尾】木兰舟上偕连理，沸笙歌鱼龙惊悸。早不觉半夜开船的鼓又催。（丑）如今是半夜了，你们都去，快教驾掌开船。（众齐下）（丑更衣，坐介）（丑）妙香，再烫酒来，待我们吃醉了好睡。（老旦斟酒，丑劝旦介）夫人，如今没有闲人在此了，宽饮几杯。（旦不理，丑连劝介）你既不饮，下官只好独酌了。（自饮介）

【降黄龙】独酌无疑，好事难逢，肯失便宜？快斟来！（老旦斟介）（丑）你这丫鬟好不中用，说一遭才斟一遭，又不肯斟满，吃得我喉咙里面作痒起来，好不难过。不如把壶放在这边，待我自斟自酌。（自斟狂饮介）倒不如壶为侍妾，手当梅香，我还要口代金杯。逐杯的筛，也还觉得费力，不如吃个长流水罢。（连壶吃介）妙！这才爽利。（作醉介）欢喜，只可惜瓶之罄矣！（背介）我做新郎呵，只图今宵奇醉，说甚么偎红倚翠，假燥虚脾！

妙，妙，妙！我黄天监二十年来，不曾有这声痛饮了。如今和他去睡罢。（欲转又止介）且住，自古道：酒在肚里，事在心头。我前日原与是空说过，不与他同床共枕，如今怎么好同睡？况且又有妙香那个丫鬟在旁边看守。我总则没有实际，又何必累了这个虚名。罢！点灯各自去睡。（转介）夫人，今日的日子不十分吉利，只因下官要回去得急，所以草草娶你过来。如今虽则过门，不便同宿，下官且到前舱睡了，待到家之日，另选吉日完姻。叫妙香，点灯送我过去，再来服事夫人。（老旦掌灯介）（丑）既无殢雨尤云事，且作冰清玉洁人。（老旦、丑同下）（旦）呀，我当初只道他既有其才，必有其貌，

不知是怎生一个风流才子？却原是这等一个蠢物。貌既不扬，性又粗鄙，我杨云友错配了姻缘也！（泪介）

【黄龙衮】今生失所依，今生失所依！仅可图荣贵。相貌是天生成的，也教他改移不得。古来有才无貌者，世间或有之。自古道，读书可以变化气质。他是个有学问有才情的人，难道这些气质就变化不来？为甚的才似神仙，气质同魑魅？我不信做得那样诗文，写得那样字画出来的人，竟是这等一种气象？只除非那诗文书画，都是央人代笔的则可。我想近日务虚名无实际的人尽多，还喜得今日不曾成亲，待我改日试他一试，若果有真才实学，我就恕他些也罢了；万一内才也不济，我就拚一死，也决不与他成亲。天教姑待，必非无谓。要待我离俗偶，保清名，需良配！

（老旦上）已扶醉汉眠舱板，更照佳人入绣房。夜深了，请夫人睡罢。（掌灯行介）

【尾声】（老旦）洞房两处分鲢鲤，问佳人可晓得其中情弊？（旦）不过是天鉴非缘，使他咫尺违。

第十二出　错　怪

【夜行船】（外上）一诺未堪称季布，同好友怎别亲疏？妓女堪寻，闺人难觅，心下自怀忧虑。

我江怀一生平极喜的是朋友，极重的是然诺。自从那日董太史、陈征君见了两个女人的画，因怜才而动好色之心，我面许替他作合。如今眉公的亲事，倒喜得一说便成，不曾费我十分气力。只是董太史所托之人，还不曾访着踪迹，为此日夜关心。昨日有人传说，这边有个贫士之女，叫做杨云友，极喜作画，与董太史笔意相同，多应是他所作，不免携了那幅画，寻到他家去访问一番。正是：要识闺人貌，须观阿父容。

（下）

【前腔】（末上）债尽一身轻似羽，门不闭谁敢追呼？婚姻从心，停丧归土，一任桑榆景暮。

老夫自从女儿去后，且喜亡妻已葬，债负俱还，这个无累的身子，就象飞得动的一般。那几两聘金虽然用尽，有个财主女婿在那边，不怕他不养我过老。只是一件，他原说一到松江，就差人来接我。如今女儿嫁去一月了，松江到这边，不过两三日路，为甚么还不见人来？女婿虽然不想岳丈，难道女儿也不想父亲不成？教我一个老人家，孤孤凄凄，怎么样过日子？不要管他，再等两三日不来，我竟寻到他家去，难道怕他推我出来不成？且寻几本闲书看看，捱这几日过去便了。（看书介）

【锁南枝】（外带丑，持画上）穿萝径，到草庐，飞花绕邻杨子居。一路问来，此间已是。家僮敲门。（丑敲门介）（末喜介）想是松江的人来了，快开门！（开门介）呀！原来不是。（见介）老先生高姓大名，有何赐教？尊面向来疏，光临有何故？（外）江怀一，是贱呼。慕高名，索良晤。

（末）原来就是江老先生。虽未识荆，仰慕久了。（外）闻得令爱小姐有高才绝技，一向因有俗冗，不曾得来相求。昨日在西湖边上，买得一幅小画，却象是令爱的笔仗一般，特地带来请教，不知是与不是？（末）这等借观。（丑付画，末展看，背介）果然是我女儿的手笔。只是一件，是空原作董画卖与他的，他若知道出于我女儿之手，万一走去退起银子来，怎么使得？只回他不是便了。（转介）老先生，这幅画仔细看来，着实有些骨力，小女的画，没有这等到家，不敢冒认。

【前腔】【换头】他丹青少传授，终朝鸦是涂。才学邯郸馀步，那能勾泼墨便成图，老成有家数。（外）既不是令爱的亲笔，这等，是那一个闺秀画的，令爱毕竟知道。他才有邻，技不孤，是那几个女同窗，共朝暮？

（末）老先生不必多疑，别人自然画不出，这一定是小婿的真笔了。（外）令婿是那一个？（末）就是董思白。（外惊介）怎么，董思白就是令婿？是几时结亲的？（末）就是前月的今日，如今恰好满月了。（外）这等，是那一个作伐？在那一处成亲？他如今现在那里？

（末）是是空长老作伐，在船上成亲。当晚就开船，带回松江去了。（外背介）怎么，难道他瞒着我们娶了回去？还骗我寻访不成？且待我想一想：他是那一个日子起身回去的？（想介）是不差！果然是今朝这个日子。哦！他心上信我不过，只说是个贪淫好色之徒，见了这等的佳人，自家一定要娶，所以瞒了我们做出这般巧事。（转介）老丈，这等说起来，你那位令婿枉负了盖世的才名，一些人气也没有！

【孝顺歌】非吾辈，真鄙儒，机心械肠全未除。（末）学生与他亲便结了，还不曾见面。这等说起来，是个相与不得的人了。友谊既然疏，亲情岂能顾，怪人言大诬！是甚么原故？求老先生略道几句。（外）小弟与他是垂发相交的朋友，他前日在是空店上，见了这幅画，就托小弟寻访其人。小弟只说他是真话，果然替他寻访，那里晓得是个骗法！我这里消息全无，他那里佳期先赴；自做千牛，把昆仑认做庸奴。

（末）若还果有此情，也怪不得老先生发恼，或者另有甚么原故，也不可知。学生就要去看小女，相见的时节，替老先生问他就是了。

金屋先经贮阿娇，（末）良朋物色为谁劳？

（外）交情难测浑如此，（末）对面心同万里遥。

第十三出　送　　行

【谒金门】（小生、小旦携手上）（小生）行色动，想起忽惊残梦。（小旦）死穴生衾曾许共，暂离何足恸。

（小生）娘子，我和你缔盟之后，朝夕相依，乐极忘归，不觉已是三春时候。昨日闻得你要回去葬亲，使我神魂俱丧。你身娇体怯，路远途长，教我怎生舍得你去？（小旦）聚会期长，分离日短，相公不用凄然。

【沉醉东风】（小生）乍欢娱情稠意浓，猛分离恨多愁重。我虑你小鞋弓，怎度那铁岭千重？又没个男儿相送。（合）云山有穷，愁思没穷，须知身到三山梦也从。

闽中此去有一千里之遥，况且有许多旱路。你是个妇人家，不过随着一个平头，路上行走也甚是不便。（小旦）奴家原有个出门的法子，最是便益，不劳相公挂心。（小生）是个甚么法子，请说一说看。（小旦）奴家往常出门，都做男子打扮，再不曾有人认得出来。前日来的时节也是这等，如今照旧装扮了回去就是。（小生）不信妇人妆做男子就认不出？这等，你且妆扮起来，待我认一认看。（小旦）少不得就要换了。叫平头，取我出门的衣服过来。（副净取巾服、皂靴上）（小旦换介）

【前腔】角巾儿深潜髻龙，皂靴儿稳栖鞋凤。（小生）这规模看来倒俨然象个男子，只怕你那小脚儿跨不得大步，要露出本相来。你且走几步看。（小旦作大步行介）试看我行似虎跃如龙，却便是云随风送，说甚么小金莲有操无纵！（小生大

笑介）一些破绽也看不出，竟是这等回去便了。（合前）

（小生）闻得江怀一要来送你，你如今坐在这边，待他走来竟和他作揖，且看他认得出认不出？（小旦）说得有理。

【谒金门】（外带丑，携酒盒上）春色动，又早莺簧争弄，携酒来将归客送，还愁惊好梦。

（进介）（小生对小旦介）请作揖。（小旦）兄先请。（小生）这等僭了。（与外揖介）（外）此位是谁？（小生）天素的令兄。（外）怪道面貌有些相似。（揖毕介）（外）林兄是几时到的？（小旦）昨日到的，还不曾来奉访。（外）不敢。想是来接令妹的么？

（小旦）然也。（外）眉公，闻得天素要回闽中，小弟备一杯薄酒奉饯，快请他出来，

（小生）他与小弟订了婚约，就是兄的弟妇了，不便出来奉陪，就是令兄替饮了罢。

（外）也说得是。（共坐饮介）（小生、小旦各暗笑介）（外）眉公，你今日要与天素分别了，为甚么绝无悲凄之色，反有欢笑之容？（小生）岂不闻丈夫非无泪，不洒别离间。（外）好！这才是英雄的本色。

【园林好】羡临歧全无闷衷，睹牵衣翻多壮容。笑司马不知惶恐，淹袖口，学啼红。

（小旦、小生大笑介）（外）二兄为何大笑起来？（小生）笑兄的眼力不济。（外）怎见得？（小生指小旦介）你道他是谁？（外）天素的令兄。（小生）倒不是天素的令兄，是他令兄的令妹。（外）难道就是天素不成？（小旦）也差不多。（外笑介）你为甚么原故，好好的扮做男子，骗起我来？（小生）不瞒兄说，他如今要回去了，因为途路之中不便行走，故此是这样打扮。（外）原来如此。你看，居然是个美丈夫，不露一毫纤弱之态，真奇人也。

【江儿水】他画少胭脂气，书无粉黛容。不但这风姿俨似西家宋，言词雅近儒家孔，衣冠不类优家孟。怎不教人知重！念小生呀，何德何能，忝做伊行情种！

（外）妇人假装男子，随你怎么样矜持，也定要露些本相出来。天素，你为甚么原故，妆得这等俨然？（小旦）不过是气魄胜人。若还自己心上说我是个女子，走到稠人广众之中，胆就怯了。须要自家认定，我是个须眉如戟的丈夫，把那些男子反当做妇人看待，自然气雄胆壮，不露纤弱之容。当初木兰从军，想来也用此法耳。

【五供养】（小旦）谁凰孰凤？气可包身，雌便为雄。要求形卓立，先使气纵横。况世上男儿甚少，强半是蛾眉分种。怕甚么男巾帼，认出我女章缝？权学个纶巾羽扇气从容！

（小生）江兄，前日董思白所托之事，可曾访着些头帯么？（外）正要和你讲这桩事。董思老和我们相处多年，只说他是个坦夷君子，那里晓得是极有城府的人。

（小生）怎见得？（外）他疑小弟不是好人，对我讲的都是假话。那画画之人叫做杨云友，已被他娶回去了。（小生惊介）岂有此理。他决不做这等事，恐怕还是讹传。

（外）是杨云友的父亲亲口对我讲的，怎么说是讹传？（小生）这等说起来是真的了。他怎么做出这等事来？（外）他欺小弟也罢了，你与他是何等交情，也不该瞒你做事。

（小生）怪道他那一日慌慌张张，忽然收拾回去，原来为此。自古道：夫妻面前莫说真，朋友面前莫说假。他把这两句话，竟倒行而逆施了。

【玉交枝】交情虽重，比私情自然不同。（小旦）这等讲起来，你前日也该瞒他做事了。为甚的𠧷卮对面亲陪奉？教我把翠袖轻盈赍捧。（外）还亏得那个老者对我讲出来，不然，教我出了一张没头招子，到那里去寻人？若不是旁风吹倒傀儡棚，至今尚把猢狲弄。（合）想起来教我怒冲，说将来教人笑轰！

（副净挑行李上）行李收拾完了，请起身罢。（小生对外介）我们同送一程，到江干分手何如？（外）正该如此。（同行介）

【川拨棹】阳关送，话难言，心自懂。两下里频寄邮筒，两下里频寄邮筒，莫教人愁嗟断鸿。最关情江上峰，最伤心水上篷！

（小旦）陈郎保重，奴家去了！

乔妆既作须眉样，强忍休为涕泗容。

（带副净径下）（外）眉公，你看他心便留连，气偏决烈，头也不回，飘然去了。真女中之豪杰也！

【尾声】（合）临行密语无繁冗，只四字“陈郎保重”！方知道女侠分离自不同。

第十四出　露　丑

【普贤歌】（净幅巾、华服上）老婆睡在别人舱，自己埋头不敢张。棒槌擦裤裆，头毛不肯长，几时才做黄和尚？

我是空自从娶了杨小姐过来，已经数日。把大船装着他们两个，自己另雇一只小船尾在后边。莫说不敢见面，就是张也不敢去张一张。只是一件，往常还有妙香那个丫鬟在身边救急，如今连他也过去了。只消这几时工夫，把我熬得死不死活不活。若再是几日的欲火焚烧，连我这个法身都要坐化了。我如今要与黄天监商议，叫他把言语缓缓说他。万一他不怪我，就在路上成亲，也省得到了京中，又做一番手脚。不免叫过船来，与他商议便了。（向内介）驾掌，把船靠着大船，请董老爷过来讲话。（内应介）

【前腔】（丑巾服上）新郎虽做不同房，落得朝朝醉一场。他嫌貌不扬，我愁没那桩，两家心事都难讲。（见介）（净）老黄，连日好受用。（丑）说也不该，我在前舱，他在后房；我打草铺，他睡绣床。说也不曾说一句，眼也不曾张一张。只听见后舱洗小脚，丫鬟倒浴汤。我走到下风去小解，刚刚闻得些玉体香。有甚么受用？（净）呸！谁教你做这样假清官？既做新郎也要象个新郎的家数，手便不好动得，口里也讲些知情识趣的话，渐渐亲热起来，才好替我做事。何这等驴膘子向东，马膘子向西。万一被他识破，在路上要死要活起来，怎么了得？（丑）不是我不亲近他，只因他是个女中才子，诗词歌赋、琴棋书画，无所不通。区区的学问是瞒不得老师太的，西瓜大的字识不上两箩，万一他替我谈起文来，教我怎么样答应？故此不敢去近身。（净）这个不消愁得，我前日分付妙香过了，他若与你谈文，

妙香自会替你答应。你如今只去亲热他，不时把些肉麻的话挑动他的春心。他若有些难过起来，你就来见我，我自有临机应变之法。（丑）这等说，我就胆大了。如今走过船去，即便依计而行，有好光景就来奉复。（净）快去！淫词忙打点，娇态好安排。（丑）得他淫兴发，是你好时来。（同下）

【霜天晓角】（旦上）心头鹿撞，底事谁堪讲？欲试山魈伎俩，其如野鬼深藏。

奴家自从那日下船，看见彼人的面貌，心上甚是狐疑。欲待试他一试，看他才技何如。怎奈他自从那晚出去，再不走进舱来。或者他自知分量，料想那副嘴脸配我不来，故此不敢相近，也不可知。是便是了，俗语说得好，丑媳妇免不得见公婆，难道躲得一世不成？我如今把笔砚安排在此，待他进来，就好面试，且看真假何如，再做商量便了。（放笔砚介）（丑内叫介）妙香，泡一壶好茶，送到后舱来，我要和夫人讲话。（旦）来了。我只当不知，在这边画画，等他走到，就好把画来试他。（搦笔想介）画些甚么东西好？也罢，岸上的梅花开了，就画一幅梅花，有何不可！（画介）

【小桃红】笔呵馀冻写春阳，眼到处生佳趣也，笔颖生花，墨这瀋流香。（丑换飘巾、艳服，作娇态上）缓步入官舱，先将这话儿温，态儿妆，胆儿雄，心儿壮也。（见介）呀，夫人在此画画，不要打断你的笔兴，且走出去，停一会进来。（回身欲走介）（旦）奴家正要请教，相公来得正好。请坐了，不消回避。（丑背介）你说，早又不来，迟又不来，刚刚在这个时候来起他发难之端。那“求教”的两个字，就不是好声口了。妙香，快进舱来。疾忙呼救命梅香，做个护身牌，好把箭来搪！

（老旦捧茶上）松柴作炭烧难着，河水烹茶味不清。呀，原来今日是逆风。（丑）怎见得？（老旦）若不是逆风，老爷坐在前舱，怎么吹得到后舱来？（丑）多嘴！立在这边服事，不要转身。（旦）奴家一向信笔涂鸦，无人讲究，不知贻笑了多少大方。如今得近高明，正好求教，凡有不到之处，求相公当面提醒。（丑）不敢。（旦递画

介）（丑一面看，一面作眼色对老旦，老旦背介）想是求救的意思了。不要管他，走到外面去，好等他出丑。（出立暗处偷看介）（丑慌，背介）呀！这个丫头，竟走了出去，分明是作弄我了。怎么了得？我有道理，若还赞他的画好，他便要骄傲起来，只管盘问不住了。不如大模大样，充做一个识者，寻些破绽出来，倒说他画得不是，他或者被我吓倒，不敢再来盘问，也不可知。有理有理！（转介）夫人，你这幅梅花画便画得好，只是有花无叶太冷静些。岂不闻古语道：牡丹虽好，还要绿叶扶持。为甚么不画些叶子，点缀一点缀？（旦）相公说差了，梅花与诸卉不同，是花不见叶，叶不见花的。相公若不信，只看岸上的梅花，叶在那里？（丑看岸上笑介）啐！好几日不会夫人，一见了面就昏了，那有梅花与叶子一齐发的？这是下官粗心浮气，得罪夫人了。莫怪，莫怪！（揖介）

【下山虎】胡诌乱讲，得罪娘行，幸恕多狂妄。（旦）画得何如，也要评论几句。（丑背介）如今没奈何，只得要赞了。想句甚么话儿赞他的好？（想介）有了，我闻得人说，时画不如古画好。只把古人赞他，他自然欢喜。（转介）夫人的画，笔笔都是古人，如今的作者那里画得出？便是古人复生，遇此丹青也应叹赏！（旦）既然如此，请问一问，不知奴家的笔意，象那一位古人？（丑）待、待、待我想来。（背介）这桩苦事是我自家惹出来的了，没原没故说甚么古人，就贴张招子到肚里

去，也寻不出这个人来。（闷想，忽笑介）妙、妙、妙！有一个古人就在口头，为甚么不讲?（转介）夫人，我肚里的古人极多，想来都不相合。只有一代名公的画，极象你的笔仗。（旦）是那一个?（丑）叫做张敞。（旦惊介）张敞虽是个古人，不曾闻得他会画。请问相公，出在那一本书上?（丑）这是眼面前的故事，要查甚么书本，那一个不说张敞画梅，张敞画梅！（旦大笑介）张敞所画的是眉眼的眉，不是梅花的梅，你认错了。（丑）他是个聪明的人，或者两样都会画也不可知?（旦背介）这等看起来，画画的事是一窃不通的了。但不知写作何如?待我把两桩枝艺都考他一考。（转介）相公，想是你做官的人久不作画，未免生疏了。闻得相公是当今才子，写作俱佳，如今要求一首题画的诗，写在这尺幅之上。一来为拙笔增光，二来留作法帖，以便学书。董字如今配二王，书翰弥天壤；况诗词更擅长。这是你馆阁家常事，料无废荒，愿赐我白练裙边一二行。

（丑）既然如此，待下官领到前舱去做，少顷之间，就送来请教何如?（旦）相公久负才名，这一首题画的诗有甚么难做，一定要当面求教。（老旦暗笑介）如今做不来了。料他没有别法，一定要逃走，待我把门儿扣上。（扣门介）（丑）这等说起来，一定是要做的了。待我去出个大恭Ⅲ]，把肚里的污秽出脱尽了，好进来做诗。（急走开门，开不开介）呀！是那一个反扣住了?妙香，开门！（老旦不应，暗笑介）（丑大慌，背介）这怎么了！这怎么了！我原是不肯来的，都是那个贼秃逼我进来，说甚么话，调甚么情，如今说得好话，调得好情。（旦）诗有了不曾?奴家磨浓了墨，待你来好写。

（磨墨介）（丑背指介）你不是磨墨，分明是磨我的骨头，磨我的性命！如今叫天不应，叫地不应，却怎么处?（捶胸，顿足介）

【五般宜】急得我浑身虚汗流似浆，急得我凄慌泪乱流似汤！（哭介）天那！我黄天监穷便穷、苦便苦，却无拘无束的过了半生，何曾受过这般的磨难?若是为自家吃苦，也还气得过；别人图快乐，教我替他受熬煎。这样的冤枉到那里去伸诉么?天那！（放声大哭介）（旦惊介）呀！为甚么原故，竟号咷痛哭起来?我则道哦韵试铿锵，却原来是髭捻太苦，逼成凄响！做诗做到这个地步，真可谓之苦吟了。还差几句不曾完，快写出来，待我替你续完了罢。（丑一面哭，一面说介）其、其、其实一句不曾有，求、求、求、求夫人饶过了罢？（旦大笑介）好翰林，好才子，好名公！这等，你往常的诗文书画，都是那里来的？难道你终日价悬标卖谎，就没个人寻鸡告攘？终不然世眼尽如盲，真到今日呵，咏梅花才遇敞！

既然如此，不消做得了，饶你去罢。（丑）多谢夫人！这等，暂且告别，改日再来奉陪。（出介）谢天谢地，这样一场大祸，被我放声一哭，就哭脱了。怪不得古人有窍，把眼泪叫做泪珠；珍珠虽好，还没有这般适用。我如今有了这个哭法，凭你甚么女中才子、绝世佳人，都不怕了。从今以后呵，门上挂个招牌，招揽四方主顾，替人包做新郎，只是不同床铺。（笑下）（旦长叹介）这等看起来，那里是董思白，明明是个大拐子，假冒他的名字，骗我过来的了。不免叫丫鬟进来，拷问一个明白。妙香那里？（老旦）在。（旦怒介）你们这班人，分明是一伙奸贼，做定圈套拐骗良家子女。好好的说来就罢，不然我喊起地方来，拿到官司，连你也去不得！（老旦）夫人说得不差，果然是一伙奸贼。只是妙香这个丫鬟，也与夫人一样，同是受害的人。若还是他一党，方才就不该反扣舱门，看他出丑了。（旦背想介）也说得是。

【五韵美】（老旦）我和你是鸟同罗，鱼同网，休得做相持鹬蚌将臂攘。（旦）这等，是甚么原故？你快讲来。你既然不是贼人党，为甚么踌躇费想？（老旦）非是我吞声相向，只恐怕前舱近，又没个隔耳墙；须待等到夜静人眠，对伊细讲。

（旦）这等，把舱门关了，走近身来，轻轻的说就是了。（老旦观望介）且喜他过船去了，就重讲也无妨。（旦）他到甚么人的船上去了？（老旦）是空和尚的船。（旦）怎么是空也来了？他到那里去？（老旦）夫人，他当初是“空”，如今是“实”了。这桩事都是他的诡计，方才那个主儿是他雇倩出来，替天行道的。（旦惊介）这是甚

么原故？（老旦）他终日到你家求画，见你人物又标致，性子又聪明，就起了不良之心，要娶你做妻子。只因不曾蓄发，不好自家出名，故此央了这个主儿，假充董翰林，娶你过来。如今带到京中，就要交还他了。（旦）呀！原来如此。这怎么了得？我那爹爹呵！（哭介）（老旦）夫人，你且忍气吞声，不可被他听见。他若听见，知道亲事不谐，就要害你的性命了。（旦）也说得是。这等，我便不知落了他的圈套，你既晓得，为甚么也随了他来？（老旦）只因卖身的时节，也吃媒婆骗了。后来身子被他所辱，时时切齿腐心，只是孤身一人不好行事。如今随了夫人，不愁没有帮手了。须要缓图机会，切不可泄漏机关！（旦）这等说起来，你能勾忍辱报仇，也是个女中侠士了。可敬，可敬！

【山麻秸】听说罢，增悲壮，同病相怜，同事相商。这等，方才那个厌物，是何等之人？（老旦）说起是空令人发怒，若说起这个厌物，只怕又要发笑起来。（旦）怎么说？（老旦）他姓黄，名天监。虽是个男子，却与我们一样的。（旦）难道也是个妇人不成？（老旦）虽然不是妇人，却是有男子之名，无男子之实，为害杨梅结毒，烂去了人道的。（旦笑介）怪道那般老实，不敢近我的身，原来是这个原故。（老旦）夫人，你还亏得是他，若遇着别个村郎，此时呵！也与我忍耻辱的梅香一样。（旦）这等说起来，不但不该恨他，还该感激他才是。从今以后呵！便和他同居无恐，同行无碍，便同宿也无妨！

是便是了，想个甚么法子对他？（老旦）有一件东西在这里，是他当初摆布我的。我一向要拿来摆布他，只因没有帮手，不好做得，如今要用着了。（旦）是件甚么东西？（老旦）我初来的时节，原不肯同他睡，被他把一服迷药，放在茶饭之中与我吃了，就昏迷不醒，所以失身与他。及至醒来，已悔之不及。后来他不疑我，把迷药都教我收藏。如今现有一包在此，几时设个计较，弄他过来，放在酒杯里面与他吃了，等他昏迷不醒的时节，丢他下水就是了。（旦喜介）妙绝，妙绝！

【江神子】虽然罹祸殃，还喜得同仇辈协力勷襄。两人合胆偕肠，休呼主母呼梅香，彼此互称吾党。

既有此药，事不宜迟，你几时走过船去，说我情愿嫁他，叫他过来成了亲事。到那时节，依计而行便了。（老旦）说得有理，明日就过船去。

【馀文】（合）不须别处伸冤枉，至公堂就在这木兰舟上。那生杀之权都是我和你一对儿掌！

第十五出　入　幕

【赵皮鞋】（净、丑、末扮贼兵上）身做挡路兵，个个眼睛快似鹰。搜财劫宝太精明，半个铜钱不教剩。

（净）咱们非别，刘大王帐下的喽罗是也。自从大王来到仙霞，教我们分班挡路。且喜得往来的客商甚多、劫掠金银无数，大王甚是欢喜。只是寨里没有书记，要掳一个读书之人做幕宾。我们也曾拿住几个解送与他。怎奈如今世上假方巾多，真秀才少，外面看了俨然象个斯文，及至拿起笔来，也与我们一样。故此大王大怒，个个都拿去杀了，依旧教我们寻访。这桩事情真正是个难题目，外面的光景还看得出，肚里的东西怎么看得出？（众）以后拿着的，也要试他一试。看见有些意思，才好解送与他，不要见佛就拜。（净）说得有理。远远望见山脚底下，有个戴方巾的来了，我们不要响动，到僻静处等他。（暂下）

【锦缠道】（小旦巾服，副净挑行李随上）度崚嶒，望家山，迢迢远程。踪迹妒浮萍，便无根，也还逐水飘零，怎似我步艰难又没个长亭短亭。（副净）前面是仙霞岭了，山又高，路又狭，是福建有名的险道，须要慢慢的走。（小旦）你道是铁仙霞四海闻名，却不道纵险也须行；怕甚么羊肠鸟径，须知道心坚力也胜。行一步少一步的路途馀剩，又何必嗟苦怨长征！

（众齐上，拔刀拦住介）往那里走！快献宝来。（小旦慌介）列位，念我是个读书人，身边所带的不过是几本残书、一支败笔，没有甚么钱财。（众）既是读书人，不要你的银子。俺大王那边少一个书记，你去做了罢。（小旦又慌介）我肚里没有文才，做不得书记。（众）身边又没货，肚里又没货。这等，是个废物了，拿来砍了罢。（外、末拿小旦，丑拿副净，各欲杀介）（副净喊介）大王饶命！我家相公是极有文才，做得书记的。（众）既然如此，且放了他。（各放介）（副净先下）（众对小旦介）你情愿做书记么？（小旦）待我商量回话。（背介）我今日落了虎口，料想不能脱身，不如权且顺从，再做道理。（转介）情愿做。（众）既然如此。咱们都要试你一试。若果有文才，就解送大王，不然依旧要杀。（小旦）任凭考试。（众）这等，我们坐了，各人想个法子试他。（共坐想介）（净）有法子了，待我拿一件东西出来。（下，取大秤上）（众）这是一把秤，怎么样试他？（净）自古道，一字值千斤。待我秤他一秤，看有多少重？那肚里有字没字就知道了。（末）"一字值千金"，是说文理值钱的意思，那有秤得的道理？照你说起来，一个字重一千斤，若识得十个字，就有一万斤重了。（净）这等说，免了秤罢。（丑）我有个法子极妙，也去拿一件东西出来。（下，取索上）（众）这是根索子，要他何用？（丑）我闻得人说，肚里有墨水的，就是好秀才。我如今吊他在树上，且看肚子里面可有墨水流出来？（末）又来混帐。写得字出的人，就叫做有墨水，那里有墨水吊得出来？若依你这等讲，世上黑心的人都是有才学的了。（丑）这等说，免了吊罢。（外）你们坐下，待我试他。那秀才过来，我们不识字，不考你文章。闻得近来的名士都会串戏。我这里没有行头，只把好些的曲子唱一只来，且看中听不中听？（小旦随意唱小曲一只，众不住喝彩介）（末）唱得好！声韵悠扬，气度文雅，一定是个文人。大家送进寨去，快走，快走。（做行到击鼓介）

【破阵子】（副净引众上）身是人间罗刹，灵为上界妖星。积草屯粮思大举，止少翩翩幕下生，迟疑未敢行。

（众带小旦进见介）禀大王，岭上拿住一个秀才，尽可做得书记，特地解来请功。（副净）不要又象前日的。（众）这个不同，请大王面试。（副净）那秀才过来，你果然是有才的么？（小旦）虽无大才，略堪小用。（副净）这等，就把我腰间古剑为题，吟诗一首我来听。（小旦吟介）"千年宝剑气如虹，昔日曾交楚汉锋。莫道斩蛇皆仗汝，也曾江上刎重瞳。"（副净）好！诗中的意味，我虽然不解，这声韵来得铿锵，又且不费思索，一定是有才的了。众军士记功候赏。（众应下）（副净与小旦揖介）失敬了。（送坐介）分付军士，一面安排酒席，与相公压惊；一面叫众姬妾们出来侑酒。（众应介）

【普天乐】（副净）失趋迎，忙陪敬，恕蠢子，无灵性。请问先生高姓大名，尊居那里？（小旦）学生姓林名太素，莆田人也。（副净）这等是同乡了，非亲即旧，一发有缘。（小旦背介）虽亲旧到此羞称，纵仇敌也暂相能。（副净）我这幕府缺人，要借重先生秉笔，千万不可推辞。（小旦）既辱勉留，怎敢固却！只恐怕袜线短才，不能胜任耳。虽当敬承，也须知负山蚊力难胜。

（旦、老旦、净、丑扮姬妾，持酒上）酒筵齐备，请大王送席。（净送席，坐介）

【古轮台】（合）压虚惊，一边又当洗红尘，军师天授真堪庆。军容增壮，士气加腾，未举先知全胜。羽扇相宜，纶巾厮称，轻裘缓带客中卿。刻期祭纛，选日长征肆凭凌。一任他羽书告急，飞邮请救，烽烟传警，也难掩耳避雷霆！（劝酒介）

须酩酊，主宾从此各忘形。

（小旦）酒多了。（起介）（副净）先生是少年的人，恐怕受不得寂寞，请在这些姬妾之中，选几个去陪宿何如？（小旦）学生极喜独眠，这个断不敢领。（副净苦劝，小旦力辞介）（副净）哦，咱家知道了，我们福建人大概是喜南不喜北的。不如在这军士里面，选几个少年些的去伏事罢了。（小旦）这桩事学生不但不喜，又且深恶而痛绝之，一发不敢领教。（副净）这等说起来，竟是个道学先生了。

【馀文】你休得要熬孤另，卖老成，倒不如选个红妆乘兴。（小旦）便是同宿也原无兴可乘。

（副净）长才今日始逢真，向被儒冠误笑颦。

（小旦）却为真才收假士，儒冠毕竟好欺人。

第十六出　悟　　诈

【山坡羊】（生便服，带外、丑上）乱纷纷懒应酬的书画，渺茫茫难寻觅的姻娅，远迢迢盼不来的信音，明白白解得出的签和卦。下官自从湖上回来，度了残岁，不觉已是三春，被这些书画应酬，依旧缠个不了。记得去年返棹之时，曾托江怀一留心寻访那画画的女子，至今尚无消息，好生放心不下。空教人驰意马，再不见灯开一夜花。为甚的红鸾无信青鸾哑？多应是海上淘金只见沙！下官求签问卜，都说姻缘倒是姻缘，只是中间有个小人，要用术强娶。我想那个女子有这样高才，又有这样绝技，岂有不择婿而嫁之理？当今负才名者，就是我与眉公两个，难道他有了林天素，又要夺人所好不成？想来决无此事。疑差，谅心交术怎加；稽查，是谁人乔作衙？

我如今不免修书一封，差人送到湖上，讨个消息便了。守门的那里？（外、丑）在。

（生）我在里面写书，凡有客来，一概回了，不许通报。（外、丑应介）（生）八行代我传心事，千里从人索好音。（下）

【前腔】（末背包裹上）兴匆匆最称心的婚嫁，冷清清不睬人的姻娅，气昂昂极傲性的阿翁，眼睁睁耐不过的穷孤寡。我杨象夏自从女儿去到董家，已经两月，竟不差人接我。我想女婿是做官的人，大模大样，那里记得我这穷岳丈？女儿新去，又不好自家做主，故此把我这个老人家丢在脑背后了。我如今没奈何，只得自己来就他。是便是了，女儿一向是要体面的，我这等模样上他的门，料想决不欢喜。（叹介）儿啊，儿啊！做爷的也要替你争气，怎奈有心无力，争不得这口气来。我愁闷杀，这心思乱似麻。都只为无璋只弄这琉璃瓦，因此上愁把羞惭去赠他！女

儿是自家生的，恼便等他恼一场，料想不好轻慢我；只是女婿不曾见过，他的官又尊，名又重，见我衣衫褴褛去亵他的体面，万一不认起来，却怎么处？（沉吟介）岂有此理，他是个读书明理之人，难道不晓得贫士之苦？决无此事。我虽是蒹葭，现开着玉树花；难道他乌纱，就没个穷葛瓜？

前面一所大门面，不知是甚么人家？待我走去问他一声。（对外、丑介）门上的大叔借问一声，你们这边有个董翰林，住在那里？（外、丑）这里就是。你问他怎的？（末背介）呀！原来就是，待我放下包裹，好对他讲话。（放介）这等，烦你通报一声，说他的丈人到了。（丑）怎么，老爷的丈人到了？这等在那里？你是他第几层的管家？（末）说的甚么话，我就是他丈人，他就是我女婿。（丑）见你的鬼，我家老爷有你这个叫化丈人？（末）古语道得好，皇帝也有草鞋亲。怎么是这等话？你不要管，只进去通报，他自然出来迎接的。（丑）放你娘的狗屁！好一副嘴脸！他出来迎接？（末怒介）怎么！我穷便穷，也是你主人一门亲眷，怎么开口就骂起来？（丑）你若不去，莫说骂，还要打哩。

【孝顺歌】赏你一顿头边棍，嘴上巴，权为丈人的见面茶！（外）兄弟，好好对他讲，不要动粗。（对末介）老者，我对你说，老爷有事在那边，没有工夫会客。你若果然有亲，改日再来，我自然替你通报。劝你暂回家，休得寻相骂，在这朱门喧哗。（末）到底是老人家知事。你老爷既不得闲，可进去对夫人讲，说他父亲到了。他自然留我进去的。父女之间，怎容虚假；试向伊传，自然留进私衙。

（外背对丑介）兄弟，照他这等说来，象是有些来历的，你便进去说一声。（丑）连你也没正经，夫人的父亲是我见过的，那里是这个穷相？（外）自古道三父八母。或者是他认的干爷也不可知，你便进去问一问看。（丑对末介）这等，你姓甚么？是那里人？说明白了，待我好进去通报。（末）我姓杨，在杭州住。（丑）我讲便去讲，若还是就罢了；万一不是，你却不要怪我。（下）（末）管家，少刻夫

人接我进去，这个包裹烦你替我拿一拿，我自己背了不好看相。（外）那个自然。（丑持棍急上）光棍还将这光棍打，恶人须待我恶人磨。（擎棍欲打，外扯住介）呀！这怎么说？（丑）我把你这个老杀坯，怎么没缘没故来认一个诰命夫人做起女儿来？我方才对夫人讲了，他说那有这个父亲，教我乱棍打将出去。（欲打介）（外）兄弟，看他老面，饶他去罢。（对末介）还不快走。（末背气介）怎么，天地之间竟有这等异事，一个女儿竟教人打起父亲来？真是个天翻地覆了。哦！他一来怪我没妆奁，二来怪我坏体面，故此这般待我。唉！你不肯认我也勾得紧了，还亏你开得这样毒口。（叹介）世上养女儿的都来看样！

【前腔】我把桑榆景，倚靠他，谁知有夫就不认家，竟将宦势把亲加！教我低头入奴跨。这便是养女儿的梢头大瓜！生这样逆种出来，还要性命做甚么，不如撞死在他门上！（转身撞介）（外扯住介）怎么我倒劝他放你，你反撞起头来？我且问你，你撞死了，要诈那一个？（末）我死了呵，问他个婿把翁谋，女将父杀；拚我残生，了他诰命乌纱！

（又撞介）（小生上）一到便来寻旧友，双眸专等看新人。（外、丑）呀，陈相公回来了。（小生）这是甚么人，在此撒赖。（外）禀告相公：老爷在书房有事，分付一应客到，不许乱传。这个老儿好好的走来说老爷是他女婿，教小人通报。小人不理，他就撞起头来。（小生对末介）请问兄的尊姓？贵处是那里？（末）学生姓杨，敝处是杭州。（小生）哦！他去岁在湖上新娶一位夫人，莫非就是令爱么？（末）正是。（小生对外、丑介）你老爷新娶的夫人，就是他的小姐。怎么不替他通报？（对末介）他们不认得，不要怪他。小弟奉陪进去就是了。（末）多谢。（同进介）（小生）快请老爷出来。（外请介）（生上）忽闻佳客至，定有好音来。呀，眉公到了。（见介）（小生）去岁恭喜，小弟因为不知，未曾奉贺，多有得罪。（生）小弟无喜可

贺。此位是谁？（小生）就是新夫人的令尊。（生与末见毕，背介）这等说起来，想是那头亲事，竟替我做成了。可喜，可喜！（各坐介）（生）眉公，小弟所托之事，想是有些成议了么？（小生）玄翁又来取笑，新夫人娶来一向了，倒还问起小弟来，想是怕我打喜么？

【雁过沙】新人久宜家，还将信稽查。这拳头欠账多时挂，饶伊胡赖终须打，只好求个不生利息偿原价。忙将喜酒，补来当茶。

（生）眉公，我并不曾娶甚么亲。你说的话，小弟一毫也不懂。（小生）你当初瞒我做事，就该罚你了，怎么到了如今还要胡赖？

【前腔】（生）你言词巧波查，将人恁胡拿。舌翻谑浪如相耍，面多正色疑非诈，教人当真还当假？为甚的老成君子，也调唇弄牙！

（小生指末介）请问你既不曾娶他令爱，他为何到你家来？（末对小生介）老先生，总来是我这穷鬼不是，不该上他的门。他不是瞒着老先生，总是不肯认我；我走了出去，他自然会讲出来。这等告别了。（起身欲行，生留住介）老丈请坐。你二位在此说话，下官却象做梦一般，一些头脑也摸不着。这是甚么原故？快请讲来。（小生）兄把结亲的始末，当面说来就是了。（末）去年十二月，是空长老走来说，你见了小女的画十分赞赏，要与舍下联姻。学生重你的才名，就欣然许了。你第二日就下聘，第三日就娶下船。原说一到松江，就差人接我的。谁想来了两月，鬼也没个上门。我一来舍不得小女，二来无人作伴，只得自己一个，受尽风霜之苦，寻到此间来。你为甚么还不认我？（生大惊介）呀！这是那里说起？我当初在是空店上，见了一幅画，赞赏是真，只央人查问，看是何人所作，并不知道是令爱画的。怎么就央是空作伐？方才还写一封书，正要差人去探消息。怎么？这等说起来……（小生）我说他决无此事。这待看起来，想是是空和尚假借他的名头，倒替别人做去了。（末）岂有此理！

【玉抱肚】不信他恁般机诈，（指生介）毕竟是伊行装聋做哑！（生）老丈若不信，方才写的那封书现在袖里，墨迹尚然未干，取出来看就是了。（取书付末，末看大惊介）呀！这等看来，我的小女果然被人骗去了。我那娇儿呵！（哭介）（生、小生）老丈且耐烦。（末）恨奸徒将人诓骗，我娇儿今在谁家？（合）可怜红粉委泥沙，说起教人切齿牙！

（末对生一面哭，一面说介）老先生，小女一生看字看画，再不肯称赞别人，开口也是董思白，闭口也是董思白。那贼子来说亲的时节，道是老先生要娶。我看他喜不自胜，只说今生得偕佳偶；就是学生年老无儿，也只说终身有靠了，谁想做的是一场春梦！我儿，如今董思白在这边，你往那里去了？我那娇儿呵！（捶胸顿足大哭介）

（生亦哭介）哎，可怜！只因下官浪播虚名，致令爱受此实祸。这等看来，都是下官的罪孽了！

【前腔】都是这无情书画，引他人将名冒假。我虽然不害佳人，念佳人由我害杀！（合前）

（小生）这等，老丈回去，只问是空讨人就是了。（末）我前日因这边没有信息，也曾走去寻他。谁想店也不开，人也不见，及至问人，都说搬到远处去了。（生）这等说起来，一发情弊显然了。眉公，我和你都要留心，若还寻着此人，定要置之死地。（小生）那不待讲。（末）学生告别了。（生）老丈既然没有令郎，令爱又无下落，如今回去倚靠何人？不如在舍下权住几时，待下官替你寻访便了。（末）多承盛意，只是打扰不安。（生）说那里话。

从来实祸起虚名，累己殃人两不情。

始信逃名为上策，莫将姓字误苍生。

第十七出　毒　诓

【番卜算】（净幅巾、便服上）好事逼人来，天与行方便。红裙情愿配袈裟，不待旁人劝。

我是空这几日正在这边熬不过，要想一个法子，骗杨小姐成亲。谁想天赐奇缘，倒因祸而得福。只因黄天监被他考倒，几乎弄出把戏来，亏得妙香那个丫头，将错就错，倒与他说出真情。他道是空师父体态又风流，人物又标致，当初到我家走动，累我害了年把相思，只恨不能到手。他如今既要娶我，是极妙的了，为甚么不自己出面，把这个厌物来伴我？你可教他拣个好日，自己过来成亲，不要耽搁了好事。我是空听见这几句话，好象火炙糕见了滚汤，竟打顶上酥到脚底。我想既有这样的机缘，还要拣甚么好日？莫说今晚的日子还好，就是极凶极恶的日子，犯了克夫的关煞也说不得，定要过去成亲的了。岂不乐哉！

【醉扶归】把诚惶诚恐都变做诚欢忭，从今后天鹅到口免流涎，不住的磨拳擦掌耸双肩。真个是人逢喜事精神健！今夜呵，千金一刻不须眠，把生平本事从头献。

这桩事不消说得了。只是黄天监那个狗才，当初我要用着他，所以把酒饭与他吃、衣服与他穿、大船与他坐，如今新郎是自己做了，还要他做甚么？本待要把衣服剥下来赶他上岸，只是我明日到了京中，没个家人服事，不象体面。我如今生个法子摆布他，不愁他不投靠我。已曾分付船家，唤他过来讲话，待他走到，先要发作一顿，做

个下马威，才好与他做事。

【番卜算】（丑飘巾、艳服上）一任好清官，谢事无留恋。纤毫库帑未支销，好把原封验。

（见介）老师父，恭喜！（净坐不动介）我去银子娶的老婆，成亲是我分内的事，要你恭甚么喜！（丑）起先还要候缺，如今是现任的新郎了，怎么不要恭喜！（净）我是候缺的，你就是出缺的了。怪道坐在舱里唤你不动，想是还要做几时么？（丑背介）呀！这些话来得古怪。

【醉扶归】为甚的弥陀忽变做金刚面？好教我低眉菩萨费周旋！我巴不得早交一日胜千年。他反道我情难割舍将他恋。这的是覆盆底下诉沉冤，有天无日谁听见？

（净）我且问你，你这一身衣服是那里来的？（丑）是你做与我的。（净）我为甚么做与你？（丑）要我代做新郎，做来打扮的。（净）却又来，自古道装龙龙象，装虎虎象；不会念经，休做和尚；不会上鞋，休做皮匠。我只说你在风月场中走过，这些应对的口才，件件是来得的，所以把酒饭供给你，把衣服打扮你。谁想一窍也不通，画又不会看，字又不会写，诗又不会做。若不亏我有个即溜的丫鬟，几乎被你弄出大事。如今事体既做不来，就该把衣服交付与我，还穿在身上做甚么？

（丑）我替你效了一场劳，不指望别样的酬谢，这身衣服就见赐了也罢。（净怒介）啐！放你娘的狗屁！我如今做新郎，现在要穿，有得送你？快把皂靴脱下来。（丑）也罢！我做了一任清官，临去的时节，也原该脱靴，就脱还你。（脱靴介）（净伸脚介）替我穿起来。（丑）怎么？脱还你也罢了，又要我替穿？（净）快些，不要多话！（丑叹介）不怕你离任的官儿清似水，脱靴还要替后人穿。（代穿介）（净）这双靴呵，

【皂罗袍】都是你大脚将来蛮楦，把靴尖挣阔，难配金莲。如今把方巾除下来。（丑）怎么，方巾也要除了去？（叹介）也罢！我谢事因知当事苦，弹冠不似挂冠高。就拿了去！（脱巾付净介）（净戴巾，摸介）这几根头毛好不知趣，长又不长，短又不短，搠在这方巾外面，只怕不十分雅观。蒙茸短发似青毡，根根现在方巾面。（丑）这件衣服要不要？（净）凭你就是了。（丑）上面没有方巾，下面没有皂靴，就穿了也不相称，索性脱了去罢。（脱衣付净，净着介）宽袍大袖，飘飏似仙；长摇大摆，轻狂欲颠。只愁飞上清虚殿。

（对丑拱手介）如今请上。（丑）请上甚么？（净）请上岸。（丑）上岸去做甚么？（净）长安虽好，不是久恋之乡。我出家人是吃十方的，没有闲饭倒把别人吃去！将军不下马，各自奔前程。请上岸去自寻头路。（丑惊介）呀！你原说携带我进京，怎么来到半路，忽然变起卦来？（净）我当初说你做得些事，故此带你进京；如今一些用也没有，我要你做甚么？（丑）我只除新郎不会做，其馀的事都是来得的。（净）你说会做甚么事？（丑）我上船会撑篙，上岸会扯纤；冬天会烧火，夏天会打扇。晚间会关心，早间会开店。赌会记输赢，嫖会做篾片。就是你到京中趁大钱，也要几个随身牙爪寻事件。把几碗残茶剩饭养工人，一来又当行方便，为甚么原故就要赶逐起来？（净）岂有此理，皇帝也难白用人。你若要服事我，只除非写一张卖契，待我把几两身价与你，才好使唤。（丑）待我商量回话。

（背介）且住。我若不依他，他定要赶我上岸。腰间没有盘缠，往那里去好？不如且骗他几两上腰，到前途脱身便了。（转介）既然要我卖身，把多少身价与我？（净）少也拿不出手，就是齐头数罢。（丑）这等是十两了。既然如此，拿纸笔过来。（写介）

【前腔】强写卖身文券，为穷途落魄，手内无钱。（写完介）请看。（净看介）既写了身契，就要行个主仆之礼。过来磕头！（丑背介）既要他的银子，也说不得，只得要拜施黄金落在膝头边，只当低头去拾难辞倦！（磕头毕，旁立介）如今契也写了，头也磕了，银子赏与我罢。（净）怎么？你从杭州跟到这里，一路上的饭钱、酒钱、船钱、轿钱，算来岂止十两？不要你找出来也勾了，还问我要身价？好放肆的奴才！我今晚要过去成亲，好好替我收拾行李搬过船去。若有半点失落，都要你赔！（连骂"奴才"下，丑呆介）怎么，白白的骗我卖身？半厘骚铜也没有，还要开口"奴才"，闭口"奴才"！（叹介）我只道他婆心佛手，扶人上天；又谁知狠心毒手，推人下渊。这是我时乖遇着逢人骗！

难道这张身契被他骗了去，就是这等罢了不成？少不得要生个法子，出口怨气。权且跟随他，相机行事便了。

求荣得辱恨难当，枉把清官做一场。

早识世间公道少，便须染指有何妨。

第十八出　沉　　奸

【桃红菊】（旦带老旦上）（旦）恨奸徒将人赚来，喜同仇将心暗偕。（老旦）填还我旧时冤债，填还我旧时冤债，任从你黄泉弄乖！

（旦）妙香，我们的计较虽然商议定了，也还要筹个万全。他虽然孤身独立，到底是个男子；我们虽然协力同心，毕竟是两个妇人。况且有黄天监在船上，虽不是他至亲，却也同谋共事的。万一到紧要头上，他忽然叫喊起来，我和你画虎不成反类狗了。这怎么处？（老旦）夫人放心。闻得那贼秃叫他过去，把他浑身的衣服剥得精光，又逼他写了卖身文契。他如今切齿不过，那里还肯救他？（旦）这等说起来，一发是天意了。还有一说，我昨晚细想：就是弄死了他，我和你两个妇人，来在他乡外国，没有一个男子护身，也走动不得。他总是个没阳气的人，倒要把他认做丈夫，才好行事。且待相中了可托之人，到那时节，多把些金帛酬他，打发开去便了。（老旦）说得极是。待我叫他进来分付一番，倒要用着他做个帮手便了。黄官人进来。（丑破衣、旧帽上）今日黄天监，当时贾至诚；脱将衣帽去，现出本来形。（见介）夫人有何分付？（旦惊介）呀！怎么弄做这般模样？

【惜奴娇】褴褛堪哀，怎豪华行径，变做恁般穷态？（丑）不瞒夫人说，不但衣衫被人取去，连身子也不是自家的了。（哭介）（旦）漫道是身随衣去，还你两件都来。（丑）莫说两件都来，只求夫人说个方便，把身契退还我，也就感恩不尽了。（旦）休骇，连他自己的身躯也难久在，不久就要逐浮萍归沧海！（合）且放怀，喜得同舟共济，把巧计安排。

（老旦）你不要愁，夫人有好话分付你，若肯依计而行，还你受用不了。（丑）这等，但凭分付。（旦）他诓骗良家女子，天理不容。我如今恨他不过，要骗他过来成亲，把酒灌醉了他，要你丢他下水，你可肯动手么？（丑）夫人，只怕你不是真心，你若果有此意，我恨不得刳出他的心肝，把与狗吃！教我丢他下水，有何难哉？只是一件，他的酒量极高，只怕一时吃他不醉。（老旦）那都在我们身上，你不要管。（旦）既然商议定了，你就去请他过来。（丑）这等，我去了。用他人之妙计，报自己之深仇。（作跳船下介）（老旦）你看那只船还差许多路，他一跳就跳过去了。（旦叹介）他听见报仇忘却死，我和你要图雪耻怎偷生！（老旦）船拢过来了。夫人，你安排些好话儿对他。（净飘巾、艳服，作跨船介）风流和尚成亲日，寂寞佳人得意时。（见介）夫人见礼了。（叹介）我害了几年的相思，不想今日才得到手。

【前腔】年来，虽遇天台，似仙凡相隔，咫尺天涯。夫人，闻得你也思念小生，可是真的么？（旦作羞态，背面不语介）（老旦）夫人，你背后那样想他，怎么一见了面，又是这等害羞起来？（扯旦向净介）（旦）待要把幽情相诉，怎奈面重难抬！（净）我和你是自己夫妻，害甚么羞？走近身来，听我讲话。（扯旦附耳介）乖乖，须念我欲火煎心难忍耐，先望你赐琼浆聊相解！（欲搂旦介）（旦推开，向老旦做眼势介）（老旦背对净介）他是个青头女儿，比不得我，你还该从容些，怎么这等性急？（净）你是晓得的，我出家人见了女子，可是忍耐得住的么？（老旦）自古道，酒能合欢。待我拿了合卺杯来，你和他一边吃酒，一边讲话，渐渐的亲热起来，他就不怕你了。（净）这说得是。快拿酒来！（合）且暂捱，须待交杯合卺，渐渐和谐。

（老旦取酒上，净斟送介）夫人，论理该叫一班鼓乐，吹吹打打的拜堂才是，念在舟中，不便行礼，将就成了亲罢。（坐饮，同唱，老旦袖中取药，暗放净杯内介）

【锦衣香】（合）两意谐，相怜爱；双凤喈，声和霭。同心自有天知，不须交拜。发长发短有谁猜？只愁须硬略刺香腮，把鲛绡暂隔。不多时自会长来，耐着心儿待。看醉容娇态，两情渐浃，无羞堪害。

（净作醉态，起介）酒有了，夫人去睡罢！（欲近旦，作行不动跌倒介）（旦）如今是了。快叫老黄进来！（老旦低声介）黄官人快来！（丑上）呼声呼得低，想是要我收拾那东西。（老旦）快来！（丑）呼声呼得急，定是那件东西要收拾！果然醉倒了。（老旦）快些丢下水去！（丑）且慢些，我的衣服都被他剥去了，如今没得穿，且待我剥还了再处。（除巾剥衣、脱皂靴介）老兄，老兄！自古道：人情留一线，日后好相见。你既不肯舍慈悲，我也不敢行方便。浑身剥得赤条条，两个光头齐出现。你谋人依旧被人谋，骗我还须遭我骗。这是你自家作孽自承当，莫把我这一班善男信女来埋怨。如今待我背他出去。（老旦扶上，丑背做丢下水介）（内作船家问介）船头上甚么响？（丑）在这里倒马桶。（旦）如今好了，我们三个人的大仇都已报了。且坐过来吃钟喜酒。（同饮介）

【浆水令】（合）喜今朝才消怨怀，喜今朝才脱祸胎！休将怯弱笑裙钗，伸冤雪枉，懒控乌台。鼋鼍吏，鱼鳖差，押送囚徒归大海。仇人去，仇人去，心花顿开！拚沉醉，拚沉醉，红遍香腮。

（旦）是便是了。我和你此仇既报，就该急急回家，还到京中去做甚么？（老旦）原该如此。只是千里行来，忽然转去，恐怕船家要疑心。（旦）这里到京还有多少路？（丑）不上三百里了。（旦）既然如此，就到京中画几幅单条册页，卖些盘缠，收拾回去便了。

【尾声】试将画向神京卖，办归装把山阴棹买，倒做了个乘兴而归尽兴来。

第十九出　求　援

【紫苏丸】（小旦巾服上）路遭强横身拘系，遍思量脱身无计。待修书间道去求援，只愁难出重围里。

奴家林天素，自从别了陈郎归家，为葬亲之计，谁想半路遇着强徒，被他掳人寨中，留为记室。亏我百般掩饰，还不曾露出本相来。倘若被他看破行藏，岂能免得辱身之祸？（叹介）我想陈郎数着日子等我转去，谁想有这等意外之遭，好生忧闷也呵！

【醉归花月渡】【醉扶归】悔临行订约多容易，到如今赚他终日盼佳期；又谁知天意从来与人违，更是这婚姻好事遭他忌。【四时花】悲凄，说甚么文齐福齐，到如今祸也齐！想是我烟花不该做名士妻。【月儿高】因此上道阻鲸鲵，身填在祸坑里。我只怕皂靴儿栖不稳鞋头凤，角巾儿隐不下眉边翠！【渡江云】露出轻盈惹是非，做不得个冒险相如抱璧归！

奴家终日要想脱身，被他着人行监坐守，半步也走动不得。料想自己逃不出寨，不如写一封密书送与陈郎，

教他请兵来救我便了。（写完介）

【一封书】江干怅别离，到中途逢不意。豺狼肆虎威，赖乔妆免祸危。强执愁人司幕府，坐守行监不放归。望图维，早出奇，救出孤鸾逐凤飞。

书写完了。平头那里？（副净上）强盗伙中宿，喽罗帐里眠。几时离险地，何日见青天？姐姐有何使令？（小旦）我被他拘留在此，不能脱身。已曾写下一封密书，你可藏在衣带之中，星夜逃出寨去，送与陈相公，教他速请官兵，早来救我，不可迟疑误事！（副净）我也正想如此，这等就去。（小旦）你见他呵，

【甘州歌】【八声甘州】道我有愁肠万缕，被衣冠束缚，难效那儿女悲啼。到黄昏时候，也一样偷弹珠泪。莫道我心肠竟随形径改，一味粗豪不念伊。【排歌】（副净）休多语，莫漏机，须防暗处有人窥。你心中话，我自知，见时自会诉悲凄！

闻道赍书去，号天请救来。

恶徒盈贯久，齑粉也应该。

第二十出　借　兵

【一江风】（小生巾服，带丑，挑行李上）忆鸳盟，好事虽然定，两个仍孤另。他那里迹如萍，甚日重来，我和他濯影湖波，共入西施境？（小生）送别林天素，回到余山，不觉已经数月。想他这个时候，一定来在途间了，故此束装而来，先到湖边等候。此番不须另觅居停，竟到江怀一家中借寓便了。谈玄借草亭，围棋共纸枰，临邛略解我相如病。

【前腔】（外上）重嘤鸣，意气逢人赠，肝胆无留剩。怪同盟，好事相瞒，巧话相欺，且看他首尾如何应？我江怀一与董、陈二友，同结岁寒之盟，虽隔云山，时通书尺。近来契阔多时，心上好生怀念。董思白瞒我娶亲，虽然是他不是，怎奈多年好友，到底丢他不下。不知几时同来湖上，把臂谈心，消我近来的鄙吝也呵！床头酒不斟，杖头钱不倾，只为着朋侪吝。

（小生带丑重唱“谈玄”三句上）（外）呀！眉公来了。（见介）请问董思老所娶的人，近来得意么？（小生）并无此事，几乎屈杀了他。（外）这等说起来，难道杨家老儿的话，是骗我的不成？（小生）不是杨家骗你，也不是董家欺你，另有一个欺骗之人。（外）是那一个？

【梁州序】（小生）是个空门魑魅，浮屠奸佞。（外）这等说，是个和尚了。莫非就是是空么？（小生）然也。是他暗使奸谋，代他人婚娶，假冒此公名姓。（外）怎么有这等事？如今杨家女儿在那里？可曾访着了么？（小生）波间捞月，镜里攀花，何曾摸着些儿影？（外）这等，只消去寻着是空，同他讲话便了。（小生摇手介）色空空色两无凭，此时呵，又不知何处门敲月下僧？都一样，没巴柄。

（外）原来有这等奇事，说来令人发指！天下不过这般大，四海不过这样宽，小弟定要寻着此人，断他的头来下酒。只可惜那个聪明女子，不知填了那个的淫坑？即使追得转来，也是一块有瑕之玉了。（小生）正是。这也罢了，只是林天素去了许久，为甚么还不转来？

【前腔】（外）迢迢长路，巍巍高岭。便是梦游也得三更，你谈何容易，又没个长房暗缩归程！（小生）他原说不消三月就转来的，如今已过期了。（外）虽是他期人携雨，约刻行云，怕依不得神女风流性。（小生）闻得闽中路上盗贼蜂起，我着实替他担忧。（外）他是个女中豪杰，自有应变之才，不必替他忧虑。一任那豺狼当道势纵横，这娘子军偏取次行，况又是才俊杰，貌书生。

（副净上）身出刀枪里，书藏衣带中。若还逃不出，两命总成空。（见介）（小生、外）呀！平头你转来了，姐姐在那里？（副净）姐姐么，如今在强盗窝里。（小生、外惊介）呀！难道被掳了不成？如今现在何处？你快讲来。（副净）不消讲得，有书在此，二位相公请看。（付书，小生看介）呀！果然被掳了，如何救得他出来？（付书，外看介）

【节节高】（小生）空将二目瞠，叹无能！这拏云妙手将谁倩？辜负你坚贞性，密迩情，稀奇行；惭愧我力绵无术将伊拯，只好把遭逢委向红颜命！（合）细筹妙算靖幺麽，休教倒授干戈柄。

（外）眉公，不须着急，小弟有个契友就在闽中。他一向慕你的才名，托我求赠言一首。你若肯赋一诗赠他，提兵救难之事，包在小弟身上。（小生）是那一个？（外）镇海大将军。是闽中第一个豪杰，与小弟有八拜之交。仗他的兵威，平此小寇，直如摧枯拉朽一般。你如今题一柄扇头赠他，诗中寓着求救之意；小弟再写一封恳切的书，着平头星夜送去。他见了书扇，自然出兵援剿。不但救出佳人，还可为苍生除害。（小生）若得如此，恩同再造。这等，小弟一面做诗，老兄一面写书，再羁迟不得了！（外）取笔砚过来。（小生写扇，外

写书介）

【前腔】（外）寒暄叙不成，直书情：友妻陷入虎狼阱，专望你提精劲，救娉婷，锄枭獍。夸言曾向良朋逞，急求我友相呼应！（合前）

平头把书、扇收好了，星夜赶到闽中，往镇海大将军的帅府投递。他见了书，自然救你姐姐出来。（副净收书、扇介）晓得了。

【尾声】（外）你道是崔家小姐的须臾命，全仗你白马将军半万兵。（小生）惭愧我张珙无能仗友灵。

第二十一出　卷　帘

（老旦）男子多才未足奇，盛名今喜在蛾眉。伫看一笔千人扫，愁杀长安轻薄儿。我妙香为何道这几句？只因夫人来到京中，要借垂帘卖画为名，选个才技相同的夫婿。谁想有才者无技，有技者无才；就有才技兼全的，相貌又不风流，气质又不温雅，所以我家夫人一个也相不中意。卖了几个月的画，佳婿虽不曾有，银子却收了数千。那些王孙公子，一来要买画，二来要挑情，把金银视为粪土。不过画几柄扇头，或是几幅单条册页，多的五六十金，极寒俭的也是二十四两书帕。好笑那些书骁子，钱便花了许多，还不曾与夫人见面。有几个尖酸少年要看他面貌，故意造出一段流言，说他平日的画是隔着帘子画的，有个男人在里面代笔。定要他卷一日帘子，好面试一试。夫人受谤不过，只得依了他们，已曾约过今日卷帘。此时求画的人将要来了，我且把文房四宝摆列停当，好待夫人出来。（摆列介）

【北新水令】（旦上）担簦卖技的女儿曹，卷珠帘非关夸俏。藏头疑代笔，对面索挥毫，锋颖难韬。看一笔把千张扫！

（坐介）（老旦）夫人，把帘子卷了罢。（旦）且慢些，待人齐了卷。画完了就放下来，省得羞人答答的，只管与男子对面。（老旦）也说得是。

【南步步娇】（小生、末、副净、净，飘巾艳服，各带家僮，捧礼物上）艳服乔妆相夸耀，去睹如花貌，琴心各自挑。但看他画向谁工，便知他心将谁靠。怕的是才逐眼儿高，教人枉把痴魂掉。

（老旦）禀夫人：人齐了。（旦）卷帘。（卷毕，众见介）夫人，见礼了。（旦）列位先生请坐，有甚么赐教都取出来。（小生）小生是一柄扇头。（末）学生是一方册页。（副净）小子是一轴手卷。（净）在下是一条汗巾。（老旦共取，送上介）（旦）妙香，磨起墨来。（老旦磨墨介）（旦）这等，奴家献丑了，列位不要见笑。（众）不敢。（旦画介）（众背喝彩"标致"介）（净）面貌、声音都是绝妙的了。还有一件疑他，只怕是一双大脚。（众）怎见得？（净）既然脚小，为甚么把一条桌围，遮住了下面半段？（副净）也说得是。（净）待我要那丫鬟，教他撤去。（对老旦介）梅香姐姐，他们都说有一个男子躲在桌围里面，提拨他画画，可是真的么？（老旦）那有此事，我知道列位的意思了。也罢，珠帘既不挂，何用桌围悬；不如都撤去，待你看金莲。（解去桌围介）（众偷看介）好一双小脚，还没有三寸。如今真个十全了，还有甚么讲得！

【北折桂令】（旦看净，画介）觑着他那花面偷瞧，早不觉画出个盗果猿猴，窃食山魈。汗巾完了，妙香送过去。（老旦付巾，净背看得意介）妙！我的汗巾是临了拿上去的，倒先画起来，可见有意到我了。藏在袖中，就做他的表记。（旦看副净，画介）便将他那山野形容，老实规模，画做个本分渔樵。手卷完了，送过去。（老旦付副净，副净收介）（旦看末，画介）试看他老婆娑，好一似风前瘦鹤：且待我肖神情，画一个雪里芭蕉。册页完了，送过去。（老旦付末，末收介）（旦看小生，画介）试觑他神气逍遥，须髯飘飒；待画个岭上孤松，当做颊上三毛。

扇也完了，送过去。（老旦付小生，小生收介）（众）家僮取礼过来。（取到，各送介）（小生）白金二十两送夫人润笔，幸勿嫌轻。（末）这也太轻了。学生加倍，是四十两。（副净）这也不叫重。小子再加一倍，八十两粉边细丝。（净）小人做事不大，都走过一边，看我送礼。（送介）夫人，他们是白的，在下是黄的；他们是碎的，在下是整的：金子二锭，重三十两。求夫人亲手笑纳。（揖毕、欲交

旦手内介）（旦）男女授受不亲，奴家不好领得。妙香收了。（老旦收介）（净背介）怎么，见了两锭大金子，手也不肯接一接，这等大样？哦！想是众人面前不好亲近我一个。这种意思，也要原谅他。（众）唐突夫人了，告别。（共揖介）

【南江儿水】你窄窄腰肢倦，纤纤指节娇。临摹强把精神耗，应酬不耐心思躁，参。】难把虚疲疗。休怪我这俗客频来缠扰，都是你把彩笔勾魂，不觉的身随心到。

（旦）列位请回，恕不送了。妙香，放下帘来。（老旦下帘介）（众出介）（副净）便与我们再谈一谈也不为过，就急急的放下帘来，弄得我们心上好不难过。（小生、外）早知道这样关情，倒不如不见的好。如今想煞也没用，各人回去罢。（净）列位请回，小弟还要转去。（众）转去做甚么？（净）他方才不住的把眼睛瞧我，又先替我画画，分明是垂盼之意。我不好辜负他，要转去谈谈心事。（众）不但瞧你一个，我们都被他瞧过了。也罢，我们就先别让他转去。时来遇着酸酒店，运退撞着情人。（同下）（净转介）（老旦）相公为甚么转来？（净）特来拜谢夫人。（老旦）方才谢过了。（净）方才是公谢，如今是私谢。烦你说一声，定要面会的。（老旦）夫人要恼，我不好去说。（净）你若不说，我就自己卷帘了。（自卷帘介）夫人，方才多谢，（揖介）（旦惊介）呀！

【北雁儿落带得胜令】为甚的手慌张将绣幔挑，口卢都把夫人叫？假相知不避嫌，甚通家来脱套！（净）方才蒙夫人把眼睛垂盼，又先画我的汗巾，分明是加意于我了，怎敢不来叩谢！（旦）呀！我随手抽来就画，那里知道是你的？就把眼睛瞧你，也不过是看人打发的意思，有甚么私心？一任你赖多情把风流冒，硬和谐将水米交。怎知俺守寒潭的鱼难钓，不通风的户怎敲？空劳，多礼数把殷勤效；难教，没来由将盛意叨！

（净）我晓得夫人的意思，不是在这边卖画，分明是选才郎。小子虽然不肖，也是个纳粟的前程；家事虽然不多，也将就有一二十

万。夫人倘不弃嫌，请结丝萝之好。

【南侥侥令】既把夫人唤，须将诰命叨。我这赀郎品级虽然小，也一样的戴乌纱，着紫袍。

（旦）呀！这话从那里说起？我是有丈夫的人，不过因家道贫寒，卖画糊口。你怎么说起这样话来？劝你快走，休待我丈夫回来，讨个没趣。

【北收江南】呀！你若是这般样轻薄呵，休怪我把恶语相嘲！（净）怎么恶语相嘲？你便讲来。（旦）我笑你在铜钱眼里逞虚乔，不过是财旺致官高。这君恩易叨，这荣名易标，孔方一送便上青霄。

（净）这女子好放肆，笑我是铜钱买来的官，不值个狗屁！这样可恶，我就捹了这个钱买的官儿，来结识你！（嚷骂介）

【南园林好】（丑作醉态上）念区区酒囊饭包，又谁知生来命高。没生涯终朝醉饱，都倚着那妖娆！

（到介）甚么人在我家吵闹？（老旦对净介）我们家主回来了，还不快去。（净怒介）甚么家主？分明是个大拐子。你们都是他拐来的，只好［可］骗别人，骗不得我。（丑骂介）（净）怎么，朝廷的命官竟辱骂起来？反了，反了！（对家僮介）都是你这些狗才不是，写大字的灯笼，贴封条的扶手，都不带在身边。他那里知道我老爷的官职？（指丑介）你这狗才不要慌，待我明日写一个帖子，送到兵马司去，打断你的狗筋。（旦）你要把官势压他么？这等不难，我苦

[蓄] 了几日卖画的银子，也去纳一个前程与他，和你同到官司去对理。

【北沽美酒带太平令】休得要倚官尊自逞豪，恃金多忒放刁。须知富贵难将贫贱骄，况不是榜题名御赐袍，不过是挂虚衔的荐绅名号！写灯笼马前高照，刻封皮人前炫耀。吓乡民隐然虎豹，骗妻孥居然当道！你道这乌纱是铜包、铁包？呀！只恐怕祸来时也与俺不差多少！

(净气介) 了不得，了不得！这个泼妇就象小学生背书一般，气也不断，扫我这半日的大兴。明日不是上本，就是告状。且回去养养精神，好和他对理。要夺风流趣，反受腌臜气。妇人辱命官，写本奏皇帝。(下) (丑) 夫人，他气冲冲的回去，若果然告起状来，怎么了得？(旦) 不妨，料他那纳粟的官儿势力也有限。我明日就纳一个前程与你就是。回去的时节，也省得被人稽盘。(丑喜介) 这等说起来，我的官星又现了。快活，快活！

【北清江引】(合) 今朝准备输官钞，买个乌纱罩。权为抵箭牌，暂作藏身窖。只怕那扫兴的人儿又来将兴扫！

第二十二出　救　美

【步蟾宫】（生冠带、三髯，引军士上）掀髯一怒波涛震，谈笑处，河清江润。遇明王，拱手便称臣，狡悍翻为忠荩。

自家镇海大将军是也。雄名盖世，义胆包身。帐中子弟三千，麾下貔貅十万；昔号海边之天子，今为化内之藩臣。自从受事以来，且喜时和岁稔，海不扬波。近日闻得有一伙草寇扎住建宁，断入闽之咽喉，为一方之残贼。欲待提兵前往征剿，又恐风闻不确，三军过处，惊扰地方。已曾差人侦探去了，待有确报，然后发兵。分付辕门军士，有报贼情的，即便放他进来。（众应介）（副净持书上）山路行来几千里，草鞋穿破百来双。门上的爷，代传一声：杭州江相公有书。（众）老爷不得闲，要等那探贼情的塘报，没有工夫看书。（副净）这一封书就是报贼情的。（众）这等，快传！（进传介）（生）取书进来。（副净付书扇，先下，众送生，生先看扇介）原来是陈眉公的亲笔。我曾托江大哥先容，要得他一言为重；如今有了这首赠诗，明日刻在他文集之中，我的姓名也就可以不朽了。可喜，可喜！（看书介）呀！原来陈眉公的爱妾陷在贼营之中，要我提兵往救。这等看起来贼情是实了。此时不去征剿，更待何时？分付大小三军：各人励兵秣马，就此启行。（众应介）（生戎装毕，起马行介）

【神仗儿】（合）军机电迅，军机电迅，军声雷震！一个个威扬勇奋，要将佳人救拯。交锋对垒，留心识认；愁玉石，两难分，愁玉石，两难分。

【步蟾宫】（副净戎装，引众上）兵多粮足山溪峻，先计守，后图前进。（小旦巾服上）暂相安、羽扇共纶巾，帏幄假筹须运。

（见介）（副净）林先生，自从你入幕以来，我这边粮饷愈增，兵威日盛。若不乘此举事，更待何时？今乃黄道吉日，我就要从此起兵，先据了建宁一府，扼住入闽咽喉，然后渐图进取。你心下如何？（小旦）正该如此。（丑扮探子，急上）泰山压卵，非同小可；我要避他，他来寻我。报大王：镇海大将军亲自督兵前来，要与大王厮杀。（小旦背介）或者是陈郎请来的救兵，也不可知？打点几句话儿，到临阵之时，求救于他便了。（副净）我今日正要起兵，就把他来发个利市。大小喽罗，一齐奋勇争先，杀上前去，不可有违！（众应，行介）

【神仗儿】（合）弯弓露刃，弯弓露刃，预先把军威顿整。大家帮衬，杀教无头可奔！他来寻我，不思安分，只怕他蛇口窄，象难吞，蛇口窄，象难吞！

（生、众上，迎杀介）（贼众败走，生、众赶着擒副净、小旦介）（小旦）将军，念我是个妇人，被他掳在军中做书记的。（生）莫非就是林美人么？（小旦）不敢。（生）军士放了。（众放介）（生）江、陈二兄曾有手札见示，知道美人陷在贼营，故此星夜出兵，赶来相救。（小旦）多感将军活命之恩，容奴家拜谢。（生）不劳。分付军士，讨一乘轿子，送林美人回松江去。（小旦）奴家原为葬亲而来，还要回到莆田安厝了二亲，然后转去。（生）这等，暂且同行，到分路之处，再遣人相送便了。（众）禀老爷：贼头还是就斩，还是解去请功？（生）幺麽小寇，何用解京，枭斩示众便了！（杀介）（生）就此班师。

【降黄龙】卤莽兴师，谈笑挥戈，咄嗟临阵。看幺麽授首，桴鼓收藏，烽烟消尽。回军，听凯歌声里，隐约约带些娇韵。都只为扬眉吐气，有个佳人！

（生）来此已是交界之处。分付旗鼓司：拨健丁十名，护送林美人。下官告别了。（小旦谢介）（先下）

【黄龙衮】分开岭上云，分开岭上云，遥望潮头蜃。却早的路入清漳，海逼三山近。貔貅归帐，将军入阃；人解甲，马卸鞍，苏劳顿。

【尾声】等闲一举全忠信，方知意气果如云。也亏他遥赋新诗退虏氛。

第二十三出　返　棹

【双劝酒】（丑冠带，摇摆上）草包、饭包，忽然荣耀；时高、运高，说来堪笑。倒受贤妻封诰，这场奇福难消。小子生来命奇，家资荡尽无遗。为害腌臜病痛，烂去紧要东西。只道今生事业，都如此病难医。谁想因祸得福，桩桩占却便宜。亏个慈悲长老，平空赠我娇妻；岂但连家奉送，又还舍命相陪。不做一毫营业，终朝妇唱夫随。只怕富辞不脱，谁知贵又相随。被个无知恶少，逼人爬上云梯。现做挂名京职，谁人再敢相欺。身上蓝袍炫耀，腰间银带光辉。传语故乡的亲戚朋友，都来看我黄天监衣锦荣归！（笑介）下官黄天监，自从纳了前程之后，蒙我那贤慧的夫人，当面分付道：当初骗我出来，都是是空的诡计，与你无干。我因你是个老实的人，故此权且认做夫妻，省得在他乡外国，被人盘诘。也是你的命好，吃了这几时闲饭，又白白得了一个前程，你如今也该知足了。我目下要回故乡，预先替你说过，在途路之上，还与你认做夫妻，一到杭州就要分别。你自姓黄，我自姓杨，不可再来走动。我便答应道，不肖蒙夫人抬举，得有今日，真个是再造之恩！虽有男女之名，又无夫妻之实，怎敢久累清名？送到杭州，自然拜别。说了这些话，就收拾起身。一路行来，已到杭州地界，不久就要分别，须要请他出来拜谢一番。妙香，请夫人出来。

【上林春】（旦带老旦上）（旦）盼断家山今已到，儿归处，虑亲难保。（老旦）才听两岸乡音，不觉稍宽怀抱。

（丑见介）夫人，来到的所在已是杭州地方，到岸就要分别了。特地请你出来，拜谢大恩。（旦）这也不消。（老旦）他当初是个无藉之人，如今跟了夫人，一朝富贵，这样的恩德也非同小可。就受他

几拜，也是该的。（丑拜，旦立受介）

【催拍】感洪恩天高地高，污泥中将人救捞。雨露重叨，雨露重叨！虽然两下，水米无交；便受虚名，福也难消。（合）从今后仰拜青霄：愿来世，报琼瑶。

【前腔】（旦）笑伊家果然命高，拙如鸠偏居鹊巢。才没分毫，技没分毫，富贵功名，不意相遭。这样新郎，以后多包。（合前）

（旦对老旦介）妙香，你当初也是好人家儿女，与我同落奸人之计，后来报此大仇，也全亏了你。我们两个虽有主婢之分，实无良贱之异。既回故乡，各人自去择婿，不必跟随我了。（老旦）说那里话，妙香遇了夫人，才得拨云见日。如今回去，情愿服事终身，不敢复生他想。

【前腔】为夫人才高福高，致梅香灾消祸消。怎敢轻抛，怎敢轻抛！但愿娘行，贵婿相招；叠被铺床，永不辞劳。（合前）

（旦）这等，你且依旧随我，我若身有所归，决不教你失所。只是一件，他们当初假装圈套，你不得不叫我夫人；后来身在异乡，又不便改口。我如今回去，依旧做女儿了，你不可再唤夫人，惹人讥诮。（老旦）既然如此，只叫小姐就是。（丑）到杭州了，请小姐上岸。

【一撮棹】（旦）鲢共鲤，各自泛波涛；谈笑别，无泪可相抛。（老旦）人前去，休得逞风骚。（丑）只落得，人尽识无聊。（合）同归处，乡邻总难料。今日里，才是女英豪！

相逢懊恼别离欢，火自炎蒸炭自寒。

配错姻缘都似此，莫言同枕便相干。

第二十四出　赴　　任

【尾犯引】（生便服上）懊恨夙缘无，空把孽名，将伊耽误。（末巾服上）幸辱周全，惭非亲顾。（生）心死矣灰而未冷，（末）信茫然求而越疏。（合）相看处，眉攒泪落，两下心同苦。

（见介）（末）老先生，晚生原为寻女而来，小女既然不在，就该转去了。终日在此打搅，甚觉无颜。（生）四海之内，皆为兄弟；况属斯文，又同骨肉。怎么这等相拘？只是不曾替你寻着令爱，此中未免歉然。

【本序】无计代追逋，愧我这罢职闲人，有贼难捕。倘若是秉轴当权，怎容他逃辜？（末）晚生昨日在街上闲行，偶然听得一个消息，但不知真与不真，是与不是？（生）是个甚么消息？（末）闻得有个少年女子，在京师里面垂帘卖画；又说也是姓杨的，但不知可是小女？（生）技艺相同，又合着尊姓，一定是令爱无疑了。非误，不信道伊家共谱，又出个多才少妇。既然如此，待下官赠些路费，速速赶到京中查问便了。寻着那无良之辈，看他把甚话巧支吾？

是便是了。我还有一句话，要替老丈踌躇。万一寻到京中，果然遇着令爱，那骗去的人无论才不才，也是一位令婿了。难道还好处他不成？（末变色介）老先生，你说的是甚么话？

【前腔】缘何把婿字唤奸夫？我拚个未审衷情，先撞头颅！到辇毂之旁，把冤情号呼。料想那皇都，定不比山陬小邑，纵隐着城狐社鼠。若把他奸诓并勘，只怕也难将一死蔽全辜！

（外扮长班上）千里赶来寻旧主，一边又当接新官。（见介）禀

老爷：长班磕头。（生）你原是我的长班，为何到此？（外）一来报老爷高升，二来迎接老爷上任。（生）我升了甚么衙门？（外）老爷升了礼部尚书。圣旨已下，就要催老爷进京。（生）晓得了，你且立过一边。（对末介）这是老丈的机会了。下官上任，不但同你一齐进京，又好替你报仇雪耻，岂不两便？（末）真可谓三生有幸了。老先生，这个长班，既从京中出来，那卖画女子的来历，他毕竟知道，何不问他一声。（生）说得有理。叫长班过来。（外）有。（生）我闻得京师里面，近日有个少年女子垂帘卖画，可是真的么？（外）是真的。（生）这等，是那里人？叫甚么名字？你且讲来。（外）闻得是杭州人，叫做杨云友。（生、外共惊介）呀！果然是了。（生）这等，他的丈夫是何等之人？（外）丈夫叫做黄天监，是个极没用的酒徒，被这个妻子带挈，如今也纳有前程了。（生对末拱手介）恭喜！令婿既做了官，老丈的怒气也可稍平了。（末）他便做到一品当朝，我这口怨气也定然要出的。（小生、老旦扮书吏，旦扮门子，众扮皂隶、吹手齐上）

【归朝欢】（合）迎新任，迎新任，衙门吏书，促本官即忙到部。（到介）礼部大堂各役，特来迎接老爷。（叩头介）（外）起去。（各应介）禀老爷：圣旨催得紧急，求老爷早些起马。虚前席，虚前席，求贤大呼，愿恩主星驰电赴。（生）取冠带换了，即日肩行。（外取冠带，生换介）纶言催急难迟误。（末）苍蝇骥尾叨相

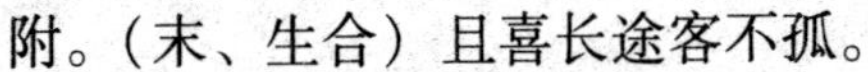

附。（末、生合）且喜长途客不孤。

（生）分付各役，就此起马。（众应，行介）

【鲍老催】新官戒途，旌旗蔽绕前后呼，苍生尽知是天下福。贤人出，泰运交，天心复。股肱效力扶新主，伫看膏泽民间普，补华衮，调玉烛。

【双声子】春官部，春官部，看宗伯今时赴。沙堤路，沙堤路，看拜相明年筑。赞庙谟，赞庙谟；秉国轴，秉国轴，看他年昼锦，似拥彗相如！

【尾声】趋皇路，畏简书，等闲抛却了东山棋墅，只恐怕陶令归来三径芜！

第二十五出　遣　媒

【生查子】（外上）着意觅佳人，无处探消息；丢去不思量，人又来天际。

我江怀一为着杨云友一事，终日访求，再不见一些下落。只说好事成空了，谁想不知不觉又从天上掉下来。闻得他被是空骗去，又央一个残疾男子假做新郎，要带到京里成亲。不意此女是闺中豪杰，极有智谋，不但不中他的诡计，反把贼子沉于水中，依旧完名全节，回到故乡。或者该是董思老的缘法，也不可知。已曾着人去唤媒婆与他说合。只是一件，董思老又进京去了，新郎不在，叫那做媒的人，怎么样去说亲？（沉吟介）我有道理，只说京里差人出来，托我替他做主。若还许了，要娶进京去成亲。这也是仕宦人家的常事。且待媒婆到来，分付他便了。

【吴小四】（丑扮道婆，持念珠上）又看经，又做媒，生涯两处催，到手的钱财肯让谁？因此上尺二金莲快似飞，才过东，又转西。

（见介）江相公，你唤小媒婆来，说那一头亲事？（外）你是个道婆，那里会做媒？

（丑）相公不知道，道婆是我的虚名，做媒是我的实事。（外）要挂这虚名做甚么？

（丑）只因那些做媒的人，终日花言巧语，指东说西，成了个套子。所以说来的话，人都不信，十处亲事九处做不成。我如今做了道婆，人都说是吃斋把素、看经念佛的人，口里没有诳语，所以说来的亲事，再没有不成的。（外笑介）这也巧极了。也罢，就试你一试，

且看这头亲事可说得成?(丑)是那一家?(外)是个姓杨的人家,有一位能书善画的女子,叫做杨云友,新近从远处回来,年已长成,未曾许嫁。我有个相好的朋友,是松江董翰林,前日升了礼部尚书,进京去了。他昨日有书出来,托我替他做主。若还说得成,就要娶进京去。那个女子是极慕董翰林的,料想没有推阻。你且听我道来:

【蛮牌令】他才技两相宜,心愿两相期。此时人作合,当日画为媒。他一向心违意违,都只为误受奸欺。又谁知缘终在,路不迷,弄虚成实,果效于飞!

(丑)这等说来,是顺风吹火,下水行船,极省力的亲事了,有甚么说不就?

【忆多娇】男愿依,女愿随。现在的姻缘自在媒,喜酒花红谅不亏。忙赴香闺,忙赴香闺,讨得佳音便回。

(外)两家心事暗相联,只待媒人把线牵。

(丑)毕竟穿针须用我,莫因容易减媒钱。

第二十六出　拒　　妁

【一剪梅】（旦带老旦上）（旦）归到乡间不见亲，才返游魂，又失离魂。（老旦）安排俊眼相才人，休为灵椿，负却芳春。

（旦）奴家自从京邸回来，受尽风霜之苦，指望寻着老父，图个骨肉团圆。不想他往松江寻我，至今未回。不但踪迹难知，亦且存亡未卜，可不愁杀我也。（泪介）（老旦）吉人自有天相，小姐请自宽心。只是一件，你如今的青春也不小了，早些相中一个才郎，把身子做个下落才好。若只管悠悠忽忽度将过去，只怕这有限的春光，顺风儿吹得过去，逆风儿吹不转来，那时节休懊悔也。（旦）我也知道如此。只是终身大事，不便草草，毕竟要相个仔细。且待说亲的来，我自有道理。

【诵子令】（丑上）如来本是父生身，方便还开方便门。奉劝女儿须早嫁，慈悲急救世间人。南无佛、阿弥陀佛！

（见介）这一位女菩萨可就是杨小姐么？（老旦）正是。（丑）好一位标致小姐！眉秀如山，眼清似水，怪不得这等聪明。小姐，你可晓得前生的事，是个甚么样人转世的么？（旦）要知前世因，今生受者是。我今生这等命苦，一定是个造孽之人转世的了。

【懒画眉】曾经回首顾前身，是个惯惹罡风的造孽人。因此上罚来闺闽作愁民，把流离困苦都尝尽。到如今猛省方知夙世因。

（丑）据我看起来，你是观音面前的龙女转世。

【前腔】我旁睁慧眼看佳人，你是九品莲台座右身。与那善才童子偶怀春，因此上罚来尘世偕秦晋。要我这个有发尼僧做月下人。

(老旦)这等说,你是来做媒的人。请问才郎是那一个?(丑)若说起才郎的名字,只怕你们两个都要眉欢眼笑起来。你说是那一个?就是松江的董翰林,闻得小姐平日是极慕他的。(老旦)难道又是董思白不成?(丑)不是了怎的?(旦、老旦相对暗笑介)(丑)何如?我说你们两个都要眉欢眼笑起来,如今应着我的话了。(旦)闻得他升了礼部尚书,如今该上任去了,那有工夫在家里说亲?(丑)他在京里差人出来,托本处的江相公作合。若小姐肯许,要娶到任上去成亲。(旦大笑介)又是第二个是空来了。他是目下进京,我是目下出京。难道他是个神仙,晓得我到了杭州,就教人赶来说亲不成?

【懒针线】【懒画眉】娘行休得故欺人,一误难教再误身。从今假药不沾唇。

【针线箱】都只为说真方曾受医人困,因此上悔多成吝。(丑)阿弥陀佛,一句虚言,折尽半生之福。果然是他要娶,小姐不要疑心。难道我吃斋把素看经念佛的人,好打诳语不成?(老旦)我家小姐,平日只因被那吃斋把素、看经念佛的人骗得慌了,所以见了你们就有些害怕起来。只因误受当头棒,不觉逢僧蔽脑门。须怜悯,他是个伤弓之鸟,休得要故扰惊魂!

(丑)这头亲事既然不许,请问小姐的意思,要嫁个怎么样的才郎?说明白了,好待我去另寻别个。(老旦)我家小姐么……要选个四样俱全的男子,才肯嫁他。(丑)那四样?(老旦)第一要看人物,

第二要考文才，第三要会写，第四要会画。有了四件，只管来说亲；若少一件，教他不要痴想！

【前腔】说明好去择良姻，休向那玉镜台边去觅温。只要才堪作对貌为邻，笔尖儿同扫千人阵，这便是会亲的符印！（丑）会写会画的才郎，街坊上尽有，只是才貌两全却看不出。待我多领几个上门，任凭你选择就是了。少甚么门悬画板的传真匠，伞挂招牌的卖字人。只怕你憎愚蠢，怎得个翩翩才貌，雅称他头上方巾。

这等，权且告别，改日寻了才郎，再来说亲。小姐，小姐！我笑你：

多才多貌更多疑，（老旦）只为三多不受欺。

（旦）何事赚人皆佛子，想因前世谤僧尼。

第二十七出　设　　计

【西地锦】（外上）所事难酬良愿，终朝为友心悬。（小生）系人千里情如线，何时收下风鸾？

（外）眉公，我昨日央人与董思老说亲，自揣万无不就。谁想那杨家女子被是空骗过一次，如今把真话都认做诳言，断不肯许，如之奈何？（小生）闻得他的意思，要选个四样俱全的丈夫，恐怕一时也没有。（外）小弟有个妙计，寻一个四样俱全的朋友，送去与他相。若相得中，竟娶他过来，连夜送进京去，把是空和尚的文字套用一用，有何不可？只是寻不出这个人来。（小生）谈何容易！莫说眼前没有这个人，就有这个人，他为甚么不去做真女婿，来替你做假新郎？（外）也说得是。

【啄木儿】（小生）无聊想，忒煞玄，怎得个刘郎堪冒阮？他既然射得中金屏，又怎肯代充佳选？（外）陈平六出思量遍，无人诳楚将谁倩？终不然坐看他人缔好缘！

（小生）这桩事且再做商量。只是天素陷在贼营，好生系念。前日蒙你写书去求救，为甚么不见回音？（外）还你早晚之间决有好音就是。

【前腔】（小旦巾服，副净挑行李随上）经危地，离故园，浪迹如蓬今又转。（见介）呀！天素转来了，可喜，可喜！（小生）你遇了这般大难，几乎愁杀小生也。（小旦）若不是江先生救援，几乎不能再会。你我二人该一同拜谢才是。（小生）正该如此。（小生、小旦合）起死人再肉枯骸，这至德深恩非浅！（外）这是

眉公一诗之力，小弟何功之有！况且排难解纷是我辈的常事，何足为奇；又在至交，更当效力，怎么说起个“谢”字来？路人尚且行方便，至交敢惜聊城箭，那有个受报居功的鲁仲连（小旦对小生介）你前日回去，一定看见董太史的人了，才貌果是何如？（小生）不要说起，竟是一桩屈事。是那卖画的和尚，假冒他的名头，把杨云友骗了去，其实与他无干。（小旦）怎么有这等的奇事？既然如此，难道一个有才的女子，竟肯与和尚做起亲来？（小生摇头介）他不但不从，又能报仇雪耻，如今依旧完名全节，来在家中。你明日换了女妆，去访他一访也好。

【三段子】你两个身如席卷，遇流离东西任迁；心难石转，际颠危冰霜克全。英皇宜结同心券，机云当合联珠串。鱼水交情，料应不免。

（外笑介）眉公，我方才和你商议，要寻个代做新郎的人，如今有了。（小生）在那里？（外指小旦介）就是此公。（小生笑介）这倒也说得是，只怕他未必肯依。（外）就是不肯，也一定要强他去的。（小旦）你们两个唧唧哝哝，商量些甚么？好教我害怕起来。（外）不消怕得。有一桩极讨便宜的事要你去做，千万不要推辞。（小旦）甚么事，快讲来。（小生）就是董思老那桩的事。他近日起了春官，赴任去了，我们央人替他说亲。那杨家女子当初被人骗过，如今听了我们的话，只说也是骗他的，坚执不允，要自己择婿。江怀老的意思，要你假充男子，走去与他相，相中之后，就娶他过来，[差人]送进京去与董思老完姻。这桩好事，你肯做不肯做？（小旦笑介）这样的险事，教我怎么做得来？（外）你落在虎口之中，天大的险事都做来了，何况这般小事，只当游戏一般，何险之有？（小生）你就要辞也辞不脱了，落得做个人情，应许了罢！（小旦）做便去做，只有三桩事包不稳，须要预先说过。做成了，我也不敢居功；做不成，我也不肯任过的。（外、小生）那三桩事？（小旦）或者是技艺被他考倒，或者是人物相不中意，或者是成亲之夜露出马脚来，弄坏了事，都不要怪我。（外、小生）这三桩事，料得定是没有的。不必太谦，明日就要借重了。

【归朝欢】蒙承认，蒙承认，红丝定牵，那怕他青钱万选！（小旦）千斤担，千斤担，不容卸肩，这新戏教人怎演？（外、小生）相如才思潘安面，虎头尺幅羊欣练，除了那枕上的风流样样全！

（小旦）堪笑年来厄运多，才离幕网又丝萝。

（小生）怪伊自惹风流障，（外）不作乔妆奈尔何？

第二十八出　诳　姻

【番卜算】（老旦上）俊眼相才郎，没个堪留意。一年好景负桃夭，又是摽梅际。

我家小姐自从京里回来，那些冰人月老足不离门，把男子的才貌，说得天花乱坠。谁想走到面前，不是读死书的秀才，就是卖油腔的浪子，所以小姐甚是厌烦。如今坐在绣房里面，不肯轻易见人。但有求亲的来，只传个题目出来考试，要待文才技艺都考中了，才肯出来面相人才。今日是个结婚姻的日子，怕有说亲的来，只得在此伺候。

【赵皮鞋】（丑持念珠上）来做撇脱媒，下聘成亲不用催。寅时相中卯时归，好歹只争这一会。

（见介）（老旦）老师父，想是又来说亲么？（丑）正是。今日这头亲事是十拿九稳的，快请小姐出来。（老旦）我家小姐被那些面目可憎，语言无味的人相得厌了，如今躲在绣房，连媒人也不许见面。分付有说亲的来，只许传题考试，考中了才相人才。（丑）这也使得。今日这一个莫说四样，就是四十样也任凭你考。只是一件，他方才说过了，相不中就罢，若还相得中，即刻就要娶过门的。这句话也要预先说过。（老旦）只要相得中，他也肯随轿过门。只怕那位郎君没有这等必售之技，不要太拿稳了！（丑）不敢相欺，他把这头亲事竟捏在手心里，连花灯、彩轿都带了随身。若没有真才实学，怎敢如此？（老旦背介）我不信有这等奇人。且等他到来，看是甚么光景？

【望吾乡】（小旦巾服，领花灯、彩轿、鼓乐上）稳效于飞，花灯鼓乐随。给弓请试穿杨技，雀屏不中羞回里，舍我谁堪婿！（合）男孤往，女并归，拿得定的风流会。

（到介）新郎到了。梅香姐，你先替小姐相一相。（老旦背介）果然好一个人物。但不知才技何如？我且去请题目出来。（下）（丑）林相公你看，莫说小姐生得十全，就是这个丫鬟也有七八分姿色。若还做得成，都是你口里的食了。（小旦笑介）（老旦持笺上）丹青为末技，诗翰作头场。题目在此，求相公做绝句一首，写作一幅单条，待小姐一来看诗，二来看字。（小旦展看，背介）呀，原来是木兰从军，这个题目恰好合着我女扮男妆的事，料他是出于无心，决非有意。我倒要露些意思，藏在诗中，待他后来识破的时节，才好藉口。媒婆，磨起墨来。（丑磨墨介）

【醉罗袍】【醉扶归】借题巧寓诗人意，谁能识得暗藏机？待将本相露鸳帏，那时方解风流谜。诗成了。梅香姐牵直了纸，等我写来。（写完，念介）“蛾眉披甲代行师，扫退群雄不识雌。莫道补天非女职，娲皇原不是男儿。”写完了，送进去看。（老旦取下）（丑）相公，诗可得意？不要把头场的文字，就被他贴出来。（小旦）岂有此理。这样文字若不中，世上竟没有举子了。（老旦持笺上）欲试无双技，还观第二场。小姐说诗与字俱中式了，还有一幅小笺，请相公作画。（小旦）这个一发不难。（画介）【皂罗袍】雕龙慧业，已经夺魁；雕虫末技，何难擅奇。后场当与前场配。

画完了，送进去看。（老旦取下）（丑）阿弥陀佛！保佑这场文字再中了也好。（老旦上）正在夸词翰，谁知画又工。安排窥婿眼，分付下帘栊。小姐说字画俱与诗才相称。如今要看容貌了，待我放下帘子，好待他出来。（下帘介）

【罗袍歌】【皂罗袍】（旦上）掩卷频夸才艺，怕中清外浊，难擅双奇。（细看小旦介）呀！看了那张郎自画的镜台眉，只怕我新人还不及新郎美！（丑）相公，

你走几个俏步儿与小姐看看。（小旦行介）（旦）说甚么凌波纤步，轻盈欲飞；似这等凌云仙致，也飘飏似吹。风流仿佛张家绪！妙香，你对他说：才称其貌，技称其才，不愧乘龙之号，准与联姻。（老旦传话介）（小旦）这等，取聘礼过来。（送礼介）小生备有寸丝之聘，望你呈上小姐。起先曾着媒婆说过，就要迎娶过门。（老旦）这等，待我传言。（传介）（旦）聘礼不消，送去还了。过门的话，依他就是。（老旦复小旦介）（小旦）既然如此，请小姐更衣上轿。（老旦请旦更衣介）【排歌】把新妆换，莫待催，催妆删去这旧诗题。（丑）相公也换了衣服，好同新人一齐上轿。（小旦更衣介）（丑）更常服，换吉衣，看香车宝马一同归。

（众鼓乐同行介）

【望吾乡】果效于飞，花灯鼓乐随。给弓一试穿杨技，雀屏已中今回里，似我才堪婿！（合）男孤往，女并归，拿得定的风流会！

（到介）（净扮宾相上，照常赞礼介）（外、小生潜上偷看，笑介）（小旦行礼毕，更衣坐介）（外、小生闯进贺喜介）林兄娶了这样好新人，甚为可妒。俗例原该打喜，如今未能免俗，也要各奉几拳，作为贺礼。（欲打介）（小旦笑介）打喜虽是旧例，求看相与面上，饶过了罢。（外、小生）这等，打便饶了，喜酒是要吃的。（小旦）今晚请回，明日过来奉请。（送出介）（小生）果然是个绝世佳人。可喜，可喜！（对外小旦介）娶便娶过来了，只是后半篇文字比前半篇更难，你须要用心去做。我们别了。（同小生笑下）（小旦转介）有这样不知趣的朋友，可恨，可恨！

【隔尾】这千金一刻非容易，怎经得把工夫闲费。只得要赶散宾朋好把玉手携。

（小旦）众人都回避了罢。（众应介）（小旦）取合卺杯来。（老旦斟酒，小旦亲送介）娘子，我和你是文字知己，比寻常夫妇不同，须要脱去成亲的套子，欢饮几杯，谈一谈衷曲，千万不要害羞。

【园林好】洞房中无人注仪，须脱略休行套礼。况不是寻常连理，才作合技为媒，才作合技为媒！

（劝酒，旦不饮介）（小旦）怎么，小生这等说过，酒杯还不肯沾唇？想是怪我礼数不周，只得要出位来奉劝了。（一手搭肩，一手劝酒；旦饮，小旦喜介）好！才女成亲，原该如此。不然就落了做新人的窠臼了。（复坐介）梅香，不住的酌酒，待我与娘子谈心。娘子，如今开一开金口罢！

【嘉庆子】（旦）我乍逢腼腆心恐悸，怎当那软款温柔的絮语催？自觉朱唇难闭，权待唱，便相随，权待唱，便相随！

（小旦）娘子，小生往常看你的画，笔笔到家，幅幅尽善，为甚么再不摹仿别人，只喜临那董思白？董思白的画有甚么好处，你就这等爱慕他？（旦）奴家不是有心学他，只因平日爱他的文章，重他的人品，故此笔墨之间，不觉无心契合。（小旦）既然如此，前日有人替他作伐，你就该应许了，为甚么又拒绝他？想是爱其才，不爱其貌么？

【尹令】既然暗投臭味，缘何不从婚议？多因怪他形秽，因此上谢绝良缘，顿把怜才素愿违！

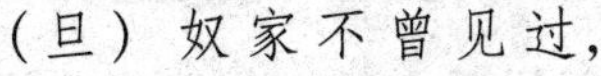
（旦）奴家不曾见过，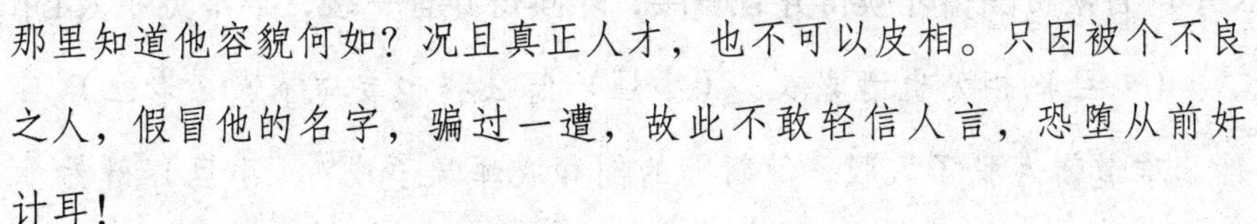那里知道他容貌何如？况且真正人才，也不可以皮相。只因被个不良之人，假冒他的名字，骗过一遭，故此不敢轻信人言，恐堕从前奸计耳！

【品令】鱼经钓伤，见钩影便生疑；况伊行隔远，谁人倩良媒？因此上疑奸诧诡，不觉的声色同时厉。（小旦）万一那做媒的人，果然是替他做的，岂不错了机

会？（旦）虽则是难分真假，赢得个后来无悔。到如今别缔丝萝，那好恶姻缘总莫提。

（小旦背介）我今晚既娶过门，自然该与他同睡。只是相逢未久，情意不曾洽浃，忽然露出本相来，恐怕他要发极。今晚且两处宿歇，待盘桓几日，有些熟事起来，那时节就说出真情，他也相信得过，决不怪了。（转介）娘子，小生起先的意思，惟恐你要更变，故此不拣好日，竟娶过门。我想男女成亲是百年大事，岂可草草。今晚的日子不大十分吉利，小生且到别房宿歇，另选一个好日，同你完姻。如今且暂别一夜。

【豆叶黄】非是我蹉跎好事，冷落鸳帏。念不比那露水夫妻，念不比那露水夫妻，情到处便成佳会。（旦背对老旦介）妙香，他说的话又有些古怪了！（老旦）正是。难道又是一个黄天监不成？（旦）今晚不论好歹，定要见个明白。你走过来，我分付你。（老旦近身，旦附耳说话介）（老旦）妙妙妙！我就去讲。（对小旦介）相公，小姐方才说，今晚的日子既然不好，求你叫一乘轿子来，小姐权且回去，待相公选了吉日，再来完姻。（小旦）说那里话，既娶过门，那有转去之理。你替我劝一劝。（老旦）我家小姐平日是最执意的，他说要去，是一定要去的了，那里还劝得转！（旦）妙香！快催打轿，不要耽搁了工夫。（小旦背慌介）这怎么处？如今没奈何，只得要将计就计，与他说明白了。（转介）既然如此，就是今夜成亲，不消回去。（旦）日子不好，不便成亲。（小旦）自古道选日不如撞日。既然相得中，也就是一个好日子了，不消拘得，待我替你解带宽衣。（代除簪介）先除簪珥，（代解衣介）后松带围，才嗅得异香一缕，才嗅得异香一缕，早不觉令人心醉魂迷！

（老旦）相公也请宽衣？（小旦）怎么我也要宽衣？（老旦）自然。难道新人脱了衣服，做新郎的倒和衣睡觉不成？（小旦）既然如此，说不得也要脱了。（除巾介）（老旦细看，背对旦介）你看好一头黑发，竟与小姐的云髻一般！（旦）正是。

【玉交枝】（老旦）为甚的男梳云髻，褪儒冠双环渐垂？（小旦脱衣介）（老旦）看沈郎一捻腰肢细，与娘行肥瘦堪比！相公请坐，待梅香替你脱靴。（代脱靴介）（老旦大惊，背对旦介）呀！小姐，皂靴脱去，竟是一双三寸金莲。这等看起来，是个女子无疑了。云鬟瘦腰俱可疑，看看露出金莲底！（小旦、老旦合）多应是犯孤鸾红颜数奇，犯孤鸾红颜数奇！

（旦细看，问介）呀！你怎么是个妇人？（小旦）我原说是个妇人，并不曾讲是男子。

（旦）又来胡赖，你何曾说是妇人？（小旦）小姐，你是个聪明绝顶的人，怎么说出这样懵懂的话？自古道明人不作暗事。我起先那首诗，临了有一句道：娲皇原不是男儿。不是男儿，自然是个女子了。明明白白的讲过，还说不曾讲？口是风，笔是迹，你若不信，取出来验一验。（旦）既然如此，你是个妇人，娶我来做甚么？（小旦）不瞒小姐说，我是替人代做新郎的。（旦、老旦共惊介）呀！又是替人代做的！（旦哭介）天那！我前生造了甚么业，被人骗来骗去，再不能勾出头！（小旦）小姐不要着急，你如今出头了。（旦）这等，你替那一个代做？快快讲来，是好人就罢，若还不是好人，我拚了性命结识你，今晚就不得开交！（小旦）不瞒你说，是替董思白娶的。（旦大惊介）呀！当初说是董思白，如今又说是董思白！我杨云友生前欠了董家甚么冤债？如今董来董去，只是董个不了。（顿足哭介）（小旦）小姐，如今这一董被你董着了。不要着慌，请坐下来，待我与你细讲。（扯旦坐介）从古以来"佳人才子"的四个字再分不开。是个佳人一定该配才子，是个才子一定该配佳人；若还配错了，就是千古的恨事！如今世上的才子只有两位：第一个是董思白，第二个是陈眉公。若论佳人也只有两位：第一个是你，那第二个也就要数着我了。（旦）你是那一个？（小旦）区区叫做林天素。（旦背介）林天素是海内知名的妓女，原来就是他。（小旦）我们两个怎么好丢了才子，去嫁那没名没姓的人？我与眉公已订了百年之约，可谓侥幸得所了。

那董思白当初见了你的尊笔，就彻底钟情，曾托江怀一到处寻访，谁想你被人骗去。如今完节回来，可见夙缘未断；及至江怀一央人作伐，你竟回绝了他。他与眉公商议，怕你失身于人，后来追悔不及，故此教我妆做男子，娶你回来，要送与董公酬其夙愿，这是一片真情。小姐，你从今以后，再不消疑虑了。

【江儿水】既把真情告，休将错念疑。佳人怎与村夫配，芳心忍把多情背，吾侪肯使良缘弃？劝你回嗔作喜，休得要一味相猜，把好意翻成恶意！

（旦）这等说起来，难道那个董思白，也曾钟情于我？（小旦）岂止钟情，他还不曾遇着新人，先做了个养老女婿。你那位令尊一向住在他家，如今也随他上任去了。你若再不信，明日送到京中，预先见过令尊，然后与他成亲就是了。（旦）若果然如此，不但是个情种，竟是我的恩人了，为甚么还不嫁他！

【川拨棹】心堪慰，放愁容展皱眉。亏你这有心人赚入鸳帏，有心人赚入鸳帏！不使我做负心人身投浊溪。（旦、小旦合）两推心不复疑，两相知喜共依！

（小旦）是便是了，我既做一番新郎，也要与你同宿几夜，略讨些虚哄的便宜，方才肯送你去。难道就是这等罢了不成？（戏作搂旦介）

【尾声】今夜呵，夫妻虽假也还同睡，休得要冷落了凤衾鸳被。（旦）你这位新郎呵，还强似前日的男儿不敢陪。

第二十九出　见　　父

【香柳娘】（末上）叹娇娃命乖，叹娇娃命乖！播迁无赖，令人几度嗟行迈。我杨象夏，蒙董公携带进京，指望寻着女儿，报了诓骗之仇。还求董公不遗葑菲，俯结丝萝，把他做个终身之靠。谁想事不由人，我便进去，他又出来，竟在路上相左了。又蒙董公赠我路费，独自一个赶到杭州，谁想女儿又不见面。及至访问那邻舍人家，又说他嫁到林家去了。我只得寻到那分人家，讨个下落。（叹介）种种都是不祥之事，好生困苦人也。甚嘉祥事来，甚嘉祥事来？才脱网罗灾，又欠琵琶债。路问来，此间已是林家了。见门儿半开，见门儿半开，婚宴犹排，户悬馀彩。

里面有人么？（副净上）屋里新郎假，门前贺客真。是那一个？

（末）林相公在家么？

你说有个姓杨的老者，来寻他讲话。（副净请介）

【前腔】（小旦巾服上）甚嘉宾叩斋，甚嘉宾叩斋？开轩相待，趋迎偶失君休怪。（见介）老丈尊姓？（末）学生姓杨，云友就是小女。（小旦）呀！这等是岳丈了。未曾远迎，多有得罪。（再揖，送坐介）（末）唤小女出来一见。（小旦）岳丈请坐，他自然出来。且停停自来，且停停自来。（末）骨肉久相乖，须知急难待！（小旦）这等，待小婿进去，就唤他出来。（下，末）好一位俊雅郎君！这个女婿嫁着了。看风流俊才，看风流俊才！这秦晋堪偕，只可惜做寒门娇客！

【前腔】（旦急上）报严亲到来，报严亲到来！急趋庭外，心慌步促疑多碍！呀！果然到了。我那爹爹呀！（相抱哭介）（合）恨奸人计乖，恨奸人计乖，使我父女活离开，偿尽凄惶债。（末）我儿，当初是做爷的不是，不曾听得你的言语，把那贼子当做好人，致累你这般受苦。可不痛杀我也！老叮咚不才，老叮咚不才！

惹祸招灾，累伊担害。

我儿，你被是空拐去的情节，与是空被你溺死的情由，昨日邻舍人家都细细对我讲了，如今也不消说得。只是我出门之后，也受了多少艰辛。若不亏一位大恩人扶持照管，这几根骸骨，也不知委在何方？怎能勾挨到如今，还与你见面。这一位大恩人可要知道他的名姓么？（旦）昨日也有人说过，孩儿知道了，就是董太史公。（末）原来

你也知道了。我儿，那董老先生不但才高望重，就论他的德行，也是当今第一个好人。我受他多少大恩，不能报答，当初还指望……（顾内，住口介）（旦）指望怎么样？（末低声介）我指望报了仇人之后，把你还嫁与他，一来报恩，二来做个倚靠的。你如今有了人家，这句话也讲不起了。（旦高声介）既然如此，也还不妨。这一分人家是作不得准的。（末）说那里话！自古道嫁鸡逐鸡。岂有更改之理？况这个女婿又生得齐整，你今已配了他，也算得一对佳偶了，怎么还说这等的话？（旦）爹爹，我老实对你说，他不是个真女婿，也是替人代做新郎的。

【前腔】这姻缘又乖，这姻缘又乖！就中机械，也同昔日迷魂寨！（末惊介）怎么，新郎是件甚么东西，只管可以代做得的？（旦）当初代做的是个太监，如今代做的是个妇人。（末）怎么有这等奇事？既然如此，他替那一个代做？你快讲来。

（旦）他替代的人，不是别个，就是董太史。只因江怀一与陈眉公都是董太史的好友，孩儿到家的时节，他两个央人来说亲。孩儿疑他又是假冒，不肯许他，要自己择婿。他就把这个女子，假扮做男人，送来与孩儿相，孩儿恰好相中了他。及至嫁将过来，才晓得是这番圈套。（末喜介）呀！这等说起来，你原是董家的人了，岂不是天从人愿！可喜，可喜！幸良缘又谐，幸良缘又谐，天意巧安排，不出人心外。（旦）他如今要差人送我进京，只为男子不便同行，妇人又不好送得，正在这边踌躇。如今爹爹回来，是极妙的了。这机缘凑来，这机缘凑来，福至弭灾，否消生泰！

（末）这等，今晚束装，明日就同你起身前去。

求姻便得缔良姻，莫怪天心不顺人。

只道认真都着假，谁知弄假却成真。

第三十出　会　真

【菊花新】（生冠带，外、净扮二役随上）来京有意觅神交，燕子何曾遇伯劳。怒发指青霄，向何处捕寻奸盗？

下官携带杨象夏进京，指望替他寻着女儿，把奸贼除了，万一夙缘未断，依旧成了好事，也未可知。谁想等得我来，他又出京去了。虽然赠些资斧，着他寻到故乡，但不知可曾相遇？（叹介）我的姻缘，料想不能勾了。只要使他骨肉团圆，也不枉我一番周济。不知这个消息，几时才得进来？好生放心不下。（丑持书上）一心成好事，千里报佳音。自家江相公的平头便是。蒙陈相公与我家相公，替董老爷成了好事，一面差人送杨小姐进京，一面写了公书，着我先来报信。来此已是礼部大堂，不免央人传禀则个。（见外、净介）二位爷代禀一声，说杭州江相公与松江陈相公差人下书。（外、净传介）（生）着他进来。（丑进见介）（生）二位相公都好么？（丑）多谢老爷，二位相公都好。（生看书，惊喜介）呀！怎么有这等奇事？平头，你是几时起身的？如今送亲的人来在那里了？（丑）禀老爷，小人与新夫人是一齐起身的。舡到张家湾，小人预先来报喜，新夫人随后就到了。（生）这等，分付长班，一面唤宾相伺候，一面拨夫马相迎。（众应下）（生叹介）怎么天地之间，竟有这样奇女子！不但不从奸计，又能雪愤报仇。我以前不过重他才技，那里晓得又有节操又有智谋。这等看起来，不但是女中豪杰，竟是闺阁中的圣贤了。下官何幸，得此异人，真个要喜杀我也！

【二犯江儿水】（众花灯、鼓乐引旦，同末、老旦上）笙歌前导，沸嚷嚷笙歌前导。花灯三面绕，照得这车中新妇，轿后梅香，隔帘栊的颜面好！人眼暗偷瞧，认得是京师旧阿娇。怪当初万口争挑，万手争招，你愁容对人情意少。眼儿太高，怪不得眼儿太高；心儿恁骄，可知道心儿恁骄！似这等一二品的才郎教人到何处讨！

（到介）（丑扮宾相上，照常行礼介）（生、旦、末坐饮介）

【前腔】（众）春官名号，刚合着春官名号，眉间秋气少。觑含香口绽，点绛唇开，隔华筵同莞笑。才子兴将豪，佳人恨已消。十载神交，一旦形遭，把忧愁担儿同日缴。才高福高，这的是才高福高；琴调瑟调，眼见得琴调瑟调。拚一个对写青山忙到老！

（生顾老旦介）这个婢子倒也生得端庄，叫做甚么名字。（末）叫做妙香。（生）心清闻妙香。这是禅门的字眼，为甚么取来唤他？（末）说起话长。他也是是空骗去的人，所以有这个名字。只是这个婢女，不要看错了他，倒是个女中豪杰，竟会忍辱报仇，画出许多奇策，帮助小女，才能勾保全名节。如今不该列于使婢之中，求你另把一双眼睛看待他才是。（生）这等，待我收做养女，寻一分仕宦人家，打发他出阁便了。（末）这等才是。妙香，再斟酒上来。（生）下官做了半世忙人，总为笔墨所苦。如今得了令爱，那些书画应酬，不怕没人代笔！这下半世的闲人，有几分做得成了。（末）笔墨之事，小女自当效劳，只怕画得不工，有损盛誉耳！

【六幺令】（生）有了这床头捉刀，再去作真本兰亭，也觉徒劳。从今玉管不亲操，都交付女英豪。（合）做一对懒夫勤妇同偕老，懒夫勤妇同偕老！

【前腔】（旦）才疏技少，只好做针指馀工，箕帚微劳。怎么把文房杵臼也亲操？徒伤手，虑贻嘲。（合）做一对巧夫拙妇同偕老，巧夫拙妇同偕老！

【前腔】（末）年来搅扰，未结姻亲，雨露先叨。幸将骨肉报琼瑶，惭翁婿，愧兰椒。（合）做一对寒冰暖玉同偕老，寒冰暖玉同偕老！

【前腔】（老旦）虽则是危途共保，感娘行福分如天，携上云霄。乌鸦怎入凤凰巢？便做个康成婢也福难消！（合）做一对梅香小姐同偕老，梅香小姐同偕老！

（生）侍儿们，掌灯进房。（末先下）（生、众行介）

【永团圆】群姬簇拥珠翠绕，焚宝篆，炙兰膏。笙歌不奏寻常调，新打就的游仙稿。这般乐事，何曾不是游蓬岛？莫说登科小，小登科纵好，还把那愁担上肩挑。怎比新婚夜无烦恼，只有我过来人，方才了了。恐负人年少，说与人知道。

【尾声】意中缘，今遂了。亏个文人把天再造，不枉把恨事从头说一遭。

李子年来穷不怕，惯操弱翰与天攻。
佳人夺取归才士，泪眼能教变笑容。
非是文心多倔强，只因老耳欠龙钟。
从今懒听不平事，怕惹闲愁上笔锋。

跋

同谁学圃，栽河阳未尽之花；约伴登楼，度都尉可怜之曲。仆本恨人，曾经乐随事起；卿须怜我，未免伤逐心生。一日，笠翁惠读《意中缘》本，惊心是艳，信手皆奇。佳人本难再，喜得其宜；才子自堪销，巧作之合。光分钗焰，讶罗帐之开时；影回镜波，想珠帘之垂处！相思地就，离恨天完。请问笠翁：那时置身，是何法界？

东海弟徐林鸿谨跋

·李渔全集·

双瑞记

[清]李渔⊙原著
王艳军⊙整理

序

紫夺朱，郑乱雅，圣人恶其似是而非也，况更非紫非郑乎？村谣里谚，浪入辞场，使毡毹内日事声容，作惊人傀儡，又美其名曰“中庸解”，俨以朱、雅自居，岂仅夺与乱而已也。得罪圣贤，唐突名教，能不太甚。噫！秉木铎者未必即是圣贤，工优孟者何尝迹履忠孝。不过此醒人，为愚夫愚妇说法耳，又何求其深解？而必曰此“中庸”也，此非中庸也。鸢也鱼也，神也怪也，性也道也，修也教也，圣人且以不解解之，奚用十分穿凿，探底追源，及进于惑也？傀儡场中，生公石上，不过期一点头耳。正解邪解，方解圆解，长解短解，又何能探底追源？使人也物也，石也木也，尽点头也。圣经贤传，可以成大人，可以惕君子。彼屠狗夫、卖菜佣，日苦米盐一菽，供妻子之不暇，安从索圣贤之经传而解之？曰此“中庸”也，此非中庸也。余之中庸，屠狗夫、卖菜佣之中庸也，非大人君子之中庸也；余之解，为屠狗夫、卖菜佣之解也，非敢为大人君子解也。大人君子自有中庸，自有神解，正不必较屠狗夫、卖菜佣之中庸是与不是、解与不解也，总付之大千世界中，恒河沙之一粟耳。得罪圣贤，唐突名教，罪亦少逭。

长安不解解人自题

双瑞记一名中庸解　湖上笠翁阅定　不解解人编次

第一出　开场

［水调歌头］谁作“中庸解”？何曾解得通？盲儿指路，反自枉西东。无过一时慨叹，借来嬉笑怒骂，发付酒杯中。不读远公传，安知世外踪？　毡毹内，灯影下，醉朦胧。支离屈曲，总是打冬烘。说到人情难语，问到世情难计，天际数飞鸿。如是观如是，无穷惜有穷。

［沁园春］（末）周处奇人，忠臣孝子，有觉无空。慨人情世态，佯狂肆侮，不修细行，打尽人踪。忽遇狗徒村落，即尔携归见母，激得慈亲气绕虹。逢骏犬，一时率性，解到中庸。难通，时公固执，四十三年锢女红。安人痛苦，闺房自课；蛾眉共砥，翠柏苍松。三害俱除，一身力学，二陆门墙道不穷。皇恩重，建坊启第，双瑞紫泥封。

周子隐性改相亦改，时时谦情化腐亦化。

两贞女天真志亦真，小神童才大命亦大。

第二出　母　训

［正宫梁州令］（正生蓝面、赤眉、卷须、披头、跣足，作疯颠状，手持宝剑上）老天生我意何如，恁瓜畴芋苡，闲庭抱影且踌躇。昂藏空七尺，人世内，岂能居？

问天何为而好生？问人何为而好名？天不好生人自少，人不好名名自轻。人少人人堪砥砺，名轻落落无幸成。隋珠卞璧岂常有，孔孟难再河不清。自家姓周名处，字子隐，义兴阳羡人也。先君周鲂，曾任鄱阳太守，不幸早亡，茕茕孤立。虽蒙母亲抚养，少年亦事诗书，未到弱冠之期，即好驰马试剑。今当四十五六，正值血气方刚。痛恨的是几句歪文，极恼的是一张人面。（指自脸介）你道我为何这等怪他？（指外场介）奈这些世人呵，他个个开口时，忠孝节义，凛凛如神。及至作用日，奸盗诈伪，炎火不灭。我周处早已看破关头，虽列人行，不存皮相，因而不修边幅，不问是非，不管稼穑桑麻，不怕天翻地覆。专打不平，杀人为乐，凡乡里有婚丧大小诸务，我定要挨身插入其中。每到兴动酒酣，率而神情飞越，或奋臂而任意挥扬，或大呼而恣情呵叱。不论远近村庄，无分贫贱富贵，顺我者犹可苟生，逆我者立成齑粉。不到十年之间，（介）你看你看，这些左右居邻，近坊里甲，竟自迁徙得干干净净。（笑介）好笑我这阳羡东村，原是一个有名有目的热闹所在，（介）如今却弄得白日之内，但见雁薄云天；黑夜之间，惟有鬼燐镇落。（大笑介）好快活，好快活，不见了这些蠢动含灵的种子，方是个真正逍遥极乐的世界也。今早起来，杳无一事，不免瞒过母亲，拔剑起舞，击柱砍石，取乐一回，有何不可？（舞剑介）

［普天乐］只这话难穷、情难谱。说到人心眉早竖。衣冠外一片虚无，假支离

做尽侏儒。那一个堪轻恕？尤可怪之乎者也诗和赋，还说道忠与孝纪纲法度，不管芸夫牧竖。（介）杀教他含牙戴发全无。

［前腔又一体］（老旦手持巾眼上）老年人、真悲苦，有顽儿名周处。他镇日鬼演神摹，好教娘不胜酸楚。周处我的儿。（生掷剑介）母亲早出来也！（老介）呀，你清清早起，不做别事，又舞剑了。我儿，这剑乃伤人之物，不可动他，还把父书来勤读一读的好。（生）母亲，孩儿击剑要子，尚有几分豪气，若还读了父书，愈觉腐而无味了。（老泪介）咳，儿呵，你先人早无，我对孤灯不胜哀苦。

（大哭介）指望你早成一个正人君子，与你亡父寡母争口气，谁知这般模样。

［前腔］（生）望慈亲、休焦怒，你孩儿非颠痼。只因他人自卑污，顿令我此中遑主。世上若有一个成得人的人，孩儿敢不去甘心交接他。母亲呵，（指门外介）你看人踪杳无，（老）呀啐！这些人家都是你驱逐去了，还亏你说。（生）母亲差矣，当今世上，只有周处母子两个是个人，其馀那见一人耳。遍天涯都是些马匐牛匍。

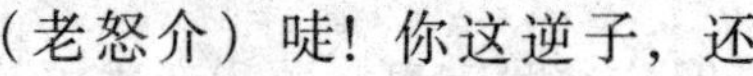

（老怒介）哇！你这逆子，还敢胡讲么？（生跪介）（老）你忘祖宗之家法，弃故父之遗书，谓之不孝；出不敬爱，入无伦理，谓之不悌；学剑不成，读书中断，谓之不忠；今日许以改过，明日又复如常，一时或有悔心，片刻即尔迁转，谓之不信；蓬头跣足，肆志逞凶，谓之无礼；残忍刻薄，殴辱乡邻，谓之无义；他人财则夺之，他人食则食之，谓之无廉；背后笑骂者，佯作不知，守望相助者，明明逃匿，腼颜自得，积恶日深，对影抱衾，不生惭愧，谓之无耻。管子云：礼义廉耻，为之四维，四维不张，国乃灭亡。你今把孝悌忠信、礼义廉耻这八个字，字字皆忘，即国亦难保，何况家与身乎！你娘亲早年丧夫，辛苦抚汝，今历三十年之苦节，指望教子成人，归告先人于地下，谁知你竟不肖至此，使我有何面目再见汝父，及汝周氏祖宗于冥冥之内乎？（介）罢罢！（生哭介）（老介）我不免触阶而死，先去说个明白的好。（介）（生介）母亲不必性急，待孩儿仔细寻访，倘有个堪为唱和之人，自当与之切磋磨琢便了（老介）你这句假话时常说的，我只不信。（生）今番真了，望母亲宽怀。（老）既然如此，你把这衣冠穿戴好了，不许拿这凶器，好好去寻访一个堪为师友之人，讲究讲究，做娘的在此倚门望你，不可去得太久远了。（生）谨依母亲严命。（老代穿戴巾服介）

［前腔又一体］（老）戴儒冠、安儒素，休失了先人步。看家声奕叶东吴，肯教人笑指咀嚅。（生）母亲嗄，孩儿此去呵，别瑜璜碔砆，虚中切有无。愿早遇同声合调，急与煎滁。（老旦）好好，我快活。儿呵，不可在外生事，早去早回。（生）晓得。（老取剑介）若有差池，这口宝剑，就是你娘的结束之场了。（泪介）

［尾］（老）我那亲儿呵，你路途不可寻差误，一好依你慈亲分付。（生）母亲嗄，孩儿今日出门呵，管觅个入圣超凡至德儒。

（老）败子早回头，良工开璞玉，（生）稍宽老母愁。兹世恐难求。

第三出　蛟游

东钟

（杂扮夜叉，手持钢叉，跳舞上）夜叉夜叉，水里生涯。海枯石烂，鳖死虾渣。我夜叉是也。向在大海洋中，凛奉龙王法律，今到长桥河下，暂随蛟主嬉游。虽地方有大小之不同，气势有高低之少别，然而恣情放逸，觉得拘管无人，岂不快活？你道俺这长桥蛟主是谁，他身具蛟形，性原龙属。头无双角。能率池鱼三千六百尾而群飞；眉锁连珠，欲变应龙一千五百年而再转。也曾作夏桀宫中专房幸妾；也曾在澹台船畔挟璧归来。可怪那些世人不知，浪言荆有做飞，杀彼于澄江之内；又云汉朝昭帝，作鲊于太官之厨。这都是水族托名，致遭窘辱，文人巧笔，故作风云，总无一件实事。你只想一想看，他既有了这腾云驾雾之神灵，谁敢撄其一怒，独不晓得这能大能小之变幻，安容少探逆鳞，这亦不必提起。只俺蛟主，向在海中，修养头角，必再五百年而为龙，又五百年而为角龙，又五百年而为应龙。如此迁延，岂能坚忍？因而遂与我等同来此地，游戏一番。不期来到这里，波浪一兴，洒落无比。或一时水涌风狂，千顷桑麻成巨浸；或一时云蒸雾罨，万家灯火尽烟消。不上五六年间，弄得十分有趣，好事者立庙典祀，祈禳祸福；诬妄者援今证古，议论咨诹。俺蛟主又大显神通，广为说法，或假灾眚以恐愚民，或愆雨沾而沾劝惩。如今是，酬赛者四远皆来，祈祷者一时不绝。每逢春秋二祀，必投两个如花似玉的美人于桥下，俺蛟主收入宫中，及时行乐。若是送来女子颜色欠好，只消俺蛟主长啸一声，那些蟹将虾兵，大家发作，竟是一卷成湖，再鼓成海哩。只这长桥勺水，原在阳羡北村，而今一望汪洋，渐成泽国，少不得还要直通海岛，纡绕天潢，方是俺蛟主开辟疆场之大弘愿也。道犹未了，蛟主早到。

［双调贺圣朝］（杂扮水族，众旦扮宫女，随净上）（净）曾与曹公共浴，至今谯水犹香。相携九子戏潇湘，乘赤鲤云中来往。

义兴溪渚有长桥，桥下蛟君娶阿娇。河伯相从迎百两，一时风浪绕云霄。我蛟君是也。以龙种而卵生，似蛇形而足舞。白婴在颈，岂同虺蜃之骄腾；赤鬣前驱，肯就豢龙之绕狎。向因海居无事，静摄难持，来此阳羡北区，暂住长桥河下。人言水浅，难驻蛟龙，岂识幻躯，颇堪伸屈。今且带领水族，率了宫嫔，游戏人间，任情欣赏。那些村农百姓，远近人民，惧我威者，甘心远徙，祈我庇者，刻意恳求。赛愿必尽其诚，供奉必竭其力，一年春秋两季，勒送美女二人，艳质靓妆，奇姿异饰，我俱取入宫中，昼夜淫乐，好畅快，好畅快！如今局面，比在那清水洋中，潜埋头角之日大不相同哩。分付水部诸曹，就此前往桥边游戏去，各逞本事，扬波鼓浪者。（众应，作鼓吹风浪介）

［豹子令］（合）龙生九种各成行。各成行，彼此雄威自逞强。自逞强，蛟螭蜃蝎原无别，驾雾腾云总不妨。水汪洋，管教万顷尽沧浪。

［前腔］蟹将虾兵个个强，个个强，夜叉头上放毫光。放毫光，谁人唱出渔家乐，一齐缩颈躲他娘。水汪洋，蛟主在此不须忙。

龙妇为蛟母，蛟君是鳖王。

鼋鼍休畏缩，天地水中央。

第四出　侠契

东钟

［中吕粉孩儿］（生）新娘命，敢迟违？我心暗恐。看村庄寥落，棘菲荆茸。（四围看介）好笑我那母亲，定要叫我戴了这顶什么巾儿，穿了这件什么袍子，又要叫我过来寻一个什么好人，与他讲论讲论。（笑介）唉，母亲母亲，如今世界，不要说寻个好人，就是歹人也没一个，难道这些衣冠满目，是个人么？却不道自家欺着自家哩。说什么颜回夜浴无改容，又何人解我胸春？行了半日，不惟不见个人，连狗也不见着一个。咳，你这些人，躲得好，躲得好，却也真正自知惭愧哩！莫嫌他匿影藏形，也还识影惭形悚。

你看这阳羡东村，都寻遍了，并没一个。罢，不免别村去罢。正是：惆怅无因见范蠡，参差烟村五云东。（介下）

［福马郎］（丑挑二犬，诨介上）屠狗为生，胆粗心勇，痛萧条景况，堪悲踊。（放犬介）自家狗徒樊舞阳是也。我自幼孤贫，不知名姓，并不知生辰年月，未识何以飘流，一流流到这里。我因做了这件生理，就在生理上面起出一个姓来，竟姓了樊。你道为何要姓樊？当初樊哙亦是打狗出身，后来封了舞阳侯之职。我的意思，借他的旧姓，就作我的新姓，用他的大名，竟作我的小名，我竟叫了“樊舞阳”，岂不有趣？（介）趣便有趣，尤可恨者，是这世上之人，他见我是个打狗的，谁肯叫我“樊舞阳”？（介）咳，轻薄得紧，每日出门，人人叫我是（介）喂，狗徒！喂，狗徒！你道可恶不可恶。（介）我又听得说，吴越春秋时，有个狗徒，曾与专诸、伍员混迹吴市，也是个千古无二的豪杰。（喜介）妙，妙，我就叫狗徒也

无碍。这姓名呵，何疏宠，早已见周秦革，汉魏终。今古片帆风，奕叶谁家永。

怎么这个所在，人都一个也没有，不免再上前去者。（介）不惟人不见，一望犬无踪。（下）

［红芍药］（生介，上）枭知恶，自徙西东，问人踪一个难逢。天将暮矣，如之奈何？（介）怕娘亲倚闾双眉综，敢稽迟远游闲踪。（仰天介）你看长空，我精诚贯昴虹，怎望个击筑悲歌白衣遥送。（望介）咿！那远远来的，象个人呢？这又奇了，不免迎上去看他。（介）向前行急洗双瞳，犹恐他见吾藏踊。

（下）

［耍孩儿］（丑上）我衣不遮身鞋决踵，狗呵狗，怪你迎尧吠，杀教伊断种除踪。（介）腿酸了，坐坐再走。（坐介）我神惚，且盘桓暂息眠芳茸。（介）有意思，你看这个所在，树木交稠，人踪绝少，惟有古冢垒垒而已，倒也觉得清净。看长松掩荫环丘陇，休只管忙和冗。

（诨介）

［会河阳］（生上）急急奔来，汝休避侬。咸，你是甚么人？（丑介）呀，请了！请了。（生背介）这又奇了，此人见我，全无惧怯，反敢与我拱手。（介）我且问你，你是何方人氏许留踪？我这村东，看千门尽空，人犬岂能容？你二物何傯偬！你快把情通，切莫要前逃进。既与我萍逢，再不许相欺哄。

［缕缕金］（丑介）客官呵，我是他乡客，屠狗佣。迤逗前来此，偶相逢。不期君至也，未曾敛迹屏踪。（揖介）望你呵，汪洋大度广包容，念无知卑陋还痴懵，无知卑陋还痴懵。

［越恁好］（生背介）呀，我闻言心综，闻言心综，相关和且同。你今屠狗意自雄，这其中定须有见非粗勇。一语敢欺朦，（打一下介）打教犬与人同冢。

（丑介）呵呀呀，不好哩，怎么见面就打？（生）我何曾打你。（丑）适才这一拳是什么？（生）这是打么？（丑）不是打是什么呢？（生）你若犯了我周爷爷的拳头，这才是个打哩。（一拳打倒丑介）（丑诨介）罢，罢，快快走罢！（丑背犬要走，生扯打介）（丑诨，叫介）（生乱打介）（生）我倒好意问你，你不实对我说，

反怪我打；既怪我打，又不肯说，我就打死你这狗头。（丑介）是哩，是哩，不要打哩！我的爷，你要说什么，我的爷！（生）适才问过了，你是何方人氏，为何要打这狗？你竟不说，反来歪缠。（又打介）（丑跪介）我的爷，我接打也接不及，那里听得明白。（生又要打介）如今还不说！（丑介）说说，就说就说，我的爷，我叫樊舞阳，不知何方人氏。（生又打介）你这狗头好胡讲，难道生了个人，是没根脚的？我只打出你的根脚来。（介）（丑介）爷爷息怒，你听小人禀知便好。（生介）你快说。（丑泪介）只因小人自幼失了双亲，又值兵荒年岁，西荡东流，沿街求乞，不惟没个住址，就是这个狗名，也从狗身上起出来的。即这打狗一行，是个没本生意，好人不屑做他，所以没奈何，权做一做。爷爷呵，小人虽具人形，实同狗类。爷爷有了这等手段，该去打人才是，不该也象我樊舞阳一般，在此打（指自介）狗。（拜介）望爷爷饶了我的这条狗命罢！（生介）你这狗头，倒也会讲，罢！我不打你了，同我回去罢。（丑介）同爷回去？（生）正是。（丑介）这遭真该死哩！（生）怎么说？（丑）小人不敢去。（生又打介）不去再打。（丑介）去，去。（生）既去快走。（丑介）请问爷爷，要我回去做甚么？（生）禀过母亲，做了我的兄弟。（丑介）做兄弟？（介）请问爷爷，家里这等兄弟还有几位？（生）并没一个。（丑）敢都打杀了？（生介）休得胡讲，快背了这狗前走。（丑背介）此时料难脱身，且同他去，看个机会，逃躲便了。（生介）你在背后算计什么？（丑）不是算计，我说我这样人，爷肯收我做兄弟，所以感激。（生）感激么？（丑）感激，呀，感激得紧。（作退后要躲，生拉

介）（生）你既感激，如何又是这般遮掩？（丑）感是感的，怕又是怕的。（生）不妨，你既做了我的兄弟，我就不打你了。（丑）这个只怕未必。（生）休得多讲，快快走罢，天色晚了。（丑诨，生促行介）

［红绣鞋］（生）从来气浃神通。神通，一言好合无穷。无穷，携归去，好从容。相契结，弟和兄，两个特地奇逢，奇逢。

［尾］（丑）今朝何事行来迥，（介）遭了这混事魔君厮弄。（落后介）（生拉介）（丑）你看他一步步追呼不由我不心内恐。

（丑）屠狗生涯道路微，
汝今拉我归何地？
（生）调同情契两依依。
共打时人及狗豨。

第五出　寄书

支思

[南吕恋芳春]（外长髯、方巾、行衣，一仆一犬同上）（外）二陆鸿名，三吴鼎望，埙篪伯仲当时。谁许冰壶一片，索玭求疵，顷刻声华堕也！家何在、怎寄相思？难堪此，可知今世，再能豉化薄丝。

七尺长躯声似雷，华林木茂雨风摧。可知缧绁因何罪，百折难叫此志同。下官陆机，字士衡，吴郡人也。先大父逊，为吴丞相；亡父抗，为大司马。我生身长七尺，声若巨雷，少有异才，文章冠世。赵王伦辅政，引我为相国参军，及伦篡逆时，我正现任中书郎之职；伦诛之后，齐王冏以我职在中枢，又多文望，安有九锡文、受禅诏，不出机手之理？疑议之间，遂收我于廷尉。论法应死，幸赖成都王颖、吴王晏竭力救援，方改了一个极边远戍，又因遇赦，始窃馀生。如今羁寓帝京，不许旋里，相从者止此老仆，名唤苍头，又有骏犬，号曰黄耳。（泪介）咳，家乡梦寐，空指云天，犬仆何知，相依左右，能不令人咽死也！（介）（杂）老爷免愁烦。（外拭泪介）下官有一胞弟，名云字士龙，六岁能文，生有笑癖，与我一样声华，时人称为二陆。他先作公府掾，后为太子舍人，出补浚仪令。治政颇优，郡守谗忌，遂尔告致家居，今又为我干连，一同禁锢。（介）天呵，你何以忌才，一至于此？

[太师引]（外）寓京师，转展情如刺。罢了，罢了，我也不必去怨天尤人，只怪自家罢！怪伊家文章冠时。我陆士衡服膺儒术，非礼不为，这两句批评，也算得个千古的定案了呢！不期今日，反搆此祸。（叹介）虽如此说，我也早不见机。

论他们妄为狂恣，也是我不早寻思。若或责我至此，我也不敢强曰无罪。今竟定我一个逆党，皇天后土，能不鉴照乎？是和非不能先筮，忠为逆此志难差。我祖父世为将相，有大勋劳于江表，岂期兄弟二人，如此覆盆冤抑，追思起来，好不平也！神颠蹶，最伤心叹咨，恨不能，沉江痛读楚些辞。

兄弟呵，兄弟，你原生有笑癖的，不知近日可能笑否？兄弟，兄弟，你哥哥呵。

［前腔］（外）如此偷生，诚类死，未卜你悲笑何之？呵呀，呵呀，（大笑介）兄弟呵，兄弟，我学你笑声无止，（哭介）兄弟呵，你学我哭也难支。咳，贤弟呵，贤弟，你虽禁锢，还是家居。你看你哥哥如此羁留，俨如囚犯一般，亏你书也不寄一封来。贤弟呀，亏你忍心，这等过得！兄弟，你须念我频年迁次，怎不把一封书，来瞻视。（介）天呵天，若果尔，斯文丧斯，兄弟，我和你，难兄难弟恐难辞。

（杂）老爷受此大冤，二老爷亦遭禁锢，纵有家音，谁人敢达。老爷这里的书寄不去，就是二老爷那里的书寄不来一般了。（外介）是也，是也，我志昏颓，想不及此，苍头之言是也。

［太师垂绣带］［太师引］（外泪介）泪如澌，欲罢真难止，寄音书那个前趨？（介）苍头。（杂泪跪介）（外介）他那里难搜星使，我这里可借鸿厮。（杂）老爷，这怎使得，倘一漏泄，又起风波哩。（犬作摇头拽尾态介）［绣带儿］（外）我穷思：眼儿前一物堪驱使，只恐怕不能终始。（犬介）（杂）老爷，眼前有何可使之物？（外指犬介）苍头你看，这黄耳，拽尾扬鬣，莫不是肯为我探采燕支。

（杂）岂有此理，那有犬能寄书之理？（犬作跑跳、咬衣、欲行之状介）（外）苍头，这个黄耳行状，确乎欲去之意。古人之书，曾托鱼雁，难道这犬反不如飞沉之类乎？若不信时，问他一声便了。（杂介）黄耳，你果能寄书么？（犬点首介）（外大笑介）何如？（杂）这真奇了，这都是老爷的精诚感格也，真正我辈人而不如犬乎也！（介）我再问你，这京师前往吴地，不远数千里之程，其中陆路犹可，倘遇江河，如何过得？（犬作昂首过渡势介）（外、杂大笑介）果然果然，真难得也！（外）苍头领他进去，喂饱了肉食，待我写起书来，你可取一竹筒，将书放入其中，缠他颈上，令他前去便了。（杂）晓得。（介）还有一说，老爷这书，须要隐曲些才好。（外）这个自然，何须你说。（杂）黄耳，随我来！犬性通人性，人心类犬心。（犬、杂下介）（外介）咳，果然奇怪，果然奇怪，不免作书者。

［节节高］（外）凄凉作短辞，敢违时？藏头护尾详枝指。兄弟呵兄弟，我心如愳，身似尸，言难侈。邻家那肯惭亡豕，悔教去日纡青紫。（犬同杂上，跳跑介）（外）犬呵犬，你既领如此重任，须索十分小心，要如云螭月驷绕飀飔，星奔电逐还来此。

（杂）老爷将书再看看，斟酌斟酌。（外）检点无妨，装入筒内，系他颈上，令他去罢。（杂系筒介）（犬下介）（外、杂望哭介）咳，咳！

［尾］（合）无知犬豕还堪使，格神天也只为念兹在兹，说甚么卷尾桃花吠影辞。

（外）人反无知犬有知，
至情一点难推测，
（杂）万金书寄肯差池！
笑指毡毹托酒卮。

第六出　腐慨

齐微

［仙吕望远行］（末苍髯、方巾、布袍上）年华迈矣，事事详经执礼。乐守田园，犹虑妻儿笑耻。顾影深惭不已，斋心自慎无疑。只看我这阳羡里，如此闻人能几？

时人笑我迂，我笑时人拙；时人笑我拘，我笑时人劣。迂拘尚在礼法中，拙劣良知从此灭。矜骄妄诞巧施为，尽随拙劣腔中泄。我今守拙又拘迂，不怕世人谗口说。老夫姓时，名吉，字时谦，别号益道人，义兴阳羡西村，一个由义居仁，守经执礼的当今古君子。年过五十，萧条子息维艰。家有千箱，寂寞衣巾若许。出门如见大宾，岂止冬则乘阴，夏则乘热这两件。居家曲完小节，安有嫂溺手援，缨冠赴斗之妄为。安人贾氏，出自名门，容德两全，极娴懿训。只因老夫太执定了这一个“礼”字，未免处家略板了些；是以朝夕之间，彼此稍有口角，也总因儿女身上伤情，并不是夫妻二人反目。若论老夫望六之人，没有儿子，“无后为大”这四个字，明明犯了。然而闺房之内，妾媵全无，门户之中，出入少计。仔细想来，也说不得不是个顾此失彼的酌中学问。我生有两女，大的唤名大嫫，小的就是小嫫。古来丑妇，惟嫫母最传。我老时是极谦极让的人，难道倒把女儿不谦不成？遂把这个题目命名，不惟完我的谦光，抑且勉他的志气。况且妇人之道，首重的是衣不见里，言不达外，这是要紧的工夫。我两个女儿，不惟不许见人，就是天也不许他常见。你道为何？那天上云霞，时时变幻，也要炫动人心的，所以连天都被我一藏藏过了，你道好不好？（介）我二十岁游庠，三十岁岁荐，在当日，也算个及时的时髦。如

今是，考也不赴了，官也不就了，竟做了一部明德慎独的实学问，要从这里头，寻出个性中体用来。谁知不期然而然之，倒也有些光景，那些里中之月旦，公道之标题，因循荏苒之间，竟举了一个乡饮。你看门前悬匾，户籍除差，见中尊十分优礼，处戚里也尽光荣。（大笑介）我时时谦着实的谦着了。今朝是月吉，不免请出安人，先见了礼，然后唤女儿相见便了。（介）梅香，请安人出来。

［似娘儿］（副净扮安人，丑扮梅香同上）（副）古怪与稀奇，说将来神鬼皆疑，（丑）夫妻尚且假威仪。（介）我这梅香千岁，要图此道，此世难期。

（副）今日又是什么风发，唤我出来做甚？（末介）安人，今日初一，月吉之期，特请你来见一个礼。（揖介）（副）呀啐，什么初一十五，月吉时吉，好扯淡！（末介）是，哇，哇！犯讳，犯讳。（副）我正要问你，大女儿三十五岁，小女儿也三十岁了，那一日才出门？（末）咳，安人，你岂不知那《易经》上云："迟归终吉"么？（副介）啐，老不死的老杀才。（末介）阿呀，阿呀，如何轻轻就破起口来！（副大叫介）（末随意诨介）（副）东邻西舍呵，这时时谦是个假道学，你们不可理他。他两个女儿生得如花似玉的，他反取个什么大嫫、小嫫之名，又在人前假意谦说女儿丑陋，又不许他轻见一人，不要说是男人，就是至亲的女人，也并不许他一见；不要说是别个男人，就是嫡亲的父亲，一年之中，也不过见得三面两面。或是三姑六婆，不许上门，也便罢了，若遇亲友跟前，也把女儿容貌，略觉分解分解，竟是毫不在意，弄得是人是鬼，都说时家有两个奇丑的女儿了，即使将他二人摆在门前，人还说是那里寻来的替身哩！（介）你看，你看，可怜不可怜。把他姊妹二人锁在一间房里，这个光景，何日是了？（哭介）我的儿呵，大的锁了三十五年，小的锁了三十年，几时出得这层地狱！（丑劝，诨介）（末介）成何体面，成何体面，我们这等人家，可是这等得的？不可，不可。安人，我一向不见女儿了，今日正要开锁，叫他出来看看。（介）梅香，拿匙钥去。（介）（丑介）二乔深锁无人问，屈杀王嫱污粉妆。（下）（副）吃乡饮的忘八，你的儿子呢？（末）便是呢，我正在此想，若去娶妾，又多一番事，安人又久不生育了，这却如何？（副介）呀啐，我不生育，这两个女儿是那里来的？你今日也看历本，明日也候天气，选了好年没好月，选了好日没好时，及至有了好日好时，又要天气清明，又要神情畅逸，方才……（闭口诨介）老杀才，你去想，如此十全，一年内能几日，还想儿子！（介）羞，羞。（副说时，末作赧颜，腐诨介）（丑介）二位小姐来了。（末）为何去这半日？（丑）锁匙锈得极了。再也开不得，我的涎吐是用了无数。（末）多说！

［前腔］（旦、小旦同上）（旦）院外好花飞，又早是去年风味。（小旦）爹行唤我敢迟迟？（合）也不过谈今证古，闻《诗》闻《礼》，戒勉蛾眉。

爸妈在上，孩儿见礼了。（末）生受你，我的儿。（副）生受，生受，他两个好看受生经哩。（末）什么说话！我儿坐了。（副）坐了不过又说几句假道学。你看我们两个女儿，终日谦说貌丑，如今谦到三十多岁了，你道我气不气！（介）（末）我儿听我道来：

［桂枝香］（末）吾儒门第，甘瓜苦蒂。男守着几瓮黄齑，女慕着德容双备。（副）我的女儿件件不差，只被你这老忘八谦坏了，如今怎么好？（旦、小）望爹爹、母亲宽怀。（末）待梅标及期，梅标及期；桃夭双缔，龙乘鱼俪。那时解亲颐。（副）就解也迟了。（末）这理道从来细，迟归吉且宜。

［前腔］（副）你把深闺牢闭，骗天欺地。女儿呵，一双双艳质轻盈，反无端自相捐弃。老杀才呵，我骂时谦犬狸，骂时廉犬狸！（旦、小）母亲息怒，且省愁烦。（副）你那忘八呵，假意儿矫时违世，又且自万乖千戾。（副打介）我定要打你这老无知！（末介）我岂无知哉！（副）硬口坚难计，中心怯似泥。

（二旦唱时，副只要打，末随意躲，诨介）

[前腔]（旦、小）望娘亲详谛，再休萦系。看双亲如此分颜，使孩儿不胜淋涕。（副）我儿好苦呵！（末）好端端坐着，甚么苦？（副）老忘八，老杀才，你这不通人情的蠢腐块，晓得什么！（介）我只一头撞死你这老贼。（介）（末）越发不象得紧了。（旦、小跪介）拜爹爹勿言，拜爹爹勿言；（副）我儿，你不帮我打他，倒去跪他。（旦、小）母亲呵，你也省淘闲气，各要顺从天意。（末）正是，婚姻大事，凭天作主，岂可强得。（旦、小）再休提，愿作深闺秘，相为奉母仪。

爹爹不必气恼了，孩儿同母亲先进去罢。（末）罢了罢了，你们先进去罢。（旦、小旦扶副欲下，副要打，末躲介）（副）这样迂儒偏住世，阎王不要假斯文。（各下）（末）咳，成何规矩，成何家法，又亏两个女儿好，若三人一齐上，就当不得了，我老时的名声就丧尽了。说便这等说，时时谦的女儿，断无此理。（介）女儿其实年长了，如何是好？（介）咳，我老时别样里边谦谦，也就勾了，如何把两个女儿来一谦，意谦坏了，这个光景，明日要去出解谦哩，只恐人不信嗄。（介）呀，快些锁门要紧，快些锁门要紧。

男大须婚，女大须嫁。

婚嫁及时，先王雅化。

第七出　母感

鱼模

［商调山坡羊］（老旦哭上）痛亡夫、早年先故，未亡人、不能同衬。有狂儿曲尽狂狙，怕周门，不延周祚。我那周氏的先灵，亡夫的遗泽呵，你们都往那里去了？生出这们一个不肖的子孙来，固日教养有亏，我罪难逭；然而你们宗枝事大，也该阴中护佑护佑。我的泪不枯，晨昏咽且呜，说不出的肝肠，更有画不出的凄和楚。前日叫他出去寻个好人，相与相与，学些好样，他偏一寻寻了个狗徒回来。到家之时，被我一顿狠骂，骂出去了。我仔细想将起来，他却如何寻得出一个好人？就有好人，谁肯与他相与。我如今只是关他在家，再不放他出门就是了。只恐他意马难俘，心猿破罟。我徒自号呼，叫先人叫不疏；我空自踌蹰，问苍天，问不舒。

（丑背一犬介，上）狗不吠人心，只吠人衣服。衣冠禽兽不吠他，百结鹑衣吠且逐。尧舜卑宫恶衣吠不休，桀纣肉山酒池为他畜。我今打你心不平，岂止区区卖狗肉。我樊舞阳，前日侥幸，遇着周子隐哥哥，虽然打了几拳，喜他那种意气，反觉中心悦服起来了。（介）不意同他回去，拜见老母，那老母见我是个狗徒，十分大怒，将我立时赶出。论起我来，年到三十之期，自幼无拘无束，何等不好，要去倚傍着人，受人节制。但周哥哥这个人，看来实是一个刚直汉子，所以真情感切，要与盘桓，岂意有此不偶之风波，令人心上反多了一件委决不下的勾当，连打狗都没有心绪哩。（想介）不觉一走走到这里，我不免大着胆，闯到他家去，寻着哥哥，问他一问，不知他也想我不想。（介）且喜大门是开的，竟走进去。（介）慢些，慢些，偌大一家人家，不要说家人利害，就是狗也不比寻常哩。待我取件家伙，防

一防着。（诨介）呀，人也不见一个，狗也不叫一声，是何缘故？（介）（老介）呀，外面什么人？公然走进来。（介）外面什么人？（丑慌介）（作欲退，又进介）（老出见介）（老）嗄，你是狗徒，前日如此打发去了，今日又来何干（丑介）狗徒虽蒙老母摈斥，但承哥哥一番美意，此心难以恝然，今日特来一探。（老）畦，我家与你非亲非故，谁要你探。（丑）不是这等说，狗徒与宅上虽非亲故，然而曾与令郎约为兄弟，则老母犹吾母也，理应叩首。（扯老叩头，老怕脏，进内介）（丑即随进，跪介）（老）你这狗徒好无礼，我因儿子一向痴顽，叫他出去寻个好人，彼此规戒规戒，谁知反遇了你。你只自己想想看，如此肮脏，如此凶恶，如此小人，如此大胆，我的儿子若再与你同行同走了，是一发不知不好到什么田地哩，速速去罢！（丑）老母差矣，凡人不可貌相，难道我狗徒就真正如此低微不成？（老）狗徒不低，什么人低？（丑起介）这等说，令郎不仁，乃老母致之耳，非令郎之罪矣。（老）再敢乱说，我就送你到官去。（丑）令郎会欺侮人，老母也会欺侮人，就送到官，我亦何罪？不知令郎这样凶顽，官法治了几次？（老背介）此人说话，倒也奇怪。（转介）我且问你，你不怕我的儿子么？（丑）怕就不来了。（老）原姓甚么？（丑）狗徒原无名姓，因慕樊哙之名，就姓了樊，名字即叫舞阳。（老）樊哙封侯，不过一武夫耳！汝志只得如此，尚欲感化他人，不必在此，去罢。（丑）老母，樊哙虽是武夫，当日没有眼力，投了项羽，安有封侯之日？狗徒之重，重在识人耳。（老）这是他的命好，有何识力。（丑）狗徒原不读书，不知好歹，曾闻人说，汉高祖常优宦者而卧，诸臣不敢极谏，惟樊舞阳排闼直入，高祖始笑而起。难道这段光景，可是武夫所为乎？（老）呀，看你不出，倒有如此讲究。（丑）令郎哥哥，只消狗徒一讲就好了。（老）这个只怕未必。（丑）都在狗徒身上。（老）你怎么劝他呢？（丑）这却不能预定，只好随机行去便了。（老）你倘引坏了他，如何是好？（丑）令郎不引坏我，也就勾了，他还怕我引？（介）老母在上呵！

［前腔］（丑）听狗徒、细心陈诉，劝大哥改辔迁步。虽不能指日功成，少不得，渐完瑜玕。（老）好好？此子可以共处，从来攻玉以石，或者这逆子有些生机，也不见得。（背介）即使无用，待他回来说一说逆子在外行为也好。（介）舞阳，

你且坐了。（丑诨介）狗徒怎敢。（老）不妨，我命你坐，你就坐了。（丑介）这等狗徒告坐了。（介）我是屠狗奴，人间贱丈夫。今日呵，蒙恩释宥，释宥还宽恕；又许我列坐堂中，致令我不胜惊怖。未卜可得令郎一见否？（老介）周处那里？（生窃探介上）呀，兄弟在此。（丑）老母开恩，准收座下，但我既承母命，这遭要训诲你哩，（作出拳介）你须仔细。（老旦喜介）好，好，果然好个樊舞阳，我儿不可怠慢。（合）泥涂，契金兰两琢磨；规摹，各幡然，尽改图。

（生）不知母亲如何容许他的？（老）他说得通理，我故依他，但不知后效如何耳。总之，彼此规绳，共成全璧方妥。（生、丑介）僅依母命。（丑）老母请上，待狗徒叩拜。（老）不消了。

［簇袍莺］［簇御林］（丑拜介）承严命，叱狗馀，戴深恩泰岱逾，今朝私喜龙门御。（老）你休矜倨莫觊觎。［皂罗袍］（生）从兹悔过，敢贻毋悏。（老）莫要狂游浪谑，令我弟凝倚间，方算得回头败子人争觑。（丑笑诨介）老母在上，有句话不好说得。（老）但说无妨。［黄莺儿］（丑背犬进介）狗徒呵，效勤劬，一只新鲜壮犬，暂且佐庖厨。

（老旦介）这使不得，这使不得。（呕吐介，下）（生）兄弟，你怎么就说得母亲回心了？（丑）我自有说法。（生）有趣，有趣！（丑）岂止有趣，还要说得你有趣哩。（生）且看。（丑）这狗怎么呢？（生）背到后园去，开剥了，煮起来，我与你对吃。（丑）老母知道呢？（生）不与母亲知道便了。（丑）岂有此理，那有背母吃物之理？（生）告知母亲也不碍。（丑）这个使得。

（丑）屠狗何曾是好人，须知面目本来真。
堂前老母先回顾，（生）腰下昆吾意气新。

第八出　接书

皆来

（净扮老仆，聋介，上）天地生来总不齐，山高海阔迥云泥。如何捉得人情一，嗜好交攻本性迷。老汉乃陆府中第一个积年管家是也，今年八十多岁了。我原是老太老爷的书童，又是先太爷的总管。说起我家的赫奕，阿也也！真正可也鬼怕神惊，山摇地动，不要说三吴地面，就是那万国九州，也那个不知，那个不晓！及至如今，二位小老爷，大的名机，第二名云，都是当今第一流的人物。不期一个赵王伦谋叛，随尔伏诛。这些朝内官员，克忌“二陆”才望，竟把他们陷入党内，几乎成了一个灭门之祸。幸又亏了两个好王子，极力解救，方得从轻发落。如今大老爷羁寓京中，二老爷放归田里，你看你看，门庭冷落，一至于此。老汉向原分在二房里面，可怜两房人口，尽皆没入官奴去了，独有老汉年过八旬，始准留下，主仆依依，凄惨无比。我这二老爷生来原有一种笑病，没日没夜，只是大笑，不是什么乐然而笑呢！（笑介）他就是悲也笑，苦也笑，吃饭也笑，吃酒也笑，

见大人也笑，见小人也笑。当初曾自着缞绖上船，水中照见影子，大笑落水，竟将淹死，亏得众人捞救方免，又曾谒见张华，见其帛绳缠须，大笑不止。我老汉又因有了几年年纪，耳朵聋了，眼也昏了，腰驼背曲，须鬓朋松，无一件不是引笑的笑具，二老爷一发舍我不得，时刻要在面前，不过供他一笑而已。（内作笑声介）（净扯耳听介）咿，这个光景，有些意思，敢是笑出来了？（介）

［商调高阳台］（小生修髯、巾服，大笑上介）悲笑何殊，声名孰重，尽凭天付祥灾。浪说青云白雉，敢登颜子梯阶。谁开、挟矢张弓义，总无非一刻诙谐。遭时忌，野麋山鹿，荀鹤喈喈。

云间陆士龙，日下荀鸣鹤。山鹿岂骙骙，云龙徒夔夔。下官陆云是也。六岁能文，一生癖笑，与哥哥陆机，名重一时，人称二陆。这些家声文望，俯仰伸屈，总皆不必提起。即就下官放逐还家，极是一桩乐事。只差哥哥羁寓京华，彼此绝无信息；况我家人，都被没籍，凡关亲友，不敢往来，使是有书，亦无人达，未免有些怏怅耳。（指净介）（净作睁眼不安介）（小生大笑介）你看这老奴，一种不得伸舒之状，难道不似我兄弟二人，蒙头掩面，闭户屏踪之丑态乎！见之能不令人笑死。（大笑不止，净亦大笑不止，各诨介）

［前腔］（小）罪染虚名，情无实据，总为忌成文彩。齐声“二陆”，门前世有三槐。（又笑介）欣哉，与这佣奴局踏相将也，助文情万丈弘开。（合）笑声谐，凤雏龙驹，并困尘埃。

（犬负竹筒上，撞门介）（小介）那个打门？可去看着。（净呆笑，诨介）（小看净，又笑介）（犬寻狗洞进介）（小生见犬介）呀，这犬好似黄耳一般。（净见犬打介）（小止介）（附净耳介）这犬好象黄耳。（净又打介）王二家的，也要打出去。（小生笑，扯住净介）（净踢介）（小）这犬分明是黄耳，不要打他。（净介）是，着实打他。（小生推开净，自解竹筒介）（净介）呀，有个竹筒，是甚么？（介）这犬倒象我家黄耳一般。（小点头介）（净介）你是黄耳么？（犬摇尾介）（净随意与犬诨介）（小开筒介）

［前腔换头］（小）难猜，家中黄耳，迢迢到此，吾兄或有他灾。呀，原来是

哥哥的书，因无人达，故托黄耳寄来，这也真正奇绝，真正奇绝！（附净耳介）这黄耳是替大老爷寄书来的。（净）甚么？（小）这黄耳是替大老爷寄书来的。（净）我说是黄耳。（小笑介）（净）既是黄耳，领他去，与他些饭吃。（小点首介）（净领犬下，复自上介）老爷，这黄耳，我要杀他哩！（小惊介）怎么要杀他？（净）该杀，该杀！我就去杀。（小附净耳大叫介）为何要杀他？（净）他见大老爷羁寓在京，不肯相随，竟自逃走回来了，如何不要杀？（小生大叫介）他是大老爷差来寄书的。（净介）他跟着个姓苏的，一发可恶，该杀该杀！（小介）这老奴如此聋聩了，不免写与他看。（放净介）（净作寻刀杀犬势介）是了，教我杀了，我竟去杀了来。（小大笑，将净衣与自衣缚做一处，然后写字与净看介）（净）哦，原来他是替大老爷寄书的，难得难得！我去多与他些饭吃。（走介）（扯倒小生介）（两人同滚，大笑介）（各解缚介）（小）且把衫襟结解，喜得万金天外回来。（泪介）咳，黄耳黄耳！亏你延捱，一程程趱递归家也，岂无知犬豖驽骀！（复又同净大笑介）（合前）（各大笑下）

人笑犬不笑，犬叫人不叫。

叫笑本无他，同一归元妙。

第九出　闺课

真文

［南吕满江红］（旦）说甚青春，也只是、数朝榆槿。叹无因，愁之无益，病又堪哂。（小旦）腰肢缕缕丝丝损，衷肠刻刻时时忖。（合）怪的是、灯花喜鹊乱撩人，反乱了人方寸。

［南乡子］（旦）衾铁夜珊珊，姊妹相偎梦不单。牛女成双年一会，徒烦。不如不会转清闲。（小）何事驻人间，捣尽元霜万粒丹。甚日功成上天去，斓斑。玉宇琼楼分外寒。（旦）奴家大嫫，与这妹子小嫫，乃阳羡西村乡饮大宾时公之一双闺秀也。我二人貌固不扬，奈老父谦之太过，我娘亲情虽溺爱，尊阃范难达外言，未免把我姊妹两个，好似污点的王嫱，不洁的西子一般，难以自置矣。父亲又为一乡之硕望，母亲且成四德之令仪。这家教略略过严了些，遮护得我二人，不要说风雨不能侵，亲故所不见；就是上天玉帝，也不知人世上有两个剩下的真女。即使地下阎王，那晓得鬼籍外有这一对不偶的孤魂。我大嫫今年三十五岁了，妹子也足足三十岁了，初然孩性支离，还有几分闲情幻想。如今功夫已到，俨然成了槁木死灰。只差我母亲没要紧，为我两人，常与爹爹聒絮。咳，母亲，母亲！这叫做劳而无功，闹之何益。假如你的女儿命里生成，原不曾讨得个夫妻厮守之福，也象母亲一般，嫁了爹爹这么一个道学样子，可不反累了这一世的清名哩！妹子，我和你稳稳的安定了这一片矢心，成就了老父的这点腐性，他就叫我们与天地同休，做个黄花闺女，好歹随着爹娘过日子便了。（小）姐姐，若要不随爹娘，难道飞得出这画地为牢的圈子不成？（旦笑介）你这一言，有些怨意，快快不可，（小）小妹怎敢，

不过取笑而已。姐姐，我和你立了戒条，在这绣阁之中，每逢三六九期，作课诗词；二五八日，仿摹字画；四七十时，勤工针指；馀下三个一日，检详讨一番，庶乎不旷此生，寸阴有惜，以完父母教育之一念。今日正是十一，何不搬出作过诸物，一看何如？（旦）说得有理，正该如此。（介）

［罗带儿］［香罗带］（旦）真情久愈真，亲恩转亲，敢多闲计挠亲悃，真心住稳娱亲志也，肯比孩时蠢，况复在大儒门。（小）姐姐，你看这二十年来做的诗词，约有千馀首了；临时画谱，摹的法帖，抄写的书籍，倒有四五箱。前期方检得过，且待下次再看罢。今日不免把这绣过的诸佛菩萨旛儿，挂将起来，礼拜礼拜。（旦）言之极是。（旦、小同挂旛介）（旛须二十首，每首上画佛一二十尊，满场挂转方妙）［梧叶儿］（小）姐姐，我和你呵，枉研丹、空吮粉，用甚线和针，要甚奁和䆨！只惯些染翰敲词，倒有日焕文章景星庆云。

［前腔］（旦）妹子，我与你雕华反变淳，连枝并芬。分阴自惜须钦谨，随他蝶惹蜂翻无关着也，不蹙眉梢损，还只怕痛慈亲。（小）姐姐，旛已挂完，焚香礼拜罢。（旦、小旦同拜介）（合）拜菩提，开怜悯，洒杨枝，宣妙品。渡了我这宿世魔津，种了我这来生双菌。

（丑、梅香上）梅香，梅香，日夜奔忙。三餐送饭，再世成双。方才出得污桶，又要倒换脚汤。小姐，我在这里开上半窗哩。（作开锁介）接了晚饭进去。（旦）今晚不用饭了，你带回去罢。香烛也有了，只取壶茶来。（丑）茶有在此，接了进去。（小旦接介）你去罢。（丑）待我锁了门着。（介）可怜可怜，晚饭都不吃了，安人

知道，又有一夜哭哩！笼杀乖鹦鹉，啼残老杜鹃。（下）（旦）妹子，我们把绣旛收了罢。（介）

［红芍药］（合）佛度有缘人，我愿诚精进。念无知孩稚恁钗裙，立志不遑他讯。南无，南无觉世大慈尊，好并蒂莲台超顿。（丑持马桶上介）小姐，我开下面的小窗儿哩！（小）做甚么？（丑）送马桶来。（丑作开锁介）接进去罢。（小接介）（旦捧旛，小持灯）（合）似这般防闲紧密总繁文，这幽闲的天性也我先存。

（旦、小介下）（丑听介）苦恼，苦恼，不响了，进内房去了。不免锁门回复主人去罢。一年三百六十日，启闭一千八十遭。（下）

［尾］（末持灯笼上）夜来要看门窗稳，更怕是重重闺阃。（介）好好，都是锁的。（内副净大骂介）好一个没分晓的老忘八，老杀才呵！（末笑介）你骂的是骂，我管的只是要管，这叫做聋哑家翁凡百忍。

治家要勤俭，寓事须退藏。

谦恭与仔细，处世养生方。

第十出　负隅

寒山

［仙吕皂罗袍］（净、副净、外、小生三四人，俱扮樵夫上）（合）可叹山君强悍，痛夫妻父子，那处谋餐？从来苛政虎同班，岂堪政虎还同绾。（净）列位老哥，我们都是阳羡南村的百姓。（众）正是，正是。（净）我这阳羡县中，四乡各有经营，彼此自寻买卖。（众）什么经营，什么买卖？（净）列位老哥难道不晓得吗？（指介）那东村一带，都是些诗礼之家，做官做吏的极多，间或有些小民，尽作商贾手艺。谁知近年以来，出了一个周处，就是周乡宦、周太守的儿子，吃酒撒泼，打街骂巷，这些邻里住不牢，一个个都星散了。（众）是嗄是嗄，周处这个狂徒，可恶得紧。（净）那北村原有长桥一带的水利，所以那边乡亲，惟靠打鱼为业，如今来了一个蛟精，越发利害。（众怕介）怎么利害呢？（净介）他把波涛一滚，千村尽作鱼虾；风浪一掀，万顷顿成湖海。那蟹蛤鳅鳗，原是供人吃的，他今反要吃人。就是这池沼滩浜，向来是有主的。（介）（众介）有的。（净介）如今，（众介）如今怎么呢？（净）如今呵，竟自混成一片。（众介）咳！可怜可怜。（净）那蛟精又一年要人祭赛两次，每祭要送美女二人。（众）这个更难，我们这阳羡美人，都是尺二大的脚哩。（净）是以近来北村人烟都断了，总是茫茫的满眼大水，只恐那怪物没得思量，还要延到别村哩。（众）这遭不好了。（净）那且不要管他，且说我们这南村。（众）正是，倒说别个，反不说说自己。（净）哥呵，我这南村，倚山为业，樵采居多。（指介）那，那。（众介）怎么罗？（净）只这些满山树木，高的高，下的下，密稠稠，都是我们的父子饔飧。就是这一径纵横，曲的曲，直的

直，远迢迢，岂不是我们的往来要道。我们吃着山，用着山，由你眠里梦里，也想到那山山晖落；况且又不会耕，又不会织，即使夜里日里，常听得是丁丁木声。谁知数年以来，出个白额大虎。（众介）说到此物，我们胆都碎了。（净）那虎（众躲介）（净）他日踞层峦，夜拦隘口，不要说操斤斧者不敢前行，便是执弧矢的，亦皆退缩。他吼一吼，村前村后，无不闻知，越显得虎痴的名震；跳一跳，山上山下，顷刻历遍，安讨个李广来射他。我们虽拿这把斧头，背了这条扁担，（推杂介）（杂不肯行介）（净）谁敢做个开路的先锋！倒不如领了一个老婆，扯开两条大腿，走往别方过活。（众）说得是，说得是，我们回去罢。（净介）哥呵，说便这等说，我们做惯了这种生涯，怎就改得别行艺业？不如大家一伙，挨进谷口，看个空便，拾得几根枯枝，割他几捆茅草，也好转活数文，归家用度。倘或上天见怜，收了这个孽畜，就是我辈更生之日也。（副净哭介）（众）老哥为何哭起来？（副）昨日县里这个瘟贼，正是比较之日，因我欠了半个丁钱，再三哀告，决不肯饶，定要打了二十。如此看来，活也无用，不如把虎吃了，这个丁钱就好免了。（众）你却免了，我们就要摊赔哩。（戏房外放桌一张，虎暗坐桌上介）（众）不要多说哩，大家进谷去罢。（介，合）我们偷睛远觑，须要前看后看，一齐你扳我拽，不可左趄右趄。要紧的是转湾抹角更怕高枝蔓。

（虎跳下）（众跌散，大诨，虎即抓净副下介）（净起介）喂！（众陆续起介）喂，在这里。（各见介）不好不好，吓死吓死，快快出谷去罢！（内作风声介）（众）虎又来了！（众又跌，诨介）我们适才同来的伙内，不曾有失脱么？（众介）那位欠丁钱的呢？（众）不见不见，咳，是了是了，把他拿去了，大家散罢！这遭真正要别处去了，若再住着，不是被虎吃了，定是比较打杀哩。（众哭，行介）

［前腔］（合）里闬敢留宵旦？看虎雄政猛，实实难安。东村周处势如山，长桥又有蛟精患。（内虎叫介）（众）你听如雷虎啸。心寒胆寒；还有如炉官法，头燔脑燔。（众）我们往那里去呢？止有西村或可谋衣饭。

枢星散而为虎，不与群兽为伍。

吃人吃得精光，自己一毫不吐。

第十一出　酗殴

先天

（生巾服上）燕赵悲歌士，相逢剧孟家。寸心言不尽，前路日将斜。可喜母亲收了狗徒，叫他随我出入。母亲又劝他不要做这打狗生意，他又执称："不可弃了旧业"。今日同出门来，他往前边寻狗去了，我只得独自徘徊。你看村中，好冷落也！

［双调新水令］平川一望冷云烟，寄肝肠枉寻戚畹。意中情脉脉，前路草芊芊。转展留连，听不见鸡和犬。

（下）

［步步娇］（副净同小旦上）夫性温柔妻娇婉，酒店聊消遣，旗高百尺悬。远隔东村，近连西亩。（副）娘子，（小介）（副）借你作钩筌，钓他几个痴鱼鲴。

（小介）这行生意我们做久了，何劳又嘱付，（副）好娘子，好娘子，说得是，说得是。（介）买酒吃的这里来。

（各暗下）

［折桂令］（生）绕东西四野盘旋，渐见些烟火人家，觉一种别有云天。喜得俺步步争先，反较得迢迢路远；（看后介）回避了莺燕缠绵，（指前介）显变了击毂摩肩。（笑望介）呀，你看你看，早见着酒旆高悬，市井喧阗；速前奔，醉倒垆家，好讨个一笑髯掀。（下）

［江儿水］（杂三、四人上）曲蘖多滋味，衣衫贯酒钱，我们弟兄三五时沉湎。西村一店清香远，当垆又且人如琬。日去钩头吊觋，少不得上我船儿，做一个误入

天台刘、阮。

（各介）店家！（副、小介）呀，熟主顾又来了。（杂诨介）（小旦）你们日日来的，真正老主顾了，待我自去暖些开坛的上清好酒来。（杂）妙，妙，这娘子如此有窍。（又杂）娘子没窍，那个有窍？（小）我倒好意暖好酒你们吃，你们反来取笑我，我不去了。（杂）我们只要娘子在面前，谁要你去暖酒。（小介）终不然我是个下酒的小菜儿么，要我在此何用？（杂）小菜？还是一卖极大的大菜哩。（小旦与众杂诨时，副净擦桌放酒菜介）（众杂吃酒随意诨介）

［雁儿落］（生）远迢迢到西村左角边，喉吸吸望招旗把涎流咽。樊兄弟呵，樊兄弟，你在何方乞狗怜？周子隐，周子隐你自擎杯无人劝。呀，见他们一块儿齐忻忭，令俺呵，一个儿难留恋。请了！（各惊介）你是甚么人？（生）我是个黑熬神降白天，我是个狠魔神来郊甸；我惯会东村结好缘，我惯会吃西村酬心愿。（坐吃介）寻仙，这搭儿须瞑眩；逃禅，（指小旦介）那娃儿及早前。

［侥侥令］（众杂）语君休自询，乱扰打肥拳。我们呵，是好汉西村名非善。这娇姿孰敢言，这娇姿孰敢言？

（众杂诨嚷，小旦亦诨骂介）

［收江南］（生）呀，看这伙羶蝇猘犬呵，犹兀自语便便。（众打介）（生）你们反要打我！母亲呵，孩儿又违你的严训了。（打介）激得俺一拳击破九旋渊。（将众打倒，又拿小旦乱打，众诨）（副净哭诨介）（生）这妖精敢前，这妖精敢前！打教伊香消粉碎雨云愆。

［园林好］（丑持打狗器皿上）过东村手胝足胼，到西村人稠狗喧。（介）呀，因甚事擂成一片？（看介）不好了，不好了！原来是周子隐闹婵娟，周子隐闹婵娟。

你们还不快走，这是东村周处呢！（众杂、副、小怕介）不好了，不好了，惹了真太岁了！咳，东村直过到西村来了，我们走罢，我们走罢。（各介，下）（生追介）（丑扯住介）哥哥，你又生事了，怎么东村打到西村来？老母闻知，如何了得，连我狗徒都有大罪哩。（生）兄弟，这是他来寻我的。（丑）谁人敢来惹你！你看，家伙打得雪片一般，人都躲得没影，归家怎么说？（生）归家不说罢，还有

酒哩，我们索性吃他娘！（丑）哥哥，不可如此。（生）中、唗，你敢管我么？（吃酒，搜钱物，取介）（丑）咳，罢了罢了！（劝介）（生要打丑介）（各诨介）（丑介）唗，唗，唗！我是遵着母命来管你的，你今打我，分明是打母亲了，我去告忤逆去。（介）（生介）我何曾打你，何必如此。（扯丑回介）（生）酒已勾了，钱物都取了，我们回去罢。（各诨介）

［沽美酒］（生介）醉中天乐果然，醉中天乐果然。破落户敢来缠，更怪如花一美婵。俺呵也绝无些可怜，绝无些可怜！打得他血儿湔，血儿湔胭脂灿然。（丑）今日里一场狠愆，还自许从前改悛。俺呵，若不向慈闱早言，反逆了娘亲谨诠。呀，少不得累狗徒许多呵谴。

［尾］（生）我原非有意攻狐鼷，是他们自来挑搌，终不然束手随人披共揃。

周处不打人，人要打周处。

打尽世间人，只剩我共汝。

第十二出　腐哄

桓欢

[不是路]（末上）我故谨庄端，无后从来罪不宽，难疏缓。已到安人寝室了。（作开锁介）且轻轻启钥低低唤。安人，安人。（介）呀，绝无影响，又怎生如此黑暗得紧，并不点个灯儿。暗蹦踹，安人那里，学生来了，安人。（惊介）吓，难道门虽锁，而人往外乎？（介）岂有此理！安有时乡饮之妻，逾礼至此极也。安人，安人，你把灯儿点上开帷幔，我要与你梦卜熊罴讨个万事完。（撞头介）呵呀，不好了，撞破头了，来往生疏，岂意此处犹有一层门户也。（推门介）（喜介）我说时乡饮的安人安有差错，你看这门呵，重重绊。安人开门！（副净内应介）敢是梅香送灯来么，为何擅自开门，竟走进来。（末揖介）好个贤哉安人也，问得极是。老夫一时失误，不曾先掌得个灯来。（介）安人，学生在此，不是梅香。（内副净）你这老忘八，到此何干？女儿之事何如了？我那儿呵！（哭介）（末）安人息怒，不可着恼，今日日期呵，非特是煞贡人专，更且十全无算，十全无算。

（副净暗上）啐，（末）安人来了，（揖介）学生见礼。（副净）你看这个老不死，老杀才，老忘八。（末）不可不可。安人，凡人受生，全在结胎这一刻，那性情之善恶，相貌之妍媸，皆系时日犯了凶星，天人有些不顺；或疾风暴雨，易感惊惶，或喜怒过多，一时失度，这就不妙了。我们今日呵。

[前腔]（末）须要喜喜欢欢，次第舒徐少激湍。（副净）我那女儿呵！（末）今日完了儿子的事，明日再讲女儿的事罢。（副净）啐，不知死活的老杀才。（末）你休悲惋。（抚副背介）（副净将末推倒介）你这无知老贼时光短。（末）什么话？

（副净）不识羞，不知死的老忘八，我今望六之人，有女不能遣嫁，日夜悲号，不久即将就木了，还会养儿子？你这老王八，人事都分毫不懂了，只惯嚼咀乱话。你这样人，不知什么瞎眼的赃官，收了你的礼物，尽了谁的瞎情，把你岁荐了，又把你举了乡饮。若是我做官的，把你画个花脸，枷号起来，四门游遍，革退衣巾，还要问你个巧言令色，假道学、假谦恭的大罪哩！（末）此罪也者，乃女萧何所定也。（副净）老贼呵，你滥儒冠，（末）不敢欺，一滥将有四十载矣。（副）今日天报了。（介）（末）何报之有？（副净）斩宗绝嗣愆难逭。（末）言重，言重。（副）好，好，只好在这黑地里妆模作样，若一见了灯呵，这副羞颜只好往裤里钻。（末）咳，咳，不是得紧了，头为元首，岂可轻亵而倒置乎？（丑）持灯，并酒食上，我今日呵，忙炊爨特具着鸡黍壶觞，又捣了许多肥蒜，许多肥蒜。

（丑进，末恭敬摇摆介）（副净）速拿出去。（丑诨介）（末介）咳，咳，如此光景，则祖宗之祭祀何凭籍也。朝廷之户口。何归着也；上天之文育，何推广也。今日之事，即将有成，亦非令器，我不为也。安人息怒，请再思之，学生另日请教。梅香，（丑介）（末）好生服侍安人，用了晚饭，收了碗盏，锁好了门，再往小姐那边看看，然后进去。（副净打介）老杀才，女儿怎么？（末介）且徐筹之，不便草草。正是：无穷心事和谁说，惟有顽妻礼不拘。（摇摆下）（丑）安人不用气了，吃些晚饭睡罢。（副净）不吃了，收去罢。我的儿呵，几时得完成了你，我便死也口眼闭的，我的儿呵！（哭下）（丑诨介）人家屋里如此生擦擦，真正不是了。罢！收拾去罢。安人（内副净）怎么？（丑）今日要倒马桶么？（内副）不必了（丑）如此我去了。（内副净）去。（丑收酒饭，放门外，又锁门）这门是他三更天气，还要自来查看哩。咳，咳！

安人出来不打就骂，道学主人只是难化。

若还定要养个男儿，不如赏了梅香一夜。

第十三出　犬归

萧豪

［正宫破阵子］（外同杂上）（外）白日青天皎皎，君门万里迢迢。何人一矢贯双雕，自分沧浪赋楚招，依稀鹿覆蕉。

天地忌才人自老，青山万冢埋芳草。林下时时发浩歌，阿谁浪说休官好。我陆士衡，羁旅有年，不能洒脱，宦情固尔冰释，乡思岂不火燃。前托黄耳，寄书于云弟；至今归计，绝望于天南。我想犬豕原非可仗之物，家乡岂仅咫尺之程。我便怎生轻玩至此，真正道穷志短，时失理疏，好没见识也。（笑介）人的相思，不曾了得，如今反增一件狗的相思，越发难为情也。

［锦缠道］（外）我忆莼羹，望天南心摇影摇，倒不如栖陋巷饮箪瓢。我陆士衡身长七尺，素擅雄名，只这近日呵，瘦形骸，直弄得胫大如腰。我那大父丞相呵，谁似你遭鱼水，君和相金石固交。我那父亲呵，谁似你际风云，上与下合鼓弦匏。（大哭介）你看你的儿孙呵，身轻似毳毛，还自谓一时仪表。陆机，（介）陆云，（介）好尔个二陆，（介）“二陆”好名高，看而今参商午卯，黄耳呵，

黄耳，你就是我二陆一般，自负太重了些，你怎及得鸿雁倚云霄。

（犬上，作进门介）（杂）呀，老爷，黄耳回来了。（外介）呀，果然来了。（抚犬大哭介）黄耳呵，黄耳，你果往家里去了一回来的？（犬作依绕乞怜势介）咳，我倒不如你了。苍头，速解竹筒，取回书看。（杂介）（外）好！好！兄弟书中，别无他说，更且不写姓名。二弟呵，你真有心人也。（杂介）二老爷书中怎么说呢？（外）苍头，二老爷颇不似我这等粗疏。

［玉芙蓉］（外）他书中意甚豪，镇日掀髯笑。守天时人事，付彼酕醄。（杂）老爷，这是他机深莫测神灵妙，再不必得失交加痛且号。（合）家乡杳，竟难如犬獒，他倒去玩春翘，做一个塞燕飞丝送百劳。

（外）犬呵犬，你！

（外）千里归来意甚勤，（杂）可怜历尽水和云。
不知还肯将书去，一万种馀情问狗獯。

第十四出　闺戒

庚青

［商调忆秦娥］（小旦病妆，旦扶上）（旦）安天命，如何只使孩儿性。（小）孩儿性，打灭还来，赋兮重兴。

（旦）妹子，连日身子何如？（小旦）越发难过，所以头都不梳了。（旦）你把心事丢开些，消遣消遣。（小旦）妹子着实消遣，奈何病与日增，叫我怎生挣挫得过。

［二郎神］（旦）妹子，你看这闲窗静，听燕呢喃又是去年时令。（小）时令过得多了，小妹竟记不来哩。（旦）不必嗟咨频吊影，爹爹固执，娘亲恁底关情。（内鸟鸣介）（小）姐姐，却不道帘外春深帘内冷，空惹那花嫌鸟憎。（合）都一样的惺惺，强劝解的言辞，同是这强支离的一般病症。

［前腔换头］小姐姐，我好难名，每日里颤颤兢兢，又还且恭恭敬敬。并不曾别有闲愁成不警，偶无端数朝灾眚，又何关半点孩情？（旦）妹子，非是我故意生憎徒骨骰，总不过勉伊追省。（合前）

（丑喜介上）好哩好哩，小姐病了是，安人与主子闹了这么几日，今朝准他来看看哩。（介）你看，锁匙都领出来哩。我去先开门去。（介）呀，这锁是前月开过的，如何就锈了？（介）好了好了，开了。（介）小姐。（旦介）呀，梅香怎生进来的？（丑）开了门了，老安人也就来了。（旦大喜介）妹子，爹爹肯放母亲来看你，也是一个旷古的巨典，不可草草，待我扶你起来梳个头，好好的见母亲，不要惊坏了他。（小要起介）咳，姐姐，妹子不孝，不能安母亲心，为之奈何？不若你

去回一声，不必母亲到此也罢。（旦）妹子又来了，母亲此行，岂是容易的，如何反去回他？来时只要你欣笑些，也就解他许多愁苦哩。（丑介）我去领了安人来，他还走不熟这条路哩。（介，下）

［集贤宾］（小哭介）姐姐呵，我这膏肓病染原不轻，怎叫我勉强欢腾？只看我这转换呻吟如醉醒。（旦泪介）妹子呵，说得我心胆皆惊，恐娘亲一时咽哽。妹子妹子，你要怜他暮年衰景。（副净哭上）我的心内耿，小孩儿病生俄顷。

（见介）（旦）母亲万福！（小强起介）母亲万福。（气喘头晕介）（副）呀，我的儿，你竟病到这个田地了！（抚摩大哭介）（旦、小同哭，又劝介）

［前腔］（副）乍时相见心甚惊，你缘何这样伶仃？（抚小胸、背、头、脸介）你看遍体如燔头上冷。老忘八呵，你假惺惺镇日支擎，梦沉难醒。我儿呵，你须自己调养方好，你若有点差池，娘是定要同你去哩！我虽死了，一则牵挂着大孩儿，二则痛恨着老忘八，我就死目应难瞑。

（介）梅香。（丑介）（副）快去叫了老忘八来。（旦介）你去请了老相公来。（丑应介下）（小介）母亲，你不要去了。（哭介）（副）我儿，不必痛伤，我有道理在此。（小）孩儿并不痛伤，只要母亲在这里便好了。

［琥珀猫儿坠］（末、丑同上）（末）伤风咳嗽，发热与头疼，不过两片生姜葱数茎，山楂苏子麦芽羹。（到房门首迟疑介）女儿有病，安人又在里边，进去也不妨。休惊，（副净哭介）（末）点点娃儿，也只是失调饥冷。

（副介）净啐，女儿病得如此了，还要闲说。（末介）我儿，你这病就有些不是了，男女年既长成，自调冷热是不必说了，还要省视父母的冷热哩。你们太安逸了，反生出病来，贻父母忧，岂得为之孝女乎？（副净打介）不死的忘八，两个女儿，黑洞洞关在一间房里，已三十馀年矣，还要他省视父母的冷热。（介）你看看，他写的、作的、绣的、画的，真正箱已满了，栋已充了；若象你这个烂臭的行头，就是积分挨选，序齿循资，也好选着一个芝麻大的狗官哩。（末）这个官，所以老夫不屑为耳。（副净）看见了他如此病重，就该着急起来，好言抚慰一番，立刻延医，细心调治，然后替他二人议起亲来，作速遣嫁，这才是个达人情尽天理的真道学。你今毫不在意，倒反派他一个不是，你的良心先自丧了，还讲道学。老忘八，老杀才！（大哭介）（旦、小劝介）（末）妇人家动不动就骂、就叫、就哭、就跳，好样子，好样子，你今宠得好，倘他出嫁了也象你，怎么好？（副）天下还有几个时时谦不成？我的女儿不做这样人的妻子，决不至于象我。即使再有个时时谦，他的妻子亦不能如我；若我不肯守你这假道学的假谦规，两个女儿，不是我这真母仪去成他的真孝懿，是今日把你这冒滥窃来的乡约，不知贬到那一个地方去哩？（末）如此说来，安人的强制，二女的贞淑，还尽从我这谦中所出哩！（介）不必多讲

了，好看孩儿罢。（副介）今日是你叫我看孩儿的哩。（末）这自然。（副）我今日索性与你说个明白。（末）有何高论？请畅言之。（副）我今既进此门，决不又出此门了！梅香。（丑介）（副）你去收拾了我的衾枕、奁具来。（丑介）（末）且慢，且慢，再容筹之。（副）有甚细之绢之，我年将六十岁了，不能生育，断你宗枝；又且痛女情深，家事都不及计了。就是衾枕之类，要他何用？你老忘八亦将齐头了，断宗绝嗣的现世报，看见了。（介）这丫头虽粗蠢些，也只得三十多岁，年还未老，不若及早收他，或者时家的祖宗是好的，不至断了这一脉。（介）看你这副嘴脸，（介）竟是一个无主的孤魂呢。（末）安人不必性急，且看好了女儿的病，然后商量。（副净）什么商量，你要另娶，我亦不管，只要完了两个女儿的事，我就够了。天呵（大哭介）（末）不要哭了，看女儿罢。（副净）还有一件。（末）再请教。（副）你那西首书楼，布施了我。（介）（末）要他何用？（副）我要改个佛堂，祈求来世。（末）书楼近着街市，大有不便。（副）若再拗我，我就撞死在这

柱子上。（撞介）（末、旦、小同抱住介）依便依你，只是不可令女儿倚窗闲看。（副）我的女儿何等贞静，要你多说。（末）我只把窗子钉了便了。（副净介）这也由你。如今说完了，丫头交与你，去罢。（将丑推于末介）（末）不雅，不雅，什么规矩。

［前腔］（副）今朝梦醒，母女共谈经，火热婆心一旦冰，从今各自奔前程。（丑介）偷睛，怕只怕枉受虚名，误了我这丰姿娉婷。

（副净）我儿进去罢。（旦、小）要送爹爹哩！（副净）睬他怎么。（末）你们先进去，我好锁门。（副净）讲了半日，一句要紧说话倒忘了。（末）什么呢？（副净）明日请个医生来。（末）医生未必有济，反使女儿伸手与他诊脉，不便，不便。（副净哭介）那有人病都不许吃药的！（末）安人，自古说“药医不死病”。（推副、旦、小下介）（合）只求他佛度有缘人罢。（众下）（末、丑吊场）（末）锁了门。（丑介）我也在这里服侍安人、小姐罢。（末）畦！（丑介）锁了门怎么？（锁介）（末）锁了去罢。（丑介）我不比安人，锁得住的呢？（介，下）（末）安人之见甚是，然而择吉告庙，还要请安人出来行礼哩；虽谓小星，实关大计，岂得漫然无序乎？（介）

［尾］安人意气从天禀，还只怕梅香顽梗。不妨不妨，他原是久秉规仪，不怕他不娴臼井。

女病宜伤女，无儿要得儿。

宗枝千世计，不可少差池。

第十五出　侠感

歌戈

[仙吕卜算子]（老旦）一对支离货，镇日同行坐。不惟难望切和磋，越使声名堕。

有儿不能教，难把敬姜效。说甚未亡人，羞睹亡人貌。老身不幸，有此逆儿，在生之日，难安面目于人间；既死之后，怎见先人于地下？我思之想之，羞也愧也。（介）三年前，他去寻了一个狗徒回来，老身一见，立即斥去，这就罢了。后来他又做成一片虚假的言词，骗转了我，竟自育之门下。荏苒时光，日亲日近，不惟不能相为迁改，更且彼此羽翼势成，反觉比前越猖獗了。去年肆酒，打至西村，搜取资财，并辱妇女。是那日起，老身愤恨，依旧把他逐出，至今不许上门，又早半载馀矣。老身如今绝无他法，惟有捉住这逆子，一步不离，与之同处。就是狗徒常来引诱，我只拒而不纳，他亦无奈我何。你看日已大高，还不出来见我。周处逆子那里？

[前腔]（生换火烧须眉，脸上亦添画火烧之色，并戴巾穿袍，将袍袖遮脸上）一日三秋过，吃了仍还卧。须眉不幸狠消磨，件件成摧挫。

母亲拜揖。（老）今日好，还有些假恭敬，坐了读书。（生背坐介）书？（老）还不拿书来么？（生介）（老）快拿书来！（生介，下）（老）天呵，你看这个形景，就是呕尽心血，终无用哩。（介）呀，竟不来了。周处！（生介）来，来了。（老）去这半日。（生又空手背坐介）（老）书呢？（生介）哦，要书，我去取来。（介）（老）嗄，不取书，去做什么？（生介）到了里边，偶然忘了。（老）快取来。（生

介，下）（老介）又不来了。周处快来！（介）（生介）来，来。（慢行上，背立介）（老）怎么做这样子，书呢？（将手扯生，见须眉大惊介）呀，不好了，这是什么缘故？（生笑介）都是母亲带累的。（老）怎么是我累你？（生）昨晚好端端睡了罢，定要读书；书又不曾读得，一个盹睡熟了，那个灯火倒将下来，书是烧完了，你看这须、这脸，好不疼哩。（四围看诨介）成何体面，成何体面！（老大哭介）好逆子呵好逆子！你的不肖，已到了极顶的地位了。好，好得极，每日要出门，如今你去么，走，走！（推介）（生）母亲肯放，孩儿就去。（介）（老旦）咳，真正不要脸了，不修边幅，一至于此，谁敢走？（生介）不走，不走。

［解三醒］（老）这羞颜不思藏躲，犹兀自往外蹉跎，周氏的先灵呵，你这书香一脉休程课。（介）你看，这们一件宝贝的子孙呵，分明是襟牛马匹僬僥，我怎得先回泉壤先陈过，也省得睹物伤情睹愈讹。（合）心如火，知甚日萍归大海，松寄悬萝？

［前腔］（丑持竹筒上）我来参无漏因缘成智果，今反做溺首胥靡望笑歌。咳，老母呵，老母，你怎知羽殃翡翠龟灵祸，倒不如工牛马少渣波。老母拜揖。（老介）你这狗徒，又来怎么？（生介）兄弟来了么？（丑介）呀，哥哥脸上因何若此？（老）谁要你管，快快出去。（丑跪介）老母在上，狗徒今日之来，并非无故。（老）什么有故无故，只是快去。（丑介）老母你看，这筒儿里面藏阄大，狗徒是不识字的开眼瞎子，今日到此呵，叩恳双双子共婆。（合前）

（老）筒与不筒，干我甚事，若不快去，我就叫人来打哩。（丑）老母，狗徒今日打得一只野狗，正要杀他，不期他的颈上，有此竹筒一个，筒内有张字纸，不知写些什么说话在上，狗徒一时不懂，狗也不敢擅杀，特来问个明白，望乞老母即将此字，说与狗徒知之，好叫狗徒定那狗的死活。（老）一派胡言，谁来听你。（生跪介）母亲何不开筒一看，是何字句？（老）哇，你们做成圈套，同来骗我，我偏不看。（丑介）老母一日不看，我跪一日。（生）儿子也跪一日。（丑）一年不看，就跪一年。（生）儿子也跪一年。（丑）一世不看，就跪一世。（生）儿子也跪一世。（老旦）你两个敢要缠死我么？天呵，周处要殴死亲娘哩。（生介）母亲息怒，便看一看何妨。（老）你就看罢。（生介）如此说，孩儿遵命看了呢。（作出筒看介）昔汉氏失御，奸臣窃命，祸及京畿，毒遍宇内，皇纲弛顿，王室遂卑。（老起介）（生）于是群雄蜂骇，义兵四合。吴武烈皇帝，慷慨下国，电发荆南。（老）住了，这是陆士衡的《辩亡论》，如何在此？取上来我看。（介）呀，果是一全篇的《辩亡论》。这也真奇了？（想介）如今犬在何处？（丑）在前边放着哩。（老）你去好生牵了来，不可伤了。（丑介）晓得。遵老母命，率小犬来。（下）（生介）孩儿同去牵来。（老）不许。（生）不，不。

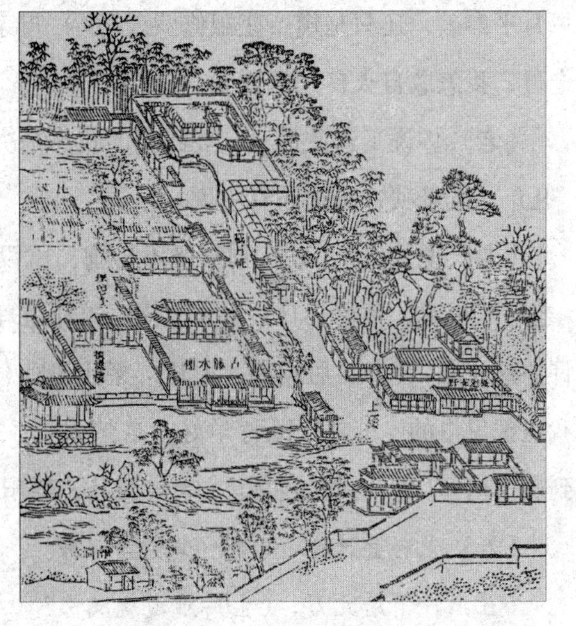

（老）我闻陆家有一骏犬，名目：黄耳，难道就是此犬不成？即使就是此犬，他又背此竹筒，藏此一论在内何用？（介）是了，是了，陆机羁寓京中，陆云安置乡里，两下难达家音，托此义犬，书此论义，只当寄信一般，传递彼此平安之意，这个主见一定无疑了。且待犬来，就见明白。（介）逆子呵，逆子，你能学此骏犬乎？稍具人形，即应愧死。（丑牵犬介，上）真正畜生，不打就不走哩。（介）老母，犬来了。（老）此犬生相甚奇，定是他了。犬呵，你是陆家黄耳么？（犬作依恋介）（老）果然是他。周处，领他进去，喂饱了饭，还他竹筒，速速放去。（生介，领犬下）（老旦）你这狗徒，终日杀狗，你看看，如此之狗，比你和周处这两个人何如？（丑点首泪介）老母呵，狗徒从今日起，誓不杀狗了。（老）总是假言，我只不信。（丑）老母，老母！狗徒再若杀狗，立刻身亡，为狗龁食。（生介，上）母亲，狗子吃完饭了。（老旦）将竹筒系好，放他去罢。（犬作叩头势介，下）（生介）有趣有趣！我家也养这们一只，耍子耍子方妙。（丑）哥哥，狗徒立誓，不打狗了。（生）真的？（丑）千真万真。（生）你若果不打狗，我也再不打人哩。（老

旦）我总不信。（生、丑介）今后实实再不敢矣。

［前腔］（老）看他们虚言两两同声和，却都教借犬惊人顺口啰。那里肯无言风月平参破，还只是窥帝座狠修罗。（生）母亲呵，儿不比寻常一念天花堕，（丑）老母，我怎敢自灭良知倒太阿。（合前）

（老）你说了这些假话，要我仍旧收你是决不能了，今后许你往来往来就是了。（丑介）老母呵，狗徒还有一说。

（老）说什么？（丑）狗徒既不打狗，就没狗饭吃了。（哭介）还望老母哀怜。（老旦）也罢，暂留几日，看你志向，再作道理。（丑介）多谢老母。（老）明日不许穿这衣服，（介）脏得紧。（丑）穿什么？（老）明日另寻一套衣巾与你。（丑）我也戴得巾的？（老）既肯学好，自然戴得。（丑介）妙，妙，哥哥，你这脸上，到底为何？（生）慢慢说罢。（老）我儿、舞阳，你们从此以后呵。

（老）见善宜速迁，（老）少垢宜即拂。

（丑）放下屠儿刀，（生）难道就成佛？

第十六出　征输

家麻

［双调孝南枝］（杂三四人，破衣愁苦介，上）［孝顺歌］（合）苦呵，我这阳羡里，都是殷实家，如今一似汤泡虾。（杂）怎么像个汤泡虾？（众杂）你看颈缩背儿叉，腰湾脚更划；又且眼目昏花，筋疏骨麻，还有神惊鬼怕！（杂）什么神惊鬼怕？（众杂）三害频加，竟至冬作秋成罢。好苦呵！［锁南枝］今日是比较期，定不容一刻差，少不得打精皮，更防着非刑咤。

（杂）列位乡长呵，我们都是同县的故族呢。（众杂）正是正是，今日却也.同做了一班囚犯哩。（各泪介）（杂）老哥，你的条银还欠多少？（一杂）只欠三钱。（伸三指介）今日准准要挨三十大板哩。（众哭介）可怜可怜。（一杂大哭介）他欠三钱。定要打三十，我欠一两，要打一百哩，可不打杀了！我的妻呵，我的儿呵！（介）（众皆哭介）欠一两岂止打一百，只怕不是夹，就是梣哩。（合）前任那个赃官，还肯通融通融衙门人还进得一句话，我们也略有一线生机。如今这个赃不死的贼坯，他倚着出身好，拿稳行取内升的，所以着着实实这们征比钱粮，曲曲弯弯这们周全上下，又辣辣豁豁克克毒毒这们生发财物。加之我们县中，南村有虎，北村有蛟，东村周处。你只想想看，三害迭遭，又遇了这们一个凶恶官府，我们这几个穷百姓，你说要死不要死？（各大哭介）（一杂）列位不要怨，只恨自家生不逢时罢。（众）怎么生不逢时？（一杂）假如古人做官，要替朝廷抚养这些百姓，百姓丰足，自然钱粮全完。钱粮既完，官不扰害，快快活活在家里，与妻子儿孙过日子，那点良心，日日生将出来。不惟为贼为盗者无人，就是夫妻厮闹，父子分颜，乡里之中，还要责备耻笑他哩。（众）如今呢？（一杂）如今么，好，好。（泪介）那些瘟官，打人、杀人、吃人、嚼人，越刻薄，越凶恶，叫做风力；越要钱会弥缝，谓之才能；越刁滑，越苛求、谓之精详；越不明、越胡涂，谓之持重。考语都是这等出，官评都是这等定，把个世界弄得（看衣服介）如此了。（众哭介）（一杂）谁叫你们生在此际？（众）正是正是，官是民之父母嗄，那有个父母吃儿子、杀儿子之理？（各哭介）苦呵，蛟王爷爷蛟王爷爷！你索性大转一转身，把我们一齐沉了下去罢。（大哭介）（皂隶上）咸！什么所在，在这里哭！（众）老爹老爹，我们也是出于无奈。（皂）无奈无奈，今日比较，可将使用、杖钱快送出来。（众）我们若有使用，就完了钱粮哩，老爹可怜。（皂）官府利害，怜是怜不成，拷是定要拷哩。我今日轮管头门，不该行杖，不与你们相干。（内喝堂介）（皂）你看，出堂哩。站开站开。（介）（众惊颤介）（杂扮差人上）四乡的保正在此么？（皂介）没有。（差）老爷要传他们说话呢，既不在此，只得往各家去传哩。（下）（内）带顽户进来听比。（皂介）你们进去，你们进去。（众抖介，下）（内作吆喝声、打人、椤人声介）（皂介）呵呀呀，打得利害，打得利害。（又介）夹哩，夹哩！（又介）椤哩，椤哩！（随意诨介）

［前腔］（三杂皆白髯老人，巾服同差人上）（三杂）中尊令，怎惮遐，迢迢至此心似挝，何事唤声哗？还愁讼鼠牙。（差）你们三人少待少待，老爷比较着哩。我去先回一声。（介，下）（皂介）呀，请了请了，你们三个今日同来做什么？（三杂）正是：不知为何，你可晓得些么？（皂介）我么，只晓得一五一十的打人，那管这些闲事。（介）来，来，大家在马台石上坐一坐。（三杂）坐倒不消了，少刻倘有差池不到之处，只求帮衬帮衬就是感情哩。（皂）那个自然，况且你们是老爷请来的，有何差池？不妨，不妨。（三杂）你们这个老爷，到也真正定不得的，他的鬼脸儿在额角上的，一下来就变了。（皂介）这倒真的，这倒真的。（内推杂出，一枷、一杻、一椤各哭叫，下）（三杂）咳，咳，比较钱粮，这们刑法。（又杂扮差人，押一锁杂出介）（差介）走走走，监里去。（锁杂介）监了，谁人送饭，可不饿死了。（差）这也顾你不得，快走快走。（推打下）（三杂）欠钱粮的都监追，

做贼做强盗少钦赃的不知如何处法哩?(皂)不敢欺,自有处法。(内)传保正进来!(皂)里边传哩,你们进去罢。(三杂作怕介)是是,我们进去,我们进去,诸事仰仗,诸事仰仗。(皂介)不妨事,进去罢,进去罢。(推三杂介)说便这等说,我们这个水儿,是没正经的,说得好便罢,说得不好就变脸哩。(介)(旦、丑各哭上)爷爷救命呵!(皂介)㖃㖃㖃,你们做什么?(旦)我的丈夫欠得一两四五钱钱粮,如今监了。生意又做不得,饭又没人送,夫妻两个都饿死了,钱粮一发没有了,特来告求爷爷,暂且放他出去,便于设处。(皂介)你呢?(丑)我的儿子枷着,也是做不得生意,没人送饭,总要求爷暂放设处。(皂介)都不相干,都不相干,速速去罢,不必多费了力。(打介)(旦、丑哭叫介)(皂狠打,下)(三杂上)这怎么处,这怎么处?我们如今就去约了各里现年里书,一齐都在总管庙中公议便了。(咳)!那里有这们一个歪官。(皂)三位出来了,老爷有何请教?(杂)不要说起,不要说起,一件极难的事。(皂)想必要你们一齐上天哩?(三杂)天是不要上,只要我们去设法清除三害,还要四民各守原业,你道做得做不得?(皂)少不得要做。(杂)请问老兄,还是清除蛟呢清除虎,终不然倒敢去清除周处不成?(介)这都是圣人做的事。(皂介)怎么是圣人做的事?(杂)驱蛇龙而放之沮,驱飞廉于海隅而戮之。(内吆喝,掩门介)(皂)关门了。我去了,请了,请了。(三杂)今日迟了,明日大清早,一齐都在总管庙里会罢。看这东村博沙,南村虎衙,更有北村水洼。止剩那点西里庄田,又被些逋遁摊赔罣。(杂)倘他要我们赔补条粮,这遭真正要死了。(合)我们是中人产,八口家,那里有术点金,造不得千间厦。

好好闭门安坐,岂期特惹非灾。

名是村坊保正,实则供应奴才。

第十七出　闺感

庚青

［仙吕入双秋蕊香］（副净上）自叹萧条暮景，又何堪二女宁馨？小嫫一病太伶仃，娘和姊不胜哀哽。

小嫫一病，竟尔半年，夜重日轻，好难禁架。那老杀才，又抵死不肯接个医人，恐怕男女诊视不雅，真正令人气死也！（介）大嫫，我的儿，扶了妹子出来，消遣消遣。（内旦应介）

［前腔］（旦扶小旦，同上）（旦）谁谓佳人命薄？怪无端鸟语花声。（小）何劳切切与萦萦，修短处自来天禀。

（旦）母亲，妹子来了。（小）母亲，孩儿头晕眼昏，举步甚懒，定要扶我出来做什么？（副）儿呵，我和姐姐，一同扶你楼上去，拜佛耍子。（小）呀，娘呵，你女儿床也下不得，如何上起楼来，若使爹爹知道了，一发不是哩。（副净）窗子门扇都是钉的，上边或有一线之隙，可以闲窥，下边丝毫不能仰视，如何知觉。况你既病在身，再加郁闷，越发不好了，不妨事，依我上去，拜拜佛，包你就好。（副净旦扶小行介）（副）儿呵，我们今日登楼呵。

［风入松］（副）俨是黄河千载一时清，又何须做意沉吟？病还自解休胶泞，切不可过多嗔倖。娘共女把层楼早登，（内马嘶介）（副）我儿你听，高柳外，马嘶鸣。

（介）已到楼上了，我儿，来拜拜佛。（旦、小）母亲先拜。（副介）阿弥陀佛，保护我女儿立刻身安，两人一同出嫁，嫁的不要象老子这个假道学。（旦、小

羞介）（副）我拜过了，你们来拜。（旦介）（小旦）孩儿头晕，不能拜了。（副）如此万福万福罢。（介）

［前腔］（旦拜介）但愿得菩提早证慧灯明，愿不为并蒂莲馨；更愿着爹娘寿考绵绵庆，护娇儿一双瑜瑾。（副）儿呵，一误误了三十七八年哩。（旦、小）说什么长龄小龄，人世上总浮萍。

（内作人声介）（副）儿呵，墙外有人，我们在窗隙内张一张儿。（小）我是不张。（旦）我也不要看。（副）不看也罢，移坐窗边，听他一听也好。（各介）（杂扮两乡民上）

［急三铃］（杂）官法狠，人心狠，又遇着蛟王狠。我这阳羡县，怎聊生？

（一杂）亲家，走不动了，坐坐去。（一杂）也罢，就在这楼下坐一坐。（介）亲家怎么处？旧年秋季送得美女欠好，被这蛟王一动是，淹没了足足十里，可怜这些房屋人民，不见一些影子。（副）儿呵，你听，这是什么缘故？（一杂）亲家，我这阳羡县的蛟王，一年春秋二季，每季要送两个绝色女子，业已送了十馀年哩。如今是，天下都晓得哩。（副）原来蛟王要送女人。（小旦介）再听。（一杂）如今正当春祭，那里寻得出这们一对？（旦、小旦怕介）母亲下去罢。（副介）又来了，正要听他哩。（一杂）亲家，这个高楼是时乡约家里，他家倒有两个女儿。（副、旦、小旦惊介）不好了，说到我们了。（一杂）咳，亲家，你竟呆了。他家两个女儿，一个叫大嫫，一个叫小嫫，两个有名的丑货。（副恼介）我的女儿丑？（旦、小旦止介）母亲不要响便好。（副净点首（介）是，是，我昏了，再听再听。（一杂）他的大女儿，今年差不多有四十岁了，小的也有三十七、八岁了，若是把他送

与蛟王，真正大家落水得成哩。（旦喜介）（小作病好介）（副拜佛诨介）（一杂）说便这等说，就是不丑，他也是个儒家之女，怎么要得。（副净）自然要不得。（一杂）什么儒家，若果女儿标致，只消烧一张投词与蛟王，他不会得差了虾兵蟹将，自去拿着哩。（副、旦、小怕介）（一杂）这等说，养丑女儿的倒好哩。（副、旦、小点首介）（一杂）原不差，倒是丑的好。坐得久了，去罢，去罢。

［前腔］（二杂合）从今后，劝人家，生丑妇；再不可娇且艳，嫋还婷。

（下）（副）我儿怎么处？（哭介）（旦、小）母亲，为何反哭起来？（副介）儿呵，说得你们好了，恐怕蛟王来娶；说得你们不好，又恐人家不娶。我好苦呵，我的儿呵！（旦）母亲省愁烦。（小介）母亲，孩儿一闻此言，病都好了，如何反加烦恼，凡事顺着爹爹，凭着天理行去罢。

［风入松］（旦、小）高楼偶尔听闲评，唬得人胆颤心惊。蛟宫自合收鱼媵，又何必人世要盟。我这嫫大小名真可憎，不特人罢想，还更敛渔罾。

［急三锵铊］（副）虽喜得蛟不取，又怪着人多弃，两下里难为计。苦只苦天地老，雨云轻。

［前腔］（丑红衫、簪花上）今日是月德临，天喜集，与我这梅香卺。疾速去邀主母，到轩厅。

（开镇介）安人、小姐呢？（介）想在楼上哩。（介）安人、小姐果在这里。（副净、旦、小旦）你好打扮。（丑介）老相公拣了这许久的日子，直拣到今日，特特叫我来请安人、小姐哩。（副）他为何不自来？（丑）适才在那里做什么告家庙的疏文哩。（副）一味捣鬼，好好，我们今日又得到后厅去走走。

［风入松］（副）多时未往中庭径，岂今朝母女同登。（旦、小）怕春风一阵花香进，有鹦鹉暗传妖靓。（丑介）安人呵，你这关雎化惠予小星，只怕还又是、假虚名。

（副）登楼遥听隔墙声，（旦）朽木鸣皂乐此生。

（小旦）从此幽闺多笑傲，（丑）梅香今日了虚名。

第十八出　逆横

车遮

［南吕红衲袄］（杂扮夜叉上）问何人，吊沧浪，唱楚些？问何人诉流风，工独写？问何人逐象行，布井蛇？问何人战龙门，推捣冶？问何人缯维舟，示太奢？问何人渡湘山，好将山色赭？谁识得，滴泪成珠，粒粒颗颗也，说甚么鲲鲠生身在建耶！

我夜叉是也。可恼这些阳羡村民，昨日送到女儿，颜色十分丑陋。俺蛟主一见见了，勃然大怒。随即点集了许多水族，自己也现了一个百丈雄躯，定要将这这县的居民，尽数化成鱼鳖。（内作风涛声介）你看，你看，几阵狂风过去，半天云雾排来，那些部下诸曹，个个扬鳞鼓鬣。我夜叉原是水中的都管，又是蛟主的腹心，今日正当负弩而前，作个冲突袭阵之首将者。（内又风响介）好利害，好利害，雪浪如山，罡风削壁，蛟主现身，又早到也。（介下）（两人作蛟上，跳舞一回，前二爪站一桌上，桌放戏场中央，后二

爪在地；六杂扮鱼、虾、蟹、鳖、龟、蛙六将，各吹打）（二旦扮蛤蚌，二婢持灯；夜叉捧大珠一粒，各上，回绕一番，两行立介）（再扮小鬼二人，前一鬼将蛟前二爪驮在肩上，前走数步，领蛟之后，二爪又上桌，又一鬼将后二爪亦背上肩，然后各杂吹打前行，二鬼背蛟随后，吹打游戏各介，下）（净照初出打扮，扮蛟王大笑上）

［尾］妙也！妙也！你看这涛奔浪卷如潮泻，管什么庄庐村舍，我直要把阳羡桑田沧海也！

蛴王行乐岂寻常，红白莲芬荇藻香。

鱼婢鳖奴歌吹绕，夜光珠涌白琅霜。

第十九出　表害

侵寻

[南吕香柳娘]（一杂方巾、色衣上）叹无端祸侵，叹无端祸侵。（又杂小帽、青衣上）狠如枭鸩。（又杂父老公服上）三村独是东村甚。请了，请了，作揖，作揖。（巾杂）亲家，你说三村独是东村甚，难道周处反甚于蛟、虎不成？（公服杂）咳，老亲家，你却实实有所不知哩。（巾杂介）哦，倒要请教请教。（公杂）老亲家呵，虎狼虽狠，只是离不得出峦；蛟蜃固凶，到底仗着些水势，也还都有点点的界限。独是我们这周老爷，东村打到西村，南村吃到北村，那里有什么边岸？若一惹惹出事来，就叫东村乡约，所以小弟这套古董是再脱不得，你道狠不狠，甚不甚？（二杂）说得明白，惨极！惨极！（介）他们都还未来，我们且进去拜了总管，里面坐坐。（各拜介）咳！总管爷爷呵，你是受着四方血食的，何不显个神通，把这三害都除了，我们大家来还愿哩。（介）呀，这时候众人也该来了。（帽杂）他们自在惯了，正好迟哩。（又二杂上）我们来了，不曾自在哩。（各笑介）（末巾服上）听人声沸哏，听人声沸哏。我疾速整衣巾，礼节无差参。（众）呀，时相公来了。（介）作揖！（末）且慢，还要参神。（作上香参神，诨介）望神灵荐歆，望神灵荐歆。鉴我诚心，鞠躬裣衽。

（众杂背笑，诨介）（末转身与众谦逊不止介）（公服杂）不必太谦了，此时此际，苦也理不及，谦些什么！倘若见了周处，也去谦去。（末）道长言之固是，然而平天下，治国家，系人心，挽时俗，到底无外乎礼。（众杂笑介）时相公说也说得是，我们只是总揖罢。（各揖介）（末又逐位揖介）（各逊坐介）（众杂）请问时相公，今日到此何干？（末）今日偶尔闲行到此，听得庙内人声，进来看看。不期

遇见列位，请问列位：在此有何公务？恐怕学生不便混杂，（介）告辞了罢。（众）说那里话，正要请教相公。（末）不敢不敢。（众）时相公呵，我这阳羡县中，苦遭三害之扰，一向久闻的了。昨日本县大爷，竟要着落我们各乡保、里正递去清除。你道除得除不得？所以众人在此公议。（末）难诚难矣，然则何法以置之？（众各沉吟诨介）

［前腔］（生换浅蓝脸，照先未烧时卷须，同丑具巾服上）（生）喜娘亲不禁，喜娘亲不禁。令吾交伈，闲寻道义求规咻。（丑）哥哥，你的脸上烧痕，看看脱了，看这新鲜面色，比前白了许多，就是长出来的须髯，也觉光润挺直，好看了些，（生）不必管他，只往前去便了。（合）看须眉孔壬，看须眉孔壬，不断石磨簪，方得名丹谶。（生）这是那里？（丑）总管庙。（生）何不进去看看。（丑）哥哥既要进去，就去看看无妨。（进介）（众见，跑躲欲出介）（末摇摆不躲介）（生拉介）哟，怎么见我便躲了？（末介）闻足下之名，尚生悚栗，怎堪亲炙馀光乎？趋而避之者是也。（丑介）你们不必怕了，他今改了性子了，不打人了。（众）这句话么，我们难信！（生）你们在此何干？（众）我们这地方呵，险些儿陆沉，险些儿陆，沉刻刻刀砧，时时灾祲。

（生）怎么刀砧，如何灾祲？究竟你们在此，做甚勾当？（各又怕介）不好不好，口气就不像起来了。（丑）不要怕，有话直说就是。（末）至此地位，也不得不说了。敬启乡兄得知，我这阳羡县中，向遭三害之扰，所以今日特奉本县大爷之钧旨要他们四乡保正，劝谕清除，同归于好的意思。（生）这亦易事，何必作此苦状。且问众位：那三害是何物呢？（末）三害者……（众扯介）（生）哇，你们做的甚么样子！（支拳介）（丑）哥哥又来了。（生）谁叫他们如此鬼头鬼脑。（丑）不必发怒，只待这一位太爷说罢。（末）大家原不必如此，乡兄也不用发恼，待学生说就是了。（介）夫三害者，南山虎也，长桥蛟二也，（介）这遭不敢言了。（生又要打介）你看这呆样子，教人怎生忍得。（丑）快些说罢，不要谦了，太爷。（生）再不直说，我依旧打。（又要打介）（众）说不得，大家一齐说：这一害就是你。（生）我怎么也是一害？（末）足下难道不见那东村的乡里么，他都那里去了？

（公服杂大哭介）为了这些逃丁抛荒的条银，不知打过了多少，还说不害！（生介）你且不要哭，如今议论，待要怎么？（众）没有他法。三害之中，去得一两害，也还可以苟存。若再一二年不得除去，是四乡尽成齑粉矣。（众又哭，末不哭，摇摆介）（生）嘁，他们都哭，独你不哭，什么缘故？（末）生斯世也，际斯时也，哭亦无益，何以哭为？（生）你是何人，那村居住？（末）贱姓时，居住西村，十年前之岁荐，现充乡约长，又是乡饮大宾。（生大叫介）罢了，罢了！（众慌跪介）求周爷饶恕。（生）我周处今年五十岁了，四十九年之非一旦悟矣，悟亦晚矣。列位乡伯呵，这三害我俱除了罢。（众）怎生除得？（生）我自有处。（丑介）哥哥不可造次。（生介）我那亲娘呵，你历四十年之苦节，抚我成人，谁知成了一个如此之人。今日洗刷起来，正要为母亲争这口气，并非你儿子轻生也。（丑）哥哥不要孟浪。（生）罢！罢！改过即是仁人，成名即为孝子。周子隐之母亲，本非寻常妇女可比，今日儿子杀身成仁，舍生取义，谅吾母亦不拒我，我何怯焉！列位乡伯请回，今晚周处不家去了。只求列位乡伯，赐我酒食一餐，利刃一把，良弓一张，劲箭三矢，此外无他计矣。（丑）哥哥不可乱动呵！（生）此非吾弟之可阻也。（丑背介）我且回去同老母来。（介）（生拉介）你那里去？（丑）外边看看。（生）你欲归家，请母亲来相阻，今晚不放你去，明早归家便了。（丑介）这怎么处？这怎么处？（众）我们去倒去了，怎生回覆官府呢？（生）看我下落，然后回官便了。（众）这等，我们去哩。（生）诸位竟去，酒食、弓刀要紧。（众）这个自然。三害若能除一害，四乡只有两乡灾。（各介，下）（末介）老朽在此奉陪。（生）也不必了。

［前腔］（生）叹时逢大祲，叹时逢大祲，肌寒骨沁，乡邻怎得人安寝！（末）看蛟潭虎林，看蛟潭虎林，风雨惯升沉，飞舞还呜暗。（丑）莫临深履岑，莫临深履岑，岂不管老母焦心，也还看狗徒悲吞。

（生、丑左下，末右下）

（生）三害我能除，（丑）不除还自害。

（末）自害一害除，（合）三害只两害。

第二十出　闺啸

江阳

［越调祝英台近］（旦上）雨丝纷，风片攘，慢把闲情怏。（小旦上）一语机锋，刺破疑团网。（合）惟愿取地久天长，沧沧漭漭，永断了风情鸾想。

［浣溪沙］（旦）有甚闲情入绣闱，春风故把好花吹。锦幕重重日日垂。（小）我鬓尚存亲鬓改，亲颜长驻我颜摧。为谁辛苦扫蛾眉。姐姐，妹子自从那日听了蛟精之话，这个病魔立刻去了。如今妹子倒要寻他转来，消磨消磨白昼，他再不来了。（旦）呆子又说呆话了，一个病巴不得他去，那有去了又要他来的，你却真正呆了。（小）不过取笑耍子儿。（介）母亲高卧未起，爹爹不知在家里否？我们今日该是抄书摹仿的日期，不免取出文房四宝来，用心程课者。（各介）

［祝英台］（旦）妹子，你看这铁于阗，麟角管，件件好精良。玉叶云蓝，隃麋斫髓，可怜伴我萧娘。（小）何妨，只就这八体新书，还有那六诗蒙养，也都有后妃，幽闺飞飏。

姐姐，我的仿是摹完了。（旦）我的也草草而就了。妹子，我们还把这古史来抄录几行。（小）抄那一段呢？（旦）就是这《后妃传》罢。（小看介）姐姐，我看这《后妃传》中所载，古者后夫人将侍君，前息烛、后举烛；至于房中，释朝服，袭燕服，然后入御。史奏鸡鸣于阶下，夫人鸣珮，王于房中告去，应门击柝告辟。少师奏质明于陛下，夫人庭立，君出朝。我想这个光景，怎么如得我们做女儿的闺中洒落。小妹仔细想来，倒是爹爹迂腐得有见识哩。（旦）虽如此说，男女婚姻，乃是万古的通义，所以关睢之化，首重闺房；太古之风，不留瘝旷。原未许你枯寂

固持，自成独癖耳。（小）姐姐竟是个时乡饮的闺女。（旦）怎么？（小）也会讲道学哩。（副净潜上，听介）（二旦抄书介）

［前腔换头］（旦）怏怅，我和你守孤闱，成孤唱，甚日调方响？只恐日绕慈亲，慈亲梦寐，依依瑟鼓琴张。（小旦）姐姐，你休讲，恁娘心日夜思量，跳不出爹行碗盎。（副拭泪介）（小）莫荒唐，万千筹计，总听穹苍。

［前腔换头］（副）我儿呵，你母亲在此半晌，听得伊言惨切，险咽断娘喉嗓。那老杀才呵，他便一味谦恭，满腔虚假，竟把夫妻儿女皆忘。（旦、小）母亲嗄，我姊妹二人呵，清赏，俨然是并蒂芙蕖，镇日里书灯绣枋。倘伊时，遣赋桃夭，分飞反惶。

［前腔］（丑持饭食上）标榜，说是个时家侍妾通房，内外齐声讲。做了篇拽白文章，十年空赋，居然画虎羞羊。天下的人，想来再没有这们一个哩。多蒙安人好意，叫他收我，一拣拣起日子来是足足拣了八个月，及至挨到此月此日，天缘不凑，他便关了房门，写了一日的告庙文疏。写完时节，去请安人、小姐，同拜家庙，磕了安人的头，见了小姐的礼，业已缠到三鼓了，他又自己送安人、小姐进房，锁了前后的门户，才进后边去。又要叫我磕个头，施个礼，叠叠被，卸卸妆，这遭再没事了。他竟替我讲起书来，又是什么古人今人，前朝后代，又叫我怎么服侍安人，怎么生育儿女。（笑介）活遭瘟，我梅香每日是送了晚饭，出了桶子，锁了房门，放倒头，鼾呼一觉，直到天亮，那里耐烦这些说话，瞌睡连天，不觉的乌鸦喜雀，窗外乱叫。他说罢了，误了时辰了，须要另拣日子了，你且去着。（大笑介）一去去了两

个月了，毫无动静，若把有性气的是此时急也急死了。我是自小在家，看到勾了，左右不想，听他罢。（介）如今是，仍旧三餐送饭。（介）安人。（副介）怎么？（丑）开小窗送饭来哩。（副接介）你曾有点坐喜的信息否？（丑笑倒介）我还是个原生货哩。（副）咳，这个老杀才！你且去，少刻来收拾。（丑）晓得。若要讨喜音，太上老君敕。（介下）（副）儿呵，这是你们的书舫，不便的污点缥缃，还只向内厢供飧。（旦、小旦）女儿行，有甚么赤华之舍，青豆之房。

姊妹自双双，春风特地忙。

偿还幽独债，仪凤好求凰。

第二十一出　释害

东钟

（内作风声、鸣锣、擂鼓介）（杂扮一虎，带箭跳出，乱滚一回伏地介）（生仍穿前一出之衣巾，切切不可换箭衣武扮，止将左半身露臂，手持弓并挟一矢，先于戏房边放桌一张，生立桌上，看虎滚倒时跳下桌子，绕场一转；对场场角又放一桌，生复上此桌，发手中箭，虎又叫跳一回下）（生看大笑介）好了好了，一连三箭，皆已中在孽畜身上，虽则负痛入山，断无不死之理，俺不免往长桥斩蛟去也！（将弓掷地，右半身亦出臂，随把衣之两袖扎缚腰间，巾子往下一按，作极凶极猛之势，拔剑在手，跳下桌子，绕场一回介，下）（内又作风雷声，夜叉作败势，倒拖钢叉跑上）

［水底鱼］何处英雄，屠龙手段凶？虾兵蟹将，杀得影无踪，杀得影无踪。

（蹲在场角抖介）（生骑蛟背上，一手提刀，一手抱住蛟头，蛟不能回首，绕场一回，亦作极凶极猛之势介，下）（夜叉张望介）（内锣鼓一响，夜叉慌躲介）

［前腔］杀气漫空，长桥水尽红。（上桌看介）呀，呀，不好了，不好了，蛟王被他杀了！（内锣鼓又响，夜叉滚下桌介）（满地爬诨介）蛟王已死，我辈岂能容，我辈岂能容。

（爬下场介）

［中吕扑灯蛾］（杂两三人，持香楮笑上）三害无门控，说起心头痛；今日自消磨，是我万民灾退也，特到神前虔诵。让他们各相摧进，少不得此吉彼凶，到头来，终须有一害成空。

（一杂）列位乡亲呵，谢天谢地，三日前周处自己要去斩蛟射虎，至今绝无影响，自然死了，可不先除一害哩。

（众）说得好，说得好，随他虎吃人，人杀虎，蛟嚼人，人斩蛟，少不得要先去一个。大家来拜，大家来拜。

（杂）这是什么庙？（众）总管庙都不认得了，前日周处，不同那个人，在这庙里哭别么！（杂）是呵，是呵。

（众）进去，进去。（介）（各拜诨介）（丑同老旦大哭介，上）

［泣颜回］（老）我那儿呵，你抚剑为谁雄，自然的少吉多凶。撇我这衰年寡母，那一块觅汝形踪。狗徒呵，（丑诨介）（老旦）你这无情孽种，不教他，宛转生惶悚，竟公然放彼前趋，这其间万难旋踵。

（丑介）老母不要埋怨了，狗徒这会儿的心是不知飞在那里哩！（介）来此总管庙了，前日正在这里起身的，我扯住他，他还把我打上两拳哩。（介）咿，里面有人，不免进去，打听打听。（老）人多不便进去，只在这门外听一听罢。（各介）（丑）也罢，听他一听。（众杂诨介）我们化了纸罢。（众）化了纸去罢，化了纸去罢。（化介）（又拜介）全仗神明护祐，周处杀了蛟、虎也好，蛟、虎吃了周处也好，总是除得一害，一个心愿。（各浑介）（丑）这等可恶，哥哥为他们出力，他们倒是这等祷祝，待我打他一个好的。（老）哇，你也这等妄为么？（丑介）（众出见介）嗄，你是同周处一起的？（丑介）正是。（众）你敢是在此等他么？（丑介）正要等他。（众）好，好，在此等等。（各转身介）此时的周处，已变屎了。（各笑诨下）（老呆介）（丑介）老母怎么？（老介）罢，回去罢。（丑）呀，老母为何要回去起来？（老哭介）你听人言至此，若非入骨之隐恨，焉有如此的公怨。（大叫介）周氏先灵呵，我罪擢发难数矣。（丑劝诨介）（老旦晕死介）

［前腔换头］（丑）老母呵，人言虽横少心忼，总得说旧日形踪；今番改过，何曾取信江东。（老旦苏介）逆子去了三日三夜，安得还有生理。（丑）老母呵，狗徒心里是，也知湍耸，望南山，又把长桥恐。固虽是几日迁延，成大事怎期闲冗。

（老旦哭，丑劝，诨介）

［千秋岁］（末喜介上）大英雄，一语回机猛，靖南山不胜欣踊。（介）兄是前日同周子隐来的？前日未叩姓名，愿以教我。（丑）小可姓樊。（末）这位妈妈呢？（丑）就是子隐令堂。（末）这等，是周太夫人了，请见一礼。（末、老见介）（末）兄也该见一礼。（丑）礼倒不必，只问周子隐有下落否？（末介）见过了礼，才好通言。（各揖介）（丑）如今请问周子隐如何了？（末）还有一说，周太夫人，何以轻出至此？岂有太守的命妇、苦节的淑贞，不才敢与对面妄肆乎？还该回避。（欲下介）（丑对老介）他想不知哥哥下落，由他去罢。（末转介）咳，咳，此人无礼得紧，我怎不知他的下落？（老）既知小儿下落，恳求赐我一言。（末介）只是不雅。（老介）如此说来，儿子一定死了。我那儿呵！（大哭介）（末）非也，非也，我之云不雅者，因男女相对，不便言也，非有不祥之言也。（丑介）你这个人，如此多事，竟要把人急死哩。（末）罢，罢，看他母子之情。甚真且急，我只得说了。令郎入山去，把那白额大虎就射死了。（老）虎射死了，何不回来呢？（末）斩蛟去了。（老）斩蛟去了？咳，逆子呵逆子，人以冯妇为羞，汝以屠龙为乐，况且强弩之末，焉有他长，历险之馀，又复再顾，能有不败者乎！（又哭介）（丑亦诨哭介）（末介）可伤可悯，贤哉母也！请太夫人勿过哀了。郎君一言悔悟，必除二害以盖前愆，安知射虎之豪，不鼓馀威而清水窟？那时母称圣母，子为神子矣，请自宽之。樊长兄，你请太夫人往庙中坐一坐，或者时下有些好音，也不见得。（丑介）说得是，进庙去坐一坐。（扶老行介）（丑、老合）咽断喉咙，咽断喉咙，止不住潸潸泪涌。（下）（末介）咳，难得，难得！我原是要来拜神的，如今太夫人在内，不便进去，就在这里拜拜罢。（介）（杂众抬蛟首、虎皮，并扶生上）（生作昏沉势，衣服乱缠身上，蓬头跣足介）（合）真义侠，非粗勇，吓坏了，人毛孔，此事谁能踵？看虎皮蛟首，我心还恐。

呀，正好正好，时乡饮、时相公、在这里，大家报官去。（各大喜介）（末）这是蛟？（众）是。（末）似龙而少角，似蜃而多鳞，无乃谓之蛟乎！这是虎？（众）是。（末）斑乎其毛，锯乎其齿，利乎其爪，戟乎其须，如此凶顽之物，岂

易得哉，岂易得哉！子隐之才，不在豢龙驯虎之下矣。（众）不要通文了，同到县里去。（末）且慢，且慢。（众）又要怎么？（末）周太夫人在此。（众）我们报官要紧，那个什么夫人，不要睬他。（末）你道是谁？（众）那个？（末）即子隐之令堂也，不见儿子回家，哭之几死，今既到此，安得不容母子一见乎！（众）是，是，说得有理，速速请来见见就是了。（末介）樊兄。（丑介，上）做什么？（末）请太夫人来，周子隐回来了。（丑介）老母快来，哥哥回了。（老旦大哭上）我儿那里，我儿那里？（丑、老旦抱生大哭介）（生昏懒轻言介）母亲呵，不孝儿知罪了，带累娘亲，受此五十年之辛苦，思之惨然，儿真愧死。（哽咽介）（老旦介）我儿苏醒！（丑大叫诨介）（众亦哭介）难得难得！（末）良知得矣，人之所以率性自修，以求明德，不可忽也。（众又哭又笑介）我们看周太太哭得凄惶，又要陪哭；看时相公说得有趣，又要动笑，真真忙得紧，只恐误了报官，还是早去的好。（生介）报什么官，我同母杀归去也。（抱老旦哭介）我那娘呵！（末介）诸位乡亲呵，看这光景，周子隐为人，岂博区区官赏乎，令其归家安息的好。你们只把虎皮、蛟首送与中尊，表他如此义勇，说他如此改过，并言他如此大孝，则众乡亲之酬报既深，公私两尽，不识以为何如？（老旦）老丈知我母子也，承爱多矣。（众）是，时相公说得是，我们倒先送了周义士回家，然后报官罢。

［红绣鞋］（丑、老旦扶生，众拥抬虎皮、蛟首同行介）（老旦）吾儿志气无穷，无穷。今朝两害齐崩，齐崩。还望你，改前踪；还怕你，比前踪。娘心终自难通，难通。

［尾］（合）今朝害去人欣踊，看振响的乡邻环拱。（生作倦极开眼向老旦介）娘嗄，念你孩儿呵，五十岁的羞颜今日方知恐。

五十年来梦一场，今朝虽醒且悲伤。

可知前路时光短，纵惜分阴亦恐遑。

第二十二出　腐化

支思

（外扮老仆上）你道奇不奇，班鸠本是鹰化的？你道妙不妙，鴑鸟变为田鼠叫？你道通不通，从来腐草转成萤？你道确不确，雀儿入水反做蛤？你道夯不夯，雉鸡怎么改做蜃？你道幸不幸，今日迂儒迁本性？自家时乡饮家一个老仆，叫做时来是也。我这时宅家风，稀奇古怪得紧，别的说不尽，只说我老仆，在他家里整整五十个年头了，从来不曾见安人的面目。（笑介）这一句话，别人听来，竟象老汉说谎，何也呢？老主与安人成亲，只得四十年，你既在他家中五十载，难道做亲那日，也不叩个头，见个礼？三朝满月，拜家堂，祀宗祖，不去承值承值，怎么说得竟不见面？（介）不然不然，他做亲那日，是盖头的，进房之后，不要说我辈男管家，随他那个家人媳妇都不许见，尽在房门外边磕了个头。那房门从那日起，主人在内则里锁，主人在外则外锁；三餐送饭，一月两开，早晚进出，只有一个丫头服侍，后因年纪大了，将来配了老汉，又换一个。如今这个，又是三十岁了，昨蒙安人好意，定要老主收在身边，他只允而不允，如今听得说，还未实受哩。你说这段光景，如何容易看见得安人的模样？但只听我妻子说道，好个安人呵，容德双全，女箴恪守，所以同他方才过得日子。又闻两位小姐，生来宛如西子一般，兼且琴棋书画，无一不通，他偏生取个小名叫做什么大嫫、小嫫。若论老汉这等村人，管他嫫也不嫫，娶去罢了。怎奈这些门当户对的假斯文一脉，他偏偏晓得什么古来嫫母，乃是个极丑的丑妇，况我老主，逢人就谦，谦得女儿竟象一个真正嫫母出现了。那些呆子信得果真，再不来娶了。可怜大小姐四十岁，二小姐也到三十五岁，安人日

夜吵闹，他竟毫不相干。（介）昨晚奇得紧，疾然归家，分付老汉，今日打扫中堂，备下酒席，说要请安人、小姐来，作一家庆。又叫老汉不必回避，同了妻子，俱在筵前答应，你道古怪不古怪，五十年来，不曾经见之奇文也！（介）喊，婆子，还不出来，怕羞么？（净扮白发老妪上）我腰驼背曲眼儿昏，可惜风光六十春。只因子女牵缠苦，一生一世枉为人。怎么？（外）昨晚对你说了，主人今日开家宴哩。（净）我正为此，在里边裹脚梳头，搽脂抹粉。（外）看你这个样子，还要打扮？（净）老狗入的，我难道就是这们的，二十年前，就忘记了。（打介）（外介）不要取笑，你听咳嗽之声，敢是老主来了。（介）

［双调谒金门］（末新衣巾上）平生志，乡里家门公谥。太古文章成故纸，转念羞惭死。

（净介）呀，老相公，老相公，婆子叩头。（末介）咳，你竟如此羸瘦了。（净）老相公也不见后生哩。（末）正是，正是，六十年来，一场春梦。速请安人。（净、外介）安人有请。（丑介上）昏头搭脑，大惊小怪，匙钥也不曾发来，请什么安人？（末介）是呵，是呵，（介）取匙钥去。（外接匙钥递与丑介）（末介）住着，住着，你把匙钥交与妻子，待你妻子与他。（各介）（末介）说便这等说，只怕我的腐倒化了，你们的礼就乱了。（外介）这倒不然，老主一向内外隔绝了，连这礼字也并不曾讲起，晓得什么？（末）这等说来，倒是我误了。

［前腔换头］（副净介上）四十馀年圈豕，今朝为甚来兹？几层户限苦趄趑，要到何方止？

老贼今朝变了，远迢迢叫我走到这里，几乎教门槛绊倒了。（净介）安人，安人，婆子叩头哩。（介）（副）你是那个？（净）我是时来的妻子。（副净）就是当初的丫头？（又看介）咳，这们老了，听得你有许多儿女。（净）不多，五六个。（副）你的女儿嫁了，儿子娶媳妇了？（净）孙子、外孙都有了。（副）老贼，你羞不羞。（外介）老仆叩头。（副介）哇，你是甚么人，擅到这里？（外）小的叫时来，原是本宅的老家人。这里是中堂上，老相公分付了，小的才敢来承值的。（副介）老贼，你改常了，想必不久了。（末）安人什么说话，老夫从今日起，把那腐字来化了。（副）怎么化法？（末）安人说也话长，请坐了讲。（各坐介）（末）我这阳羡县中，频年以来，出了三害。（副净）何为三害？（末）一害是长桥的蛟，二害是南山的虎，三害是个人。（副）住了，那蛟与虎会得吃人，确乎是害，这一个人，怎么也叫做害？（末）安人有所不知，这人就叫周处，他酗酒撒泼，打家劫舍，无所不为，其害比那蛟、虎更甚。（副）难道没有官法治他么？（末）他是周太守的儿子，又是不怕死的无徒，官法那里治得。（副）这却怎生是好？（末）其时亏了老夫，说了几句打动他的言辞，他竟即刻之间，幡然改了。（副）这人真正恶极了。（末）安人何以知之？（副）肯听假道学的，就是恶人了。（末）不要取笑。（副净）他既改了，那两害却改不得，难道也听道学不成？（末）奇得紧，这周处不特自己改过，他直进南山，射死了白额大虎，又到河下，诛斩了百丈的蛟精。（副）介了不得！唬杀，吓杀。

（末）如今三害俱除，万民快乐，你道好不好？（副净）他便改了，害都除了，怎么一改，就改得到你的身上？（末）咳，安人呵，大凡人之初生，都具一点良知，各有一种天性，后为物欲所蔽，就将他来蒙了。若或一旦自己拂拭起来，仍旧光明皎洁，这叫做率性明德的学问。然而这点光明，太过不得，不及不得。假如一面镜子，被些尘垢昏了，不去磨他，自然昏之不已；若一磨磨亮了，又尽着去刮他磨他，不惟不亮，反要坏哩。（副）介老杀才，女儿房里的镜子，你再不磨，如今昏得影儿都不见了。（末）不要闲说了。老夫因这周处，就感触到自己身上来了。（副诨介）你怎么捌呢？（末）周处的良知，就是一面昏镜，一磨即亮，如今好了。

我的良知，原是一面明镜，如何又去磨他，可知越磨越坏哩。（副介）少不得磨出你的骨头来。（末）正怕磨出骨头来，如今不磨了。（副）不磨就昏了。（末）一毫不昏，多从今日起，时来过来。（外介）（末）我把这些前后门的匙钥，俱交与你，早晚你去启闭，不必察我知道。叫你妻子来！（净介）（末）这些仓房、库房匙钥，就付与你，今后你去检查，亦勿过于滥用。安人。（副介）难道也派我一件执事不成？（末）不是，不是，此后女儿的房门，也不锁了，只在今岁岁内，少不得要完他的姻事。就是梅香，亦在今日里，令其进房服侍，万事凭天，我也不拣什么日子了，或者家门有幸，趁早生个儿子，还不算迟，况又不辜了安人这一片的美意。（副）说了半日，做了一篇极冗长的古董文字，要紧的所在，原来倒在大结里面。我总六十岁的人了，听你假哭假笑的假就是了，只要完这两个女儿，我就勾了。我的天呵！（哭介）（末）混帐婆子，说明了，还只是哭。你若再哭，我就依旧腐了。（介）时来，（外介）（末）取匙钥来还我。（副净介）我不哭，我不哭。（末）原来你也怕么？（各笑介）（末）时来，（外介）（末）着你妻子同梅香去请了两位小姐来。（净、丑介，下）（副）女儿的事，着实要紧。（末笑介）难道儿子的事是不要紧的？（各诨介）

[海棠春]（旦）不知甚事传来此，（小）步逡巡几番偷视。（净）堂上酒盈卮，（丑）心内诚难箆。

（净、丑）小姐到。（旦、小）爹妈万福。（末、副净）我儿坐了。（副净）儿呵，你爹爹改了性了，不迂腐了，房门上的锁钥都不用了。（旦、小跪介）请问爹爹：何以发此大义？（末）我儿，话长得紧，慢慢的问母亲罢。将酒过来，女儿把盏。（副净）不见天日的女儿，晓得把什么盏？（末）时乡饮的女儿，未必不晓得把盏哩。

（各笑介）

[锦堂月]（旦）酒满琼卮，椿萱具庆，冈陵泰岱同时。（小）不羡纡青带紫，林皋浩养环姿。（副）喜今朝尽改前嗤，还只怕久而仍訾。（合）今日始，愿宜室宜家，慎终如始。

（副）这个梅香，已曾正名告庙过了，亦当留他一个座儿，在于小姐之下。倘得熊梦之占，再晋专房之列，过来坐了。（丑）这怎么敢！（末）安人之命，不可太谦，又犯主人的故志，磕个头，坐了罢！（介）（二旦坐左，丑坐右介）

［侥侥令］（合）梅香呈桂子，淑女咏梅枝。老主、安人繁福祉，期取那瓞绵绵亿万斯，瓞绵绵亿万斯！

［尾］（合）一生迂腐拘经史，片刻回头尚可莳，怕只怕才到中庸又改词。

（末）酒够了，撤去筵席罢，你们进去，让我锁门。（副）又锁门了。（末笑介）呸，我又忘了，我又忘了。

鱼跃鸢飞一转移，性情动静仅毫厘。

造端夫妇中庸极，觅得良知乐且怡。

第二十三出　辞母

齐微

［南吕虞美人］（老旦喜介，上）五十年来羞尽洗，教人喜不已。更须力学解群疑，详《诗》问《礼》，精进肯迟迟。

谁谓玉可琢，昆山有顽璞。尘埋五十年，粪土犹龌龊。一旦自开通，尚少良工断。立遣远从师，勿再空跳踔。可喜我儿周处，一朝顿觉，立改前非，只差射虎、斩蛟之后，筋力尽疲，神魂不定；又兼那个县官，要与他旌奖，并为我表扬。岂不知我之家声，甚不洽我的志向，再三婉辞，直至月馀，方得俗事少完，孩儿身亦平复。如今自怨自艾，日夜悲啼，依绕我侧，追悔往过，倒教我一刻难安，将那天上吊下来的欢喜肚肠，反变作人间想不到的哀怜衷曲矣。我也细细为他筹画，还须勉他力学一番，方才熔化得他那种刚勇的意气，若只如此改图，不识圣贤大道，到底是个顽金璞玉之质耳。业曾分付樊舞阳，收拾行李，今日必要促他出门，寻师学道。他虽执意不肯，我只得忍了心肠，定要逼他出去。舞阳那里？（丑挑行李、琴剑、书箱上）昔持打狗器，今挑琴剑箱。岂无十室邑，亦有三家堂。老母，行李有了。若是哥哥出门，狗徒就挑了这行李同去罢。（老旦）旧日家人，闻知你哥哥好了，渐次俱回来了，自有人跟，不必你去，速请哥哥，并唤书童来，挑担前去。（丑介）哥哥有请，书童也快来挑担。（生淡月白脸、黑眉、长苍髯上）（杂扮老书童上）

［前腔］（生）不识从何修饰起，魂梦还羞耻。归鸦犹卜树枝栖，问起从前，难伸笑也啼。

母亲呵，孩儿如许之年，方才梦觉，误杀母亲，此心怎已！（跪哭介）（老）你娘幸得不死，见汝改了前非，喜之不胜，又何悲也！（介）我儿起来。（扶生起与丑对立）儿呵，人生不可不学，力学不可无师，你今作速前去，叩访明师，究参大道。他日显亲扬名，完我教育一场的辛苦。你就是个千古无二的真正孝子了。（生哭跪介）母亲在上，孩儿质本下愚，性又粗鲁，一误误了五十个年头，有累母亲无穷痛楚。今日方得回心，即使日夜不遑，问衣进食，也补不了从前的悖逆，何以还敢一刻抛离？不为老母温凊，非惟不孝之罪难逃，即这不安之心，亦如针刺矣，幸母亲原之。（老大哭介）（丑亦哭诨介）（老）儿呵，我这衰年，风烛不定，焉肯放你远去？但为母者，必欲子之成人；为子者，当体娘之矢志。古来孝子，谁不以荣亲为重，况汝父汝祖，冥冥之中，望之更切，汝勿忤我，速速的去。（生介）母亲呵，孩儿空长了五十年，一日不曾尽得孝道，如今怎肯又作亲在远游之浪子乎！（老）我儿，不是这等讲，亲命远游，岂为浪子？假如你前日出门，酗酒非为，毁名丧节，辱及父母，虽在眼前，亦称狂悖。今为身名大事，又是母命求师，就到极远异乡，总是顺亲孝子。我儿不必多言，只是去好。（生大哭、扯老卧地咽死介）（丑、老、杂叫，诨介）（生少苏介）娘呵，孩儿实不肯去，要违母亲严命矣。（老介）儿呵，做娘的怎舍得你远去？况你如此大年，尚无妻室，正当在家，娶妻续嗣，奉母安居，是个正理，只差圣经贤传上说得狠了。（生）如何狠呢？（老旦）逸居而无教，则近于禽兽。我儿不可固执。（生）儿蒙母亲再三谆嘱，只得遵命前去，但儿愚蠢无知，不卜此行从那一路去？今日明师，是那一个？（老介）目今时望，二陆最隆，又兼向日舞阳扑犬，拣得辩亡论一通，虽即付还，亦称预兆。今闻陆士龙现在吴门，你便竟去投他，断不负汝。（丑大哭介）狗徒本该跟了哥哥，一同前去，奈何老母在堂，无人奉侍，（跪介）只得撇却哥哥矣。（生拜介）母亲在家，全仗贤弟为我承值，你哥哥此去，得有寸进之功，皆出吾弟之赐矣。（各大哭介）

［梁州序］（老）儿呵，为人在世呵，身如敝屣，名如端绮，要分识力高低。凡为学者，全在明师导引，岂容暗揣狐疑。（生）娘呵，你还听着孩儿咨启，早晚

饔餐，自必勤调理。（丑）假子虽愚问寝还堪倚。（合）勉尔斯须卸彩衣，休自堕，偷安佅。

［前腔换头］（老）儿嗄，你年华诚然大矣，杳茫茫未栽桃李，教娘亲镇日里，意绕心提。（生）早已见家声零替，一脉书香，祖德皆披靡。（丑）为此筹持，且勉闻《诗》《礼》。（合前）

［尾］（合）今朝强逼辞乡里，访明师匆匆倒屣，直要做司命文章大品题。

［鹧鸪天］（生拜哭介）儿往天涯母梦随，（老）愿儿努力莫思归。（丑介）书童呢？（杂介）（丑付行李介）不能共汝前途去，（生）泪渍襟衫咽不回。娘呵，儿子去了，早晚宽心，身去也，意如摧，（拜丑介）晨昏望你展亲眉。（老介）去罢，不用哭了。学业不成，不许归来，狗徒也不必送。（生介）谨依母亲严命。（偷泪介）（同挑担杂介下）（老远看，大哭介）我那儿呵，你从今改过娘无戾，（丑劝介）（老）异日成名把父志培。

人不可不学，学不可不师。

师不可不达，达不可不时。

第二十四出　许婚

皆来

［黄钟玉女步瑞云］（末方巾、行衣，杂持红帖同上）（末）不必疑猜，有过必须观改，岂仅是朱家郭解？

凡人不可貌相，海水不可斗量。我看周处这个人，方当斩蛟射虎之际，不过太史公所谓荆轲、聂政之流耳。及闻归家见母，痛苦号啼，昼夜追悔，此其志不可量也。又听得其母促他前往吴门，叩求二陆讲学去了。贤哉乎母，孝哉乎子，真正难得！《曲礼》有曰："寡妇之子，非有见焉，弗与为友。如此奇人，岂不灼然可见，其惟交也，乌可后乎？（介）来此已是总管庙，小厮，（指介）你在前面树下等一等，待我进去拜神，歇息歇息，唤你同去。（杂介下）（末介）总管神圣，总管神圣，你是四乡之福主，又是一邑之王神。我时吉有一心事，欲在神前祈求剖决，幸神明白示我，勿我误也。（拜介）（四围张望，恐有人听介）好，好，前后并没人的。神圣呵神圣，时吉家有二女，长曰大嫫，次日小嫫，生来不甚妖冶，亦不过于丑陋；向有大小二嫫之名，以及乡党邻里，尽说时家有二丑女者，皆为弟子谦之太过，人皆信以为实也。不期大女今年四十岁，小女也是三十五岁了，说来说去，再无人娶；家中妻子，吵闹不宁，时刻难过。弟子想将起来，四十内外之闺女要出嫁，那得有个五十上下的新郎来聘他？假如我等人家，断无与人作继妻、为侧室之理；即有五十上下之新郎，又是头婚未娶之子弟，若非下贱贫穷，定有刑伤过犯了。我那神圣呵，时吉心内怀疑迁延不决，即使千寻万寻，寻了一个，安得恰好又有一个？若大的去了，小的越发难迟。当初弟子不曾化腐，一味居方，计不及此，如今略

略转头，细加思想，确乎食难下咽矣。弟子今日倒有一个极好的主意在此，只是不知成得来否？所以特求灵神，祈求指示。这一个人不是别个，神圣也是知之而景慕者也，就是那个斩蛟、射虎的周处。他一则是旧家，二则年将五十，从未娶妻。他今虽则改过，那些凡夫俗论，以耳为目，都说他是粗莽愚夫，又说他是多年浪子，谁肯取信？他要求婚，亦非容易，若以我女许配，正是天作奇缘。还有一说，嫁女只好嫁得一个，那有两女齐归之理？不要说我这阳羡县中，即使四海搜求，亦不多见。吾儒举动，必以孔孟为宗，孔孟立言，尽以尧舜为法，尧能妻二女于舜，舜竟娶两妇于尧。我辈执经据史，难道倒以孔孟之法言，尧舜之法制为迂阔乎？神圣神圣，你道时吉之言是否？（看神，诨介）是也是也，神何言哉，以行与事，示之而已矣。相烦那樊舞阳为媒，倘彼推辞，即为神弃；设或允纳，就是天机，总此一行耳。（介）小厮那里，小厮那里？（杂作睡态介上）（末）又睡了，速速同去。（介）正所谓：姻缘姻缘，事非偶然；谋事在人，成事在天。（介）呀，说话之间，早已到了。你传这帖子到这门里去，你说：西村时相公，来拜这边一位樊爷的。（杂介）有人么？（又杂介上）主人新改过，门第旧威仪。那个在此？（杂）西村时相公，来拜宅上一位樊爷的。（又杂）少待。二爷有请！

［前腔］（丑巾服上）旧第重新，气象而今尽改。拘束我倒难布摆。

（杂送帖介）禀二爷：外面有一西村时相公拜。（丑介）他是什么人？（介）也罢，道有请。（末介）呀，樊兄一别又许久矣！（丑介）原来是老丈，有失迎候了。（各揖逊坐介）（丑）小可未曾踵叩，反辱老丈先施，多有罪了。（末）不敢不敢，周子隐与足下是何称呼？（丑介）名为义弟，实胜胞兄。（末）原来如此，真正难

得！顷闻子隐入吴讲学，可是有的？（丑）遵奉母命，出外求师，这是有的。（末）然则老夫人在家，谁人侍奉？（丑）仆虽不才，胜如亲母一般，晨昏承值。（末）这更难得。（丑）请问老丈此来，有何见谕？（末介）学生此来呵，

［啄木儿］（末）钦奇士，慕异才，片语回机堪泪洒。更闻他历访明师，犹羡你代衣斑彩。学生今日特来呵，期逢意气联倾盖，子隐远去从师呵，究明大道膺鞶带。终有日妙外方中试剪裁。

［前腔］（丑）承荣眄，幸俯睐，蓬荜生辉惊又骇。愧鲰生有玷东阶，喜大望名垂四海。殷殷岂止联倾盖，苍苔屐痕还书带。一样的妙外方中试剪裁。

（末）老夫今日之来，并非无故。（丑）正要请教。

［三段子］（末）学生家下呵，有两个深闺女孩，一双双芜容陋才；摽梅赋乖，一对对夭桃咏愢。学生呵，情愿做娥英共事乘龙快，望足下呵，一言九鼎推乌爱。也算个德耀梁鸿旧谱偕。

（丑）原来有此美情，愿将两位令爱，一同许配哥哥，这却感之不尽！老丈请回，小可禀知老母，即来拜复便了。（介）正是：喜从天上至，（末）人在月中来。（介，下）（丑介）老母有请！（老旦介上）舞阳，适才说话，我俱听见，难得时公一片好心，这头亲事，自当往求。你明日也备一个红帖，前去答拜，并致我意，专恳联姻，择吉纳彩便了。（丑）老母在上，狗徒还有一言。（老旦介）你有何说？（丑）我闻时家二女，奇丑无比，恐怕哥哥不悦，且再商量。（老）你又来了，我做了主，他有何言。况那时公二女，容貌固尔不扬，然其在家三四十载，一种幽闲贞静之性，亦堪为我家的媳妇矣。汝勿多言，前去便了。

［鲍老催］（老）繁台蠡台，双双神女天上来，何劳窈窕，止求德胜才。岂不见越西施、汉王嫱，堪箴戒，这都是妖声艳色维家败！无盐、嫫母名偏迈。吾家子，非沉爱。

［尾］（老）明朝速去休迟怠，说与那斯文同派。只恐怕双璧齐归吾儿福分乖。

子孝母心宽，山峰染月寒。

谁言汉扑学，正似楚枝官。

第二十五出 见师

真文

［南吕一江风］（杂挑担同生上）（生）到吴门，暗里还思忖，自问惭舒悃。戴儒巾，身挂儒衣，丧尽儒家品。（介）街访长者，借问一声。（内介）怎么?（生）陆府在何处?（内）前面相府牌坊内就是。（生）多承指教。（内介）（生）巍巍相府尊，巍巍相府尊，彬彬大雅淳。只怕我这互乡童子难干进。（下）

［前腔］（杂两三人上）戴君恩，次第开怜悯，赦我归田畛（一杂）列位哥哥呵，我们原是陆府的家人，先年抄没解京，分发各监局，做工作匠，好不苦恼。今喜皇恩浩荡，依旧给还本王，真好造化，真好造化!（各）正是，正是。（合）你看旧乡村，碧绿青黄，鸡犬都相认。（一杂）哥呵，朝廷有此好意，将来两位老爷是，少不得还官觐紫宸，还官觐紫宸。（摇摆介）家人气又伸，"三吴""二陆"依然振。

（一杂）我在门上看看，你们做什么?（一杂）我要打点下乡去，清理这些田产。（一杂）我是要催他们窖粪。（各）这倒要紧，这倒要紧。（各诨介下）

［前腔］（生、杂同上）（生）问为仁，逐末先知本，至善功须谨。是这里了。（守门杂上）（生与揖介）（生）请问一声。（杂）问什么?（生）要向贵府的一位老爷。（杂）那一位?（生）大斯文，当代词宗，孔孟伊周品。（杂）是何名讳表号?（生）一位名机字士衡，一位名云字士龙，他两人呵，高名四海闻，高名四海闻。（杂）名机的是大老爷，如今还在京里。（生）家中有甚人?（杂）家中就是讳云的二老爷，正是家主，你要问他怎么?（生）愿作门墙桃李休遗摈。

（杂）原来是拜门生的，如此先送我们门上的礼。（生）我这门生，不是泛泛的，还要在此居住几年，叩求教诲，礼仪自当从厚，烦兄先为报知。（杂介）这等说，是个真正门生，长久要相与的了。（生）正是。（杂）罢，我且替你先报了罢。尊姓大名，可有帖子否？（生）不敢具帖，只说阳羡周处就是了。（杂）还有一说。（生上）请教。（杂）我家老爷，有个笑癖的，见人就要笑，笑个不止，你须忍耐。（生）是，多承指教了。（杂看生笑介）看你不象个拜门生的，不可哄我。（生）焉敢差错，即烦转达便了。（杂又看介）难道门生比老师大上一半年纪不成？（生）只论才学，那论年纪。（杂）罢，替你请罢。（介）老爷有请。（净仍作聋，管家同小生笑介上）

［前腔］（小生）笑声频，有甚人来问？（大笑介）（净呆看诨介）老爷是笑我，还是笑谁？（小）笑你无穷尽。（杂介）禀老爷：（小笑介）（杂自看身上亦诨笑介）禀老爷：（小又笑介）（杂）外面有个阳羡周处，特来拜从门下读书。（小笑业介）你禀什么？（杂介）（小又笑介）（杂）门外有个阳羡周处，特来拜从门下读书。（小笑倒介）周处？哦，是了是了，就是那射虎、斩蛟的周处了。痴人痴人，既改过了，也就罢了，如何读起书来？笑痴人，何事前来，笑指盲儿诨。（杂）可要传他进来么？（小笑介）他来意既真，他来意既真，笑定应修静，逡追退也休泥进。

请他进来。（杂请介）（生整衣介）

［前腔］（生）肃衣巾，谨恪还恭慎，夫子堂千仞。（拜介）（小笑倒介）（生）

拜师尊，悯我无知，磋切多磨楞。（小）你有多少年纪了？（生）门生五十岁了。（泪介）欲自修而年已蹉跎，恐将无及。（小生大笑介）古人所贵，在于朝闻夕改。君之前途尚可，但患志之不立，何虑名之不彰乎？（生又拜哭介）极蒙恩师明教。（小大笑介）收拾书房，请周相公进去。好作人师人笑我，笑人人笑两情痴。（与净抱住，大笑一回下）（生向鬼门又拜哭介）你看我那恩师呵，天真癖不群，天真癖不群，笑尽人痴蠢。（杂）周相公到西书房去，安置了行李，再作计较。（生大哭介）我那娘呵，今朝周处才黄吻。

（同杂挑行李下）

无师而智则为益。无师而勇则为乱。

无师而察则为怪。无师而辩则为诞。

第二十六出　起官

先天

（外方巾、行衣，两仆一犬随上）（外）不死人还忌，偷生泪自潸。君恩深似海，臣节重如山。我陆士衡既临不测之渊，幸免覆巢之患。羁居数载，鬓感二毛；兄弟寸心，暨全九族。近日以来，成都王颖秉政，他既惜我才华，又兼知我冤抑，尽力周旋，圣心亦悟。所以预将抄没的人口产业，次第发还；旧日的罗织情词，俱从末减。交宾客，达音书，略无禁忌；弄文翰，操笔札，少得自如。（喜介）想来此后恩光，决不仅在这区区闲放而已。（看犬介）黄耳，黄耳。（犬作依绕介）从此书函，不必烦你奔驰了，你且回避。（杂叱犬介，下）（外）我那兄弟呵，华亭鹤唳，汝好悠悠；帝里龙光，我仍尔尔，不知何日与你执手洒泪也。

［仙吕点绛唇］（外介）你看这一带云天，无穷悲怨。家乡远，望眼徒穿，说起魂飞揣。

［混江龙］只俺这京华牢圈，恁车尘马足、燕嚷莺喧。那里是清风成萃响，都不过朝日霭晴川。（介）咳，咳，大古里毛龟蓍老，又常见蝙蝠飞仙。空望着汉阙中黄近，只落得秦山太白连。梦儿中大江索滞舟凫雁，谁望着旋转疮痍有二天。那一个承恩断袖，俺只是托梦衣穿。

（杂扮差官上）湛露来天际，温纶在日边。有人么？（杂）呀，尊官何处来的？（官）王府供事官，要见陆老爷哩。（杂）少待。（介）禀老爷：王爷那边有一供事官要见。（外）既是王爷那边来的，好生命他进来。（官进要拜，外止介）（外）你是王爷那边来的，焉有此礼？（官拜，外回揖介）（官）今早王爷发下令旨，说道老爷即刻起用，只怕时下就有诏旨到来，特令小官前来报喜。（外）多谢王爷如此怜才，又劳尊官到此。（对杂介）留去西厅茶饭，并送舆马之敬。（官谢介）（外）不劳致谢，烦你先启王爷，说我接过圣旨，即刻到府叩见哩。（官应介，下）（外）取我青衣小帽出来，换了便于接旨。（众代换介）

［村里迓鼓］（外）上蒙着九重，九重天眷；下仗着辅政，辅政英贤。俺可也愧无能那讨个色丝黄绢，更无端罹了这覆盆飞溅。今日呵，沐馀波又得到螭头丞掾。这都是望外恩荣，这都是望外恩荣，把沟壑残生肉骨，还谱入金滕碧篆。从此后履戴尧天，从此后履戴尧天。难言，总只是、尽微臣也那顶踵同捐。

（内）圣旨下！（杂扮赍诏官捧诏，又杂二人持冠带、朝笏上）一封丹凤诏，飞下九重天。（外接跪介）（官）圣旨已到，跪听宣读！诏曰："据辅政大将军、成都王颖所奏，尔原任关中侯、中书郎陆机，才望优长，遭时不利，久为谗间，羁旅京华，察勘果真，朕心悯恻。除一应抄没过田产人口，先经给还外，今特复尔原官，仍参大将军军事，晋授平原内史。其弟陆云，亦给旧衔，再晋清河内史。汝其钦哉，各著后效。谢恩！（外泣谢介）万岁，万岁，万万岁！（接诏介）香案供着。（杂介）（官）请换朝衣。（杂代外换介）（官）老先生好喜也。

［后庭花］（外泪介）学生呵，谁复望文和绚，只求他洗刷当年淀。那里是颓风睽酌羽，好看取流水响鸣弦。（与官揖介）请天使大人少坐。（官）复命要紧，不敢坐了。（各又揖介）（冒）圣人侧席求英俊，（外）幕府传书释旅囚。（官下）（众叩头，外泪介）只俺那家声犹在五湖边，弟和兄果然、果然瑜琬。陆士衡呵陆

士衡，你可也竟同黄耳解人怜，士龙贤弟呵，倒不如嬉笑也把髯掀，嬉笑也把髯掀。

分付打导，谒王爷去。（众应介）

［梧叶儿］（外）今日里先叩了成都、成都王殿，明日呵，到朝端把素悃敷宣，尽将俺许多冤苦都申辩。感隆恩无际，臣节永弥坚，尽愚忠、直做到海清河宴，尽愚忠、直做到海清河宴！

（大复上，作喜介）

［尾］（外）犬义全，人情恋。看这紫罗兰，犹胜似旧日鲜妍，少不得武纬文经还归的将相权。

不白沉冤片刻消，问谁轻把旅魂招？

一生事业无他计，顾影还欣鬓未凋。

第二十七出　力学

萧豪

[正宫喜迁莺]（生抹去脸上颜色，换长髯、晋巾、鲜衣上）（生）忧心悄悄，我此念殊深，此中未了。感遇明师，提心吊口，耳聆面命辛劳。痛想亲恩难已，再思祖德难淆。情绪扰，不知甚日，释我啼号。

[桃源忆故人]五十三年空自长，此道何曾究讲？今日方才向往，刻刻钻研瞻仰。　分风擘雨徒劳攘，满目兰芬盼响。大海汪洋浩漭，得处人情爽。周处遵承母命，来到吴中，喜得恩师不摈，慨然收入门墙。但恨我年纪太高，悟机日浅，又兼着思亲念切，追悔时深，好教我身坐书斋，心依戚重；日遵师教，梦绕亲闱。思之想之，能不令人痛咽也。（看书泪介）

[雁鱼锦][雁过声]（生）寻思旧日魂暗消，堕家声兀自招时诮，到如今想起伤怀抱。（介）我这心内呵，全然塞草茅，要开通怎惮殳拗。非关唱握椒，舆薪一羽须参到。恁典坟经史总是详明奥。[二犯渔家傲]焚膏，衷肠火烧，这区区一管怎便窥全豹？醇同饮醪，寸方中自惜如倾倒。论文章惊飏骇飑，论诗书情超性

饶，论道德怎摹描。研精讨安能少觅秕糟。投胶，师徒义颇豪。并不是洒风云强做个矫世的悲秋调，并不是工琢断徒做个闲情的醉羽骚［二犯渔家灯］悲号，慈亲梦迢，问冬温夏清反自先忘了；纵有五鼎三牲，龙章凤诰，暮诵朝弦，尽都是梦影魂摇。我那恩师呵，我这一腔难表，亲老师诚，更且兔沉乌绕。虽说是分阴要砺休安饱，早难道背本忘源做个浪子曹。［喜渔灯］我那亲娘呵，我几番欲去心如缴，记当时谆谆嘱咐，只教学成休娆。樊兄弟呵，樊兄弟，你前期信来，殷殷不倦戒我毋怠浇。我如今呵，若还中断成妨废，怕娘亲发怒，道我又复暗辇。因此上把微宗妙义时时考，只是反耽搁了雪鬓霜姿岁岁遥。［锦缠道犯］灯花好，映书闱青缃锦缥。（内雁叫介）（生大哭介）我那娘呵，你听悲鸿竟夕嗷，他也是、忆家乡远递，子老亲高。我看书时思亲转焦，念亲时将书破寥，日夜里呵，离不得咿喔咷咷嚎。这正是欲承亲志书千卷，那能勾一日名成把亲志昭。

（拭泪看书介）（杂介上）灯火未消人未寝，客心无那客情酸。呀，周相公，天大亮了，竟不睡么？（生介）正是：偶尔观书，不觉达旦。你们今日，如何起得恁早？（杂）相公不知么？（生）怎么？（杂）老爷晋爵还官，钦补清河内史，今日接诏，明日就要进京哩。（生介）原来如此。

收书喜得问温寒，只恐亲心又不安。

师去道穷情更切，悲欢离合总皆难。

第二十八出　别师

歌戈

［仙吕入双朝元歌］（杂扮执事人役，净骑驴，小生坐暖轿、张伞，各介上）（合）天恩正多，虚席征揆座。英才网罗，喜起明良和。入觐龙颜，兆民欣贺，看取声名遐播。士庶吟哦，丹青紫条灵翠柯。聋子骞驴驮，登坡更涉河。（净堕驴，众扶诨，小生大笑跌出轿，众扶小生并净，诨闹一回仍照旧行介）（合）旁观笑呵，尽说是凤雏龙佐，凤雏龙佐。

（各介下）（生同杂上）（生）名师坐下成名弟，老母闱中见老儿。我们就在这里候送师爷罢。（杂）正在这里。（生大哭介）我那恩师呵，门生从此以后，再不能有日进之功矣。（内介）（杂）相公，你看远远一簇人马，想是师爷到了。（生看介）果然来了。（先跪哭介）

［前腔］（众上）（合）鸣趟响珂，星烛云为火。青茵翠莎，背俗还输我。香消赭罗，眉修轻婧，说甚罪花孽果。反玷回阿，章街走马还跃波。（生介）门生周处，候送恩师。（小出轿扶生，净要下驴不能下介）（小生大笑介）（生哭介）（小）贤弟不用哭了，下才呵一到都门，随即具疏荐你，不日可以相会哩。（净跌下驴介）（小又笑介）（众）禀老爷起马。（众扶净上驴，小笑不止介）（生）老师舍了门生前去，使门生寸肠裂断矣。但有一件，归家奉母，亦是人子的第一件绝大工夫，这荐举之言，万勿挂念。只是老师莫大之恩，何以图报，门生只有远送一程，以尽此念。（大哭介）（小介）做忠臣即为孝子，明大道乃报师恩，汝须谨记，即此回家，不得再进一步，似涉虚套。（生拜哭介）门生书绅镂骨，没世不忘。（净久坐驴上，

见不行，大叫催行，诨介）去罢去罢！为何竟不行了？（小看生哭，又看净形状大笑介）（众推小生上轿介）（合）去去尔云何，行行且笑歌。（各介下）（生伏地大哭介）师生分嵯，况复是凤雏龙佐，凤雏龙佐。

师节天边去，亲闱梦里开。

忠臣即孝子，明道副师培。

第二十九出　忧喜

寒山

［仙吕入双普贤歌］（副净哭介上）终朝眼泪几曾干，二十馀春废寝餐。迂儒性本惮，须知择婿难，只此三年更不安。

你说天下有这们一个迂腐的老忘八，三年前化腐，曾化得那一件？（介）门是不锁了，妻子女儿日日见面了，梅香收去了，儿子倒养了三岁了，这是极好的，已化的了。也不知是女儿的运气不好呢，也不知这老杀才偏与女儿作对？他竟不和我商量，将两个女儿一齐许了周处。我听得那周处是不要说杀人，他蛟也会杀，虎也会杀，虽说近来改过，但这凶恶的性子，到底难以尽转，假如老忘八之改腐气。（介）依我看来，千改万改，还不比那不腐的十分之一哩。（介）也罢么，就算周处为人竟改好了。我又听得说，他是个青脸红眉，虬髯豹眼的，十分恶相。（哭介）我的天呵，你只看看，这们两个女儿，如此命苦！（介）还有不然之处，我的女儿是幽闲贞静，极守女箴的淑女，又是四十上下之老女。这些丈夫貌丑，情性垂张，一一都不必说了，只该早早成亲，大家完了一桩大事。谁知一定定了亲是，寂寂三年，毫无影响，屡屡央人打听，说道从师讲学读书去了。（笑介）你道好笑不好笑，只有我家里千古奇闻，养了两个四十多岁的闺女，不知还有那个师傅，肯收一个五十多岁的蒙童？他既今日撇得下七旬寡母，四外遨游，难道后来舍不得衰色妻房，甘心厮守？即此想来，大意见了，还要说他改过。老杀才千迂万腐，及到女儿身上，且自圆融。（内孩子哭介）你听你听，梅香收在房中，生得一个极俊极俏、极伶极俐的儿子，他在这点上面，却又不肯迂腐。（介）我真气恼不过，今日定要与

他大闹一场哩！（大哭大骂介）老杀才，老忘八，在那里？（介）

［前腔］（末）姻缘前定不须烦，既有孩儿老志安。周家不等闲，时家莫小看，说道迟归吉且蕃。

（副介）啐，老杀才，还是迟归吉且蕃？儿子会得迟出来，女儿偏不会得迟出去，（末）安人又来了，可知儿子之迟，终有迟到之日；女儿要速，安能强速得来？（副撞头介）罢了，我也不管你许得差也不差，凶也罢，丑也罢，许一个也罢，许两个也罢，只要早早完结了便好。（末）只近问得过，都说女婿不日就回。（副）你这老忘八，随口乱话，见我发恼，只说就回。如此延捱两三年了。（二旦同丑抱孩子上）

［前腔］（旦、小旦）时家有子梦魂安，何必萱亲絮语繁。（丑）中堂且进餐，晨昏问暖寒。（合）孩儿虽小好衣斑。

（副与末闹诨，二旦、丑劝，诨介）（旦、小）爹爹、母亲，省烦恼罢。（丑介）小官人也来劝哩。（介）

［沉醉海棠］［沉醉东风］（旦、小）母亲呵，你再莫怪爹爹执板，心儿内许多促攒。［月上海棠］（旦、小）命中成不可违时，且随天意平情坦。（丑）况已红丝绾，少不得有日团圉，玉融珠灿。

［前腔又一体］（末）有孩儿儒风未阑，两淑女已牵瓜蔓。他出去远从师，好归来宵旦。（副）五十三岁才上学堂的好女婿，（介）羞，羞，若要从师，不如做了亲，从我两个女儿罢，说也惶恐。（末）安人呵，他苦志一番回来是，闺房内夫妻辞翰。（副介）五十多岁，填词染翰，纵风雅来，也只有限，颜羞赧，即使风雅文华，也是色弛神疸。

［前腔又一体］（外、净同上）谢神天周家子还，从此后齐眉举案。早传来喜信，慰他母子开颜。（末介）时来夫妇至此怎么？（外、净）闻得周家官人回了，特来报知。（末）何如？来了！（二旦羞避介，下）（丑）咿，二位小姐躲了，我去看他怎么哩。（介，下）（副净）东村又晦气了（外）安人，老奴听得人说，周官人竟成了一个通儒孝子哩。（末）我说他一改就改好了。（副净）读得不上三年就

叫通，归得不几日就叫孝，总这人言皆不足信。（末）有这许多！（介）时来夫妇呵，（外、净介）（末）快收拾内外门阑，（介）安人，（副净）怎么？（末）早打叠钗裙箕褋。（副）打点的衣饰，都穿戴坏了几次了。（末）此一番呵，休迟晏，看门阑多喜，婿显儿珊。

（副净大哭介）（末）儿子生了，女婿也回了，如何又哭？（副）老忘八，你不见他两个么？（末）怎么？（副净）听得说，就躲了。（末）女儿怕羞，这是该躲的。（副哭介）四十多岁的女儿，什么怕羞，只是招得这们一个忒后生、忒标致的好女婿，把他唬坏了。（副净哭介），下

（副）怕羞不如怕丑，（末）怕丑难道不偶？

（外）儒家举动稀奇，（净）粪箕配着污帚。

第三十出　孝养

庚青

［双调船入荷花莲］（生）刻骨镂心真定省，岂仅是邀名借影？镇夜无眠，长更自醒，要甚鸡声扬警。（丑）兄弟恩情无再订，母共子因缘合证。（合）且相与，侯温清；全孝义，合家欢庆。

（生）百行孝为先，（丑）阶前碧草妍。（生）承颜无别志，（丑）斑彩舞年年。（生）兄弟，我一别三年，老母亏伊奉侍，归来未久，吾弟正好安闲，何必定要同我早来一般匍匐。（丑）哥哥在上，狗徒一个小人，荷蒙识拔，老母既如假子一般畜我，狗徒何敢反作真儿歧视自污？定省晨昏，礼当追踵。哥哥请。（生）难得兄弟这们孝义，真正吾门子也。兄弟请。（各行介）

［仙吕入双园林好］（生）清早起灿盈盈三星在庭，步阶除悄冥冥一尘莫升，弟和兄共修温清。（合）只闻得虫唧唧又更鸟嘤嘤，虫唧唧鸟嘤嘤。

［前腔］（丑）过中庭莺花乍惺，到寝房扉环尚扃，须悄傍槛棂详听。（合）却怎的声寂寂令我意怦怦，声寂寂意怦怦。

（生、丑作门外听声息介）

［江儿水］（副净扮丫头上）睡起馀鼾剩，尿连涨屁腾，觉得轰轰滴滴支支进。（开门介）开门且去寻厕溷，（生、丑介）（副净）原来是官人早已来眺听。（生、丑）太太夜来安否？（副净）一觉睡到此时，还未醒哩，没有不安。（生、丑揖介）谢天谢地。（副）你们在此候一候，我要去去哩。（生、丑）那里去？（副）我往槛外檐前（轻唱诨介）出净。（生、丑介）这个脏丫头，速速快来，火速回来，休使

老人嗔净。

（副介）尿急无如屁急，早来偏要迟来。（下）

［前腔］（净扮丫头，持面盆、手巾上）房里人方去，锅边秀敢停，你看面汤火热盆干净。（生、丑）你拿面汤来了，太太还未起哩，且慢着。（净）人虽未起先承应，声虽未响先详听，我是久知情性。（内作嗽声介）（净介）只这咳嗽声喧，就是他醒来呵謦

（净）我送面汤进去。（生接介）我送去罢，你去点茶。适才丫头竟不来了，速速催来。（净）晓得晓得。茶汤凭我主，趋跄任他忙。（下）

［五供养犯］（生）兄弟，（丑介）（生）汝须恭靖，促点茶汤，再调俎羹。休惊鸡共犬，莫扰燕和莺。（老旦内唤介）丫鬟！（生介）来了！（下）（丑慌，诨介）你听唤声耿耿，因甚比常时差诨。（看介）茶汤还杳杳，（听介）嬉笑已仍仍。（副持茶，净持衣上）（合介）从不见孝子娱亲，恁般钦敬。

（丑介）好好，衣服茶汤都有了。（接介）我去送茶，并请加衣，你们同去，打点早膳。（下）

［前腔］（净、副介）好笑得紧，我家主人呵，他孝亲天性，（作指丑，笑诨介）你这假螟蛉，何劳至诚。罢罢，他是福人人服侍，我是下贱理难憎。（介）你看日将移影，快收拾脍铛脔鼎。（介下）（生、丑扶老旦上）朝乾还夕惕，叩息且闻声。从古里孝子娱亲，自当钦敬。

（老旦坐介）（生、丑.）孩儿见礼，（老旦）罢了。

［玉交枝］（老哭介）儿呵，你们至情天禀，反使你娘呵，苦啾啾心中不宁。（生、丑慌跪介）为何如此？（老），儿虽孝义安田井，又何堪父魂未瞑。你们起来。（生哭起介）（丑亦起介）（生）娘呵，孩儿是追念爹爹已无及了，如今只好虔奉母亲，少伸子道。（老旦）说那里话！这些事原该媳妇做的。

（介）舞阳，（丑应介）（老旦）你明朝速去禀予忱，早催合卺双辉映。（合）好良时莫教再停，好良缘肯教再停！

［前腔］（生）娘亲垂听：你孩儿学终未成，早完伉俪婀娇靓，还只虑缺供温

清。（老）我晓得了。（生）母亲晓得孩儿何事？（老介）咗，还要多讲。（生跪介）呀，母亲为何发怒？（丑亦跪介）老母因甚着恼？（诨介）（老旦）你不过憎嫌妻子貌丑耳。你说时家二女貌不婷，故将假语迁延等。（合前）

（生叩头介）孩儿若有此心，天地不容覆载。（丑拜，诨介）哥哥实无此意。（老）不论有无他意，速去请订吉期便了。（生、丑起介）

［川拨棹］（丑偷泪介）我的心咽哽，断肝肠难出声。（老旦）为何舞阳偷泪？（丑介）不曾哭。（老旦介）适才明明是哭，你敢欺我么！（丑跪哭不止介）（生亦跪介）兄弟为何？（丑生扯背转，低唱介）成婚后嫂嫂看承，成婚后嫂嫂看承，那时节狗徒不能……（咽倒介）（生叫介）呀，兄弟，不能的是什么？（老亦抚丑叫哭介）舞阳因何若此？（丑介）哥哥呵，二位嫂嫂过门，承值了老母时节，呵，狗徒是不能勾再趋庭，怎能勾过中庭？

（老旦大哭介）舞阳，我的儿，不道你的天真，至于如此。当初哥哥不亏着你的导引，未必能于一时悔悟，况你一向待我，过于亲母，我今岂可以假子看你？自今日起，就作我的次子罢。你总原不姓樊，即改姓了周，单名一个武字，把那表字叫了阳侯。我再替你聘头亲事，却与哥哥一般了。（扶丑起介）我儿起来。（丑叩头介）多谢母亲！（各介）

［前腔］（合）这段真情莫可形，这种良知莫可明。说将来四海皆惊，说将来四海皆惊，岂仅在三吴涌腾。子和母万古称，弟共兄万古名。

［馀文］（净介上）厨中早膳安排定，看晓日重帘光映。（老介）两个孩儿同我来。（生、丑应介）（老看一回大笑介）这叫做老母心宽子道成。

（又看介）我儿还当速追父志，快快出仕的是。（生介）谨依母亲之命，修天爵以待人爵耳。

（老旦）事死如事生，（生）事生追事死。

（丑）仕而优则学，（合）学而优则仕。

第三十一出 泣嫁

尤侯

［黄钟瑞云浓］（副净哭上）心头颤抖，对他们好难出口，算后思前终掣肘。我那儿呵，你的命真不偶，可怜绰约双仙，送与狰狞恶叟。这衷情阿谁能剖。

不如意事常八九，可与人言无二三。今日女儿出阁，极是喜事，奈何两位娇娇艳艳的天仙，嫁了一个凶凶狠狠的地煞。（内嗽介）（副介）你看那老杀才，好不扬扬得意哩。（拭泪介）

［前腔］（末）杵砧箕帚，举案齐眉世守，翱翔仪凤求双偶。正值桃矢，迨冰未泮，辰机结纽，好绸缪天长地久。

（副）天长地久，天长地久，假道学的丈人，假孝义的女婿，又是青嘴獠牙的魍魉，自然活他万万年，再不得死哩，只怕两个女儿，有些难过。（末）女婿容颜，人人说道竟改好了。（副）这是别人故意这们说，明明讥笑你，还不晓得。（末）其然，岂其然乎？（副）不要然也不然，我且问你：你事事要学古人，件件要拘礼法，为何不叫女婿来迎亲，等我先见一见，省得日里夜里、茶里饭里这等摹拟。老忘八，你的道学呢？老杀才，你的礼制呢？（末）安人呵，这吴下风俗，近来竟不迎亲了。况我又曾化腐过了，若又执定了古腔古板，别人又要笑我化而未化，时而不时了，所以只得变通随俗耳。

（副）好解说！什么变通，不过不容我看见这个风流佳婿便了。看他躲这一世！（末揖介）安人息怒罢，今日是好日，女儿面前，切勿提起。（副净）我是不言，难道他们就不懂的不成？（丑抱孩子上）女子含悲去，男儿带笑来。相公，安人，二位小姐梳妆完了，请安人去上冠。（副拭泪介）喜中多怨语，乐极恐生悲。（下）（末看孩子介）我儿，今日姐姐出阁，你知道否？（丑介）小官笑哩！（末介）好，好，好乖儿子。你去相帮安人，不得在此闲耍。（丑）正是，正是，我去了。扶持娇小姐，帮助老安人。（下）（末）咳，咳。女婿虽然丑些，他的家声品望自在，谁要你这婆子这们絮烦。时来呢？（外介上）相公有何分付？（末）时辰将至，恐怕花轿到来，你须一一照料。（外）这个自然。老奴多算计，恩主免愁烦。（下）

［画眉序］（副净、丑、净同旦、小旦上）（合）织女会牵牛，鸾凤和鸣车辐辏。看琴调瑟弄，娈婉娇柔。四十载永日幽窗，顷刻里春风繁囿。（内吹打，外急上介）看来正是良时候，催妆火速无留。

禀上相公、安人，迎亲花轿到了。（末）叫他前厅候着，你去分赏花红，犒劳酒食停当。（外介）这个不消嘱付。（下）（旦、小）我那爹爹母亲呵，孩儿绕膝四十馀年，今日如何就这等去了。（副哭倒介）我的儿呵，痛断娘的肝肠也！（末）安人，女儿，都不要哭了，婚姻大事，从古皆然，不久归宁，何须苦切。只是我儿去做媳妇，须要孝顺姑嫜，勖勦夫子，遇事必敬必钦，待物毋骄毋玩。其馀那些女箴闺训，妇道母仪，操井臼，理苹蘩，娴盥栉，勒箕帚；还有那三从四德的渊源，巧笑工颦的戒惧，每每与你们说之至再。你们又都是知书识礼之人，中年持重之日，谅来不必父母叮咛，自然不愧懿德的了。你今前去，我甚放心。（末说时，副只掩泪不言介）（旦、小）呀，母亲怎么只是哭？（副放声大哭介）我的儿呵，我的话是万万千千。直要等你归宁之后，方才出得口哩！（旦、小）母亲如此痛苦，孩儿怎忍别去。（各哭倒介）（末）又来了，哭得这样嘴脸，什么光景！（副净介）老杀才，只怕比令婿的嘴脸好些。（各介）

［前腔］（末）别泪不须流，淑女金夫两奇遘。（内吹打、喝礼介）（合）听盈盈鼓乐，细细歌讴。（介）四十载永日幽窗，顷刻里春风繁囿。（内又吹打、喝礼

介）（外上）禀上相公、安人：外面酒饭已吃了，赏赐都领了，催促得久了，请二位小姐移步前厅，上轿去罢！（合）看来正是良时候，步香尘火速无留。

（末）良时已迫，你们去罢！（旦、小旦）如此只得拜别爹妈矣。（旦、小旦拜介）

［双声子］（旦、小）儿虔叩，儿虔叩，爹妈休眉皱；归宁候，归宁候，一月相期遘。从此后，从此后，操箕帚，操箕帚；洁理蒸尝，静嘉笾豆。

（内又吹打、喝礼介）（外、净叩头介）时来夫妇叩头。（旦、小拜介）爹妈年高，兄弟幼小，全仗你们照管，我姊妹应该拜你，安敢要你二人行礼也。（外、净）岂有此理。（各拜介）

［前腔］（合）齐嘱叩，齐嘱叩，白发须勖佑。还矜宥，还矜宥，黄口毋僝僽。（旦、小）兄弟那里？（丑）小官人在这里（介）拜送二位姐姐哩。（旦、小）姨娘请上。（丑介）不敢不敢。（旦、小）爹娘老景，兄弟孩提，全在姨娘一人调剂，你是我时门的大宗主也，我姊妹二人，谊当拜托。（拜介）（丑亦诨拜介）（合）同拜首，同拜首，相握手，相握手，堂上衰年，怀中娇幼。

（内又吹打、喝礼介）（末）我儿去罢。（副净）时来夫妇，好生送去，看了新郎，速来复我。（外、净应介）（末、副净各持红帕一块，与二旦盖头，俱同出前厅介）

［尾］（合）一齐同往前厅走，（内又吹打、喝礼介）（合）听取次的传催长久。（副净）时来，（外介）（副）只望你报我新郎还像恁人丑？

（末）男婚女嫁极寻常，梁鸿有德非求貌，
（副）偏我家中痛断肠。屈杀时门两孟光。

第三十二出　惊艳

萧豪

［恋芳春］（老旦补服，生儒巾、大服同上）（老旦）梦寐难期，详思不到，今朝鸾凤双交。（生）棠棣萱花色好，关睢化始桃夭。（老旦）火树炎柯，冰津擢草。（合）看取纷缭绕，氤氲佳气，叠叠层层嫋嫋。

（生揖介）（老）周武孩儿呢？（生介）前厅接待宾客去了。（老）凡一应时宅来的男管家，俱令我家家人承值。女使们，先领进来见我。曾分付否？（生）都说过了。（老）我儿，花轿将次到了，待我与你簪花结彩者。（生跪介）还请母亲到前堂去。（老旦）儿呵，我是一个孤身，不便出去。（生）自家母亲，怎言孤字。（老旦）你只依我的好。（生）安有儿子媳妇，不先拜见婆婆之理？（老介）儿呵，百年事大，奕叶所关，顺我便是孝子，不可拘此小节。（内吹打介）（老）你听，鼓乐声喧，花轿到了，不必迟疑矣。（内又吹打，副净扮丫鬟上）禀太太：外面花轿到了，请官人哩。（内吹打、喝礼介）（老）晓得了，你去看时家来的，若是赠嫁，令他随进房去；若是女使，领到这里来。（副应介，下）（内又吹打、喝礼介）（老代生簪花披红介）（生拜介，下）（老大笑介）好，好，今日我心始快矣。

［缠枝花］（老）四十三年形影吊，子疾难医疗；亏他自己寻思到，凶顽改作贤和孝，喜杀了娘怀抱。（内吹打、喝礼介）（老介）你看今日呵，天上双星耀。（副净同净上介）（副）姐姐这里来。（净）这是那里？（副）领你到太太房中先见了，还有酒筵款待通宵。

太太，时家赠嫁进房去了，有个老亲娘在这里。（净叩头介）（老回礼介）既

是亲家那边，不敢僭礼。（净介）（老）多蒙亲家、亲母不弃，两位令淑配我豚儿，此情此德，怎敢忘也。（净笑介）这倒不必太夫人谦了。婆子有句话，要问太夫人，又恐唐突。若太夫人肯恕婆子，婆子方敢叩禀。（又叩头介）（老）有话竟说何妨，请起。（扶净起介）（净又笑介）不好说得呢。（老）不妨。（净介）适才拜堂这位官人，果是太夫人的亲儿子，尊名叫个处字的？（老介）嗄，你这婆子，真好无礼，这是什么说话？（净跪介）我说太夫人是要恼的。太夫人息怒，听我婆子禀知便了。（老怒坐介）

［宜春令］（净）婆子呵，非狂逆，敢浪潮，意中言人难默啁。（老）有这等事？（净）太夫人吓，我家安人闻得这边官人呵，红眉赤发，无穷恶相堪惊扰。（老介）为此么？（净介）适才一见新郎面目，迥与人言不同，婆子惊喜不胜，一时言语冒渎。（又叩头介）奴焉敢擅自矜骄，望夫人恕容卑小。这其间变幻机关，恐生他调。

（老）原来为此，罢了，起来罢！（净介）婆子暂辞太夫人，先要回去回去。（老）适才说你几句，你就恼了么？（净跪介）婆子焉敢！只因安人在家，痛哭不止，婆子要去覆他一声，省得哭坏了。所以暂要去去，去了还就来的。（老）亲母又来了，女儿养到四十多岁，方才出嫁，还这等哭，何如不嫁了罢。（净）太夫人呵，他这一哭，不是哭女儿，正是哭女婿哩。（老介）哇，你这婆子，又胡讲了，怎么他哭女婿？（净跪介）恐怕女婿貌丑，惊了两位小姐，所以哭的。（老）只怕你家小姐，倒要惊坏了我家新郎哩。（净介）太夫人何出此言？

［前腔］（老）谁不晓得时家女，貌比魋，中有我这老梁鸿德堪胜妖。（净介）阿弥陀佛，太夫人呵，吾家小姐，工容两绝双奇妙。（老介）这也不劳你来夸奖，我是认定了大嫫小嫫，方行聘的，谁不晓得。（净介）呵呀，天呵天，佛罗佛，气杀气杀，气杀人一段酕醄，屈杀人万般烦恼。不难的，如今小姐现在房里，何不先请出来一见？（老介）谁家有这们个放肆的婆子，我之允结丝萝，未尝不知你家小姐才貌，止重他贞静多年，勉应承配我儿曹。

（净介）咳，把人气死。（老介）若再多嘴，先着人送回亲家那边，看他处你也不处？（净招副介）姐姐！（副介）去罢，吃酒去罢，不要多嘴哩！（净介）不是，我要问你。（副）问甚么？（净）前日送来的嫁妆之外，另有抬箱八只，可是有的？（副）有的。（净）今在何处？（副）在后轩。（净）还在房里么？（副）不在。（净）好，好，且喜匙钥还在我处，烦你前去，不拘开那一箱，就把箱内东西，随手取几件来看看。（副）要他何用？（净）取来一看，太夫人才心服哩。（老介）这婆子可恶无比，不过你家陪嫁之物，我稀罕么？（净介）太夫人不必发怒，取来看看，若是衣饰器皿诸般赠嫁之物，得罪了太夫人，那时悉凭重处就是了。（老）这等就去取来，看是什么宝贝？（副介，下）

［贺新郎］（净）太夫人呵，你心休太焦，煞时间惊惶不小。（老）他想会作法的，召个霹雳来惊我了。（净）太夫人嗄，两位小姐呵，貌超群德才难考。（副介上）满满的八大箱，都是些成卷的字纸，我只取得三四卷在这里；还有半箱绣旛，我也取了两首在此。（净递两卷与老介）（净）太夫人请看。（老介）这是甚么人临的法帖，描的画谱？（净又递两卷介）太夫人再看。（老介）这是做的诗赋，这是抄的古书（介）这诗赋乃是闺句，那里来的？（净）太夫人呵，他两人闱中自砺兀的推与敲，只这赋和诗几箱原稿。（持中之灯向老介）太夫人细细观玩观玩，他书画全然晓。（又递旛介）你看这绣旛儿天夺奇工巧，况且不露也，风声悄。

（老介）这些东西都是两个媳妇做的？（净诨介）却不道怎的！（老哭介）咳，折杀我也，如何消受得起这们两个媳妇。丫鬟。（副介）（老）你同妈妈去，先把那些绣旛尽数取来，挂了我看。（副应，同净下）（老又看字画、诗词介）都是不裱褙、不装订的。（介）哦，是了，是了，恐惹人知，不敢钉裱哩。

［前腔］（老）你看这班书、楚骚，一囊诗千言赋娇。他又能钩深法巧，不道他读罢吟馀再写描，吓得我魂飞魄绕。（净、副同上介）太夫人，绣旛都有了。（老）挂起来。（净、副挂介）（合）好看得人颠倒。这奇观今古谁探讨，满屋也，光明皎。

（老拜介）天呵，老身这一拜，不拜绣像呢！（净介）拜的甚么？（老）拜我那里有这种造化，娶了这们两个媳妇，就是容貌差些何碍。（净）若论容貌，还要

拜哩。

［节节高］（生扯旦、小旦上，丑扮丫头，张灯同上）（生）心惊胆更摇，恁丰标，素娥青女离天表。母亲呵，你看双星绕，万斛昭，南金小。（旦、小拜介）（老旦细看介）果称容德人间少，可怜寂寞深闺香。（合）人言不足信诚然，大嫫小嫫名难考。

（净）太夫人如今明白了，可以放我回去了。（老）明白是明白了，只不知两位媳妇，何以藏得许多时节。（旦、小）总在我爹爹主持也。（老介）亲翁固尔如是，只亏亲母含容，实实不能，实实难得。（旦、小介）此如何在此？（净）适才挂与太夫人看的。（生）这是那里的？（老旦）儿呵，这都是你媳妇做的，还有笔墨文翰哩。（各介）（净跪介）婆子又多嘴了。（老扶介）起来。（净）不知新官人的面貌，如何又与人言不同。（老）他自斩蛟射虎之后，逐日改的，前去游学三年，归家之际，连我也不认得哩。（介）儿呵，亲母愁烦，哭声不止，你明早自去谢亲，参见岳父岳母，省得他们不乐也。（生介）谨依母命。只是孩儿原娶的是两个丑妇，今日偶得一对奇姿，心内不安，恐干天忌，所以前来禀明，伏候母亲裁处。（老旦）儿呵，这是天赐良缘，须索顺受便了。（各笑介）

［前腔］（老）你的良缘夙世招，肯纷淆，揣摹不到天机巧。只这双蛾姣，翠黛娇，无穷好。一番惊异原非小，郎才女貌堪仪表。（合前）

［尾］（合）千奇百怪真玄妙，总只是传言不好，又何须利嘴媒人辞令娇。

（净）婆子先去说一声。（老）你不必去，着你丈夫去罢。

（生）不聘妖娆女，（老旦）翻来窈窕娘。

（丑、副）劝人休碌碌，（净）万事有穹苍。

第三十三出　咤婿

江阳

［中吕菊花新］（末）四十年前不弄璋，反教二女绕心肠；今日始安康，又怎得孩儿馈饷。

一子止三周，相看乐且忧。浪言金凤羽，龙立似牵牛。婆子聒絮多年，女儿今日出阁，完了一宗极大的大事。他又憎嫌女婿貌丑，自早起花轿出门，直至于今，水米不沾，痛苦无已。（介）咳，呆婆子呵呆婆子，女儿年已老成，不是不知世务之辈；况他为人极孝，既遵父命，遣嫁周家，欣喜不疑，依允而去，安知不有一种陶然自得于胸中！你去管他做甚？（介）吾所扰者吾儿子也，汝所哭者哭女儿也，真正妇人不知大体。岂不想想看，六十有馀之残年，三周才满之幼子，又止一枚，立于险地。时家之禋祀所关，老朽之书香所系，就是你我之夏清冬温，养生送死，无不仰而望之，好不殷且切也。婆子婆子，你这哭所不当哭耳，悲然后哭，人不厌其哭，宁不戒之哉，宁不慎之哉。（外急上）无穷真喜信，报与主人知。呀，相公在这里，安人呢？（末）天色尚早，怕就来了。你妻子呢？（外）那边太夫人留住着哩。（末）虽系下人，亦关女道，自然该同来。（外介）六十多岁的人，怕他怎么。（末介）此言不雅，此言不雅。（外）有一桩怪事。（末慌介）不过是女婿太丑些。噤声噤声，安人在后面哩。（外）相公，新官人竟成了一个极齐极整的一表人才哩！（末介）果然？（外）呀，这是小人亲见的。那边太夫人，知道我家安人担烦受恼的痛哭，所以留我妻子在家，明早同了官人，前来谢亲，并拜见岳父岳母，省得安人挂心。（末介）真的？（外）怎么不真！（末）如此速请安人。（外请介）

（末亦请介）安人快来，安人快来。

［前腔］（副净哭上）一日何曾不泪滂，呼声到耳更心慌。（末）安人快来，和你说话。（副）说甚短和长，不过是假词夸奖。

（末还叫介）（副到背后介）呀啐，老贼见鬼了，什么做作，我是早早揣摹停当了。未曾出门，先与时来夫妻计较，回来只说新郎标致，亲母贤慧，家道富饶，款待齐备，女儿甚是喜欢，如此如此，恁般恁般而已。老贼可你打点的一篇，都料到了，还有何说？（末）安人说的，无有不是，只是我们从无打点，实实女婿的仪表甚是可观，那亲母又且万分厚道，听得安人在家苦切，明早即着儿子来见你，你道这是假得来的？（副）这些闲话我都不问，只问时来，你的妻子呢？（外）太夫人留着，说道明早同新官人来。（副大哭介）什么太夫人留着，分明是女儿见了这个青嘴撩牙的女婿，害怕得紧，留他在那里压惊哩。我的天呵，我的儿呵，叫娘如何苦得了呵！（末）总苦也只得一夜，明早见了女婿就好了。（副净）见了正不好哩。（末）你又不曾见，何以知其不好耳？（副）他明日不过换身新衣服，许多亲友在堂，叫我出去，遮掩遮掩，你赞我扬的，混了一阵，欺我老眼昏花，只说好的，这就罢了呀，天呵！（大哭介）（末）明日不请一个亲友，不随一个管家，他若来时，中堂见礼，见礼之后，竟到里边留饭，你我相陪，你道如何？（副）我只不信！我就坐在这里，等到天明便了。我的儿呵！（哭诨介）（末）天下有这等一个固执的婆子，腐可化而婆不能调。吁，真可畏也！时来，（外介）你去睡了，明日五鼓，就往亲母那边，你说安人闻知新官人要来，喜之不胜，家间竟不备席，不请亲邻，只请姑爷早去，先见一见。（外介）是，晓得。（介下）（内打一更介）

［尾犯序］（末）安人，你听更漏已舒长，一日悲号，万斛凄怆。儿女情怀，总爹娘一腔。（内打二更介）你听奔漭，一煞时促断铜龙，（副哭介）（末）又何须、过于悲怏，他也是，三生笑里彼此结成双。

（内打三更介）

［前腔换头］（副净）三更已至不须忙，我那儿呵，想了那每夜斯时，许多惆怅。（末）谁家嫁女，这个光景？（副净介）呀啐，谁家女儿养到四十三岁，嫁了

五十三岁的老妖怪？我岂是痛女于归，好端端梦峡啼湘。（内打四更介）（副）好了好了，四更天了，分付时来去罢。（末）太早。（副）只得半晌，说甚么欢娱嫌夜短，早已听玉筹催唱。（末）还该略睡一睡，养养精神，节节目力，早晨好看女婿。（副）你休再讲，恁支离琐屑总难我沱滂。

（内打五更介）

［前腔］（丑抱孩子上）一宵无梦恨更长，何苦徒伤，日夜暗吭。安人嗄，哭坏了身子怎么好？（介）你只看这三岁孩提，全指望父母安康。（内发擂鸡鸣介）（末）时来曾去否？（内）去了。（末）好，好，到底老年人当心。（合）天亮，镇夜里悲声惨切，顿令人万千踯踉。（外、净急上）谁狂妄，斯须一刻就见美琳琅。

（外、净介）新官人到了，新官人到了。（内吹打介）（杂扮乐人，管家拥生上）（末迎介）（生进介副）（净看诨介）叫众人出去。（末）分付从人，外厢茶饭。（副）一个也不许在内。（众诨笑介，下）（生介）岳父岳母请上，小婿参拜。（副看诨介）这就是我的女婿？（外、净介）正是新官人。（副大笑介）

［前腔］（副）果然佳婿岂寻常，方信传闻，总成风浪。（生拜介）（末回礼，副净不回，呆看介）（外、净介）安人，新官人拜着哩，礼都不回了。（生拜完介）（副复还礼介）（生又拜介）（副）你果是东村周处，今做了我家新郎。（哭介）我那儿呵！（末）这又怎么？（副介）我好悲怆，（末）这婆子疯了，怎么又哭起来了！（副）我不哭别的。（末）再哭甚么？（副）我哭那四十载秋月春花，不早就锦衾鸳帐。（合）非幻想，精详说向还道我荒唐。

（副）好女婿，好女婿，进去进去，今日是家常不饭；仍候满月，方才会亲。（又看介）我哭了二十多年，今日才笑哩。（又看介）不要此时是梦里哩？（末）痴婆子好醒了。（副又看介）真的真的。

（末）女婿果乘龙，春花休笑我，（副）娇儿德且容。秋老有芙蓉。

第三十四出　庆瑞

监咸

［中吕驻云飞］（小生、正旦、小旦，杂三四人，鲜衣、巾帽同上）两两三三，饱食鲜衣乐且耽。你看满目青和绀，一片浓和淡，嗏，尽是水和岩。鸡睨鱼瞰，解闷闲游，镇日恣寻探。（小生）想起当年不忍谈。

（旦）怎么说想起当年不忍谈呢？（小生）难道你们不知的？（众）什么？（小生）我这地方是那里？（众呆笑，诨介）自家住的阳羡地方都忘了！（小生）可又来，阳羡地方的三害，难道你们也忘了？（众）哦，那是旧话，讲他怎么。（小生）咳，你们这些人，都是些忘本之人。（众）怎么忘本？（小生）若非周处当年除了此害，如今还在这里快活？（众）正是，正是，亏他，亏他。不知近日，他怎么了？（小生）他……（众）你想是知道的哩。（小生）他是我那东村的人，如何不知底里。（众）喂，哥呵，我们今日闲暇无事，大家就在这草茵之上，略坐一坐，烦你说说周处近况，何如？（小生）要我说，懒得，懒得。（众介）说一说，也不费你什么。来，来，大家作揖，作揖。（介）坐了，坐了。（各坐介）（小生）这个光景，真正要我说了。（众）自然说说，消遣消遣。（小生）罢么，我就潦头草尾，说一说罢。（众介）有趣，有趣。（小生）当初周处斩蛟射虎是人人知道的，不消聒絮了。（众）也罢，那个

不说也罢。（小生）只说后边一段罢。那年周子隐斩了蛟，射了虎，他就一时改过。孝养慈亲，他的娘定要他去求师力学，他就只得洒泪而去，从了陆云，狠读三年，归来时整整的五十三岁了。（小生说时，众人随意答诨介）（小生）你说天下的事，奇也不奇！（众）怎么奇呢？（小生）我东村出了这个老新郎，西村就出上两个老闺女。（旦介）就是我们村中时时谦哩。（众）是呵，是呵，时时谦的老女儿嫁了他，说道那两个女儿，反生得好哩。（旦）不要说起，竟是两个西施。（小生）他两个女儿，也是四十多岁，齐配了他。（众）好造化，好造化。（小生）做亲不上半载，乡荐上去，举了孝廉。（众介）咳，难得，难得。（小生）举孝廉后，又隔两年多，五十六七岁，就奉圣旨，征聘进京。这五六年里，屡屡升迁，闻得做了什么御史中丞了；又去领兵，征齐万年，朝廷欢喜得紧，替他建第长安，迎他母、妻，一同居住。列位。（众介）（小生）这等的人，当初若不悔过，如今不知怎么了！（住嘴介）（众）怎么？（各介）（小生）完了。（众）完了？说得不好，没头没脑的。（小生）好的让你们说罢，我是只得如此，淡泊而已。（小旦介）说是说完了，当中少说一个人。（众）那个呢？（小旦）一个狗徒。（众）正要说说狗徒，就烦你说罢。（小旦）那狗徒的上半节，也不用饶舌了。只说这周子隐进京时，定要带他同去，他便决不肯去。（众）他为何不肯去？（小旦）他要在家，孝养周母。（众）他竟一心一意，做了周家子孙，这也是他乖处，也是他的好处。（小旦）怎么不乖，他连姓都改了。（众）改姓什么？（小）竟姓周。（众）他总是没有姓的。（小）正是，正是。后来周家家眷进京，他又不去。（众）这遭为何不去，敢是不孝周母了？（小旦）不是这个缘故。他说当初周处为官，尽忠于君；他在家中奉母，尽孝于亲。如今老母进京，哥哥忠孝可以两尽，周家坟墓，祖业祠堂，都在故里，况我出身卑微，若做了官，反玷朝列，一心只愿看守家园。（众）好，好，狗徒肚里着实有些见识。（小旦）他的见识，好得多哩。（众）怎么好呢？（小旦）他也举了孝廉，吃了乡饮，又娶了时时谦的族中侄女为妻；那时时谦又同儿子，带领家眷进京去了，一应田产坟墓，亦托与他。他如今夫妻二人，住了极大的房屋，享了极厚的资财，僮仆如云，车马不绝，你道这阳羡县中，除他这个显宦，还有那个？

（众）这遭真说完了，大家去罢。（旦）索性待我来接完了。（众）还有么？（旦）那时时谦呢？（众）正是正是，倒忘了他。（旦）那时老儿的作呆，时安人的苦恼，时小姐的嫁迟，总不要管，如今单说时小官。（众）好，好，竟说时小官。（旦）那时小官是此道生的。（伸小指介）（众）还不是此道，还是丫斋哩。（旦）正是丫头生的。谁知这个丫头有福得紧，生这小官，六岁能文，吟诗作赋，件件都晓，所以举了神童。（众）是呵，是呵，还有一个六岁能文的哩呢！（介）熟得紧，怎么竟忘了。（介）哦，就是周处的先生陆士龙陆云。（旦）那年时小官同父母上京，却好周家家眷也进去了。（众）听得周处生子了。（小儿生）大小老婆一人一个。（旦）时家丫斋也又生了两个，一连如今三兄弟哩。（众）那两个小哩，不要管他，只说神童罢。（旦）神童今年约莫十一二岁，旧年过年，门前也挂匾，坟上也建坊，都是那周武主持哩。（众）那个周武？（旦）又忘了，就是狗徒。（众笑介）啐，啐，说起狗徒，人人晓得，讲了周武，就费思量哩。（旦）这倒不要说，我们老一辈的，方才明白。那些后生小伙子，只晓得周乡宦，周孝廉，还要央他去说人情，讨分上，拜门生，求青目；更有那些投家的，寄田产的，借债务的，认亲族的，好不热闹得多着哩。（众）锦上添花，也是常事，总瞒不过我们一班老古董。（旦）说便这等说，狗徒其实也好，只做好事，为公则行，贿赂屏绝，所以人人喜他，渐渐把些旧病，都不提了。（众）好，好，有道理，有道理！天晚了，回去罢。今日倒快活。（各起身笑诨介）

［前腔］（合）我们村北村南，处处桑麻满担担。蛟去鱼虾滥，虎去山林惔。嗏，况都知足少贪婪，无仇无憾；又要学周处时谦，改过把愆尤忏。望要个嫫母如花、又养个六岁神童的俊俏男。

说起当年泪暗流，如今欢喜有来由。

若非周处除三害，直到黄河水尽头。

第三十五出　拜墓

真文

［南吕满园春］（丑儒巾、大衣，生、外扮二仆随上）（丑）谁与时人试假真，任他呼马奔牛犇。清祭扫纷纷，我亦相从扰扰。

自古虚名莫强求，要凭道义本来修。志诚只有真天性，打破疑团暗点头。自家周武字阳侯，义兴阳羡县中，东西两村之望族长也。我的从前出没，人岂无知，只是此后行藏，自亦难料，惟有任天安命，行去便了。当年子隐哥哥征聘进京，定要挈我同往。我以养亲苦辞，方得允纳。后蒙母亲，为我娶了乡饮大宾时公的侄女为妻，早已过门，连生二子。妻伯时公之子、大舅名曰时中，六岁能文，聪慧无比，府、州交举神童，随奉钦取入觐；又因哥哥名宦四方，征收逆氏，朝廷酬赏元功，晋爵孝侯之职。京都启第，里闬建坊，就连老母、二嫂，一齐召往帝都，随任居住去了。起行之际，不要说老母促装，就是妻伯时公、大舅二嫂，亦必命我夫妻前去。其时我便另生出一个极大的大题目来，我说周、时二宅人眷，俱已进京，这两处的坟茔，谁人祭扫？两家的家庙，那个承当？我周武论本宗，应该守祠祀祖；以门婿，难辞时宅蒸尝。百样婉求，方才幸免。你道我这不愿为官、不欲同去之意为何？目今人情刻薄，仕路炎凉。哥哥是个忠孝太过的人，未免有点谗人嫉妒之虑；妻弟又是个少年英发之辈，难道不多些恃才傲物之虞！我只替他两家，死守得住这些往常故物，待他两人宦情浓艳之际，劝他及早抽身，归来快乐，岂不是好？这些乡村之人一齐小见起来，反说我是一个不贪名利之奇人，孝义两全之君子，竟把我来续了妻伯这一席的乡饮。我与娘子两个，无是无非，朝欢暮乐，岂不有趣！只差

想起老母、哥哥，好生难过。（拭泪介）日日惟有焚香告天，愿他福寿绵绵，螽斯蛰蛰而已。今日清明，礼应扫墓，已曾分付备下酒筵，不免请出娘子，一同前去便了。快请大娘。（生、外请介）

[前腔]（净扮胖妇艳妆，二旦各抱一子同上）（净）夫妻双美且如宾，大家风雅雅惇惇。（孩子哭介）（净）娇儿似宝如珍，（忸怩，诨介）阿母如瑜似瑾。

（见礼介）（丑）娘子，今日清明，同去扫墓，舆从俱齐，就此行罢。（净）既如此，相公请。（丑）娘子请。（各作上轿介）（生、外）还有两乘小轿呢？快打上来！（内）来了。（二旦作上轿介）

[刮鼓令]（丑）娘子，你且看峦隈涧滨，扑香车尘乱滚。杜鹃啼峰陵茜槿，翠森森长棘蓁。（净）奴只见草如茵，大山小山好似狮虎蹲，纸灰飞作蝶纷纷。（合）贤愚千载又何分。

[前腔]（丑）过溪桥远村，到墦间情自悯。说什么周陵汉寝，暗教人难究论。（净）休问取否何迍，且将樽酒醉昏晨，有何今古可吟呻？（合前）

（生、外）前面就是本府的墓上了。（丑）速速趱行罢。

[金莲子]（合）好儿孙，春秋到禋祀敢逾分。看佳城近，氤氲气醇。快兼程的前进，犹自日高昕。

[前腔换头]（合）好悠悠促往，莫教少存。还有时家墓外宅坟，亦当除叁。敢迁延道畛，再休要迍，大祭忱惟谨。

[尾]（合）春秋二祀舒衷悃，看主妇点茶烹鲧。（丑暗哭介）只梦不见我打狗的爷娘真好教人心不殒。

（净）年年承祭敢逾时，谁言枳橘连江隔，（丑）泪在心头酒在卮。一段悲伤我自知。

第三十六出　奖圆

先天

[中吕四园春]（小生披发、包角、簪花、红袍、束带上）垂垂短发已齐肩，正是甘罗入相年。爹娘具庆且陶然，万紫千红簇锦圆。贝电封全子道，喜气满门全。

爹妈年高子尚髫，敢云斑彩老渔樵。暂将紫诰娱亲志，杏苑何妨借一烧。下官时中，字诚一，义兴阳羡人也。家君时时谦，生我之时，年已耳顺。以为不得见我成人，心方慽慽。不期下官天秉有因，夙根旧植，六岁即尔能文，数载早膺帝眷。今当一十二岁，官拜太平内史。双亲迎入京邸，借锦衣呈莱舞之欢。二姊亦在都门，虽远宦有天伦之乐。昨进朝堂，经筵值讲，圣上嘉我妙龄，太后又常召见，竟以待年之公主，定为百世之良姻。不惟爹妈之花封赫奕，又将媳妇之冠帔貤荣。喜得生母今朝亦居品秩之列，时中此心，庶乎不愧！还有一件，姐夫周处，原以内史典兵，征剿逆氐奏绩，天子龙颜十分大喜；又知亲母周太夫人之多年苦节，教育顽子为名臣；并述我父一生之克己复礼，天诞神童之异胤。遂降恩纶，建一府第，令我周、时二家共为一宅。颁赐匾额，名曰：双瑞；还有对子一联，左首一句，原奖周氏，所以联上御音曰：孝子忠臣、瑞钟于圣母，右边一句，特褒时氏，是以对中天语云：吉人贞女、瑞集于神童。咳！眷顾如斯，不知何以称报？今日新府已完，钦定日期，两家俱要进去。不免请出爹爹、母亲，冠带起来，进府便了。爹妈有请。

[前腔]（末巾服，副净、丑便服，老旦、小旦、梅香随上）（末）娇儿点点会

朝天，（副）媳妇深宫已待年。（丑）神童久已姓名传，还有哇哇黄口妍。（合）不须愁拙腐，一化即成仙。

（末）我儿，请我们出来做甚？（小）今日新府已完，奉旨与姐夫一同入屋，特请爹妈出来，受了诰封、冠带，准备起身进府。只怕姐夫那边，就有人来知会同行哩。（场上先摆衣冠二副介）（末、副净）好个孩儿，今日方称显亲扬名矣！我们谢过了恩，然后穿戴。（拜介）愿吾皇万岁万岁万万岁！（穿戴介）

［榴花泣］［石榴花］（末）你看这锦衣璀灿好鲜妍，愧无能朽质怎敢戴貂蝉。正是一人禄享合家全，只我这迂儒何补，止落得饱暖蠹寒暄。［泣颜回］（副）再休絮绵，从今以后，同女婿一家住着，凡事少说些，有亲家母子时参谚。使他们笑杀酸辛，好教我没藏头面。

（副寻介）呀，那里去了？（末）你寻甚么？（副净介）还有一付冠服呢？（末）什么冠服？（副介）老怪物，不要假惺惺哩。我儿，你娘的冠帔呢？（小）未奉爹妈之命，不敢擅送出来。（副介）好，好！又是一个小道学。不必如此了，速速取来罢。（二旦递上，小生送与副，副代丑穿戴介）（副）如此周旋，是连我也有些假道学

［麻婆子］（副）戴了戴了花冠倩，绯袍耀日鲜；系了系了黄金圈，云章佩锦悬。养儿今日始逢年，珠圆玉灿辉钗钿。（吹打介）（内）中堂官启事：周府差官，请爷这边即刻起行，都在四牌坊下会齐，同入新府。（小）回他说，就到了。（内应介）（小）就请爹妈行罢。（末）我儿，这屋的物件呢？（小）那边事事皆齐，这里东西陆续来取，况有家人在此哩。（副）腐气少化了些，酸气是还未除哩。（介）来，来，锁了门何如？（各大笑介）（合）一家共享皇恩遍，这叫做平地早登天。

（吹打介）（内作喝导介下）（场上搭牌楼一座，中悬一金字双瑞匾，左右有对，各收拾完介）（净扮皂隶上）

［越恁好］（净）圣恩特眷，圣恩特眷，牌坊角插天。如雷如电，这威棱孰敢前？把门皂隶狠难言，拿鸡捉犬。又谁轻试，擅到门前谴？又谁轻试，擅到街前跣？

自家非别，地方司务老爷拨来的把门皂隶是也。我们拨来一班八个，轮流承值。你看过个双瑞府造得好，当门这个牌匾，说是皇帝老儿亲自写的。（介）果然好，金光烁亮的哩。这对对子，也说是皇帝写的。（介）不差不差，也是也是。何也呢？也是金的。我听得这些人说，左边是什么“孝子忠臣、瑞钟于圣母”，右边是“吉人贞女、瑞集于神童”。（介）哦，是了，是了，为神童立的这个对子，一发不差，一发不差！呀！那边有人来了，拿他去，拿他去。（外扮小军上）双瑞府中承使令，拨来军健我头名。（介）呀，请了，请了！（净）忒！什么所在，擅敢走来！拿去见长官。（外）你扯我？（净）不扯你扯谁，走走走！（诨介）（外笑介）好个老把势。（净）怎么？（外）我是营将送来的军头，都不认得了？我如今倒要扯你去见将爷哩。（各扯，诨介）（净）原来都是走差的朋友。（笑介）得罪得罪，冲撞冲撞！（内吹打介）（净、外）远远鼓乐声响，想是两家人眷来了，我们小心些要紧。（各介）（生公侯服，老旦浅色蟒、冠带，旦、小旦红蟒、冠带，末、副净、丑，俱红袍、冠带，小生包角、簪花、红袍、束带，前列彩旗一对、金瓜一对、月斧一对，若人多，多执事，后列伞扇缓行介）

［驮环着］（合）感皇恩不浅，感皇恩不浅。赐第团圆，匾额高悬，对联风宪，鼓乐旗旛招展。一路辉煌，齐都羡孝义全。忠贞文献。万人观满街忻忭，更彩溢祥浮丹茜。珠綖栋，碧裹椽，缭绕纷纷，不胜瞑眩。

（老）已到府门了么？（生）正是。（各作下轿，对牌坊拜介）多感圣恩，愿吾皇万岁万岁万万岁！（各起介）（合）进府行礼罢。（看匾介）双瑞！（看联介）孝子忠臣、瑞钟于圣母；吉人贞女、瑞集于神童！（各介）如此圣恩，如何图报！（各逊介）

［尾］皇恩浩荡诚高远，受宠堪惊非浅，总只要子孝臣忠各自勉。

（生）众役明日领赏。（各应介，下）

不偏不倚谓之中，极平极常谓之庸。

喜怒哀乐皆中节，一部《中庸解》自通。

总评

从来院本千奇百诧，其间情事，总不越五种人伦，大率摹绘夫妇之情者，十之七八，其余四种，合计不过二三。以末世人情，厌正而趋奇，嗜淫而恶悫。夫妇可奇，而君臣、父子、兄弟、朋友不能奇也。帏箔易淫，而家庭、殿陛、埙篪、缟带不得淫也。奏古乐而令人忘倦，即起师旷不能。予尝语同人曰："上下千古，能摹绘君臣、父子、兄弟、朋友之情，而与夫妇无间，令人忘倦起舞者，惟湖上笠翁乎。"是剧一出，其稿本先剞劂而传，远近同人无不服予之先见。卖身为父，购妇为母，奇莫奇于此矣。题帕委身，捐躯赎美，淫莫淫于此矣。究之敦孝、敦慈，率由天性；矢节、矢义，迥别闲情，一轨于至正、至悫。人诧笠翁之能作怪，吾服笠翁诸剧似怪而绝不怪也。至填词宾白，字字化工，不复有墨痕楮迹。笠翁之自信若是，吾侪之信笠翁者，亦若是耳。